ANNE SANDERS

Wild at Heart
Winterglück im Hotel der Herzen

Anne Sanders

Wild at Heart
Winterglück
im Hotel der Herzen

Roman

blanvalet

Sollte diese Publikation Links auf Webseiten Dritter enthalten, so übernehmen wir für deren Inhalte keine Haftung, da wir uns diese nicht zu eigen machen, sondern lediglich auf deren Stand zum Zeitpunkt der Erstveröffentlichung verweisen.

Verlagsgruppe Random House FSC® N001967

1. Auflage
Copyright © 2019
by Blanvalet in der Verlagsgruppe Random House GmbH,
Neumarkter Str. 28, 81673 München
Redaktion: René Stein
Umschlaggestaltung und -motiv: www.buerosued.de
JF · Herstellung: sam
Satz: Buch-Werkstatt GmbH, Bad Aibling
Druck und Bindung: CPI books GmbH, Leck
Printed in Germany
ISBN 978-3-7645-0691-9

www.blanvalet.de

*Für Alois Zitterbart, weltbester Großvater
(insbesondere für Schwiegertöchter),
von dem so viel in Theo steckt.
You are very much missed.*

𝒟as Feuer war bis weit ins Landesinnere zu sehen. Es strahlte über die Bucht hinüber nach Penzance und weiter nach Newlyn, tanzte über die Wellen, spuckte seine glühend heißen Funken in den Nachthimmel über Cornwall.

Noch Wochen später war es *das* Gesprächsthema in Port Magdalen – und nicht nur dort, sondern in einem beeindruckenden Umkreis. Man kennt das. Geschichten werden größer und bunter, je öfter sie erzählt werden. Das Feuer, das um ein Haar das *Wild-at-Heart*-Hotel verschlungen hätte, hieß es. Das seinen Besitzer, Theo Wilde, annähernd umgebracht und seine Schwiegertochter, das arme Gretchen, um ein Haar in die Flucht geschlagen hatte. Die Wahrheit entpuppte sich als ein kleines bisschen weniger drastisch, allerdings gar nicht so viel.

Ins Krankenhaus war Theo Wilde schon eingeliefert worden, allerdings nur für eine Nacht, wegen einer Beule am Kopf, die er sich beim Sprung aus der brennenden Scheune zugezogen hatte. Und Gretchen, richtig. Für fünf Minuten war der so ziemlich alles über den Kopf gewachsen, was einem über den Kopf wachsen konnte, doch noch bevor sie die Insel überhaupt verlassen hatte, besann sie sich eines Besseren. Port Magdalen war ihr Zuhause. Was sie auch Nicholas erzählte, zu dem sie sich nun endlich öffentlich bekannte, was nicht zuletzt ihre Tochter Nettie furchtbar freute (war sie es doch gewesen, die sich nichts mehr gewünscht hatte, als dass ihre Mutter eine neue Liebe fand – so sehr, dass sie sie unbedingt mit diesem amerikanischen Liebesromanautor hatte verkuppeln wollen, was sich als reichlich hanebüchen erwiesen hatte. Doch dies ist eine andere Geschichte).

Wie dem auch sei: Gretchen war endlich wieder glücklich. Theo ebenfalls, denn das Hotel stand schließlich noch, und der Kopf war auch noch dran. Von den dreien war Nettie somit diejenige, die am meisten Grund zur Klage hatte: Die Versöhnung mit ihrem besten Freund Damien stand nach wie vor aus, denn nach dem mittlerweile sagenumwobenen, so leidenschaftlichen wie überraschenden Kuss und den daraus folgenden unschönen Eifersüchteleien herrschte zwischen den beiden Teenagern erst einmal Funkstille.

Nun. Immerhin hatte Nettie noch ihren Kater, Sir James, und ihre Hühner. Auch Paolo, der Esel, und Fred, das Frettchen, waren der Feuersbrunst unbeschadet entkommen, und im Gegensatz zu Theo hatten sie sogar schon wieder ein Dach über dem Kopf – ein nigelnagelneues Dach über einem nigelnagelneuen Stall, den der alte Herb Wallister in einer beherzten Hauruck-Aktion hochgezogen hatte.

Mitte Oktober war das gewesen. Dann hatte sich Herb beim Herabsteigen der Leiter das Kreuzband in seinem linken Knie gerissen, und damit waren einmal mehr die Pläne der Familie Wilde über den Haufen geworfen. Mit, sagen wir, *interessanten* Folgen. Interessanten, turbulenten, bahnbrechenden Folgen.

Aber Sie werden ja sehen.

Denn wie heißt es so schön?

Willkommen im *Wild-at-Heart*-Hotel. Was kann die Liebe für Sie tun?

Mitte November

Eine einfallende Meute,
einsame Herzen und
Baustellen all überall

1.

Wenn sich etwas sagen ließ über Gretchen Wilde, dann, dass sie die besten Skoleboller backte, die Cornwall je gesehen hatte. Was kaum jemanden verwundern sollte, denn zumindest auf Port Magdalen gab es außer ihr niemanden, der aus Norwegen stammte und eine solche Spezialität zu zaubern in der Lage war. Niemanden, außer Gretchen eben. Was die Bewunderer dieser norwegischen Backkunst aus Eiern, Milch, Zucker und einer herrlichen Vanillecreme allerdings nicht ahnen konnten, war die Tatsache, dass die junge Frau immer nur dann nachts in die Hotelküche schlich, wenn sie wirklich miese Laune hatte. Wenn ihr etwas die Nachtruhe verhagelte. Wenn Gäste sie verärgert hatten. Wenn Opa Theo wieder einmal eine seiner zutiefst denkwürdigen Erfindungen an ihr oder einem anderen unschuldigen Menschen erprobt hatte. Wenn die Tage anstrengender waren als sonst und Gretchen aufgewühlter, wenn an Schlaf nicht zu denken war, dann schlich die Inhaberin des *Wild at Heart*, Port Magdalen, Cornwall, in die Küche ihres Hotels und malträtierte Teig, bis ihr die Arme schwer wurden.

Und Hefeteig, den musste man walken. Kneten musste man den und durchmassieren, und Gretchen überließ diese Aufgabe niemals der Küchenmaschine, sondern krempelte stattdessen selbst die Ärmel hoch. Die Ärmel ihres dunkelgrünen Pyjamas wohlgemerkt. Den mit den weinroten

Beeren darauf. Einen denkwürdigen Anblick gab Gretchen da ab, in ihren Plüschpantoffeln, dem wirren blonden Dutt und ebendiesem vorweihnachtlichen Schlafanzug.

»Mum?«

Gretchen war so tief darin versunken, ihren Teig zu bezwingen, dass sie beim Klang von Netties Stimme zusammenzuckte und beinahe das Blech von der Arbeitsfläche gefegt hätte. »Himmel, Nettie«, schalt sie ihre Tochter. »Musst du dich so anschleichen?«

»Du hättest mich gehört, wärst du nicht so sehr darin vertieft, diesen armen Teig umzubringen.« Nettie gähnte. Dann hievte sie ihr Gesäß auf die Arbeitsfläche, unmittelbar neben Gretchens Backschüssel. »Es ist drei Uhr morgens«, stellte sie fest. »Und erst Mitte November. Ist es für Weihnachtsplätzchen nicht noch etwas früh?«

»Das sind Skoleboller, keine Weihnachtsplätzchen.« Ihre Mutter zog das Gefäß ein Stück von Nettie weg, bevor sie sich wieder dem Kneten widmete. »Und wenn es so früh ist, warum liegst du dann nicht im Bett? Zumal morgen Schule ist?«

Als ihre Tochter nicht gleich antwortete, warf Gretchen ihr einen abschätzenden Blick zu. Das tat sie in jüngster Zeit oft. Also, ihre Tochter abschätzen. Sie wusste, die vergangenen Monate waren für Nettie hart gewesen. Seit Damien und seine Väter nach dem großen Brand im August abgereist waren, hatte sie nichts mehr von ihrem einst besten Freund gehört – zumindest nicht, soweit Gretchen informiert war. Damien war fort, und Nettie hatte keinen Versuch unternommen, sich mit ihm auszusöhnen. Stattdessen war sie dünner geworden. Und nachdenklicher. Verschwiegen. Ein bisschen roboterhaft, was sie selbstverständlich niemals zugeben würde. Fragte man Nettie, wie es ihr gerade ging, lautete die Antwort »Bestens« oder »Fabelhaft« oder »Wahrhaft grandios«, und der grüblerische Ausdruck wich einem so unnatürlichen Grinsen, dass Gretchen jedes Mal eine Gänsehaut bekam. Sie hatte Nettie nie für eine Zynikerin gehalten. Doch die vergangenen Wochen hatten gezeigt, dass sie längst nicht mehr alles über ihre Tochter wusste.

»Was?«, fragte Nettie jetzt.

Gretchen schüttelte den Kopf, sie hatte sie schon viel zu lange angestarrt. »Gar nichts«, erwiderte sie. »Ich war in Gedanken.«

»Ja, das sehe ich.« Nettie warf einen bedeutungsvollen Blick in Richtung Teigschüssel. »Also, was ist los? Das letzte Mal, als du mitten in der Nacht gebacken hast, ist kurz zuvor die Scheune abgebrannt. Das Mal davor hatte der Blitz eingeschlagen. Was ist es diesmal?«

Gretchen murmelte etwas Unverständliches, und statt einer Antwort fragte sie: »Willst du die Vanillecreme anrühren?«

»Klar.« Nettie sprang von der Anrichte und machte sich daran, die Zutaten für die Füllung zusammenzusuchen.

»Du wirst morgen im Unterricht einschlafen«, warnte Gretchen.

»Und du, wenn halb Hollywood hier aufläuft«, gab Nettie zurück.

Ihre Mutter stöhnte auf, bevor sie dem Teig einen letzten, entschlossenen Hieb versetzte.

»Wusste ich es doch«, erklärte Nettie triumphierend.

»Halb Hollywood«, grummelte Gretchen. Sie formte eine Kugel aus der Skoleboller-Masse, bevor sie sie in die Schüssel zurückgleiten ließ und mit einem Geschirrtuch abdeckte. Schließlich drehte sie sich zu ihrer Tochter um. »Denkst du, wir haben einen Fehler gemacht?«, fragte sie.

»Das wirst du sehr bald wissen«, erwiderte Nettie, woraufhin ihre Mutter einen reichlich verzweifelten Laut von sich gab und nach einer weiteren Schüssel griff, um noch mehr Teig für noch mehr Skoleboller anzusetzen.

Wer die alle essen sollte, war einmal dahingestellt, schließlich beherbergte das *Wild-at-Heart*-Hotel derzeit keine Gäste; allerdings wurde stattdessen – wie Nettie es so trefflich formuliert hatte – halb Hollywood erwartet, woran niemand anders Schuld trug als der gute alte Herb Wallister.

Herb war zweiundfünfzig Jahre alt, übergewichtig und Bauunternehmer aus Plymouth. Er hatte Marazion vor mehr als zwanzig Jahren verlassen, um sich selbstständig zu machen, doch seine enge Verbindung zu diesem Teil Cornwalls und natürlich zu Port Magdalen blieb bestehen, weil er nun mal einer *von ihnen* war. Sein Vater, George Wallister, war mit Theo Wilde zur Schule gegangen, womit Herb automatisch die Position des einzigen Bauunternehmers besetzte, dem Theo über den Weg traute. Das galt für ihn und so einige andere aus der Umgebung, infolgedessen Herb eigentlich immer ausgebucht war.

So auch in dem Sommer, in dem die Wildes ihn baten, sich der Erneuerung von Stall und Scheune anzunehmen. Vor Anfang Oktober ginge gar nichts, hatte Herb im August erklärt, dann wurde Mitte Oktober daraus. Schließlich begannen sie mit dem Stall, weil Nettie ihren Esel vermisste, der bei Nachbarn unten im Dorf ein vorübergehendes Zuhause gefunden hatte, was beiden – Tier und Besitzerin – auf Dauer gar nicht gefiel. Dann verletzte sich Herb. Dann gab es plötzlich einen Notfall auf dem eigenen Firmengelände, woraufhin er auch den Rest seiner Arbeiter vom *Wild at Heart* abzog.

In all dem Chaos hatte Gretchen versucht, den Überblick zu behalten und das Ruder in der Hand: Zu welcher Zeit war es unproblematisch, Zimmer an Gäste zu vermieten (im September, nach den Aufräum- und vor den Bauarbeiten), wann sollte das Hotel wegen Lärmbelästigung und sonstiger Einschränkungen vorsichtshalber leer stehen (ab Anfang Oktober bis mindestens Ende November; und besser, sie gab die Zimmer im Dezember noch nicht frei, falls sich noch einmal etwas verschob)? Das war es, was Gretchen am meisten Kummer bereitete: Normalerweise platzte das *Wild at Heart* im Dezember aus allen Nähten, die Adventszeit und Weihnachten selbst galten als Highlight eines jeden Jahres, doch diesmal ... Diesmal war es den Wildes unmöglich vorauszuplanen, was wiederum einer gewissen Filmproduktionsfirma in die Karten spielte, die ohnehin schon ihr Interesse an dem Hotel bekundet hatte.

Im Sommer hatten sie die erste E-Mail-Anfrage aus dem Postfach gefischt, doch damals schien es lächerlich zu glauben, man könnte das *Wild at Heart* an eine Filmproduktion vermieten, immerhin war das Hotel gewöhnlich Monate im Voraus ausgebucht. Normalerweise. Es sei denn, es brannte ein gesamter Gebäudekomplex, und im Zuge der Aufbauarbeiten standen die Räume eben doch auf einmal leer. Ganz abgesehen davon, dass der Platz, auf dem zuvor die Scheune gestanden hatte, nun einen hervorragenden Parkplatz abgab – für Filmfahrzeuge aller Art, von Regie über Technik hin zur Maske.

Parkplatz. Das hatten sie nun von der ganzen Verzögerung.

Und erst war Theo auch entsprechend eingeschnappt gewesen, doch dann hielt man ihnen Angebote unter die Nase, die sie einfach nicht ablehnen konnten, weil sie wie die sprichwörtliche Rettung in der Not klangen: Stellplatzmiete. Von der Crew ausgebuchte Zimmer. Die Möglichkeit, das Catering zu stemmen. Alles, jede Kleinigkeit durfte in Rechnung gestellt werden, und zumindest ein Teil der finanziellen Sorgen, die die Unwägbarkeit dieser Monate mit sich gebracht hatte, löste sich in Luft auf.

Weshalb Gretchen das Gegengeläut wohlweislich überhört hatte, nämlich: Schauspieler! Stress! Zu viele Leute! Zu hohe Ansprüche! Bis zur heutigen Nacht, als es in ihren Ohren klingelte wie ... ein Kuchenblech, das auf Steinfliesen kracht.

»Theo!«

»Grandpa!«

»Kinder! Macht doch nicht so einen Lärm, es ist mitten in der Nacht!« Theo Wilde stand in der Tür, die weißen Haare in alle Richtungen abstehend und einen Cricketschläger in der Hand.

»Gott, du hast uns zu Tode erschreckt. Und was hattest du mit diesem alten Schläger vor? Am Ende nimmt dir den jemand ab. Und was dann?« Gretchen ging auf ihren Schwiegervater zu und griff nach dem Sportgerät, das Theo ihr ohne Widerspruch überließ. Der Mann brachte es nicht fertig, mit einer Klatsche auf eine Fliege zu zielen, wie sollte er da auf einen potenziellen Einbrecher losgehen?

»Ich hab Licht gesehen. Und das Hotel steht leer. Man weiß ja nie, was ... Oh, werden das etwa Skoleboller? Was ist los, Gretchen? Angst vor der eigenen Courage?«

Nettie lachte, und Gretchen verdrehte die Augen. Wenn sie so leicht zu durchschauen war, sollte sie womöglich aufpassen, was sie dachte, nicht dass noch einer der beiden in ihren Gedanken las. Was fatal wäre, denn trotz all des Tohuwabohus um sie herum kreisten sie nach wie vor größtenteils um Nicholas. Nicholas Mineor, Mitinhaber von *Lori's Tearoom*, unverschämt gut aussehend und seit wenigen Monaten offiziell der Mann an ihrer Seite. Und in ihrem Bett. Also gerade jetzt, in diesem Moment. Sie war hauptsächlich deshalb aufgestanden, um Nick nicht mit ihrem andauernden Hin- und Hergewälze aufzuwecken.

»Kümmert sich schon jemand um die Glasur? Sonst übernehme ich das«, sagte Theo, stellte sich einen kleinen Topf bereit und machte sich auf die Suche nach dem Puderzucker.

Gretchen blinzelte. Dann griff sie beherzt nach dem Mehl und versetzte ihren kreisenden Gedanken einen ebenso schwungvollen, finalen Stoß, um sie flirrend und sirrend von sich zu wirbeln.

Gemeinsam backten sie eine weitere Stunde lang. Süßer, klebriger Teilchenduft erfüllte die Luft, und süße, betörende Schwere die Glieder der drei Wildes. Und als Theo um kurz nach vier die Arme um seine zwei Liebsten legte und fragte, ob nun alles wieder in Ordnung sei, konnte Gretchen sich im ersten Augenblick nicht einmal mehr erklären, wie die Frage gemeint war.

2.

*A*tme ein. Atme aus. Sauge den Sauerstoff in dich hinein, bis er dich erfüllt, vom Ansatz deines Haars bis in die Spitzen deiner ...« *Ach was*, dachte Theo, während er die Arme zum Sonnengruß in die Luft reckte. Heute hörte ihm ja doch niemand zu. Nach der nächtlichen Backaktion waren sowohl Gretchen als auch Nettie wieder in ihre Betten gekrochen, und nachdem Letztere heute sogar in der Schule erwartet wurde, hatte er es nicht übers Herz gebracht, die beiden zum Yoga zu wecken, zumal sie sich dieser Tage ohnehin meist sträubten. Um diese Jahreszeit, so kurz vor Winteranfang, war es bis weit nach sieben Uhr stockfinster und je nach Temperatur und Windstärke hier oben auf der Insel reichlich zugig. Obwohl es in Cornwall so gut wie nie wirklich eisig wurde, war es in den vergangenen Tagen doch ziemlich kalt gewesen. Also hatte Theo sich dick eingepackt und turnte nun statt auf den Klippen über dem Herzfelsen vor seinem neuen Zuhause, einem alten ausgebauten Schäferwagen, den er exakt dort geparkt hatte, wo früher sein Schlafzimmer gelegen hatte.

Während Theo die linke Schulter dehnte, warf er über die rechte einen Blick darauf. Der Wagen, das musste er ehrlich zugeben, war ein absoluter Glücksgriff gewesen. Er hatte ihn einem Anlageberater aus Truro abgekauft, der das ausrangierte Gefährt seines Großvaters in einer Garage hatte verkommen lassen – Theo hatte ihn für einen

Schnäppchenpreis bekommen und dafür lediglich einiges an Holz und Arbeit investieren müssen. Jetzt allerdings, nach ausgebesserten Fenstern, einer neuen Tür, einigen ausgetauschten Planken, einem seegrünen Anstrich und einem restaurierten Interieur hatte sich der Wagen als echtes Juwel entpuppt, auf das ihn eigentlich jeder Gast ansprach, der den Weg ins *Wild-at-Heart*-Hotel fand.

Theo hatte den Wagen *Hank* getauft. Er war der Meinung, dass ein solch grandioses Gefährt eines entsprechend coolen Namens bedurfte. Wobei Hank nicht wirklich ein Gefährt war: Zwar stand er auf Rädern, doch die waren aus Eisen und reichlich verrostet. Nein, Hank, der alte Schäferwagen, war schlicht das gemütlichste Zuhause, das sich Theo nach dem Ausbrennen seiner geliebten Scheune hatte vorstellen können.

Uuuund ausatmen.

Theo war gerade dabei, Arme und Beine auszuschütteln, als er unvermittelt aufhorchte. Für einige Sekunden wusste er nicht recht, wo er das Geräusch einsortieren sollte, es war so ungewohnt für Port Magdalen, erst recht für diese frühe Uhrzeit, doch dann ging ihm auf, dass es sich wohl um Motorenlärm handeln musste. Mehrere Autos, oder sogar etwas Größeres, rumpelten über die Straße, die vom Hafen am Dorf vorbei erst hinauf zur Spitze der Insel und dann auf der anderen Seite hinunter zum Hotel führte. Automatisch blickte Theo zum Haus, bis ihm aufging, dass zurzeit niemand darin schlief, der durch den Lärm geweckt werden konnte – niemand außer seiner Schwiegertochter, Nicholas und seiner Enkelin; und alle drei mussten ohnehin demnächst aufstehen.

Ein Wagen schälte sich aus der Dunkelheit. Ein ziemlich wuchtiger, und dahinter noch einer. Gegen das Scheinwerferlicht konnte Theo nicht erkennen, um was für Fahrzeuge es sich genau handelte. Erst, als das erste direkt an ihm vorbeifuhr, sah er, dass es ein Kleinbus war, an dessen Steuer eine Frau saß. Dem Van folgten drei, nein, vier Autos mit Wohnwagen, und als der Bus das vordere Ende des neuerdings als Parkplatz bezeichneten Areals erreicht hatte, blieb die kleine Karawane stehen.

Die Frau stieg aus. »Guten Morgen«, brüllte sie.

Theos Brauen hoben sich. Falls seine Familie über den Motorenlärm weitergeschlafen hatte, durften spätestens jetzt alle wach sein.

»Guten Morgen«, gab er zurück, während die beiden aufeinander zugingen. »Willkommen im *Wild-at-Heart*-Hotel.«

»Aah, wie das klingt.« Die Frau, eine ziemlich kleine, burschikose Person, streckte ihm ihre Hand entgegen. »Minerva Barnes. Aufnahmeleitung. Nennen Sie mich Minnie.«

»Theo«, erwiderte Theo. »Wilde. Mir und meiner Schwiegertochter gehört das Hotel.«

»Ein wunderschönes Haus.« Minnie grinste breit. Theo schätzte sie auf Mitte dreißig, tendenziell gut gelaunt und – obwohl sie kaum zehn Worte von sich gegeben hatte – als äußerst dominant ein. Er hatte ein Gespür dafür. Sie erinnerte ihn an Dottie, Küchenchefin des Hotels und Empfängerin Theos ganzer Bewunderung. Im Gegensatz zu Dottie, deren braune Locken meistens im Takt ihrer gebrüllten Befehle wippten, trug Minnie ihre dunklen Haare kurz, sogar sehr, sehr kurz. Was ihre Nase, ohnehin einen Tick zu groß, noch betonte, doch dies ging Theo eigentlich überhaupt nichts an, richtig?

Er räusperte sich. »Sie sind sehr früh dran«, sagte er.

»Wir mussten mit den Wagen sicher über Ihren abenteuerlichen Fahrdamm kommen«, erwiderte Minnie. »Das ließ uns keine große Wahl. Entschuldigung, dass wir hier einfach so reinplatzen. Ich hoffe, das geht in Ordnung.«

»Nun.« Theo zuckte mit den Achseln. »Sicher. Ich werde meine Schwiegertochter wecken, einen Augenblick.«

»Das ist nicht nötig, Theo, ich kann helfen.« Nicholas stand auf einmal hinter ihnen, die Haare noch zerzaust vom Schlaf, der Blick jedoch hellwach. Er legte dem alten Theo eine Hand auf die Schulter. »Sollen wir die Wagen einweisen oder erst einmal Kaffee machen?«, fragte er, und Theo drückte die Hand auf seiner Schulter mit der eigenen. Es war zu schön, dass Gretchen nun wieder jemanden hatte, der sie unterstützte. Zu schön, dass wieder ein junger Mann im Haus war, der ihnen allen unter die Arme griff, wenn es notwendig war.

Theo warf einen Blick auf Minnie Barnes, dann auf die Wohnwagen dahinter und rieb sich die Hände. Das schien ein aufregender Winter zu werden und – nach dem Sommer, der erst so dramatisch und später voller ungeduldigen Wartens gewesen war – genau das Richtige für ihn.

3.

Wie es Nettie möglich sein konnte, den kleinen Trailerpark, der mit Nicholas' Hilfe in wenigen Minuten vor dem *Wild-at-Heart*-Hotel entstanden war, zu übersehen, ist wahrlich rätselhaft zu nennen, doch genau so geschah es. Nettie, zum einen unausgeschlafen, zum anderen ohnehin seit Wochen mit ihren Gedanken woanders, gelang es, völlig unbeeindruckt an den Wagen vorbei zu ihrem neuen, bescheidenen Stall zu laufen, um die Tiere zu füttern, Paolo und Fred. Gut, es war noch nicht sonderlich hell um kurz nach sieben.
Und dennoch.
In diesem frühmorgendlichen Halbdunkel also öffnete Nettie die neue Holztür zum Stall (einmal mehr überrascht, wie leicht sie sich im Gegensatz zu ihrem Vorgänger öffnen ließ), und dann atmete sie ein. Der Geruch von Heu kitzelte ihre Nase, der von Hafer und Tier, und von einer zur anderen Sekunde ging es Nettie besser, wenn auch nur ein klitzekleines bisschen. Sie bereitete Paolo sein Frühstück und tätschelte dem grauen Kerl liebevoll die Mähne, während er genüsslich schnaubende Geräusche von sich gab. Anschließend verließ sie den Stall und ging in Paolos Außenbereich, wo Fred ein ziemlich bemerkenswertes, neues Gehege bezogen hatte. Es war noch ein gutes Stück größer als das alte und wimmelte geradezu von winzigen Häuschen und Höhlen und Leitern und Ästen, unter

denen sich das Frettchen verstecken konnte. Erwartungsgemäß sah sie den kleinen Räuber auch nicht, als sie den Riegel zur Seite schob und in den Käfig trat, um Fred sein Frühstück zu bringen (das aus Trockenfutter bestand und einer Reihe schmaler Fleischwürfel). Sie wollte eben wieder umdrehen, als Fred sich schließlich doch blicken ließ: Er schoss unter einem der kleinen Holzdächer hervor und an ihr vorbei nach draußen.

Nettie verdrehte die Augen. Fred war im Stall verschwunden, vermutlich um Paolo zu besuchen. Sie würde ihm den Spaß gönnen, beschloss sie. Im Augenblick, wenn das Hotel keine Gäste beherbergte und sich somit auch niemand von dem frechen Racker gestört fühlen konnte, war es sicher mehr als harmlos, Fred einfach mal ein bisschen Fred sein zu lassen.

So wie Nettie gern einfach wieder Nettie wäre, dachte sie, während sie den Weg ins Dorf und hinunter zum Hafen einschlug, um hinüber zum nächsten Ort Marazion zu gelangen und dort in den Schulbus zu steigen. Drei Monate und sieben Tage hatte sie Damien jetzt nicht mehr gesprochen, und seither, das musste sie sich wohl eingestehen, war Nettie nicht mehr sie selbst gewesen. Eigentlich schon länger nicht mehr. Schon seit diesem Kuss, mit dem Damien sie überrascht hatte, und der ihr – ganz gegen ihren Willen – besser gefallen hatte, als sie zugeben wollte. In all den Wochen, die seither vergangen waren, hatte Damien sich nicht ein Mal gemeldet. Kein einziges Mal. Keine Nachricht auf dem Handy, keine E-Mail. Keine der altmodischen Briefe, die er ihr dann und wann schrieb. Als hätte er sie aus ihrem Leben gestrichen, war er einfach abgereist, ohne noch ein einziges Mal zurückzublicken. Die Tatsache, dass sich sogar Damiens Väter gemeldet hatten, um sich nach Gretchens Befinden zu erkundigen (in Wahrheit hatten sie nach dem Brand sogar finanzielle Hilfe angeboten, was für ihre Mutter selbstverständlich niemals infrage kam), machte die Sache kein bisschen besser.

Schule war gut, dachte Nettie entschlossen, während sie in die Fishstreet einbog, die durch das kleine Dorf Port Magdalen zu dem Fahrdamm führte, der die Gezeiteninsel mit der gegenüberliegenden Küste verband. Gerade war Ebbe, und Nettie konnte zu Fuß nach Marazion hinüberlaufen. An der Hälfte der Morgen war der kopfsteingepflasterte Weg überflutet, und sie war auf Jet angewiesen, den Bootsmann, der Passagiere von Port Magdalen an die Küste schipperte und wieder zurück.

Nettie zog die Riemen ihres Rucksacks noch ein bisschen enger und setzte entschlossen einen Fuß vor den anderen. Das Pflaster war grob und vom stets präsenten Meerwasser immer ein wenig rutschig, doch Nettie war diesen Weg ihr ganzes Leben lang gelaufen, sie konnte ihn im Halbschlaf zurücklegen, selbst jetzt, wo der Novemberwind ein weniger stürmischer blies. Über den Rand des Wegs sah sie auf die von Algen umrankten Steine und schließlich auf den sandigen Grund, auf dem das Wasser bei seinem Rückzug wellenartige Streifen hinterlassen hatte. Sie versuchte, nicht daran zu denken, dass Damien fand, sandiger Meeresboden gleiche einer Schallplatte, und die Rillen, die das Wasser darauf malte, erzählten Geschichten, von denen sie noch nie gehört hatten. Sie sollte sich vorstellen, dass sie wie ein Raunen klangen, wie das Wispern der Wellen, gedämpft und gebändigt durch den ewigen, immer feuchten Sand, auf dem sie spielten.

Nettie atmete tief ein. Damien sagte manchmal seltsame

Dinge. Ganz zu schweigen von dem, was er tat, wie sie küssen beispielsweise, einfach so, aus heiterem Himmel.

Und nun hatte sie wieder daran gedacht. Obwohl sie sich doch fest vorgenommen hatte, es nicht zu tun. Weshalb es Zeit war, dass sie in die Schule kam. Oh ja. Schule lenkte sie ab. Und Ablenkung, das war genau das, was Nettie jetzt brauchte in diesen dunklen Stunden ihrer jungen, aber schwermütigen Existenz.

Auf ihre naive, leichtfüßig die Grenzen anderer sprengende Art schien Charlotte instinktiv zu wissen, was ihre Freundin Nettie brauchte. Kaum hatte Letztere den Schulbus in Marazion bestiegen, saß Charlotte bereits neben ihr, das Handy gezückt und ein breites Grinsen auf dem Gesicht.

»Ich habe Neuigkeiten«, sang sie, bevor sie die Stimme zu einem Flüstern senkte und verschwörerisch dicht an Nettie heranrückte. »Über die geheimen Dreharbeiten auf eurer Insel«, wisperte sie. »Willst du sie hören?«

»So geheim scheinen die nicht zu sein, wenn du und die halbe Schule davon wissen.« Nettie und ihre Familie waren angehalten worden, offiziell keine Auskunft darüber zu geben, wer in den kommenden Wochen im Hotel absteigen würde (nicht, dass sie das so genau wussten – bis heute hatte man ihnen noch keine Namen genannt). Doch Port Magdalen war eine kleine Insel, Marazion gegenüber quasi ein Dorf, und wenn ein Filmteam für mehrere Wochen anrücken wollte, um hier in der Gegend zu drehen, sprach sich das schneller herum, als sich Läuse im Kindergarten verbreiten.

Charlotte zuckte mit den Schultern. Sie war eine derjenigen, die immer alles wussten, sie war einfach viel besser vernetzt als Nettie. »Ich sollte dir eigentlich böse sein, dass du so gar nichts rauslässt«, erklärte sie jetzt, »aber ich will mal nicht so sein wie *du* und teile mein Wissen mit dir.«

»Ist ja fantastisch«, kommentierte Nettie trocken, doch Charlotte, die äußerst ungern etwas für sich behielt, ignorierte den Einwand einfach.

»Also«, begann sie verschwörerisch, »soweit ich weiß, handelt es sich um ein Kostümdrama, bei dem Aliens eine Rolle spielen, eventuell Vampire.«

»Vampire?« Nettie runzelte die Stirn. »Und Aliens? In Kostümen?«

Charlotte verdrehte die Augen. »Nagle mich nicht darauf fest, meine Informationsquellen sind verschwommen.«

»Wie kann eine Quelle *verschwommen* sein?«

»Nettie!« Nicht gerade zurückhaltend rammte Charlotte ihrer Freundin den Ellbogen in die Seite. »Konzentrier dich!«

»Au! Spinnst du?«

»Fokus, hörst du?« Sie starrte in Netties Augen. »Rate, wer die Hauptrolle übernehmen soll?«

»Bei dem Vampir- oder dem Alien-Kostümdrama? Aua!« Nettie rieb sich die Seite, schließlich seufzte sie. »Also gut. Ich habe keine Ahnung. Bitte, bitte, allwissende Charlotte, erleuchte mich.«

»Kein Geringerer als … Trommelwirbel … der großartige Noah Perry.«

Nettie runzelte die Stirn. »Wer?«

»Ach, komm schon, Nettie. Nicht mal du kannst Noah Perry *nicht* kennen.« Womit sie ihr Handy anhob und wild darauf herumzutippen begann, während sie unermüdlich von einer gewissen, absolut angesagten amerikanischen Fernsehserie erzählte, in der Noah die absolut umwerfendste Rolle von allen verkörperte. »Er ist quasi *Sex on a stick*«, schloss sie, »Englands heißester Hollywood-Export und Durchstarter Nummer eins.«

»Ehrlich?« Selbst in ihren Ohren klang Nettie gelangweilt, doch Charlotte nickte eifrig.

»Da.« Sie hielt ihr das Mobiltelefon unter die Nase, so dicht, dass Nettie gar nichts erkannte. Erst, als sie Charlottes Hand von sich schob, zeichnete sich das Gesicht ab, das ihre Freundin herangezoomt hatte. Noah Perry war zugegebenermaßen ein gut aussehender Mann, den Nettie auf Anfang, Mitte dreißig schätzte, mit dunklen Locken, dunklen Augen und einem melancholischen Zug um den Mund.

»Gehört dieser traurige Blick zur Rolle, oder guckt er immer so?«, fragte sie, und Charlotte zog das Handy weg.

»Keine Ahnung, was sexy ist«, murmelte sie, und wie ein Blitz schoss Nettie auf einmal die Erinnerung an Damien ins Gedächtnis, wie er auf den Stufen des Jubilee Pool in Penzance saß, wie ihm dunkle Haare wirr in die Stirn fielen und sich die Grübchen auf seinen Wangen abzeichneten, während er lachte. Charlotte schmiegte sich dicht an seine Seite und warf ihm bewundernde Blicke zu.

Tja.

Nettie richtete sich ein Stück in ihrem Sitz auf und brachte so viel Abstand zwischen sich und ihre Freundin, wie es in dem engen Bus möglich war. Vielleicht hatte Charlotte auch Damien als *Sex on a stick* empfunden, selbst wenn sie nur noch selten von ihm sprach. Was ziemlich schlau von Charlotte war, dachte Nettie. Hätte sie nach diesem Nachmittag am Pool und nach Damiens Abreise darauf bestanden, von ihm zu schwärmen oder, schlimmer noch, mit ihm Kontakt zu halten, Nettie wäre nun nicht nur ihren besten Freund los, sondern auch noch ihre beste Freundin. Ein Glück, dass deren Schwärmereien nie länger hielten, als ein gekochtes Ei heiß blieb. Jede zweite Woche hatte sie einen anderen in ihr Herz geschlossen – rein theoretisch, versteht sich, denn in der Praxis war Charlotte auf dem gleichen Kenntnisstand wie Nettie selbst. Wobei: Sie war immerhin geküsst worden, richtig? Soweit sie wusste, hatte ihre Freundin noch keinen Jungen geküsst – zumindest nicht *so*.

»... ist eine Schande, oder? Ich meine, so nah und doch so fern.« Charlotte seufzte.

»Wie bitte?«, fragte Nettie verwirrt.

»Och, komm schon, Nettie, was ist denn heute mit dir los? Hörst du mir überhaupt zu? Ich sagte gerade, dass es eine Schande ist, dass Noah vergeben ist – wo wir ihm doch sicher ziemlich nah kommen können, gemessen daran, dass er in eurem Hotel absteigt. Denkst du nicht?« Sie klimperte mit ihren Wimpern, als hätte ihr zweifelhafter Charme irgendeine Auswirkung auf Nettie.

»Wer auch immer da mitspielt und im *Wild at Heart* untergebracht werden wird«, begann sie diplomatisch, »wird ganz sicher die Loyalität und Diskretion unseres Etablissements zu schätzen wissen.«

»Du meine Scheiße«, grummelte Charlotte. »Du solltest wirklich weniger Zeit auf dieser Insel und mehr mit deinen Freundinnen verbringen. Also«, sie packte ihr Smartphone weg, denn es dauerte nur noch wenige Minuten, bis sie aussteigen mussten. »Ist es eine Schande oder nicht, dass er jahrelang als Single galt, und ausgerechnet jetzt, wenn er nach Cornwall kommt, mit dieser Heather Mompeller zusammen sein soll?«

»Was?« Nettie blinzelte. »Mit wem?«

»Du kennst auch wirklich niemanden«, beschwerte sich Charlotte. »Heather Mompeller. Diese Theaterfrau aus

London. Selbst ich kenne die, und ich war noch nie im Theater.«

»Ich, äh ... doch ...« Heather Mompeller, dachte Nettie. Sie hatte im Sommer mit Ivan Trust zusammen einige Tage im *Wild-at-Heart*-Hotel verbracht, und diese beiden waren ein Liebespaar gewesen – wenn auch nur heimlich. So etwas konnte sie natürlich Charlotte nicht mitteilen, denn dass die Familie Wilde Stillschweigen über ihre Gäste bewahrte, entsprach ganz und gar der Wahrheit. Gerade in einem so romantischen Haus musste man sich doch auf die Diskretion des Personals verlassen können, oder etwa nicht?

Tja, dachte Nettie. So schnell konnte es offenbar gehen. Im Sommer war Heather noch mit dem einen Mann zusammen gewesen, und nun ...

»Nettie! Wo zum Henker bist du mit deinen Gedanken.«

»Entschuldige, ich ...« Doch genau in diesem Moment hielt ihr Bus an der Haltestelle vor der Schule, und Charlotte griff wortlos nach ihrem Rucksack, bevor sie den Mittelgang hinunter verschwand.

Nettie seufzte. Zwar hatte Charlotte gar nichts in diese Richtung gesagt, doch sie hatte trotzdem recht: Es musste sich etwas ändern. Sie musste aufhören, Trübsal zu blasen, vor sich hin zu starren, nur an das eine (beziehungsweise den einen) zu denken. Etwas musste sich ändern.

Sie war dabei, sich ihre Jacke überzuziehen, als ihr jemand zu Hilfe kam, ganz so, wie es Ehemänner bei ihren Frauen manchmal tun. Überrascht sah Nettie auf und in das Gesicht von Kevin, der sie anlächelte. Kevin, der beste Freund von Charlottes Bruder und ... süß, irgendwie, mit seinen blonden, zerzausten Haaren und dieser schüchternen, höflichen Art.

Ganz anders als Damien.

Genau das, was Nettie jetzt brauchte.

Sie atmete tief ein, dann erwiderte sie Kevins Lächeln. Auf dem Weg von der Bushaltestelle in die Schule sprach sie mehr Worte mit dem Jungen, als in den vergangenen vier Jahren zusammen.

4.

Während Nettie die wenigen Stunden Schlaf kaum anzusehen gewesen waren, bereute Gretchen Wilde ihre nächtliche Backaktion wie üblich schon sehr, sehr bald, in diesem Fall ein paar Stunden nach dem Morgengrauen. Hätte sie ausreichend geschlafen, dachte sie, während der Redeschwall der Aufnahmeleiterin auf sie niederprasselte wie ein heftiger Regenguss, könnte sie der kleinen Frau mit der lauten Stimme bestimmt um einiges besser folgen.
Oder auch nicht.
»Was haben wir hier? Ah, ja. Sehr schön, dass Sie sich auch ums Catering kümmern, Mrs. Wilde, es ist noch nicht ganz klar, wie viele Leute durchschnittlich am Set sein werden, aber rechnen Sie mal mit etwa dreißig bis vierzig Personen.«
»*Vierzig?*«
»Nun, Maske, Kostüm, Technik, Licht, Kamera ... ungefähr dreißig bis vierzig, ja. Dafür müssen die Mahlzeiten nicht aufwendig sein – ein bisschen Ei oder Porridge zum Frühstück, mittags etwas Leichtes wie Salat, Quinoa, gebratenes Hühnchen, et cetera, Kaffee allerdings bräuchten wir rund um die Uhr. Filmleute!« Sie zog eine Grimasse. »Wo ist nur die gute alte Teatime geblieben? Jedenfalls, weil wir noch nicht absehen können, wie wir vorankommen und wie entsprechend lang oder kurz die Drehtage sein werden, ist die Planung einer Abendmahlzeit gerade schwierig, aber

dazu kommen wir noch. Am besten wäre, es ist jederzeit irgendetwas verfügbar, sodass keine Versorgungslücken entstehen. Und ...«

Tatsächlich überraschte Gretchen die Pause in Minerva Barnes' Redefluss dermaßen, dass sie erwartungsvoll die Augenbrauen hob. »Und?«

»Äh«, sagte Minerva. »Die Details in Sachen Versorgung gehen wir noch durch. Erst mal müssen wir sehen, ob wir mit den Trailern und der Stromversorgung klarkommen. In dieser Hütte da unten gibt es doch Strom, oder? Fantastisch. Später können wir nachjustieren. Was die Zimmer in Ihrem Hotel angeht«, fuhr sie fort. »Es sind vier und eine Suite, stimmt das so? Nun, falls es zwischen den vier Zimmern noch unterschiedliche Kategorien gibt, bekommt unser Hauptdarsteller bitte das größte und schönste, die Suite geht an die Hauptdarstellerin. Ein Zimmer reservieren Sie für den Regisseur, die anderen beiden halten wir auf Abruf bereit, sie werden je nach Bedarf vergeben. Haben Sie einen Aufenthaltsraum?«

»Nun, wir haben ein kleines Restaurant mit Terrasse und die Lobby, die sehr gemütlich ist. Ich dachte, das haben Sie im Vorfeld alles überprüft?«

»Richtig.« Minerva nickte. »Allerdings nicht ich, sondern meine Vorgängerin. Ich bin erst seit ein paar Tagen an diesem Projekt beteiligt. Die Kollegin davor ... Nun, es geht schnell in dieser Branche.«

Ist klar, dachte Gretchen. Für einen Augenblick wünschte sie sich in die nächtliche Küche zurück, umwölkt von köstlichen Backgerüchen und der Ruhe der Nacht. Sie hatte geahnt, dass diese Sache turbulent werden würde, oder etwa nicht? Dennoch hatten sie beschlossen, sich darauf einzulassen, denn was sie in diesen Wochen verdienen würden, speziell durch das Catering, war einfach zu verlockend, um darauf zu verzichten.

»Kann ich das Restaurant mal sehen?«, fragte Minerva jetzt. »Und dann die Zimmer. *Pippa!*« Sie hatte so laut geschrien, dass Gretchen zusammenzuckte. Auf den Ruf jedoch folgten die eiligen Schritte eines schlaksigen Mädchens mit langen, mausblonden Haaren, das – mit einem Clipboard und zu Gretchens Entsetzen auch mit einem Megafon bewaffnet – auf die zu rannte.

»Pippa, meine Assistentin«, stellte Minnie sie vor. Also führte Gretchen die resolute Aufnahmeleiterin und deren Assistentin zum Haus, während sie misstrauisch das Megafon beäugte, und Theo nach wie vor mit den Technikern zugange war, um die Stromversorgung in den Wohnwagen zu klären. Wie es aussah, wurde er dabei von Nicholas unterstützt, der Gretchen zuzwinkerte, als sie an den beiden vorbeikam. Schon wurde ihr erheblich leichter ums Herz. Sie liebte es, wie sich Nick in den vergangenen Wochen in ihre Familie integriert hatte. Sie waren nach wie vor nicht jede Nacht zusammen, und Nick arbeitete natürlich immer noch in *Lori's Tearoom*, doch darüber hinaus war er neuerdings auch Bestandteil des Hotellebens, hatte sich eingefügt, unproblematisch und reibungslos.

»Auf der Terrasse bauen wir ein Zelt auf«, erklärte Minerva Barnes jetzt. »Dann ist ausreichend Platz für alle. Vielleicht können wir eine Art Imbisswagen dazustellen? Oder eine Theke, an der sich alle selbst bedienen. Oh, und Heizstrahler natürlich, reichlich frisch hier oben. Pippa, kümmere dich um die Details. Das Foyer ist wunderbar, um sich im Urlaub mit einem Buch zurückzuziehen, es eignet sich jedoch kaum für Mitarbeiterbesprechungen. Dafür werden wir das Restaurant beanspruchen, ja? Nachdem wir den Großteil des Büfetts nach draußen verlagert haben?«

Gretchen, die umsichtig genug gewesen war, sich einen Schreibblock vom Tresen zu greifen, machte sich Notizen, so gut sie hinterherkam. Bis sie oben mit den Zimmern durch waren, klingelten ihr von Minnies Kommandos und Anweisungen allmählich die Ohren. Sie fragte sich, wie die arme Pippa das aushielt, mit der sie dann und wann einen mitleidigen Blick tauschte.

»Ah, die Räumlichkeiten sind herrlich«, lobte Minnie gerade anerkennend. »Luxuriös, aber nicht aufdringlich, mit genau dem richtigen Maß an Extras, um sich wohl, aber nicht dekadent zu fühlen. Und diese Tapeten! Sie müssen mir unbedingt den Namen Ihres Ausstatters geben.«

»Ja, das ...«, begann Gretchen, doch da war Mrs. Barnes schon an ihr vorbeigehuscht und ins nächste Zimmer gestürmt.

»Die Suite.« Die Aufnahmeleiterin blieb in der Tür stehen. »Perfekt. Kein Wunder, dass Heather so begeistert war. Hier kann sie sich in aller Ruhe auf ihre Rolle vorbereiten *und* nach dem Dreh erholen. Miss Mompeller ist nicht ganz so leicht zufriedenzustellen, erst recht nicht, wenn sie nervös ist.«

»Mompeller?«, wiederholte Gretchen. »Heather Mompeller?«

»Exakt. Das bleibt aber unter uns, ja? Über den Dreh ist bis heute weitestgehend Stillschweigen bewahrt worden, und bis zur offiziellen Pressekonferenz soll das auch so bleiben. Allerdings war Heather ja schon mal hier, und durch sie sind wir erst auf die Idee gekommen, das Hotel für unsere Zwecke zu nutzen.«

»Oh.« Gretchen lächelte überrascht. »Wie schön, das

wusste ich gar nicht. Miss Mompeller war ...« Sie stockte. Nun hätte sie sich beinahe verplappert und verraten, dass die Schauspielerin im Sommer mit ihrem Kollegen und ihrer heimlichen Liebschaft Ivan Trust im *Wild at Heart* abgestiegen war. »Sie war hier«, beendete sie schließlich den Satz. »Wie schön, dass es ihr so gut gefallen hat.«

»Mmmh.« Ihre Gesprächspartnerin war mit den Gedanken bereits woanders. »Noah bringen wir im Zimmer neben ihrem unter, ja? Dann haben die beiden es nicht so weit bis zum jeweils anderen.«

»Miss Mompeller und ... und wer?«

»Unser Hauptdarsteller. Noah Perry.« Es klang eine mächtige Portion Stolz in der Stimme der jungen Frau mit. »Wir sind unglaublich froh, dass wir ihn gewinnen konnten – nach seinem Erfolg mit *Out of Answers* war das ja wirklich nicht abzusehen.«

»Klar«, stimmte Gretchen zu. Sie hatte weder je von einem Film namens *Out of Answers* noch von dem Schauspieler gehört. Gerade wollte sie den Mund öffnen, um eine Nachfrage zu stellen, da drehte sich Minerva Barnes zu ihr um und sagte in eindringlichem Ton:

»Dass die beiden zusammen sind, weiß noch niemand. Ab-so-lut niemand. Gut, kann sein, dass ein kleiner Hinweis hier und da durchgesickert ist. Aber offiziell soll das bis zur Pressekonferenz ein Geheimnis bleiben. Das heißt auch: Bitte informieren Sie Ihr Personal, dass keinerlei Informationen nach außen dringen dürfen, falls die beiden hier auf dem Hotelgelände zusammen gesehen werden. Haben Sie das verstanden? Alles eine Frage der Dramaturgie, selbst in der Öffentlichkeitsarbeit. Also Stillschweigen. Ist das in Ordnung für Sie? Können wir es so halten?«

5.

Lieber Damien,

für den unwahrscheinlichen Fall, dass Dich mein Leben auch nur noch das kleinste bisschen interessiert:

Vor zwei Tagen sind die ersten Filmleute angereist, um das Gelände, wo einmal unsere Scheune stand, in einen Trailerpark zu verwandeln. Es sind sechs Wohnwagen insgesamt (du weißt schon, Maske, Regie, Technik, Kostüme und so weiter), dazu noch der Kleinbus, der einen Teil der Crew hin und her transportiert, und ich fürchte, hätte es sich Grandpa mit seinem alten Schäferwagen nicht auch dort gemütlich gemacht, wären es noch mehr geworden.

Mit den Dreharbeiten wurde bis jetzt noch nicht begonnen. Denke ich. Es ist nicht wirklich leicht, einen Blick auf das Set zu werfen, das die Leute da unten rund um unsere Lodge aufgebaut haben. Obwohl ich noch nicht einen Schauspieler gesehen habe, läuft massenweise Security herum, die sogar uns davon abhält, dort hinunterzugehen. Was gedreht wird? Keinen blassen Schimmer. Als wäre das ein Staatsgeheimnis. Ich meine, es gibt Gerüchte, über Aliens und Vampire zum Beispiel, aber Genaueres weiß man nicht.

Es wimmelt hier von Leuten, wirklich. Dagegen kommt einem der normale Hotelbetrieb wie das Leben in einem Sanatorium vor. Dauernd ruft jemand etwas oder brüllt Befehle. Dieses Megafon treibt schon jetzt alle in den Wahnsinn. Das ist schlimmer als zehn Dotties zusammen (die hat es übrigens auch nicht leicht). Das Catering für so viele Personen zu stemmen hat sich einfacher angehört, als es ist, schätze ich. Vor allem, wenn Hinz und Kunz immer einen Sonderwunsch äußern und ...

Die Spitze von Netties Stift schwebte über dem letzten Buchstaben. Sie las den ersten Teil ihres Briefes noch einmal durch, dann riss sie die Seite aus ihrem Notizblock, zerknüllte sie und warf sie zu den anderen in den Papierkorb unter ihrem Schreibtisch. Dies war bereits ihr neunter Brief an Damien. Und selbst wenn er keinen einzigen davon jemals zu Gesicht bekam (Nettie hatte nicht einen ihrer bisherigen acht abgeschickt), wollte sie ihn nicht mit nichtssagendem Geschwafel langweilen.

Also begann sie von vorn.

Lieber Damien,

für den unwahrscheinlichen Fall, dass Dich mein Leben auch nur noch das kleinste bisschen interessiert:

In Anbetracht dessen, dass Du diese Briefe niemals lesen wirst, kann ich es Dir vermutlich ganz offen sagen: In den vergangenen Tagen habe ich mehr als sonst über die Liebe nachgedacht. Ich meine — nicht, dass normalerweise all meine Gedanken nur darum kreisen würden, aber ...

Rrrrrrrtsch.

Lieber Damien,

erinnerst Du Dich an Heather Mompeller? Sie ist Schauspielerin, ursprünglich am Londoner Theater, und sie war im vergangenen Sommer einige Tage bei uns, in Begleitung von Ivan Trust, einem ihrer Kollegen, mit dem sie heimlich zusammen war, wie wir ziemlich bald feststellten. Sie hatten sich ins Wild at Heart zurückgezogen, um einige ungestörte Tage verbringen zu können. Ziemlich romantisch, oder? Dachten wir zumindest.

Gestern sagte Mum mir, dass Heather Mompeller Hauptdarstellerin bei dem Dreh auf Port Magdalen ist (über sie kam die Produktionsfirma offenbar auch auf unser Hotel), und dass sie mit dem Hauptdarsteller liiert ist. Mum meinte, dies sei eine streng geheime Information, wir dürften mit niemandem darüber sprechen und keine Auskunft darüber geben, aber bitte — Charlotte hatte mir davon schon einen Tag zuvor erzählt, also kann die Info so geheim nicht sein.

Für zwei Sekunden starrte Nettie auf den letzten Satz, dann strich sie Charlottes Namen so lange durch, bis er nicht mehr lesbar war, und ersetzte ihn durch *eine Klassenkameradin*. Charlotte war ehrlich die letzte Person, die sie Damien ins Gedächtnis rufen wollte, ob er die Briefe nun las oder nicht.

Was ich damit eigentlich sagen möchte
fuhr Nettie fort, und dann stockte sie, denn – was wollte sie Damien eigentlich sagen? Dass die Liebe eine Illusion ist? Eine Täuschung, die alles in ihrem Umkreis irreleitet, von den armen Personen, die sie heimsucht, ganz zu schweigen? Dass auf die Liebe offenbar kein Verlass und es besser war, sie nicht zu ernst zu nehmen? Dass ihre Freundschaft doch mit Liebe nichts zu tun hatte und sie deshalb genauso gut vorgeben konnten, es sei nie etwas geschehen, um endlich wieder normal miteinander umzugehen?

Nettie legte den Stift nieder und lehnte sich in ihrem Stuhl zurück. Draußen, vor dem Fenster, spiegelte sich die helle Wintersonne in der silbernen Metallkarosserie eines

Trailers, so hell, dass die Konturen des Wagens zu flirren begannen.

Täuschung, dachte Nettie.

Illusion. Trugschluss. Farce.

Betrug.

Sie nahm den Stift wieder auf und schrieb:

Was ich Dir eigentlich sagen wollte: Ich bin heute Abend mit Kevin verabredet. Und wenn er mich küssen möchte, werde ich ihn nicht davon abbringen.

6.

Es ließ sich einiges sagen über Filmstars, insbesondere über die, die schon einmal mit dem Glamour Hollywoods besprenkelt worden waren. Sie schienen von Natur aus heller und weiter zu strahlen als normale Menschen, was an ihrer makellosen Haut liegen konnte oder an den funkelnden Augen oder an den dichten, glänzenden Haaren. Und selbst, wenn ihre Körpergröße nicht immer bestechend wirkte, machte in der Regel das Ego diesen kleinen Makel wett. Weshalb Gretchen Wilde mit dem Schlimmsten rechnete, als Minerva Barnes an diesem Tag das Foyer betrat, einen jungen Mann im Schlepptau, der ihren Informationen nach Noah Perry sein musste. Allerdings benahm er sich völlig anders als erwartet.

Mr. Perry verfügte über all die oben genannten Attribute, auf den ersten Blick allerdings in bescheidenerer Form. Zwar war er beispielsweise größer als Tom Cruise und augenscheinlich auch eine Spur muskulöser. Seine braunen Locken aber glänzten nicht mehr als die von anderen. Dazu besaß er dunkle Augen, die zugegebenermaßen über eine anschauliche Tiefe verfügten, und einen vollen, sinnlichen Mund. Was Gretchen mit als Erstes auffiel und weshalb sie dann doch ein wenig ins Haspeln kam, zumal Nicholas neben ihr stand.

»Gretchen Wilde – Noah Perry«, übernahm Minnie wie üblich die zackige Vorstellung. »Sie ist für die Betreuung der Gäste zuständig und wird dir jeden Wunsch von den Augen ablesen.«

Nicholas' Brauen hoben sich, während Gretchen sich räusperte. »Ja, äh ... selbstverständlich. Mmmh.« Sie nickte. Nick hatte seine Liebste selten so gesehen – eine Mischung aus verwirrt, verlegen und unsicher. Fast schien es ihr unangenehm zu sein, dass er neben ihr stand.

»Oh, das ist Nicholas Mineor«, erklärte sie dennoch. »Er ist Teilhaber von *Lori's Tearoom*, unten im Dorf.«

»Mmmh«, brummte Nick. Teilhaber von *Lori's Tearoom*? Alles klar.

Noah Perry gab ihnen beiden die Hand. Der Händedruck war nicht zu fest, nicht zu weich, ganz normal. Der Mann erklärte, wie hübsch das Hotel sei und wie pittoresk die Insel. Auch seine Stimme war gewöhnlich, befand Nick, nicht zu tief, nicht zu hoch – normal eben.

Frauen, dachte er. Dann legte er eine Hand auf Gretchens Rücken und flüsterte ihr einen Abschiedsgruß ins Ohr.

Im Windfang stolperte er beinahe über Nettie, die vornübergebeugt den alten Sir James kraulte. Der Kater schnurrte so begeistert, dass Nick es bis auf Höhe seiner stattlichen eins sechsundneunzig hören konnte.

»Deine Mutter schnurrt gerade ähnlich laut«, informierte er Nettie.

»Wie bitte?«

Er nickte in Richtung Rezeption. »Geh rein und sieh selbst.«

Das tat Nettie dann auch. Sie stellte sich neben ihre Mutter, den Blick auf den Schauspieler gerichtet, der ein Telefongespräch angenommen hatte und nun gemächlich vor ihren Augen in der Lobby hin und her schlenderte wie ein Topmodel, wobei er das nicht absichtlich tat. Minerva war vor einigen Minuten via Megafon nach draußen gerufen worden, wo man ihr mitteilte, dass der Regisseur ebenfalls in den nächsten Minuten eintreffen würde. Stimmen schwirrten durcheinander. Durch die geschlossene Tür drangen sie zu Gretchen und Nettie nach drinnen und versprühten diese Dynamik, diese *Schwingung*, die das ganze Haus zum Vibrieren brachte, seit diese Filmleute damit begonnen hatten, ihre Arbeit aufzunehmen. Das *Wild at Heart* schien auf einmal vor Energie zu surren, vom Keller bis in die Dachspitze.

»Das ist alles vollkommen verrückt«, flüsterte Gretchen.

»Ich habe ihn mir irgendwie ganz anders vorgestellt«, murmelte Nettie zurück.

»Ich meine nicht *ihn*. Ich meine *es*.« Von der Seite warf sie ihrer Tochter einen Blick zu. »Worauf haben wir uns da eingelassen? Diese Frau zum Beispiel, die ist hier reinmarschiert wie ein Unteroffizier und hat mich unter ihrer Befehlsgewalt quasi begraben. Wer in welchem Zimmer, das wann wie gesäubert wird, wo wie welche Mahlzeit eingenommen und wer, wie, wo spätestens erwartet wird und so weiter und so fort. Als wären wir ihre Angestellten und irgendwie mitverantwortlich, dass alles reibungslos verläuft. Als seien wir exklusiv für sie zuständig.«

»Nun, das sind wir, oder nicht?«

Gretchen gab einen widerwilligen Brummton von sich. Und obwohl er ihn kaum hatte hören können, warf Noah ihnen in exakt diesem Moment einen Blick zu. Einen fast schüchternen Blick, von unten und durch dichte schwarze Wimpern, mit einem kaum wahrnehmbaren Lächeln auf den Lippen.

Netties eigener Mund formte sich in der Folge zu einem spitzen O. »Oh, er ist gut«, wisperte sie.

»Was?«

»Ich meine, wie er das macht – diese schüchterne Masche. Wie er da so guckt, von schräg unten, als könnte er keiner Fliege was zuleide tun. Du denkst, er ist harmlos, und schwupps, hat er dich in seinen Fängen. Wie diese Spinne, wie heißt die noch? Die ihren Partner nach der Paarung auffrisst? Oder schlimmer noch«, fuhr Nettie fort, lauter jetzt. »Du hast noch keinen *Gedanken* an Paarung verschwendet, und er lullt dich ein, mit dieser Unschulds-Freundschafts-Masche, und dann, in einem Moment, in dem du überhaupt nicht damit rechnest ... und du bist so überrascht von deinen eigenen Gefühlen ... und überwältigt ... und später dann ...«

»Na, worum dreht es sich hier?« Oscar schob sich zwischen die zwei Frauen und legte jeder einen Arm um die Schultern. Nur eine Sekunde später, als er den Blick seiner Chefin bemerkte, die es ganz offensichtlich nicht dulden wollte, dass ihr Jungkoch sie umarmte, ließ er zumindest Gretchen wieder los. »Ah, ich sehe schon«, sagt er dann. »Es geht allmählich los, richtig?«

Oscar wirkte zufrieden. Er hatte die Zeit, die das *Wild at Heart* in den vergangenen Monaten geschlossen blieb, in dem Pub in Irland verbracht, das seinem Onkel gehörte – weit weg von Cornwall, dem Hotel und Florence, dem Zimmermädchen. Er hatte die Zeit nicht sehr genossen. Deshalb würde er für jeden kochen, sogar Lord Voldemort, wenn es nur hier auf Port Magdalen war.

Er drückte Netties Schulter. Die wand sich aus seinem Griff. »Ich gehe Hausaufgaben machen«, murmelte sie, sich des wissenden Blicks, den ihre Mutter ihr zuwarf, sehr wohl bewusst. Hatte Nettie gerade tatsächlich von Noah Perry gesprochen? Oder vielmehr über den Jungen, dessen Name besser nicht mehr ausgesprochen werden sollte?

Nettie also verzog sich in ihr Zimmer. Dass sie anschließend noch nach Marazion wollte, um Kevin zu treffen, würde sie ihrer Mutter später noch erzählen können. Oscar trottete in Richtung Küche davon, und Gretchen war dabei, in ihrem Arbeitszimmer zu verschwinden, als Sara in die Lobby trat. Wie sooft hielt die Gärtnerin einen riesigen Strauß Blumen im Arm, über den sie kaum hinwegsehen konnte, und wie üblich trug sie ein strahlendes Lächeln auf dem Gesicht.

»Wow«, rief sie, als sie Gretchen in der Mitte der Empfangshalle erreichte. »Was für ein Irrenhaus da draußen. Das nenne ich mal einen Kulturschock, nach dem stillen Herbst, den wir hier hatten.«

»Ja, das waren noch Zeiten«, erwiderte Gretchen trocken.

»Ach, komm schon. Du hast dich monatelang beschwert, dass das *Wild at Heart* zum Geisterhaus mutiert ist. Du wurdest erhört, schätze ich. Von wem auch immer.« Sie ging hinüber zum Empfangstresen, wo sie einzelne Sträuße aus ihrem Arm voll Blumen ablegte, Kamelien hauptsächlich und erste, frühe Christrosen.

»Die Kamelien sind wunderschön«, sagte Gretchen, die neben sie getreten war.

»Allerdings. Sie sind im wahrsten Sinne aufgeblüht in diesem Jahr. Als wäre ihnen bewusst, welch berühmte und bedeutsame Augen sie in diesen Wochen erfreuen sollen.« Den letzten Halbsatz hatte sie derart gewichtig betont, dass beide Frauen zu lachen begannen.

»Noch kannst du scherzen«, sagte Gretchen, »noch.« Sie warf einen Blick auf den Hauptdarsteller, der nach wie vor sein Handy ans Ohr gepresst hielt, doch beim Lachen der

Frauen aufgesehen hatte. Sara hatte ihn noch gar nicht bemerkt. Sie spürte nicht den Blick, den Noah Perry in ihren Rücken brannte, doch Gretchen bemerkte die Aufmerksamkeit, die der Schauspieler ihnen plötzlich entgegenbrachte, sehr wohl.

»Möchtest du auch einmal etwas Hübsches fürs Auge sehen?«, flüsterte Gretchen ihrer Freundin ins Ohr.

»Wie?« Sara zupfte nach wie vor an ihren Blumen herum.

»Dreh dich unauffällig um und tu so, als würdest du Richtung Eingang sehen, okay?«

»Was? Wieso?« Und dann drehte sich die Gärtnerin um, mehr oder weniger unauffällig (eher weniger, um genau zu sein), und zum allerersten Mal traf ihr Blick den von Noah.

Und war nicht eben von Energie die Rede gewesen? Von Schwingungen, die das gesamte Haus vibrieren ließen? Nun, diese Energie, sie kam in der Sekunde zu einem abrupten Ende, in der Saras Blick auf den des Schauspielers traf.

Gretchen konnte es spüren. Noah Perry spürte es.

Sara ... Sara drehte sich zu ihrer Freundin um und wisperte: »Ehrlich? Für den hat Heather Mompeller Ivan Trust sausen lassen?«

7.

Theo Wilde war ein Mann von Mitte siebzig, der schon viele Dinge in seinem Leben gesehen hatte. Frauen in Schlaghosen beispielsweise. Touristen, die Salami zum Frühstück aßen. Noch schlimmere Dinge. Was ihm bislang allerdings nicht offeriert worden war, war ein Blick auf ein Filmset, ein waschechtes noch dazu, und das unmittelbar vor seiner eigenen Haustür. Dort saß er nun also auf einem Leinenliegestuhl, vor den Stufen, die zu seinem restaurierten Schäferwagen führten, in eine flauschige Wolldecke gemummelt, und betrachtete voller Staunen die Wohnwagen um ihn herum. Die Crew-Mitglieder wuselten wie Ameisen von hier nach dort, riefen sich lauthals Anweisungen zu oder tauschten leise, mit gerunzelter Stirn, Informationen aus, als seien sie geheim. Er sah junge Menschen mit Clipboards herumeilen (und er wusste nur deshalb, dass die so hießen, weil Nettie eine Zeit lang eines benutzt hatte), Mädchen Kostüme hin- und herschleppen, er beobachtete klassische Kabelträger und junge Schlakse mit Kopfhörern, und natürlich Minnie, die Aufnahmeleiterin, die offenbar niemals müde wurde und der stets noch etwas Neues einfiel, das sie ihrer Mannschaft mitteilen musste oder diesem armen, dürren Wesen, das wie ein Satellit um sie herumkreiste.

In einem der Wagen musste die Filmschminke aufgelegt werden, dachte sich Theo, während er eine Tüte Salz-und-Essig-Chips aufriss und gedankenverloren beobachtete, wie eine blonde Frau, die vor etwa fünfundvierzig Minuten den Trailer betreten hatte, wieder herauskam – und völlig anders aussah als zuvor. Er hatte sie dennoch sofort erkannt, immerhin war sie im Sommer schon mal hier gewesen. Wie hieß sie noch gleich? Heather? Heather Mon... irgendetwas Französisches. Montmartre? Bonaparte?

»Ach, du glaubst es nicht«, unterbrach da eine brummende, überzogen südländisch klingende Stimme Theos Gedanken. »Weißt du, wie du aussiehst? Wie einer dieser alten Kerle aus der Muppet Show, die immer oben auf dem Balkon sitzen und über alles lästern.«

»Ach, ja?«, gab Theo gelassen zurück. »Und weißt du, wie du aussiehst? Wie ein alter, italienischer Esel, der es gerade so eben den Berg hinaufgeschafft hat, ohne tot umzufallen. Tee?«

»Bitte«, erwiderte Bruno.

Theo warf die Decke zurück, stand auf, schleppte einen weiteren Liegestuhl heran, in den sich sein Gast ächzend hineinsinken ließ, und verschwand dann abermals in seinem Schäferwagen, um Wasser für Tee aufzusetzen.

Bruno Fortunato, einer der ältesten Feind-Freunde, die Theo besaß, machte es sich indes in seinem Stuhl bequem.

»Bist du wegen Dottie hier?« Theo platzierte ein kleines Tischchen zwischen ihre Stühle, stellte eine Teekanne, zwei Tassen und eine Schüssel mit besagten Chips darauf und ließ sich ebenfalls in seinen Sitz fallen. Mit hochgezogenen Brauen sah er Bruno an.

»Du wirst den Tag erleben, an dem sie mein Rufen erhört«, sagte der nur.

»Sicher«, gab Theo zurück und setzte mitleidig hinzu: »Aber bis dahin werde ich vermutlich taub sein.« Die

Fehde, die Bruno mehr zu Theos Feind, als zu seinem Freund machte, hing mit der resoluten Köchin des *Wild-at-Heart*-Hotels zusammen, für die beide Männer eine Schwäche hatten. »Ganz abgesehen davon«, fuhr Theo fort, »hält sich dieser Tage von Dottie fern, wem sein Leben lieb ist. Seit Beginn der Woche ist sie mehr oder weniger durchgehend gestresst, weil sie den ganzen Zirkus hier von früh bis spät durchfüttern muss.«

»Ach«, machte Bruno und schob sich eine Handvoll Chips in den Mund. »Denkst du, das Essen ist schon fertig?«

Theo verdrehte die Augen. »Es ist noch nicht mal halb elf. *Stupido*.«

Bruno zuckte mit den Schultern. »Also. Was gibt es hier zu sehen? Ist die Hauptdarstellerin eine Schönheit?«

»Woher willst du wissen, ob es eine Hauptdarstellerin gibt? Vielleicht drehen sie *Planet der Affen* oder weiß der Himmel was?«

»Dass in *Planet der Affen* keine echten Affen mitspielen, ist dir klar, ja?«

»Wer auch immer in den Anzügen steckt, du wirst keine Brüste sehen können«, gab Theo zurück, und Bruno brummte etwas, das sich verdächtig nach *vulgärer, alter Mann* anhörte, woraufhin der so Beschriebene kicherte.

Ob ihnen klar war, dass sie nun tatsächlich das gleiche Bild abgaben wie Statler und Waldorf aus der Muppet Show?

»Weiß man denn schon, was gedreht wird?«

»Wo hast du deinen Kopf, Fortunato? Selbstverständlich weiß man, was gedreht wird. Eine Serie.«

»Das weiß ja nun wirklich jeder, Theodore, aber über den Inhalt wusste bisher noch niemand etwas Genaues zu sagen, also – *welche* Serie? Du sitzt schließlich an der Quelle.«

»Irgendein Ding, das man sich dann im Internet ansehen kann.«

»Im Internet?«

Theo zuckte mit den Achseln.

Bruno nippte an seinem Tee. »Graham meint, sie drehen einen dieser Streifen, in denen Haie durch die Gegend fliegen. Du weißt schon – irgendwo stürzt ein Meteorit ins Meer, infolgedessen wird der gesamte Inhalt der Tiefsee an Land geschleudert, Fünf-Meter-Haie inklusive.«

»Das glaubt Graham nicht wirklich, oder?«

»Wieso sollte er das nicht glauben? Dem Geheimnisgrad zufolge, den sie um dieses Ding hier machen, ist alles möglich, oder nicht?«

Während die beiden Männer über den Inhalt der rätselhaften Dreharbeiten spekulierten, wurde um sie herum das Treiben geschäftiger. Es schienen immer mehr Menschen von einem Wohnwagen zum nächsten zu huschen, immer mehr Stimmen wurden laut. Für die beiden bedurfte es nicht einmal eines aktuellen Drehs, um sie als Zuschauer bei der Stange zu halten – die Vorbereitungen, das Getümmel vor ihnen, waren genug, um zwei alte Herren in ihren Liegestühlen zu faszinieren.

»Das da«, sagte Theo plötzlich und wischte sich seine salzigen Chipsfinger an seiner Stoffhose sauber. »Das müsste die Hauptdarstellerin sein.«

»Die Blonde mit dem Rattennest auf dem Kopf?«

»Genau. Heather Sonstwie.«

»Die sieht ja total verlottert aus.«

»Das ist ihr Kostüm, Schlauberger. Offensichtlich gehört ein gewisses ... rattenartiges Outfit zu ihrer Rolle.«

»Planet der Ratten«, murmelte Bruno.

»Mmh.«

Einige Sekunden lang beobachteten die zwei Heather Mompeller dabei, wie sie vor einem der Trailer hin- und herlief und dabei lautlos vor sich hinsprach, während sie ab und an einen Blick in das Skript in ihrer Hand warf.

»Sie lernt ihren Text«, stellte Bruno schließlich scharfsinnig fest.

»Was soll sie sonst lernen? Französische Grammatik?«

»Möchte wissen, um was es in dem Dings geht.«

»Fängst du jetzt schon wieder an? Es ist doch völlig egal, was sie da drehen. Du siehst ohnehin nie fern.«

»Aber das würde ich mir ja wohl ansehen! Wenn sie schon etwas auf Port Magdalen filmen!«

»Du wirst es früh genug erfahren.«

»Denkst du, sie könnten ein paar begabte Statisten gebrauchen? Damals, als ich noch in Palermo ...«

»Ach, Grundgütiger, erspar mir die Abenteuer des jungen Casanovas. Wenn sie tatsächlich Statisten benötigen würden, dann sicher nicht einen so alten Fatzke wie dich! Sieh dir diesen Kerl an – so sehen die Männer aus, die heute auf Zelluloid gebannt werden.«

»Zelluloid«, wiederholte Bruno abfällig. »Du hast tatsächlich keine Ahnung, wie heutzutage Film...« Doch dann unterbrach er sich. Und griff zur gleichen Zeit wie Theo in die Schüssel mit den Chips, da sich vor ihnen etwas Neues tat.

Noah Perry (der Mann, dessen Name Theo bislang noch nicht kannte, aber von dem er annahm, dass so heutzutage die Stars von Filmen aussehen müssten), hatte sich zu Heather Mompeller gesellt. Die zwei schienen sich zu unterhalten – erst normal, wie es aussah, doch mit jedem Wort ein wenig angespannter, bis das Gespräch am Ende eher hitzig wirkte. Zu diesem Zeitpunkt griff Noah Heather am Arm und führte sie in die enge Lücke zwischen zwei Wohnwagen, wo die beiden ihr Gespräch gestenreich fortsetzten. Ihr Publikum – zwei alte Männer in ihren Liegestühlen vor einem ausgebauten Schäferwagen – vermochte nicht zu verstehen, was gesprochen wurde, nahm aber durchaus die Schwingungen wahr, die von den Schauspielern ausgingen.

»Was ist eigentlich aus dieser Sache mit deinen Strohhalmen geworden?«, fragte Bruno plötzlich.

»Wie kommst du ausgerechnet jetzt auf die Strohhalme?«, gab Theo ungläubig zurück, ohne dass einer von ihnen den Blick von dem gestikulierenden Paar abwandte.

»Weil mir gerade eingefallen ist, wann ich mich das letzte Mal so gut mit dir amüsiert habe.«

Theo gab einen abfälligen Laut von sich. »Nichts ist mit den Strohhalmen«, sagte er. Im Sommer, da hatte er die für seine Begriffe bahnbrechende Erfindung gemacht von Strohhalmen, die gleichzeitig als Partypikser für Fruchtbowle verwendet werden konnten – *richtige* Pikser, nicht so windige, die schon bei der Berührung mit einer wabbeligen Erdbeere einknickten. Er hatte sogar einen Investor dafür gefunden, doch letztlich wurde doch nichts daraus. Die Produktionskosten wären zu hoch gewesen, hieß es. Zu hoch für ein Billigprodukt wie einen Strohhalm. Und abgesehen davon – *abgesehen davon* war jede Idee, die er einmal hatte, und jede Erfindung, die er darüber hinaus geplant hatte, mit seinem Notizbuch in der Werkbank seiner Scheune verbrannt.

Theo seufzte. »Ich vermisse meine Werkstatt.«

»Das ist besser als Kino«, murmelte Bruno.

Es war kalt geworden. Beide Männer stellten die Krägen ihrer Jacken auf, machten aber keine Anstalten, ihren Platz in der ersten Reihe zu räumen.

8.

Es war der Abend desselben Tages, als sich Heather Mompeller in der riesigen Panorama-Badewanne ihrer Suite ein Schaumbad gönnte. Sie war vor einigen Stunden erst angereist – einen Tag später als der Rest der Schauspielercrew – und den gesamten Tag über so beschäftigt gewesen, sich in das Set einzufinden, sich mit Textänderungen vertraut zu machen und an die Maske zu gewöhnen, dass ihr kaum Zeit geblieben war, darüber nachzudenken, was sie hier eigentlich tat. Und wo sie sich befand. Auf der Schwelle zu *richtigem Ruhm*, würde ihre Managerin vermutlich erklären. Und weil Heather diesen Satz nicht einmal mehr in ihrer Vorstellung ertragen konnte, griff sie nach ihrem Rotweinglas und nahm einen kräftigen Schluck.

Richtiger Ruhm, dachte sie bitter, im Gegensatz zu dem falschen, den sie sich am Theater erworben hatte. Das Fernsehen war für Schauspieler Fluch und Segen zugleich, derart große Popularität war für Schauspieler Fluch und Segen zugleich, und welchen Preis man dafür zahlen musste, das war … Sie ließ den Kopf auf den Beckenrand hinter sich sinken und starrte an die Zimmerdecke. Die Wände des Salons ihrer Suite schmückte eine elegante, violette Tapete, die mit Disteln verziert war, und die Decke war in einem etwas helleren Fliederton gehalten. Jetzt, da sie mit zurückgelegtem Kopf hinaufstarrte, erkannte sie, dass vermutlich nur in dem relativ kleinen Bereich über der Badewanne winzige, funkelnde Sterne die Decke zierten. Sie glitzerten im Schein der Kerzen, die Heather angezündet hatte, und sie sahen so wunderschön und vollkommen und liebreizend aus, dass ihr Tränen in die Augen stiegen. Das letzte Mal, als sie in dieser Wanne gelegen hatte, da hatte sie sich nicht so einsam gefühlt, was höchst wahrscheinlich daran lag, dass sie es damals auch nicht war. Ivan war bei ihr gewesen. Sie hatten den ganzen Tag auf dem Boot verbracht, unter der kornischen Sommersonne, der Skipper hatte ihnen eine Seehundinsel gezeigt und war zu einer Stelle gesegelt, an der die Delfine um sie herumsprangen, als gäbe es kein Leid auf dieser Welt.

Es war ein Tag wie aus einem Märchenbuch gewesen, an dem sie beide anschließend ganz beseelt in dieses Zimmer zurückgekehrt waren. Sie hatten an ihren Kleidern gezerrt, noch bevor die Tür hinter ihnen ins Schloss gefallen war, hatten sich auf der Schwelle zwischen Gang und Salon geliebt, dann im Bett, und später noch einmal, in eben dieser Badewanne. Tränen liefen über Heathers Wangen und vermischten sich mit dem Badeschaum. Was hatte sie sich dabei gedacht, der Produktion dieses Hotel vorzuschlagen? Das heißt, sie wusste, was sie gedacht hatte, damals – dass sie hier glücklich gewesen war, so glücklich wie nie zuvor in ihrem Leben. Doch jetzt, keine drei Monate später, war sie die unglücklichste Person, die man sich nur vorstellen konnte.

Sie nahm einen weiteren, großen Schluck Wein – das heißt, sie wollte es, bevor sie feststellen musste, dass das Glas leer war. Und somit ihre Vorräte aus der Minibar. Also wischte sie sich mit einer nicht gerade feinen Geste über die schniefende Nase, setzte sich auf und beugte sich vor, um sich im Zimmer nach dem Telefon umzusehen.

Wo war dieser Hausapparat abgeblieben?

Ah, ja. Dort drüben. Heather blinzelte, bis das altmodische Schnurtelefon auf dem seitlichen Couchtisch an Schärfe gewann, dann stützte sie sich seufzend vom Beckenrand ab, um triefnass und splitterfasernackt den Zimmerservice anzurufen.

Den es im *Wild-at-Heart*-Hotel gar nicht gab, aber das konnte Heather ja nicht wissen.

Die Uhr neben Gretchens Bett zeigte 2:54 Uhr an, als das Läuten des Telefons sie aus dem Schlaf riss. Panisch stieß sie zunächst gegen das Wasserglas, das auf ihrem Nachttisch stand und gefährlich ins Wanken geriet, bevor sie den Hörer in die Finger bekam, während sich Nicholas schlaftrunken neben ihr aufrichtete.

»Was ist passiert?«, murmelte er verwirrt, und Gretchen sagte: »Hallo? Wer ist da?«

»Mompeller.« Die Stimme klang so laut aus dem Hörer, dass selbst Nick den Namen verstand, obwohl er reichlich genuschelt wurde. »Ist dort der Zimmerservice? Ich hätte gern noch eine Flasche von Ihrem roten Hauswein. Oder nein – bringen Sie mir einen Franzosen. Und ein frisches Glas. Danke sehr. Auf Wiederhören.«

»Was …«, begann Gretchen, »ich meine, hallo? Wir haben leider nachts keinen Zimmerservice, wir … hallo? Hallo?«

»Sie hat aufgelegt«, murmelte Nicholas und ließ sich zurück auf sein Kissen fallen, knipste jedoch die Nachttischlampe an. »Leg dich wieder hin, ich bringe ihr den Wein.«

»Kommt nicht infrage«, erwiderte Gretchen und gähnte, dann beugte sie sich über Nick, knipste die Lampe wieder aus und drückte einen Kuss auf seine Lippen, bevor sie sich aufrichtete und aus dem Bett krabbelte. »Du schläfst weiter. Ich bin in ein paar Minuten zurück.«

Schauspieler, dachte Gretchen, während sie sich mit einer Flasche unter dem Arm sowie Glas und Korkenzieher in der Hand auf den Weg in den ersten Stock machte. Sie hatten schon einige mehr oder weniger berühmte Gäste im *Wild at Heart* beherbergt, und es war nicht das erste Mal, dass sie mitten in der Nacht rausgeklingelt wurde, um irgendetwas auf den Zimmern zu servieren. Es kam nicht sonderlich oft vor, also hatte sie bislang nicht die Notwendigkeit gesehen, strikter durchzugreifen und dem jeweiligen Gast klar zu vermitteln, dass es in einem Hotel ohne Nachtportier nachts auch keinen Zimmerservice gab. Jetzt allerdings fragte sie sich, ob sie das in den kommenden Wochen anders handhaben musste. Wenn jedes Mitglied dieser Filmcrew anfing, sie nach Mitternacht aus dem Schlaf zu läuten, würde sie bald kein Auge mehr zutun.

Sie würde sich etwas überlegen. Morgen. Zunächst einmal klopfte sie an die Tür der Suite, leise, um nicht das gesamte Haus aufzuwecken, und dann etwas lauter, als sie von drinnen keine Reaktion bekam.

»Miss Mompeller?« Klopf, klopf. »Hallo? Ich habe Ihren Wein hier.« Mit einem Ohr an der Tür klopfte Gretchen noch einmal, woraufhin sie endlich etwas aus dem Inneren der Suite vernahm, schwere Schritte, die sich in Richtung Tür schleppten.

»Da sind Sie ja«, begrüßte sie die Schauspielerin, öffnete die Tür weit, bevor sie sich umdrehte und den Rückweg antrat.

Für einige Sekunden glaubte Gretchen, ihren verschlafenen Augen nicht zu trauen, dann aber wurde ihr bewusst, dass Heather Mompellers Hintern tatsächlich unbekleidet gewesen war. Und nicht nur der Hintern. Die Schauspielerin war völlig nackt, wie sie da durch das Zimmer spazierte, nur leicht schwankend, bevor sie in die großzügige Badewanne mit den Klumpfüßen tauchte, die vor dem Fenster stand.

»Wären Sie so nett, die Flasche zu öffnen«, rief sie über die Schulter, während sie ihren Körper tiefer ins Wasser gleiten ließ. »Das wäre ganz reizend, danke schön.«

Während Gretchen noch mit sich debattierte, wie sie der jungen Frau am besten beibrachte, dass es in ihrem Hotel unglücklicherweise keinen 24-Stunden-Service gab, lief sie mit der Rotweinflasche zu einem der kleinen Beistelltische neben der Sofagruppe, entkorkte sie und goss einen großzügigen Schluck in das mitgebrachte Glas. Sie ging damit auf die Wanne zu, in der Heather Mompeller logierte, und wollte eben den Mund öffnen, um die Servicezeiten des *Wild at Heart* herunterzurattern, als ihr die Schauspielerin das Gesicht zuwandte, ein gänzlich verweintes, bekümmert dreinblickendes Gesicht.

»Ein wunderschönes Hotel haben Sie hier«, erklärte sie und wirkte dabei, als würde sie jeden Moment wieder in Tränen ausbrechen.

Also erwiderte Gretchen nichts weiter als: »Vielen Dank«, und streckte der armen Heather das frisch befüllte Glas hin.

Doch die Schauspielerin schüttelte den Kopf. »Nein, bitte. Das neue Glas ist für Sie. Das hier ist meins – wenn Sie das einfach nur auffüllen würden.«

»Oh, das ist sehr freundlich, aber ...«

»Bitte, mir zuliebe.«

»Es ist mitten in der Nacht, und ...«

Und da gab Heather Mompeller ein ganz und gar bemitleidenswertes Geräusch von sich, ein Zwischending aus Schluchzen und Stöhnen, das Gretchen erschrocken zusammenfahren ließ.

»Ein wirklich schönes Haus haben Sie hier«, weinte sie, und Gretchen griff wortlos nach der Weinflasche und schenkte der armen Frau nach.

Es sollte eine lange Nacht werden. Oder kurz, je nachdem, von welcher Warte aus man es betrachtete. Gretchen jedenfalls verweilte die nächsten sechsundvierzig Minuten auf einem gepolsterten Hocker neben der Badewanne, in der das Wasser in regelmäßigen Abständen heiß nachjustiert wurde, während einer jungen unglücklichen Aktrice vermutlich gerade Schwimmhäute wuchsen.

»In diesem Beruf«, sagte Heather, und ihre Stimme klang mittlerweile träge vom Alkohol, »wird sich jeder und immer wieder fragen müssen, ob und inwieweit er oder sie bereit ist, wen oder was auch immer zu opfern.«

Hinter vorgehaltener Hand unterdrückte Gretchen ein Gähnen, mit der anderen schwenkte sie ihr Rotweinglas. Sie hatte keinen Schluck davon getrunken, schließlich war es beinahe Morgen, doch Heather hatte erst vor etwa zehn Minuten aufgehört zu weinen und Gretchen es nicht fertiggebracht, sie allein in der Badewanne sitzen zu lassen. Was genau Heather Mompeller so unglücklich machte, hatte sie auch noch nicht herausfinden können, denn all das, was die Schauspielerin von sich gab, schien irgendwie verschlüsselt zu sein. *Jeder, wer oder was, inwieweit* – irgendwann hatte Gretchen einfach aufgegeben nachzufragen, weil sie ohnehin keine plausible Antwort erhielt.

Es platschte und quietschte, als sich die junge Frau aufrechter hinsetzte. »Ist Liebe ein zartes Ding?«, rief sie. »Sie ist zu rau, zu wild, zu tobend, und sie sticht wie Dorn.«

Gretchen öffnete den Mund, doch Heather war schneller.

»Shakespeare«, erklärte sie. »*Romeo und Julia.* Sie wissen, dass ich die Julia gespielt habe? Oh ja, auf der Bühne im großartigen London, auf der Bühne der *großartigen* Shakespeare-Company in London. Es war ... furios! Fulminant! Ein überragender Erfolg. Und Romeo...« Sie hielt mitten im Wort inne, schüttelte den Kopf und holte tief Atem. »Scheinbar reicht es nicht. Scheinbar ist ein Erfolg nie so groß, wie er sein könnte. Ha!« Heather griff nach ihrem Rotweinglas. »Das war von mir, nicht von Shakespeare. Shakespeare wusste manchmal auch nicht, wovon er sprach, was? Ich meine, wann hat der gelebt? Da war einiges noch nicht einmal legal, habe ich recht?«

Sie trank, und allmählich wurde Gretchen wirklich nervös. »Soll ich nicht doch bei Noah Perry anklopfen?«, versuchte sie es erneut. Sie hatte schon ein paar Mal vorgeschlagen, den Schauspieler zu wecken, der immerhin das Zimmer gleich nebenan bewohnte und schließlich der neue Freund der jungen Frau war.

Als Antwort tauchte diese den Kopf unter Wasser, so lange, bis Gretchen nach ihrem Arm griff aus Angst, sie könnte unten bleiben wollen.

Als sie endlich auftauchte, prustete Heather Mompeller Wasser aus der Nase und japste. »Was soll ich mit der Liebe, wenn sie den Himmel mir zur Hölle macht.« Und dann: »Mir ist kalt.«

Nur mühsam und mit Gretchens Hilfe rappelte sie sich auf und stieg aus der Wanne. Sie ließ sich in einen Bademantel helfen und trocknete sich mit dem Handtuch, das Gretchen ihr reichte, die Haare, während sie der Hotelchefin dabei zusah, wie sie das Wasser abließ und Wein und Gläser zusammenräumte. Sie beobachtete jeden von Gretchens Schritten, und schließlich sagte sie: »Ich beneide Sie.

Sie sind eine so einfache Frau.« Bevor sie den Mantel von ihren Schultern gleiten ließ und nackt ins Schlafzimmer hinüberspazierte.

Die Worte hallten in Gretchen nach, während sie die Tür der Suite hinter sich schloss und die dick mit Teppich ausgelegte Treppe hinunter ins Foyer schlich. Sie konnte sich nicht dazu bringen, Heather Mompeller übel zu nehmen, was sie da gerade von sich gegeben hatte, im Gegenteil: Gretchen grinste den ganzen Weg über, bis sie ihr eigenes Schlafzimmer erreicht hatte und den Bademantel an dem Haken hinter der Tür aufhängte. Dann schlüpfte sie unter die Decke, die Nicholas warm gehalten hatte, und der nun, da sie ihre Arme um ihn schlang und ihren Kopf auf seiner Brust ablegte, einen zufriedenen Seufzer von sich gab.
Eine einfache Frau, dachte Gretchen wohlig. In der Tat.

9.

Lieber Damien,

für den unwahrscheinlichen Fall, dass Dich mein Leben auch nur noch das kleinste Bisschen interessiert:

Wenn wir einmal davon absehen, was im vergangenen Sommer passiert ist (dass Du mich geküsst hast, die Scheune niedergebrannt ist, meine Mutter beinahe einen Nervenzusammenbruch erlitten hat), lässt sich mein Leben derzeit im Grunde als ganz gut bezeichnen. Ich meine, einige Zeit war es gespenstisch im Hotel, so ohne Gäste, und mir ging es auch nicht sonderlich, weil ... weil ... Du wirst Dir denken können, warum.

(Himmel noch mal. Dies sind nur fiktive Briefe. DIES SIND NUR FIKTIVE BRIEFE. Niemand wird sie je zu lesen bekommen. Erst recht nicht Damien. Warum also nicht einfach sagen, was Sache ist?)

Mir ging es nicht sonderlich, weil ich in diesem Sommer meinen besten Freund verloren habe. So. Jetzt ist es raus.

(Und, nur ganz nebenbei: Du hast mir meinen ersten Kuss gestohlen. Ist Dir das eigentlich klar? Dass ich zuvor noch nie einen Jungen geküsst habe? Was, wenn ich diesen Kuss gern aufgespart hätte? Für einen Augenblick, der, sagen wir, ein bisschen spezieller gewesen wäre als zwischen Tür und Angel meines Zimmers? Was, wenn ich diesen Kuss gern aufgespart hätte für jemanden Bestimmten? Jemanden, der nicht mein bester Freund ist? Jemanden, in den ich mich Hals über Kopf verliebt hätte, irgendwann? Später. Irgendwann eben.)

Okay.

Wo war ich?

Mein Leben hat sich also irgendwie wieder eingerenkt, auch wenn ich das vor zwei Monaten für schier unmöglich gehalten hätte. Die Schule ist okay, mit Charlotte ist es ... okay, es gibt endlich wieder etwas im Hotel zu tun. Und auch wenn ich wegen dieser Filmsache nicht halb so euphorisch bin wie andere (womit wir wieder bei Charlotte wären), lenkt sie mich doch ein bisschen ab von all dem, was mich die vergangenen Monate beschäftigt hat. Denn sind wir mal ehrlich: Warum etwas zu einer riesigen Sache aufbauschen, das im Grunde nur einen Bruchteil meines Daseins ausmacht?

Ich stelle mir das in etwa so vor: Wir stehen in der Mitte eines zugefrorenen Sees. Die Eisdecke ist dünn, und wir sind unvorsichtig, und als wir nur einen falschen Schritt unternehmen, kommt es zum Bruch, und Risse breiten sich unter uns aus wie ein Gewirr aus Ästen. Noch ein falscher Schritt, und das ganze Konstrukt bricht auseinander. Wenn man aber stillhält und wartet, bis Wasser die Lücken füllt, bis die Kälte alles wieder zusammengefügt hat, dann wird es irgendwann so sein, als hätte es den kleinen Unfall gar nicht gegeben. Als hätte sich nie ein Loch in das Eis gefressen.

Man muss nur lange genug warten.

Und die Oberfläche ist wie neu.

Okay, also — das ist der letzte Brief, ja? Ich meine, es ist ohnehin müßig, du wirst nie einen davon zu lesen bekommen. Ich möchte nur, dass du weißt ... Ach, wem versuche ich, etwas vorzumachen? Auch wenn das Eis wieder hält, wird es immer noch spürbar sein, dass da einmal etwas war, wenn man mit den Fingerspitzen darüberfährt.

Eine Zeit lang saß Nettie einfach nur da und wunderte sich über ihre eigenen Worte. Was war das hier? Ein Abschied? Wollte sie mit dem, was sie da eben geschrieben hatte, einen Schlussstrich ziehen zwischen sich und Damien? Unter ihre Freundschaft? Wollte sie aufhören, darauf zu warten, dass er sich meldete, und keinen weiteren Gedanken daran verschwenden, es selbst zu tun? Eine ganze Weile dachte sie darüber nach. Dann schrieb sie:

> Vielleicht können wir irgendwann wieder Freunde sein, das wäre schön. Dann könnte ich dir davon erzählen, dass das Treffen mit Kevin vor zwei Tagen ... dass es ... Wir sind nach Penzance gefahren und ...

Nettie schluckte. Sie dachte daran, dass sie ausgerechnet in das Café gegangen waren, das sie zuletzt mit Damien besucht hatte, nach ihrem gemeinsamen Bücherkauf im Sommer. Sie hatte nicht aufhören können, auf den Stuhl zu starren, auf dem er damals gesessen hatte, während Kevin ihr davon erzählte, wie lange er schon darauf wartete, mit ihr – Nettie – auszugehen. Sie hatte sich kaum auf ihn konzentrieren können. Es war ein Wunder eigentlich, dass Kevin anscheinend nichts von Netties geistiger Abwesenheit bemerkt hatte.

Er brachte sie nach Hause – also gut, bis zu Jets Boot im Hafen von Marazion, von wo aus sie allein den Heimweg ins Hotel antreten wollte – und dann, dann ...

> ... dann hat er mich geküsst.

Nettie warf den Stift von sich, als habe er auf einmal Feuer gefangen. Sie wollte nicht weiter über den Abend mit Kevin nachdenken. Sie wollte nicht daran denken, wie vollkommen anders sich dieser Kuss angefühlt hatte und wie wenig Lust sie verspürte, ihn oder ein Treffen zu wiederholen oder überhaupt in die Schule zu gehen. Es war deutlich zu spüren, dass Kevin anders empfand als sie. Die vergangenen zwei Tage hatte sie damit verbracht, ihm auszuweichen, ohne ihn vor den Kopf zu stoßen.

Dünnes Eis.

Sie befand sich da auf sehr, sehr dünnem Eis, das spürte sie genau.

Was Nettie zu diesem Zeitpunkt noch nicht spürte, war, dass sie ihn quasi herbeigeschrieben hatte. Also Damien. So etwas war schließlich unmöglich. Weshalb sie ernsthaft an ihrer Sehkraft zweifelte, als sie an diesem Freitagnachmittag desselben Tages Paolos Stall sauber machte und in der Gestalt, die plötzlich in der Tür lehnte, ihren Freund zu erkennen glaubte – weil das eben nicht möglich war. Es musste jemand anders sein.

Kevin.

Von der Größe her könnte es hinkommen. Wobei – nicht ganz, denn eigentlich war Kevin nicht sonderlich groß und die Schultern waren ebenfalls nicht breit, nicht so. Das Gefühl, das Nettie beschlich, breitete sich von ihrem Nacken her aus, die Kiefer entlang, es kribbelte in ihren Wangen, bevor es hinter ihren Lidern zu brennen begann. Risse. Was sie da fühlte, hinterließ imaginäre Risse auf ihrer Haut. Und sie fürchtete, bei dem nächsten falschen Satz, den wer auch immer zu ihr sagen würde, in Tränen ausbrechen zu müssen.

»Hi, Nettie.«

Er war es. Nettie verschluckte sich fast. Sie starrte die Silhouette an, wortlos, bis ihr ehemals bester Freund sich aus dem Schatten des Stalleingangs schälte und ganz langsam auf sie zukam, so, als hätte er Angst, sie zu erschrecken. Als würde sie wie ein scheues Tier davonspringen, wenn er sich zu schnell bewegte.

Damien sah exakt so aus, wie sie ihn in Erinnerung hatte. Nettie hatte den Gedanken kaum zu Ende gedacht, da hätte sie sich am liebsten mit der flachen Hand gegen die Stirn geschlagen. Natürlich sah Damien genauso aus, wie sie ihn in Erinnerung hatte – sie hatte ihn schließlich erst vor drei Monaten gesehen. Vor drei Monaten, sechzehn Tagen und circa zwei Stunden, um genau zu sein, hatte sie Damien zum letzten Mal gesehen. Seither war kaum eine Minute vergangen, in der sie nicht an ihn gedachte hatte, und nun stand er auf einmal vor ihr, in seiner vollen Größe (mit für seine sechzehn Jahre beachtlichen eins sechsundachtzig), den dichten dunklen Haaren, den braungrünen Augen. Er hatte auf seine Fensterglas-Brille verzichtet, nicht aber auf die Frisur mit der Tolle, und beinahe hätte Nettie laut losgelacht, warum auch immer, würde da nicht ein Kloß in ihrem Hals stecken. »Was machst du denn hier?«, presste sie daran vorbei hervor.

Damien, die Finger in den Taschen seines roten Anoraks vergraben, blinzelte. »Ich, äh ...« Er zog seine Hände hervor. Und immer noch tat sich Nettie schwer damit zu begreifen, dass er tatsächlich vor ihr stand. Seit dem Sommer hatte sie nichts anderes gewollt, als Damien wiederzusehen. Dann hatte sie versucht, ihre Sehnsucht zu vergessen. Hatte tatsächlich einen anderen geküsst, wie um dieses Vorhaben zu unterstreichen.

»Ich meine, es ist ...«, begann sie.

»Ich dachte, wir könnten ...«, setzte Damien gleichzeitig an.

»Wo du schon mal ...«

»Falls du aber nicht, dann eben ...«

Während die beiden Teenager genauso durcheinandersprachen, wie sie sich vermutlich fühlten, stieß Paolo hinter Nettie ein Geräusch aus, das verdächtig nach einem Kichern klang. Mit der Nase versetzte er seinem Frauchen einen Stups.

»Okay«, rief Nettie aus. Sie drückte Damien eine Heugabel in die Hand. »Hier, du kannst beim Ausmisten helfen. Ich kümmere mich um das Gehege von Fred.«

Nettie floh geradezu aus dem Stall, gefolgt von Damiens Blicken. Er konnte genauso wenig fassen wie sie, dass er tatsächlich hier war. Nach der ewigen Funkstille zwischen ihm und seiner besten Freundin fühlte es sich an wie eine Traumsequenz, sie so plötzlich vor sich zu sehen. Während er damit begann, Paolos Box auszumisten, überlegte er fieberhaft, wie er Nettie erklären konnte, weshalb er gekommen war – durfte er ihr sagen, was er wirklich fühlte, oder trieb er sie damit noch weiter von sich weg, als er es bereits im Sommer getan hatte?

10.

Nach Ankunft der beiden Hauptdarsteller auf Port Magdalen blieb kaum ein Flecken der kleinen Insel vom Trubel und Treiben der Produktion unberührt. Die Stille, die der Winter üblicherweise mit sich brachte – nur eine ferne Erinnerung an vergangene Jahre. *Lori's Tearoom* beispielsweise mutierte schnell zum beliebten Treffpunkt all jener, die an der Absperrung oberhalb des Herzfelsens abgeblitzt waren, wo eine Reihe von Sicherheitsleuten dafür sorgte, dass die Dreharbeiten nicht von Schaulustigen gestört wurden. Von Schaulustigen und einer ganzen Reihe Mädchen und Frauen, die allein des Hauptdarstellers wegen nach Port Magdalen gekommen waren und mit Herzchen in den Augen über das Eiland tapsten.

Lori, Betreiberin des Tearooms und Schwester von Gretchens Freund Nicholas, vertrieb sich den Tag damit, diesen verblendeten Geschöpfen Geschichten über Noah Perry zu erzählen – wie er dies tat und das und jenes. In Wahrheit hatte Lori (zu ihrem eigenen Verdruss) Noah selbst noch nicht zu Gesicht bekommen und jedes einzelne ihrer Märchen frei erfunden. Was ihr große Freude bereitete. Beinahe genauso viel wie die Aussicht darauf, dem begehrten Schauspieler früher oder später im *Wild at Heart* zu begegnen.

Auch *Graham's Pub* wurde von den Schaulustigen, den verliebten Fans und der Presse rege frequentiert. Tatsächlich hatte der Wirt nur selten rund um die Uhr so viele Gäste wie in diesen Novembertagen. Er war gezwungen, eine zusätzliche Hilfskraft einzustellen, um dem Andrang gerecht zu werden. Wenn es nach dem alten Graham ging, konnte auf seiner kleinen Heimatinsel ruhig öfter mal ein Film gedreht werden.

Oder war es doch eine Serie?

Wenn die Flut oder aber die letzten Boote die Neugierigen von der Insel gespült hatten, dann diskutierten die Einheimischen rege darüber, wie und in welcher Form ihr geliebtes Port Magdalen und der dazugehörige Herzfelsen in Szene gesetzt wurden.

Mit der einzige Teil, der nicht ständig von Fremden frequentiert wurde, waren die Gärten, die sich nahe des *Wild-at-Heart*-Hotels und oberhalb der Klippen befanden. Sara Gibbs, Landschaftsgärtnerin und gute Freundin von Gretchen Wilde, war für deren Erhalt zuständig. Sie kümmerte sich schon seit einigen Jahren um die Gärten, die dem *National Trust* unterstanden (einer Organisation für Denkmalpflege und Naturschutz), und der Grund, weshalb nicht hordenweise Voyeure durch dessen Beete trampelten, lag allein darin, dass ein verschlossenes Tor sie daran hinderte. Im November blieben die Gärten für die Öffentlichkeit unzugänglich, und auch Sara verbrachte weniger Zeit mit der Pflege als in den Sommermonaten. Wer in diesen Tagen also zwischen Sträuchern und Bäumen und Bänken und Steinformationen entdeckt wurde, hatte sich unerlaubt Zutritt verschafft – so wie dieser Eindringling, der mit dem Rücken zu Sara ganz offensichtlich gerade etwas Verbotenes unternahm.

»Ich hoffe, Sie haben nicht ernsthaft vor, in meine Blumen zu urinieren.«

Erschrocken fuhr der Mann herum. Seine braunen Augen waren geweitet und wirkten durch das dick aufgetragene Make-up noch größer, als sie ohnehin schon waren. Die vielgerühmten sinnlichen Lippen waren einen Spaltbreit geöffnet, und die dunklen Locken standen in alle Richtungen ab.

Sara erkannte ihn sofort. Trotz des seltsamen Kostüms, das er trug – eine Art schuppenbedeckter Umhang, der ihn beinahe wie eine Echse aussehen ließ. Zu ihrer eigenen Erleichterung hatte sich dieses Echsenwesen offenbar nicht in ihre Winterblumen erleichtert, denn als ihr Blick zu seiner Körpermitte wanderte, hielt er einen Fotoapparat in der Hand, und nicht etwa ... etwas anderes.

»Ich bin ... äh, über die Absperrung geklettert«, gestand er. »Aber ich habe nicht in Ihre Blumen uriniert.« Auch er sah nun auf seine Hände, die die Kamera hielten, und als hätte er Saras Blick von eben bemerkt, breitete sich ein Lächeln auf seinem Gesicht aus. Das schlicht wunderschön war. Auf Sara wirkte es so, als wüsste der Mann exakt, was er damit anrichten konnte – so gut wie alles vermutlich –, weshalb sie beschloss, so lange nicht darauf zu reagieren, bis es verschwand.

»Ich wollte lediglich ein Foto machen«, sagte Noah Perry. »Von den Blumen. Was sind das für welche?«

»Es sind Christrosen. Und dieser Garten ist in den Monaten zwischen Oktober und April für die Öffentlichkeit geschlossen. Und es ist *nicht* Sinn der Sache, über die Absperrungen zu klettern.«

»Ich weiß. Tut mir leid.«

»Gut.«

Es vergingen einige Sekunden. Vielleicht auch mehr. Und womöglich zu ihrer beider Erstaunen machte keiner der zwei Anstalten, woandershin zu gehen. Als Noah schließlich fragte: »Was passiert als Nächstes? Werde ich verhaftet?«, musste Sara lachen. »Das wäre was – den Hauptdarsteller verhaften lassen«, sagte sie, und Noahs Brauen hoben sich.

»Selbst wenn Sie Ihr seltsames Outfit nicht verraten hätte, hätte ich gewusst, wer Sie sind«, fuhr die Gärtnerin fort. »Die Insel ist klein. Und die Hotelchefin eine gute Freundin von mir.«

»Verstehe.« Noah lächelte ebenfalls, doch diesmal erreichte es seine Augen nicht. Und auf einmal fragte sich Sara, ob es ihm lieber gewesen wäre, sie hätte nicht gewusst, wer er war und was er tat. Ob es für jemanden wie ihn, der es von England nach Hollywood geschafft hatte und dort gefeiert wurde wie der weltgrößte Superstar, nicht erfrischend sein müsste, einmal nicht erkannt zu werden. Also fügte sie schnell hinzu: »Aber ich habe die Serie nie gesehen. Also die, die Sie so bekannt gemacht hat. Die mit den … den … nun, ich weiß nicht mal, worum es da geht. Fantasy, nehme ich an? Das ist nicht so mein Genre. Im Grunde habe ich also keine Ahnung, wer Sie sind. Weshalb ich trotzdem nicht möchte, dass Sie sich in meine Blumen erleichtern.«

Noch einmal hoben sich Noah Perrys Brauen, diesmal fast bis zum Haaransatz. »Ich glaube, das habe ich verstanden. Eigentlich schon beim ersten Mal.«

»Nun … gut.«

Er lächelte immer noch, und nun lachte er, und Sara stimmte ebenfalls mit ein.

»Sara Gibbs«, sagte sie schließlich.

»Es ist mir ein Vergnügen, Sara Gibbs. Noah Perry.« Er streckte ihr eine Hand entgegen.

Sara ergriff sie. Und – wie heißt es so schön? Etwas geschah bei dieser ersten Berührung, etwas, das beide spürten, das sich wie ein Funke anfühlte, der von den Fingerspitzen der einen Hand in die der anderen fuhr.

»Uhm«, machte Sara. Sie räusperte sich. »Sie interessieren sich also für Pflanzen?«

»Ähm, ja. Meine Mutter hat einen Blumenladen.« Immer noch hielt er Saras Hand, und als sei ihm das gerade erst aufgefallen, ließ er sie sehr plötzlich los und fuhr sich stattdessen damit durch die zerzausten Haare.

Mit den Augen folgte Sara der Bewegung. Sie hatte keine Ahnung, was auf einmal mit ihr los war, außer dass sie sich seltsam fühlte.

»Meine Mutter hat also diesen Blumenladen«, fuhr Noah fort. »Wenn ich unterwegs bin und etwas Hübsches sehe, schicke ich ihr wenn möglich ein Foto davon. Etwas ... nicht *etwas*. Eine hübsche Blume, das meinte ich. Pflanzen.« Nun war er derjenige, der sich räusperte, und Sara dachte, dass sie zumindest nicht allein zu sein schien in ihrem Zustand vorübergehender geistiger Umnachtung.

»Verstehe«, sagte sie. »Ich bin Gärtnerin. Zuständig für diesen Garten hier. Und noch ein paar andere zwischen Marazion und Land's End.«

»Wow, das ist mal ein cooler Job.«

»Ja, auf jeden Fall. Verglichen mit der Schauspielerei, meine ich.«

Noah lachte.

Sara grinste ihn an.

»Und leben Sie hier auf der Insel?«

»Ah, nein.« Sara winkte ab. »Es ist schier unmöglich, auf Port Magdalen eine Wohnung zu bekommen, wenn man nicht schon immer hier gelebt hat. Niemand zieht von hier weg. Ich lebe drüben, in Marazion.«

»Verstehe. Ich …« Er zuckte mit den Schultern. »*Wild-at-Heart*-Hotel. Aber das wissen Sie vermutlich schon. Wo Sie doch die Besitzerin kennen und alles.«

»Jep«, sagte Sara. »Und alles.«

Für zwei, drei Sekunden schwiegen beide, dann öffneten sie gleichzeitig den Mund, doch bevor einer von ihnen einen Ton herausbringen konnte, durchschnitt eine helle Frauenstimme die Ruhe.

»Noah? Liebling? Da bist du ja. Wir suchen dich schon überall, es geht weiter!«

Heather Mompeller stampfte den Weg hinunter, in ähnlich schweren Stiefeln, wie Noah Perry sie trug. Sie war mit einer Art Nachthemd bekleidet, das reichlich durchsichtig war, und einem Bademantel, den sie offen über die Schultern geworfen hatte. Auch sie erkannte Sara sofort. Sie hatte die Schauspielerin im Sommer bereits gesehen, als sie einige Tage hier auf der Insel verbracht hatte, damals noch mit einem anderen Mann. Mit einem in jeder Beziehung anderen Mann, dachte Sara, als sich Heather nun bei Noah unterhakte, zumindest, wenn man die Sache von außen betrachtete. Ivan Trust war so ziemlich in allem das genaue Gegenteil von Noah Perry. Wo Letzterer mit seinen dunklen Locken und den noch dunkleren Augen genauso wild wie unglaublich vertrauenerweckend aussah, wirkte Trust mit seiner geschniegelten blonden Kurzhaarfrisur und dem spöttischen Zug um den Mund mehr wie ein Zyniker aus der Stummfilmzeit. Als sie Noah das erste Mal gesehen hatte, war Sara überrascht gewesen, dass Heather sich nach Ivan Trust für den komplett gegensätzlich wirkenden Noah entschieden hatte. Aber vielleicht war es auch genau das, dachte sie nun. Manchmal wollte man womöglich genau das Gegenteil von dem, was man vorher hatte. Sie selbst konnte das nur allzu gut nachvollziehen.

»Dann werde ich mal wieder«, meinte Noah, während sich Heather Mompeller bei ihm unterhakte und die Gärtnerin mit neugierigen Blicken maß.

»Klar«, erwiderte Sara. »Und nicht vergessen, der Garten ist ...«

»... für die Öffentlichkeit gesperrt, ich weiß.« Er lächelte sie an.

Sara lächelte zurück.

Heather runzelte die Stirn und zog Noah dann mit sich, den Weg hinauf in Richtung des verschlossenen Tors, über das auch sie geklettert war.

Sara sah den beiden nach, doch Noah Perry drehte sich nicht noch einmal zu ihr um.

11.

Damien war bisher immer nur im Sommer auf Port Magdalen gewesen. Er hatte mit Nettie im Gras gelegen, war geschwommen und gesegelt, hatte auf ebendieser niedrigen Steinmauer gesessen, die das kleine Kirchlein auf der Spitze der Insel umgab und von der aus man einen fantastischen Blick über die Klippen hinaus aufs Meer genoss.

Jetzt saß er wieder dort. Diesmal allerdings steckten seine Hände in den Taschen einer Wind- und Regenjacke, deren Kragen er bis unters Kinn gezogen hatte, so frisch war es hier oben. Die Winter in Cornwall waren generell mild, das wusste er aus Netties Erzählungen, doch an diesem Nachmittag fegte der Wind dunkle Novemberwolken über die Insel, und die gefühlte Temperatur entsprach in etwa der, die Nettie ausstrahlte. Was auf jeden Fall zu kühl war. Sie hatten gemeinsam Paolos Stall ausgemistet und dann noch bei den Hühnern sauber gemacht. Kaum drei Worte hatte Nettie in dieser ganzen Zeit mit ihm gesprochen, doch jetzt sagte sie: »Ich kann nicht fassen, dass du wirklich hier bist.«

Tja, dachte Damien. *Dann sind wir schon zu zweit.* Wenn er absolut ehrlich zu sich war, musste er sich wohl eingestehen, dass er selbst nicht genau wusste, weshalb es auf einmal nichts Dringenderes für ihn zu geben schien, als nach Port Magdalen zu kommen. Donnerstagvormittag hatte ihm Charlotte eine SMS geschickt. Am nächsten Morgen war er in ein Auto gestiegen und nach Cornwall gefahren. Er hatte solches Glück gehabt. Dass sich die Gelegenheit überhaupt so spontan ergeben hatte, grenzte an ein Wunder. Oder ... War es womöglich doch Schicksal? »Ich ...« Er klappte den Mund zu. Dann setzte er noch mal an: »Freunde meiner Väter sind übers Wochenende nach Truro gefahren, zu einer Hochzeit. Ich hab gefragt, ob sie mich mitnehmen können. Und, tja ... hier bin ich.«

»Tja«, echote Nettie. Und erneut breitete sich Schweigen aus. Tatsächlich schwieg Nettie so lange, dass sich Damien schon fragte, ob es nicht ein riesengroßer Fehler gewesen war herzukommen. Ob er nicht besser erst einmal geschrieben hätte, einen Brief oder eine Nachricht, um vorzufühlen, was ihn hier in Cornwall erwartete. Er hatte sich derart spontan dazu entschlossen, es war geradezu kopflos zu nennen. Sie war mit diesem Kevin ausgegangen. Und der erzählte laut Charlotte herum, dass die zwei jetzt ein Paar waren. War sich Damien im Sommer noch nicht recht darüber im Klaren gewesen, was er für Nettie empfand und wie es mit ihnen zukünftig weitergehen sollte, konnte er jetzt nach der einen kleinen Textnachricht von dieser nervigen Charlotte zumindest sagen ... Damien seufzte. Was auch immer. Mit Kevin jedenfalls sollte Nettie nicht zusammen sein. Nicht, nachdem Damien die vergangenen Monate so unter ihrer Trennung gelitten hatte.

Dass die Zeit für ihn schwierig gewesen war, war eine absolute Untertreibung. Die Stille, die zwischen ihm und dem Mädchen herrschte, mit dem er in seinem Leben am längsten befreundet war, hatte ihm im wahrsten Sinne des Wortes Schmerzen bereitet. Magenschmerzen hauptsächlich, weshalb es auch kein Wunder war, dass seine Kleidung an ihm schlackerte. Was auch seinen Vätern aufgefallen war, die sich allmählich um Damiens Gesundheit sorgten. Auch aus diesem Grund hatten sich die beiden einverstanden erklärt, dass Damien bereits Freitagmorgen mit den Bekannten der Angoves nach Truro fuhr – Schule hin, Schule her. Sie hatten keine Ahnung, was zwischen Damien und Nettie vorgefallen war, jedoch genug Verstand, um zu erkennen, dass die beiden klären mussten, was auch immer da zwischen ihnen lag.

Das galt erst recht, wenn Nettie nun offenbar mit Jungs wie Kevin ausging, um … ja, was? Mochte sie den Kerl am Ende wirklich? War *das* ihr Typ? Blond und dumm? Hatte sie überhaupt je in Betracht gezogen, dass Damien für sie mehr sein könnte als nur ein Freund? Er musste zweimal tief ein- und ausatmen, um sich davon abzuhalten, all das einfach auszuplaudern. Er hatte nach wie vor keine Ahnung, wie er Nettie erklären sollte, warum er hier war und dass er der Richtige für sie war, nicht irgendein *Kevin*.

Also holte er einmal mehr Luft und sagte: »Ich hätte vorher anrufen sollen. Ich hab dich überrumpelt, das tut mir echt leid.«

»Nein.« Nettie sah aufs Meer hinaus, auf die dunkelgrauen Wellen, die sich aufgebracht unter dem Wind kräuselten. Die Sonne würde bald untergehen – schon um halb fünf um diese Jahreszeit –, und bereits jetzt konnte Damien Netties Gesichtszüge nicht mehr mühelos erkennen. »Ist schon gut.«

»Ich kann wieder fahren, wenn du …«

»Nein.« Nettie sah ihn an. »Es ist in Ordnung. Wirklich. Ich muss mich nur erst daran gewöhnen, dass du jetzt hier bist.«

»Es ist in Ordnung? Du musst dich erst daran gewöhnen?« Damien machte ein finsteres Gesicht. »Das klingt ja wahnsinnig überschwänglich. Als würdest du dich richtig freuen.«

Überrascht hob Nettie die Brauen. »Was erwartest du denn? Du hast dich fast vier Monate nicht bei mir gemeldet!«

»Du hast dich doch auch nicht gemeldet.«

»Ja, was hätte ich denn auch sagen sollen?«

»Keine Ahnung? Ist das nicht genau das Problem?«

Nettie starrte Damien an. Ihr Gesicht drückte mittlerweile pures Unverständnis aus, doch ihre Gedanken schweiften in eine andere Richtung. Sie dachte an die Briefe, die sie geschrieben hatte. An den letzten von heute Vormittag, an das Bild mit den Rissen im Eis, die Zeit und kalte Luft benötigten, um wieder ganz zu werden, und daran, dass trotzdem immer Narben bleiben würden, egal, wie gut der Heilungsprozess auch verlief.

»Aaaah, tut mir leid.« Mit beiden Händen raufte sich Damien die Haare. »Ich hab keine Ahnung ... Ich weiß einfach nicht ...« Er stöhnte.

Und dann schwiegen sie wieder. Und Nettie fragte sich, nicht zum ersten Mal, wann all das zwischen ihnen so kompliziert geworden war.

Als es ihr wieder einfiel, stand sie auf und lief in Richtung Hotel zurück.

»Du kannst nicht in meinem Zimmer schlafen«, erklärte Nettie, während sie den Weg von der alten Kapelle hinunter zum Hotel einschlugen, und Damiens Antwort kam wie aus der Pistole geschossen.

»Natürlich nicht.«

»Vielleicht ist bei Grandpa noch Platz. In diesem alten Schäferwagen, in dem er jetzt wohnt.«

»Dein Großvater wohnt in einem Schäferwagen?«

»Er steht direkt vor dem Haus, da, wo die Scheune war. Ist er dir nicht aufgefallen? Grandpa hat ihn Hank getauft.«

»Hank?«

Nettie zuckte mit den Schultern.

»Ich habe jede Menge von diesen Filmwohnwagen gesehen«, sagte Damien. »Ist es wahr, dass sie hier eine Fantasy-Serie drehen, und dass Noah Perry die Hauptrolle spielt?«

Nettie gab einen abfälligen Laut von sich. »Bist du etwa auch ein Fan von diesem Perry? Du klingst beinahe so aufgeregt wie Charlotte.« Sie hatte den Namen kaum ausgesprochen, da biss sie sich schon auf die Lippen. Auf keinen Fall wollte sie Damien Charlotte ins Gedächtnis rufen, was machte sie denn da?

»Ich möchte niemals klingen wie deine Freundin Charlotte«, sagte Damien, und von der Seite warf Nettie ihm einen Blick zu. »Nicht einmal, wenn ich aufgeregt bin.«

Nettie schwieg. Doch sie fragte sich, ob Damien wusste, dass sie damals eifersüchtig gewesen war, als sie den Nachmittag im Schwimmbad verbracht hatten und er schamlos mit Charlotte geflirtet hatte. Ob er ihr jetzt sagen wollte, dass das alles harmlos gewesen sei? Dass er Charlotte nicht einmal sonderlich mochte?

»Nettie?«

»Hm?«

»Ich finde schon, dass wir darüber sprechen sollten. Über alles, meine ich.«

»Mmh.«

»Es sei denn …«

»Es sei denn?«

»Es sei denn, dir ist egal, was hier mit uns passiert. Und …

es sei denn ... es gibt da vielleicht inzwischen jemand anderen. Der dir wichtiger ist.«

Nettie blinzelte. Dann blieb sie abrupt stehen. »Was?«

»Hm?« Zu seinem Pech war es noch nicht dunkel genug, sodass Nettie die Röte nicht entging, die Damien in die Wangen stieg, ebenso wenig wie die betont unschuldige Miene, die er aufgesetzt hatte.

»Was hast du da eben gesagt?«, wiederholte sie.

»Ich finde, wir können nicht ewig so umeinander herumschleichen, wie wir es jetzt gerade tun. Wir sollten darüber sprechen, was passiert ist, und ...«

»Ich meine – das mit dem anderen. Der mir womöglich wichtiger ist als du. Wie war das gemeint?«

Tja, dachte Damien bei sich. *Bingo. Das hast du ja wirklich geschickt eingefädelt.* »Ich meinte ...«, erklärte er, während er sich aufs Neue die Haare raufte, ohne sich selbst darüber im Klaren zu sein. »Ich meine, wir sind kein Paar oder so, jedenfalls waren wir das bisher nicht, aber ... wir haben uns geküsst und ...«

Automatisch verzog Nettie das Gesicht, und Damien war auf einmal wütend.

»Na gut, dann haben wir uns eben geküsst, was ist denn schon dabei?«, rief er. »Verdammt, Nettie, wie alt bist du, zwölf? Du kannst mir nicht einmal ins Gesicht sehen, wenn ich es ausspreche, aber zu irgendeinem Idioten laufen und den küssen, das kannst du schon?«

Abrupt klappte Damien den Mund wieder zu. *Bingo Bongo.* Wenn er so weitermachte, konnte er sich gleich selbst eine Grube schaufeln, um darin zu verschwinden, so viel stand fest.

Und Nettie, Nettie wusste gar nicht, was sie zuerst denken sollte. Da beschuldigte Damien sie der Unreife, weil es ihr peinlich war, dass ... Ja, was genau war ihr eigentlich peinlich? Dass Damien, ihr bester Freund, sie auf einmal geküsst hatte? Oder dass es ihr zu gut gefallen hatte? So gut, dass sie an nichts anderes denken konnte? So gut, dass sie sich fragte, ob sie in ihren besten Freund verliebt war und es nicht besser wäre, sich mit einem anderen abzulenken, um darüber hinwegzukommen? Und wieso wusste Damien überhaupt davon? Woher wusste er, dass sie Kevin geküsst hatte?

»Charlotte«, murmelte sie. Sie sah Damien an. »Ist das dein Ernst? Charlotte?«

»Nettie ...«

Ohne ein weiteres Wort marschierte sie in Richtung Hoteleingang davon.

»Nettie!«, rief Damien noch einmal und lief hinter ihr her. »Jetzt komm schon. Mach kein Riesendi...« Er unterbrach sich, als Nettie stehen blieb, sich zu ihm umdrehte und die Hände in die Hüften stemmte.

»Mach kein Riesending draus? Du meldest dich Urzeiten nicht, und dann, als du erfährst, dass ich womöglich einen anderen geküsst habe, kommst du hier angebraust und willst ... Ja, was eigentlich, Damien? Was willst du mir damit sagen? Dass ich zu unreif bin, um länger deine Freundin zu sein?«

»Du weißt ganz genau, dass ich das damit nicht sagen wollte«, erwiderte Damien verärgert.

Und ja, das wusste Nettie. Sie ahnte, tief in ihrem Innern, dass ihr Freund Damien genauso verwirrt war wie sie und sich genauso schwer damit tat, die Dinge anzusprechen.

Weshalb sie nun mit der Hand über ihre Stirn rieb, eine Geste der Kapitulation.

»Lass uns eine Nacht darüber schlafen, und morgen in

Ruhe weiterreden«, sagte sie. Sie kam sich furchtbar erwachsen dabei vor, doch Damien reagierte nicht. Und sie sah ihn nicht an, als sie ihren Weg in die Richtung fortsetzte, in der der Schäferwagen ihres Großvaters stand. Doch am knirschenden Kies hinter sich konnte sie erkennen, dass Damien ihr folgte.

12.

»Was siehst du dir da an?«

Sara war durch die Hintertür ins Hotel gekommen und überraschte ihre Freundin Gretchen, die zum Fenster hinaus auf den Vorplatz starrte. Sara stellte sich neben sie.

»Ist das Damien da bei Nettie?« Es war schon ziemlich dunkel dort draußen; die düsteren Wolken, die der Wind beständig vor sich hertrieb, hatten bereits vor Sonnenuntergang dafür gesorgt.

»In der Tat, das ist Damien«, murmelte Gretchen, und gemeinsam sahen die beiden zu, wie sich die Teenager am Rande des Waldes unterhielten, bevor sie – Nettie voraus, Damien hinterher – hinüber zu den Wohnwagen liefen.

»Was macht er hier?«, fragte Sara. »Es sind doch gar keine Ferien, oder?«

»Nein«, stimmte Gretchen zu, »und ich habe keine Ahnung. Ich nehme an, er ist übers Wochenende gekommen.«

»Interessant.«

»In der Tat.«

Weil Sara eine von Gretchens besten Freundinnen war, wusste sie natürlich, *wie* interessant die Tatsache war, dass Damien nach Port Magdalen gekommen war. Sie hatte von Netties Mutter zum einen erfahren, dass es diesen verhängnisvollen Kuss gegeben hatte, und zum anderen, dass seitdem Funkstille herrschte.

»Mein Gott, das ist furchtbar romantisch, oder?«, fragte

sie, während sie Gretchen in Richtung ihres Büros folgte. »Dass er den weiten Weg von ... Wo war er noch mal her? Na, egal. Er hat einen weiten Weg auf sich genommen, um Nettie zu sehen. Wusste sie, dass er kommt?«

»Ich weiß genauso wenig wie du«, erwiderte Gretchen. »Sie hat mir nichts gesagt. Sie hat schon ewig nicht mehr mit mir über Damien gesprochen. Und er ist aus Brighton.«

»Ah, genau, das war's. Brighton. Und wo kommt eigentlich dieser Dings her, dieser Noah Perry?«

Sara hatte die Frage so gleichmütig gestellt, dass Gretchen auf der Stelle aufmerksam geworden war, sich nun zu ihrer Freundin umdrehte und sie neugierig musterte.

»Du hast gar keine Blumen dabei«, stellte sie fest. »Was machst du dann hier?«

»Darf eine Frau nicht ihre beste Freundin besuchen, einfach mal so?« Sara ließ sich auf den Sessel vor Gretchens Schreibtisch fallen, doch Gretchen selbst blieb in der Tür stehen. Sie verschränkte die Hände vor der Brust.

»Raus mit der Sprache – wieso interessierst du dich für Noah Perry? Hast du ihn gesehen? Haben sie dich unten durch die Absperrung gelassen?« Normalerweise war es so gut wie unmöglich, an den Sicherheitsleuten vorbeizukommen, um einen Blick auf das Set zu werfen (und Gretchen selbst war es auch erst ein Mal gelungen, als sie ein vorgeblich wichtiges Telefonat an Minnie weiterleiten musste), doch ihrer Freundin Sara traute Gretchen einfach alles zu. Sie konnte einen Haifisch dazu bringen, sich selbst aufzuessen, so viel stand fest.

»Er hat in meine Christrosen ...«, begann Sara, und Gretchen riss die Augen auf. Ihre Freundin kicherte. »Er hat meine Christrosen fotografiert. Darüber sind wir ins Gespräch gekommen.«

»Der Garten ist doch zurzeit gar nicht geöffnet?«

»Konzentrier dich aufs Wesentliche«, sagte Sara. »Also, was weißt du über den Mann?«

Mit einem Blick über die Schulter vergewisserte sich Gretchen, dass sie nicht am Empfang gebraucht wurde, dann trat sie ins Zimmer, schloss die Tür hinter sich und ließ sich dagegen sinken. »Du meinst, abgesehen davon, dass er eine Freundin hat?«, fragte sie.

Sara sah sie fest an. »Die hat er, richtig?«

»Die hat er. Und das weißt du auch ganz genau, weil ich dir davon erzählt habe. Und wenn man ihn und Heather Mompeller so zusammen sieht, kann man wohl kaum bestreiten, dass es sich um ein Traumpaar handelt.«

»Ein Traumpaar«, seufzte Sara. Sie ließ sich tiefer in den Sessel sinken, lehnte den Kopf an die Rückenlehne und schloss die Augen.

Gretchen lachte. »Was ist hier eigentlich los?«, fragte sie. »Hattest du nicht gesagt, er gefällt dir nicht? Du kannst gar nicht verstehen, dass Heather Mompeller ihn gegen Ivan Trust eingetauscht hat?«

»Es kam mir nur so unwahrscheinlich vor. Die beiden haben nichts gemeinsam, so wie ich das sehe. Also, Ivan und Noah. Ich bin ihm heute begegnet. Und ich fand ihn ... nett.«

»Das ist er auch. Soweit ich es hier mitbekomme, ist Noah Perry ein sehr netter Mann. Ohne jegliche Star-Allüren.«

»Nicht wahr? Hätte ich nicht gewusst, wer er ist, ich hätte ihn gut und gern auch für den Gärtner halten können.«

»Du bist die Gärtnerin.«

»Häng dich doch nicht immer an solchen Kleinigkeiten auf. Ich meine, er wirkte so normal. Erfrischend normal.«

»Sein fantastisches Aussehen einmal außen vor gelassen. Ein erfrischend fantastisch aussehender Gärtner.«

Sara seufzte, weshalb Gretchen erneut zu lachen begann.

»Ja, du hast gut reden«, sagte Sara. »Du hast deinen Gärtner bereits gefunden, und wo wir schon einmal dabei sind: Vermutlich verbringt ihr eure gemeinsame Zeit mit nichts anderem als mit der Befruchtung von Blüten und Blumen.«

»Ha! Schön wär's!«, rief Gretchen. »Seit hier der Wahnsinn über uns hereingebrochen und in *Lori's Tearoom* etwa dreimal so viel zu tun ist wie normalerweise um diese Jahreszeit, sehen wir uns ja kaum noch. Von Befruchtung kann also kaum die Rede sein.«

»Wetten«, begann Sara, »dass du dreimal mehr befruchtet wirst als ich in *dieser Jahreszeit*? Was zur Folge hat, dass ich ganz allmählich verdorren werde und verwelken und die besten Tage meines Lebens hinter mir liegen, ohne auch nur ein einziges Mal noch bestäubt ...«

»Mum?«

Mit einem Ruck öffnete sich die Bürotür, und Gretchen, die nach wie vor dagegen gelehnt hatte, stolperte einen Schritt nach vorn. »Halten wir den Gedanken für später fest«, sagte sie zu Sara, bevor sie Nettie ins Zimmer winkte.

»Stör ich?«

»Auf keinen Fall. Sara hat mir nur gerade erzählt, wie ...«

»... die Blumen in den Gärten im Augenblick versorgt werden müssen, um am besten zu gedeihen«, vervollständigte Sara den Satz.

»Und das hat mit ihrer Bestäubung zu tun?«

Beide Frauen sahen Nettie an, als wollten sie etwas erwidern, klappten dann jedoch in stillem Einvernehmen die Münder wieder zu.

»War das Damien, den ich da draußen gesehen habe?«, fragte Gretchen stattdessen.

Und wie so oft ließ sich Nettie auf der Stelle ablenken,

erst recht, wenn es sich um den Jungen drehte, der ihre Gedanken ohnehin seit Wochen beschäftigte.

»Er ist übers Wochenende gekommen. Wir dachten, er könnte hier zelten, irgendwo in Stallnähe oder im Garten hinterm Haus bei den Hühnern, aber Grandpa meinte, das Zelt sei zum Zeitpunkt des Brands schon wieder im Schuppen gewesen, und jetzt wissen wir nicht, wo wir ihn unterbringen sollen.«

»Verstehe.« Gretchen nickte. Ihr war zum einen aufgefallen, dass Nettie Damiens Namen nicht ausgesprochen hatte, und zum anderen, dass sie dieses Mal ihr Zimmer offenbar nicht mit ihrem Freund aus Kindertagen zu teilen gedachte.

»Ich glaube, ich habe noch ein Zelt auf dem Dachboden«, sagte Sara. »Und ich wollte sowieso nach Hause.« Stöhnend erhob sie sich aus dem Sessel und warf Gretchen dabei einen Blick zu, der so viel heißen mochte wie: *Blumen. Bienen. Darüber sprechen wir noch.* Dann gesellte sie sich zu Nettie und legte ihr den Arm um die Schultern.

»Mit sechzehn ist es kein Stück leichter als mit sechsunddreißig, glaub mir das.«

»Soweit ich weiß, bist du zweiundvierzig«, korrigierte Gretchen, während Nettie Sara einen verwirrten Blick zuwarf, doch die schüttelte nur den Kopf. »Wie gemein du sein kannst«, schalt sie Gretchen, und zu Nettie sagte sie: »Holst du Damien? Ich hab das Auto hier.«

»Ja. Das mache ich. Ich ...« Auch Nettie wirkte nun so, als wollte sie noch etwas anderes sagen, doch sie schwieg, bevor sie sich auf dem Absatz umdrehte und aus dem Zimmer lief.

»Kein bisschen einfacher«, rief Sara ihr hinterher, und Gretchen seufzte nur.

13.

In dem Augenblick, in dem Nettie die Türe ihres Zimmers hinter sich schloss, ließ sie sich schon dagegen fallen.

Damien war hier.

Er würde im Garten in einem Zelt übernachten, Luftlinie nicht mehr als sechzig Meter von ihr entfernt, und sie hatte ihm versprochen, dass sie morgen miteinander redeten. Und sie hatte keine Ahnung, nicht den blassesten Schimmer, was sie ihm sagen wollte. Und sie hatte Kevin geküsst. Und sie war furchtbar wütend auf Charlotte. Weshalb sie nun als Erstes ihr Handy aus der Hosentasche zog und ihrer so genannten besten Freundin eine Nachricht schrieb.

Woher hast du Damiens Handynummer?

Es dauerte keine zwei Sekunden, da tauchten die drei grauen Punkte auf, die signalisierten, dass ihre Freundin antwortete.

Uh-oh. Er hat dich also darauf angesprochen?

Er ist hier.

WAS? OMG! Wie romantisch! Er ist extra nach Cornwall gekommen?

Tatsächlich knurrte Nettie. Fünf Sekunden lang starrte sie auf das Display, dann rief sie Charlottes Nummer auf und stellte die Verbindung her.

»Soll das die Rache dafür sein, dass ich mich weigere, dich ans Filmset zu schmuggeln?«, begann sie ohne Umschweife. »Obwohl du sehr genau weißt, dass ich dazu gar keine Möglichkeit habe, weil sie mich selbst nicht ans Set lassen?«

»Ich hatte nicht den Eindruck, dass du es ernsthaft versucht hast.«

»Charlotte!«

»Ach, komm schon, Nettie. Ich habe Damien geschrieben, weil ich dich kenne. Du sprichst nicht darüber, aber dich macht es fertig, dass ihr beide seit diesem Sommer so gut wie gar nicht mehr miteinander sprecht. Und du willst das mit Kevin doch gar nicht. Und so, wie du ihn ansiehst, wird das kein gutes Ende nehmen.«

Einige Sekunden lang schwieg Nettie, dann sagte sie: »Darüber sprechen wir noch«, und beendete das Telefonat, noch bevor Charlotte Luft holen konnte.

Versau's jetzt bloß nicht, hörst du? Wo ich ihn dir quasi vor die Füße geworfen habe.

Halt die Klappe!

So undankbar ...

Nettie schob das Handy zurück in die Tasche ihrer Jeans. Sie war sich nicht sicher, ob sie wirklich böse war auf Charlotte, darum würde sie sich später kümmern. Zunächst einmal kehrten ihre Gedanken zu Damien zurück und zu der

Schieflage, in die ihre Freundschaft geraten war. Was sollte sie nur tun?

Von ihrer Position an der Tür aus blickte Nettie zu ihrem Schreibtisch und dem Rollcontainer darunter, in dessen zweiter Schublade von oben sich die Briefe an Damien stapelten. Zehn Briefe, die sie im Laufe der vergangenen Wochen geschrieben hatte, in denen zum Großteil nur Mist stand, Nebensächlichkeiten, die darauf fußten, dass sie das Bedürfnis verspürte, ihm irgendetwas zu erzählen. Egal was – Hauptsache, er nahm wieder an ihrem Leben teil und war nicht dieser graue Punkt in ihrer Vergangenheit, der einmal strahlend orange geleuchtet hatte, bevor er all seine Farbe verlor.

Seufzend stieß sich Nettie von der Tür ab. Sie quasselte nur Mist, ob in ihren Briefen oder in ihren Gedanken ... Als hätte sie eine dieser dummen Kinderpuppen verschluckt, die auf Knopfdruck nur Unsinn von sich gab.

Die Frage ist, dachte Nettie, während sie sich auf ihr Bett setzte, *was habe ich Damien nicht erzählt?* Und sie wusste, was das war. Allerdings hatte sie sich nie überwinden können, diese Gedanken in ihrem Kopf tatsächlich auszuformulieren. Oder die Gefühle in ihrem Herzen. Und nun hatte sie auch noch diesen anderen Jungen geküsst, nur um festzustellen, dass er natürlich nicht mit Damien zu vergleichen war, nichts an ihm, erst recht nicht, wie sich seine Küsse anfühlten.

Seufzend stand Nettie wieder auf und ließ sich stattdessen auf ihrem Schreibtischstuhl nieder. Sie zog einen Bogen des Briefpapiers hervor, das ihr irgendjemand aus ihrer Klasse mal zum Geburtstag geschenkt hatte, und nahm ihren Tintenfüller zur Hand.

Damien, schrieb sie.

Und nach einigen Minuten, in denen ihr nichts weiter einfallen wollte, schraubte sie den Deckel zurück auf den Stift, stand auf und begann damit, im Zimmer auf und ab zu laufen.

Die Wahrheit war, dachte Nettie, dass sie bereits Gefühle für Damien gehegt hatte, lange bevor dieser erste verhängnisvolle Kuss passierte. Sie erinnerte sich noch genau an den Sommer. Der Augenblick, in dem er vor ihr stand, größer und breiter und muskulöser, als sie ihn je wahrgenommen hatte. Die Art und Weise, wie sie in den Tagen danach auf jede seiner Berührungen reagiert hatte, so völlig anders, als es die Sommer davor der Fall gewesen war. In manchen Situationen erweckte er den Eindruck, als würde er mit ihr flirten. In anderen spürte sie seine Blicke auf ihr, und sie fühlten sich heiß an, als wollte er Nettie mit ihnen einschmelzen.

Schmetterlinge, schrieb sie auf das Blatt Papier. *Kribbeln. Berührung. Duft.*

Noch hatte sie keine Idee, wo ihre kleine Liste hinführen sollte, doch es fühlte sich gut an, ihre Gefühle zu Papier zu bringen; in der Tat fühlte es sich so an, als hätte sie ein Karussell, das sich unausweichlich schneller und immer schneller drehte, endlich zum Stillstand gebracht.

Kevin, schrieb sie als Nächstes. Und dann ... Nichts. Nettie spürte in sich hinein, doch da war nichts. Weder Kribbeln noch Schmetterlinge, nicht einmal in Zeitlupe.

Nichts, schrieb sie. *Leere.*

»Oh, verdammte Scheiße, verflucht noch mal!«

Nettie zuckte zusammen, als sie durch das geschlossene Fenster jemanden fluchen hörte. Sie erkannte Oscars Stimme und stand mit gerunzelter Stirn auf, um es zu öffnen. Und tatsächlich: Vor ihrem Fenster im Erdgeschoss stand der junge Koch, eine Zigarette in der einen Hand, ein Feuerzeug in der anderen, mit der er sich zudem hektisch durch seine langen, schwarzen Ponyfransen fuhr.

»Hey, Oscar. Alles klar bei dir?«

»Sieht es aus, als wäre alles klar?«

Nach wie vor fummelte er in seinen Haaren herum, und Nettie beugte sich ein Stück weiter aus dem Fenster, um zu erkennen, was er da tat. Es roch verkohlt. In dem dürftigen Licht, das ihr erleuchtetes Zimmer nach draußen in die Dunkelheit warf, konnte sie nichts Genaueres erkennen, doch sie nahm an, dass sich Oscar bei dem Versuch, eine Zigarette anzuzünden, die Haare versengt hatte.

»Ich wusste gar nicht, dass du rauchst«, sagte sie, während sie sich wieder zurücklehnte, die Arme auf dem Sims verschränkt. Netties Zimmer hatte sein Fenster nach vorn raus, mit Blick über den Eingangsbereich des Hotels und zu dem Platz, wo einmal die Scheune gestanden hatte. Von hier aus hatte Nettie auf das Fenster geblickt, hinter dem sich das Schlafzimmer ihres Großvaters befunden hatte. Jetzt standen da nur mehr der alte Schäferwagen, den ihr Grandpa vorübergehend bewohnte, und die silberfarbenen Wohnwagen, die die Filmcrew für was auch immer benötigte.

»Scheiße«, wiederholte Oscar. Und ehrlich, so viel hatte sie ihn noch nie schimpfen hören. »Offensichtlich kann ich es auch nicht.«

»Was? Rauchen?«

Oscar brummte. Dann schob er seufzend das Feuerzeug in die Tasche seiner schwarzen Stoffhose, die er unter der weißen Küchenschürze trug, und stopfte die noch ungerauchte Zigarette hinterher. Fast anderthalb Jahre war Oscar jetzt bei ihnen im Hotel angestellt, doch so hatte Nettie ihn noch nie erlebt. Normalerweise war der Zweiundzwanzigjährige eine beständige Quelle guter Laune, mit einem Lächeln auf den breiten, vollen Lippen und Lachfältchen um die dunkelbraunen Augen. Oscar O'Callan war Ire, doch er hatte einen chinesischen Großvater, weshalb sein Äußeres ein faszinierender Mischmasch aus verschiedenen Ethnien war. Die Augen leicht schräg, die Haare glatt und tiefschwarz, doch der Mund und auch die Nase breit und äußerst europäisch. Der Humor britisch. Der Charme ganz Londoner Dandy. Im Augenblick aber sah er aus wie jemand, der eine Zigarette gebrauchen könnte, sofern er denn rauchte. Er wirkte unruhig und richtig, richtig mies gelaunt.

»Was ist denn los?«, fragte Nettie noch einmal.

»Nichts. Ich wollte nur ein bisschen frische Luft schnappen. Ich mach mich wieder auf den Weg …«

»Ist das Florence da hinten? Was macht sie denn da?« Nettie reckte den Kopf ein wenig weiter aus dem Fenster, um einen besseren Blick auf die Figur zu haben, die da zwischen dem schwachen Lichtschein der Filmtrailer umherhuschte, einen Wäschesack in der einen, einen Eimer mit Putzutensilien in der anderen Hand. Offenbar sprach sie mit jemandem, der ihr nun den Kübel abnahm, sich stattdessen bei ihr unterhakte und das Mädchen in einen der Wohnwagen führte.

»Und ist das nicht Ashley?«

Oscar knurrte zur Antwort. Es klang beinahe so, wie sie gerade eben Charlotte angeknurrt hatte.

Nettie betrachtete den Koch. Keine einzige Lachfalte ließ sich auf seinem Gesicht sehen, während er auf die Tür starrte, durch die das Zimmermädchen und der Junge-für-alles eben verschwunden waren.

»Was wollen sie zusammen da drin?«, flüsterte Nettie. Sie hatte keine Ahnung, warum sie auf einmal so leise sprach, aber irgendetwas an der ganzen Szene kam ihr mysteriös vor.

»Du hast eine schmutzige Fantasie, Nettie Wilde«, brummte Oscar.

Nettie sah ihn an. »Ich habe überhaupt keine schmutzige Fantasie. Ich frage mich nur ...«

»Er hilft ihr beim Saubermachen.«

»Saubermachen? Bei den Filmleuten?«

»Handtücher einsammeln, Boden wischen, nichts Aufwendiges. Aber die Anfrage kam sehr spontan, und da sonst niemand zur Verfügung steht, haben sie Florence zurückbeordert. Ashley hilft ihr jetzt, damit sie schneller fertig wird.«

»Oh«, sagte Nettie und blickte zurück zu der Wohnwagentür, obwohl dort absolut überhaupt nichts zu sehen war. Normalerweise arbeitete Florence von frühmorgens bis zur Mittagszeit in den Zimmern, denn so viele waren es ja nicht. Also blieb meist noch Zeit, die Lobby und das Restaurant zu saugen; den Rest erledigten Gretchen, Theo oder Nettie selbst.

»Das ist nicht ihre Aufgabe«, sagte Oscar jetzt, und es klang noch eine Spur grummeliger als zuvor. »Florence ist Zimmermädchen im Hotel, keine *Putzfrau*.«

»Nein.« Verblüfft schüttelte Nettie den Kopf. »Natürlich nicht.« Sie wusste nicht, was sie mehr überraschte: Oscars harscher Tonfall oder die Tatsache, dass sie überhaupt diese Unterhaltung führten.

Sie richtete sich auf. »Ich werde den beiden helfen«, kündigte sie an. Sie griff schon nach dem Fenster, um es zu schließen, als Oscar erwiderte: »Das ist nicht nötig. Ist der letzte Wagen.«

Nettie blinzelte. »Wie lange stehst du denn schon hier?«

Oscars Schultern hoben sich. Senkten sich wieder. Darüber hinaus blieb er unbeweglich, die Augen nach wie vor auf die Stelle fixiert, an der sie Florence zuletzt gesehen hatten, und allmählich dämmerte es Nettie. Es dämmerte ihr ganz gewaltig. Sie hatte nur keine Ahnung, was sie mit dieser Erleuchtung anfangen sollte, ob Oscar darüber reden wollte oder nicht, ob er sich wünschte, dass sie das Fenster schloss und ihn allein in seine Grübeleien vertieft stehen ließ. Gerade dachte sie daran, genau das zu tun, als Oscar den Mund öffnete:

»Wie findest du Ash? Er ist ein cooler Typ, oder? Aber ist er auch ein Frauen-Typ? Ich meine, ist nicht so, dass er aussieht wie dieser Filmstar, oder?« Er blickte Nettie an. »Oder?«

»Äh, nein«, erklärte Nettie perplex, »er sieht ganz und gar nicht aus wie dieser Perry. Ich meine, zum einen hat Ashley blonde Haare, und er ist viel magerer und ... eine ganze Ecke jünger, oder?«

»Und sieht er gut aus?«

Nettie zuckte mit den Schultern.

Oscar wandte sich brummend ab.

»Er sieht nicht schlecht aus, würde ich sagen. Eher ... gewöhnlich. Nicht auffallend gut, nicht auffallend schlecht. Seine herausstechendste Eigenschaft ist womöglich sein Charme. Er ist nett, zuvorkommend, hilfsbereit ...«

Oscar seufzte.

»So genau wolltest du es nicht wissen, hä?«

»Ist schon gut. Ich ...«

Weiter kam er nicht. »Oscar O'Callan!«, brüllte eine vertraute Stimme, die ihrer Küchenchefin Dottie gehörte. Sie hallte aus der Richtung zu ihnen herüber, in der sich die

Hintertür zur Küche befand. »Wo steckst du? Denkst du, die Würstchen braten sich von allein? Und die Zwiebeln fallen von selbst in Ringe? Komm sofort wieder her!« Und mit einem *Bäm* knallte besagte Tür wieder zu.

Einmal mehr seufzte der junge Koch. »Okay, bis später, Nettie«, sagte er und machte sich auf den Weg.

Er war noch keine drei Schritte gegangen, da rief Nettie ihm hinterher: »Weiß sie denn überhaupt, dass du sie magst? Ich meine, hast du es mal angedeutet oder so?«

Womit sich Oscar umdrehte und die drei Schritte zu Nettie zurückging. »Sieh mal, wer da spricht«, sagte er.

»Hm?«

»Hast du Damien denn inzwischen mitgeteilt, dass du in ihn verliebt bist? Ich meine, er ist hier, oder? Irgendwer meinte, er sei heute angekommen.«

»Was hat Damien …«

»Und du glaubst nicht, dass das Hotel klein genug ist, dass sich der wahrscheinlichste Grund für deinen Griesgram in den letzten Wochen nicht herumgesprochen hätte?« Oscar stand jetzt vor ihrem Fenster, die Hände in die Seiten gestemmt, einen Ausdruck auf dem Gesicht, der beinahe schon selbstgefällig zu nennen war. Er löste sich erst dann auf, als er die Kränkung sah, die seine Worte in Nettie hervorgerufen hatten. »Ah, Mist, Nettie, tut mir leid«, sagte er dann, doch die war schon dabei, das Fenster zu schließen.

»Nettie!« Mit beiden Händen stützte sich Oscar am Rahmen ab.

»Was jetzt noch?«

»Ich will dir nur sagen, dass ich mir jahrelang eingebildet habe, dass es unmöglich wäre, wenn ich die Freundschaft, die mich mit Florence verbindet, aufs Spiel setzen würde, bloß weil … bloß weil meine Gefühle eventuell über

Freundschaft hinausgehen.« Mit hochgezogenen Brauen starrte er Nettie an, die ihrerseits genauso eindringlich zurückstarrte.

»Und?«

»Und?«, fragte Oscar ungläubig. »Und ich habe noch nie mit jemandem über den ganzen Kram hier gesprochen.«

»*Und?*«

»Und behalt das für dich, alles klar, du *Küken*. Und denk einfach mal drüber nach, was ich dir gesagt habe.« Womit er den Rahmen losließ und sich abwandte.

Nettie blinzelte. Dann streckte sie einmal mehr den Kopf aus dem Fenster. »Hey!«, rief sie Oscar hinterher. »Und was soll das gewesen sein?«

Oscar stoppte, drehte sich zum zweiten Mal um und lief zu Nettie zurück.

»Dass von dieser Freundschaft so oder so nichts übrig bleiben wird«, sagte er, »wenn er eine andere hat.«

14.

Nettie hatte es nicht einmal mitbekommen, doch sie war diejenige gewesen, die Oscar die Augen geöffnet hatte: War er zuvor auf Ashley und seine Eifersucht darauf, wie gut er sich mit Florence verstand, fixiert gewesen, hatte ein Blick auf die kleine, unglückliche Nettie genügt, um ihm das gesamte Bild zu offenbaren – das vollständige Dilemma, in dem er steckte. Seit vielen, vielen Jahren übrigens schon. Seit er Florence das erste und einzige Mal geküsst hatte.

Auf dem Weg zurück zur Küche versuchte Oscar, nicht weiter darüber nachzudenken, wie hübsch Florence auf ihn wirkte, wenn sie lachte – und wie leicht es seinem Kollegen Ashley scheinbar gelang, ihr dieses Lachen aufs Gesicht zu zaubern. Florence war eine irrsinnig zurückhaltende Person. Sicherlich das schüchternste Mädchen, das er kannte. Es war nicht einfach, sie aus ihrem Schneckenhaus zu locken. Und bisher war Oscar der Meinung gewesen, dass es ihm noch vor allen anderen am besten gelang. Nun. Man konnte sich täuschen, nicht wahr?

»Da bist du ja!«, raunzte Dottie Penhallow ihn an, sobald er durch die Hintertür die Küche betrat. »In einer Stunde soll was zu essen auf dem Tisch stehen, und du tust was? Machst einen Verdauungsspaziergang?«

»Ich habe nur kurz frische Luft geschnappt«, murmelte Oscar, und Hazel, seine feinfühlige und offensichtlich mit mehr als sieben Sinnen ausgestattete Kollegin, warf ihm einen fragenden Blick zu. Ja, er war nicht oft *nicht* gut gelaunt. Ja, er ließ sich nur selten anmerken, was ihn über die Arbeit hinaus bewegte. Selbst die strenge Küchenchefin schien zu bemerken, dass mit Oscar etwas nicht stimmte, denn sie stellte ohne ein weiteres Wort den Korb mit den Würstchen vor ihm ab und wandte sich ihren Kartoffeln zu.

Oscar räusperte sich. Dann machte er sich daran, die Pfannen zu befeuern, bevor er sich das riesige Zwiebelnetz griff. Der Rat, den er Nettie gerade selbst mitgeteilt hatte, hallte durch seinen Kopf wie ein Echo zwischen zwei Bergwänden, nur in leicht abgewandelter Form.

Von dieser Freundschaft wird nichts übrig bleiben, wenn sie einen anderen hat.

Bisher hatte das keine Rolle gespielt. Auf einmal jedoch schien es nichts mehr zu geben, das wichtiger war.

15.

Als Damien mit Saras Zelt den Weg zurück ins Hotel einschlug, war es dunkel geworden und die Sonne einem indigoblauen Himmel gewichen, gespickt mit Wolken und Sternen. In Brighton, dachte er, dort, wo er herkam, waren die Sterne nur selten so deutlich zu sehen wie hier draußen über dieser kleinen Insel, von der viel weniger Licht nach oben strahlte als in der Stadt. Er ging, den Blick gen Himmel gewandt, so lange, bis die ersten Baumwipfel ihm die Sicht versperrten.

Für das Stück durch den Wald hinunter zum Hotel schaltete Damien die Taschenlampe seines Handys ein. Und er versuchte, möglichst nicht daran zu denken, dass er allein und im Dunkeln durch ein Waldstück lief, denn – dies war schließlich Port Magdalen, richtig? Der idyllischste Ort auf Erden, mit einer Kriminalitätsrate, die vermutlich gegen minus zehn tendierte, und kaum mehr Aufregung als ein Freibad im Winter.

Was nicht ganz richtig war, zumindest nicht in diesen Tagen. Kaum war Damien zwischen den Bäumen hervorgetreten, drangen Stimmen an sein Ohr, Satzfragmente, von etwas weiter weg und kaum zu verstehen. Sie wehten aus Richtung der Klippen zu ihm herauf, begleitet von einem milchigen Licht, das seine These von gerade eben zu widerlegen schien. Die Dreharbeiten dauerten noch an. Was Damien daran erinnerte, dass es zwar bereits dunkel, aber noch nicht sonderlich spät war und dass er seit heute Morgen nichts mehr gegessen hatte.

»Ah, hallo, Junge. Habt ihr noch ein Zelt auftreiben können?« Theo Wilde stand vor seinem alten Schäferwagen beziehungsweise vor dem Vorzelt, das er aufgestellt hatte und nun offenbar mit einer Lichterkette zu verzieren gedachte. Er hielt das Kabel mit bunten Glühbirnen in der einen Hand und einen Tacker in der anderen, während er auf eine Trittleiter stieg. »Tut mir leid, dass unseres scheinbar in Flammen aufgegangen ist. Ich würde dich ja auf der alten Couch in meinem Wagen schlafen lassen, aber die ist wirklich zu klein für dich. Du bist ja noch mal gewachsen seit dem Sommer.«

»Also, ehrlich gesagt – nein, das nicht«, erwiderte Damien. Er fuhr sich mit einer Hand durch die Haare (die inzwischen ein gutes Stück zu lang waren, nach Theos Geschmack) und hob die andere, in der er eine Tasche hielt. »Miss Gibbs hat mir ihr Zelt geliehen. Jetzt brauch ich nur noch einen Platz, wo ich es aufstellen kann.«

»Wenn es hier inzwischen etwas gibt«, sagte Theo, »dann ausreichend Platz.« Mit einer ausladenden Handbewegung deutete er hinter sich. »Du kannst das Zelt im Garten aufstellen, von dort hast du eine phänomenale Sicht aufs Meer. Allerdings auch auf die Hühner. Man weiß nie, wann sie einen morgens aus dem Schlaf reißen.«

»Wenn die Aussicht so phänomenal ist«, sagte Damien, »wieso haben Sie Ihren Wagen dann hier draußen aufgestellt? Mit Blick auf ... äh ...« Damien zögerte.

»Mit Blick auf dieses liebreizende Chaos, das die Filmleute hier zusammengeparkt haben?«, kam ihm Theo zu Hilfe. »Du hast keine Ahnung, wie aufregend das sein kann.« Er kicherte. Und prompt erinnerte sich Damien daran, dass er schon lange nicht mehr so fröhlich gewesen war wie dieser alte Mann. Seit dem Sommer nicht mehr, dachte er, seit er die Insel verlassen hatte.

»Hast du schon gegessen?« Theo betrachtete Damien, den Kopf zur Seite gelegt.

»Nein, noch nicht.«

»Na, dann komm mal mit, mein Freund. Jetzt zeige ich dir, *wie* aufregend es hier gerade ist.«

Damien folgte Theo durch die Eingangshalle und das Restaurant hinaus auf die Terrasse, wo ein weiteres Zelt aufgebaut worden war – eines, das die gesamte Fläche der Terrasse überspannte, wie ein riesiger, weißer Baldachin. Vereinzelte Heizstrahler sorgten an den darunter verstreuten Tischen und Stühlen für erträgliche Temperaturen, und erst als er in die künstliche Wärme trat, wurde Damien bewusst, wie kalt es draußen gewesen war.

Vor einer der zwei Fensterfronten war eine lange Theke aufgebaut worden, hinter der in Kochschürzen gekleidetes Personal in silbernen Kasserolen rührte und Salat anrichtete. Damien erkannte Oscar und Hazel, die beiden Jungköche des *Wild at Heart,* während Theo nach der Chefin Dorothy »Dottie« Penhallow Ausschau hielt, die allerdings nirgendwo zu sehen war. Dafür drängten sich einige der Filmleute vor den Pfannen und Töpfen und an den Tischen, wo sich bereits benutztes Geschirr türmte und halb geleerte Gläser sammelten.

Theo seufzte. »Nimm dir was zu essen, Junge, ich mach hier erst ein wenig sauber.«

»Ganz im Gegenteil.« Damien ging einen Schritt zurück und stellte die Tasche mit dem Zelt hinter der Glastür ab, die ins Restaurant führte. »Ich räume eben das Geschirr in die Küche, bin gleich wieder da.«

Würstchen. Das war das, was Theo in einer der Kasserolen entdeckte und daneben dampfender, frisch gestampfter Kartoffelbrei. Dazu gab es Röstzwiebeln, Senf, Ketchup und eine Schale voller Buttererbsen, und Theo füllte schon einen Teller damit, ohne überhaupt die Deckel der anderen Töpfe anzuheben.

»Was ist das?«, fragte Damien, der neben Theo aufgetaucht war.

»Veganes Kohlrabigratin«, antwortete Oscar, der hinter der Theke gestanden hatte. »Dazu gibt es Sellerieschnitzel und Salat.«

»Mmh.« Damien griff nach der Zange für die Würstchen.

»Mmh«, stimmte Oscar zu. Er ließ seinen Blick etwas länger auf Damien verweilen, als dem recht war, bevor er sich wieder dem Bund Schnittlauch widmete, das er in feine Ringe schnippelte.

Damien fragte sich, was wohl hinter Oscars Stirn vor sich ging. Ob er sich wunderte, dass er hier aß, mit Theo Wilde statt mit seiner Enkelin, der er während seines Aufenthalts im vergangenen Sommer kaum von der Seite gewichen war? Ob er sich fragte, was er überhaupt hier tat – so mitten im Schuljahr, ohne seine Väter? Ob er ...

»Quatsch«, murmelte er schließlich vor sich hin. Vermutlich dachte Oscar gar nichts. Nicht jeder interessierte sich für ihn und seinen Gemütszustand.

»Also, erzähl mal, Junge. Was machst du hier?«, fragte Theo.

Oder eben doch, dachte der.

Letztlich umging Damien Theos Frage, doch diesem schien die ausbleibende Antwort nicht einmal aufzufallen: Nachdem sie sich an einem der schmiedeeisernen Tische niedergelassen hatten, wurde ihre Aufmerksamkeit vor allem von ihrer unmittelbaren Umgebung absorbiert. Direkt neben ihnen hatten sich die Hauptdarsteller niedergelassen, was Theo Damien wissen ließ, um einiges lauter, als es dem lieb war. Damien warf einen Blick auf die beiden. Er erkannte Noah Perry sofort, und obwohl er in diesem Schuppen-Kostüm, mit der fremdartigen Frisur und dem übertriebenen Make-Up ganz anders aussah als in der Serie, die ihn berühmt gemacht hatte, konnte er Charlottes Aufregung nachempfinden. Perry war in der Tat eine imposante Erscheinung, der Blick so intensiv, dass er nur hoffen konnte, er würde ihn nie auf Nettie richten. Was ... absurd war. Er war viel zu alt für Nettie. Und selbst, wenn nicht ...

»Isst du das noch?«

»Was?«

»Junge, du lässt die guten Würstchen kalt werden.« Theo lachte. Er spießte mit seiner Gabel eine der in der Tat unangetasteten Bratwürste auf und lud sie auf seinen Teller. Dann betrachtete er Damien etwas genauer.

»Ihr habt ähnliche Symptome«, sagte er, »Nettie und du.«

»Wie bitte?«

Theo nickte, als würde er sich selbst bestätigen wollen. »Sie ist so dünn geworden, seit dem Sommer. Noch dünner als ohnehin schon. Und du siehst auch nicht gerade so aus, als würdest du zu viel zu dir nehmen.« Sprach's und schob sich ein weiteres Stück von der gestohlenen Wurst in den Mund.

Theo kaute genüsslich. Damien schob Erbsen auf seinem Teller herum. Noah Perry sah neugierig zu ihnen herüber, während Heather Mompeller vor ihm mit einer Leidenschaft in ihr Handy tippte, die man ihr erst einmal nachmachen musste.

»Ich weiß nicht, was ich dazu sagen soll«, erklärte Damien schließlich.

»Nun«, erwiderte Theo, »dann sage ich dir etwas, Junge: Meine Enkelin ist sechzehn. Und mit sechzehn, oh ja, das weiß ich noch sehr genau, da spielen die Hormone verrückt, die Fantasie schlägt Purzelbäume, aber das Herz ist auch besonders anfällig für tiefschürfende, niemals verheilende Wunden.«

»Ich würde Nettie nie ...«

»Weil die, die sie zufügen, selbst erst zu wenige davon erlitten haben, um zu erspüren, was sie wirklich bedeuten. *The First Cut Is The Deepest* – kennst du den Song?« Theo seufzte. »Am Lagerfeuer haben wir den früher gesungen, voller Inbrunst, und obwohl keiner von uns dieselbe Erfahrung gemacht hat, waren wir uns im Grunde unserer Seelen einig.« Er sah Damien erwartungsvoll an.

»Ich würde Nettie nie wehtun«, sagte der, »nicht absichtlich und ... unabsichtlich hoffentlich auch nicht.«

Theos Brauen hoben sich.

»Ich meine, falls ich ihr im Sommer ... also, falls da ...«

»Nettie ist nicht diejenige, um die ich mir Sorgen mache.«

Damien blinzelte. »Nicht?«

Theo schüttelte den Kopf, und dann grinste er: »Das junge Herz ist besonders anfällig, aber es hält auch viel mehr Schmerzen aus als ein altes. Falls dich das tröstet.«

Unnötig zu sagen, dass Damien eine ganze Weile lang an dem zu knabbern hatte, was Theo Wilde ihm da eröffnet hatte. Nicht um Nettie machte er sich Sorgen, sondern um ihn, Damien, wenn es darum ging, heil aus dieser vertrackten Angelegenheit zwischen ihm und seiner Enkelin herauszukommen. Tatsächlich knabberte Damien mehr an diesen Gedanken als an seinem Essen, während sie ihre Mahlzeit auf der Terrasse des *Wild-at-Heart*-Hotels abschlossen. Nur nebenbei nahm er wahr, dass Theo mittlerweile Dottie entdeckt hatte und sich über einige Tische hinweg mit ihr unterhielt – unterhielt oder sie aufzog, je nachdem, wie man es formulieren wollte. Damien hoffte sehr, dass er in Theo Wildes Alter auch noch so gut gelaunt, witzig und schlagfertig sein würde.

Noch. Er schnaubte. Als wäre er das jetzt – gut gelaunt und witzig. »Ich meine, ich war es mal«, murmelte er vor sich hin und fing sich dafür einen misstrauischen Blick vom Nachbartisch ein. Heather Mompeller wirkte ebenfalls nicht gerade so, als wäre sie in blendender Stimmung, fiel Damien auf. Und auch Perrys Lippen malten nurmehr einen schmalen Strich in sein Gesicht. Weshalb Damien sagte, laut und zu niemandem im Besonderen: »Überall das Gleiche.«

Als er aufstand, warf Noah Perry im Vorbeigehen einen Blick auf Damien. Und dann zwinkerte er ihm zu, ganz kurz nur.

Auch Nettie schenkte er ein Lächeln, als er an ihr vorbei ins Restaurant lief (und von dort aus ins Foyer und dann hoch in sein Zimmer, wo er sich ein Bad einlassen würde, um den Stress des Drehtages von sich zu waschen … und noch so einiges mehr). Nettie dagegen nahm den Schauspieler überhaupt nicht wahr. Sie hatte nur Augen für den Jungen, der mit ihrem Großvater am Tisch saß, vor sich hin murmelte und in seinem Essen herumstocherte.

Sie würde ihm helfen, das Zelt aufzubauen. Dann würde

sie weiter an der Liste arbeiten, die sie nach Oscars Worten begonnen hatte, und dann würde sie darüber schlafen, wie Damien und sie die kommenden zwei Tage miteinander umgehen würden.

Wenn sie ihn jetzt dort sitzen sah, die Stirn gerunzelt, die dunklen Haare ganz zerzaust von den vielen Malen, die er seine Hand darin vergraben hatte, dann ... zog etwas in ihrem Inneren, das sie unmöglich ignorieren konnte. Sie war absolut und bis zur Sprachlosigkeit verblüfft gewesen, ihn heute hier auf Port Magdalen zu sehen. Aber schon jetzt fühlte sie sich hundert Mal besser, als sie sich die vergangenen drei Monate gefühlt hatte.

»Na, habt ihr schon miteinander geredet?« Gretchen war neben Nettie aufgetaucht und legte ihrer Tochter einen Arm um die Schultern.

Anstelle einer Antwort verdrehte Nettie die Augen.

»Was denn? Das war eine völlig harmlose Frage! Was denkst du, weshalb er hergekommen ist? Mitten im Schuljahr? Die weite Fahrt, nur für ein Wochenende?«

»Mum, ehrlich.« Diesmal schüttelte Nettie ihre Mutter ab, warf ihr einen strafenden Blick zu und griff dann nach einem mit Kartoffelstampf und Würstchen gefüllten Teller, den Oscar eben an ihr vorbeitragen wollte.

»Hey!«, rief der empört.

»Ich esse auf meinem Zimmer«, erklärte Nettie.

Sowohl Oscar als auch Gretchen blickten ihr nach, als sie sich mit dem gestohlenen Teller durchs Restaurant auf und davon machte.

»Wir klären das unter uns«, rief sie über ihre Schulter. »Kümmer du dich um dein Liebesleben, Mum. Und du auch, Oscar.«

»Ach, du gibst also zu, dass es etwas mit Liebe zu tun

hat?«, rief Gretchen ihr hinterher, doch da war ihre Tochter – einen letzten entnervten Ton auf den Lippen – bereits durch die Schwingtür in die Lobby verschwunden.

»Tja«, sagte Oscar.

»Kümmer dich um dein eigenes Liebesleben?« Gretchen musterte den Jungkoch mit erhobenen Brauen.

Der wollte gerade ein paar intelligente Worte erwidern (wenn ihm nur etwas eingefallen wäre), da war seine Chefin auch schon von einem der Filmleute beiseitegezogen worden, um weiß der Himmel was zu besprechen, Oscar wusste es nicht. Also lief er zurück hinter die Küchentheke und machte erneut den Teller fertig, den der Regisseur ans Set bestellt hatte. Unterdessen setzte sich Gretchen, wie beinahe jeden Abend, mit der Aufnahmeleiterin Minnie auseinander, Damien griff sich sein Zelt und schlug damit den Pfad zum Garten ein, während Dottie mit einem letzten Augenrollen in Richtung Theo in ihrer Küche verschwand.

Theo selbst machte sich auf den Weg zurück zu seinem alten Schäferwagen, um die Arbeit an der Verschönerung des Vordachs aufzunehmen. Er hatte die Lichterkette eben befestigt und wollte sich mit einem Schlückchen Nachtisch zurücklehnen, um sein Werk zu bewundern, als es passierte: Während sich der alte Mann in seinen Liegestuhl fallen ließ, sackte eine Seite des Holzgestells in den Boden, und der alte Theo landete keuchend auf seinem Hinterteil. Er hatte nichts von seinem Whisky verschüttet, Gott sei Dank, aber sicherlich einen blauen Fleck davongetragen. Und während Theo sich noch fragte, was da gerade geschehen war, stellte er fest, dass sich unter ihm ein Loch aufgetan hatte – ein schwarzes, eher eckiges als kreisrundes Loch, das ihm schlichtweg den Boden unter den Füßen weggezogen hatte.

16.

Sara Gibbs hätte gern von sich behauptet, dass diese Sache mit den Blumen und Bienen, über die sie vor Gretchen so ausschweifend lamentiert hatte, nichts weiter gewesen sei als ein Spaß, doch die Wahrheit war: Sie hatte es bitterernst gemeint. Also, im übertragenen Sinne natürlich. Sie war zweiundvierzig Jahre alt, so viel war ebenfalls wahr, und seit dem Scheitern ihrer Beziehung, das mittlerweile mehr als fünf Jahre zurücklag, mehr oder weniger allein. Was bislang auch kein Problem dargestellt hatte. Im Gegenteil. Die Männer, die Sara gefielen, waren so selten wie Schnee in Cornwall, umso mehr erschrocken war sie selbst über ihre Reaktion auf Noah Perry.

Ihre Fingerspitzen hatten gekribbelt, oder etwa nicht? Und als Echo zu diesem Kribbeln war in seinen wundervollen braunen Augen etwas aufgeblitzt – *oder etwa nicht?*

Gerade jetzt kitzelte es in Saras Fingerspitzen übrigens wieder, während sie es sich mit einem Laptop auf der Fensterbank des kuscheligen Erkers in ihrer Wohnung gemütlich machte, der als Leseecke diente. Sie konnte es selbst kaum glauben, doch sie würde Noah Perrys Namen in die Suchmaschine eingeben und so viel über ihn in Erfahrung bringen, wie ihr möglich war.

Vierundzwanzig Minuten später klappte Sara ihr MacBook wieder zu. Sie lehnte den Kopf an die Mauer hinter sich und drehte das Gesicht zum Fenster, um durch den schmalen Spalt zwischen den Häusern vor ihr aufs Meer zu sehen, doch weil es draußen mittlerweile ziemlich dunkel war, starrte lediglich ihr eigenes Spiegelbild zurück.

Sie war jetzt tatsächlich über vierzig, auch wenn man ihr das nicht unbedingt ansah. Ein Vorteil dunkler Haut, wenngleich ihre nicht einmal annähernd so dunkel war wie die ihrer Eltern. Ihre Haut hatte die Farbe von Vollmilchschokolade mit ziemlich hohem Milchanteil – und sie war glatt und straff, wie sie es vor sieben Jahren auch gewesen war.

Wieso ausgerechnet sieben?

Weil das genau die Anzahl an Jahren umfasste, die Noah Perry jünger war als sie.

Seufzend legte Sara den Computer beiseite, stand auf und ging hinüber zu ihrer Küchenanrichte, um sich ein Glas Rotwein einzuschenken. Auf dem Weg zurück zum Fenster schaltete sie Musik an – Elliot Smith – und dann, als sie sich erneut auf ihren Platz sinken ließ, musste sie über sich selber lachen. Ein schönes Bild gab sie da ab, in ihrer kleinen Anderthalb-Zimmer-Wohnung, ihrem einteiligen, rosafarbenen Hausanzug, dem Rotwein und der Schmusemusik.

Wann war sie eigentlich zu diesem wandelnden Klischee einer einsamen, alleinstehenden Frau geworden?

Sie nahm einen Schluck von ihrem Wein.

Nun.

Sie wusste sehr genau, wann das passiert war. Und wie sooft, wenn sich der Gedanke daran in ihr Bewusstsein schob, katapultierte sie ihn zurück in die Untiefen ihrer Erinnerung, wo er ihrer Meinung nach hingehörte, setzte ein grimmiges Lächeln auf und dachte an etwas anderes.

An Noah beispielsweise.

Laut Saras Recherchen war er fünfunddreißig Jahre alt,

stammte aus Blackburn, einer eher unbedeutenden Stadt nordwestlich von Manchester, und war bei seiner alleinerziehenden Mutter aufgewachsen. Schon als Kind spielte er im Schultheater, später dann stand er auf den Bühnen von London. Erst mit Ende zwanzig wurde er für die Kamera entdeckt, und gleich seine erste große Rolle, die eines gewissen Cherish Tanner in der Serie *Out of Answers*, verschaffte ihm Weltruhm. Sie öffnete ihm die Tür nach Hollywood, wo Noah Perry inzwischen auch lebte. Dass er an dieser verhältnismäßig kleinen, britischen Produktion teilnahm, wurde sentimentalen Gründen zugeschoben. Der Regisseur war ein alter Bekannter vom Theater, der ihn damals für die Rolle in *Out of Answers* empfohlen hatte. »Außerdem«, zitierten die Medien den Schauspieler, »wird England immer meine Heimat bleiben. Und die Sehnsucht nach warmem Bier, fettigem Fisch und schlechten Wetter ist manchmal einfach zu groß.«

Und was ist mit der Sehnsucht nach deiner Freundin?, dachte Sara, während sie gedankenverloren an ihrem Wein nippte. Und bevor ihr einfiel, dass Noah Perry vermutlich genauso wenig wie jeder andere Mensch scharf darauf war, sein Privatleben vor wildfremden Leuten und in der Öffentlichkeit breitzutreten, nahm sie ihren Laptop und öffnete ihn erneut.

Die Bildersuche vom Namen des Schauspielers in Kombination mit *Freundin* ergab einige Treffer (wenngleich auch nicht so viele, wie sie bei einem Filmstar dieses Kalibers erwartet hätte). Von Heather Mompeller war nichts zu sehen, doch so, wie Gretchen es ihr erklärt hatte, war die Beziehung zwischen den beiden auch noch nicht an die Öffentlichkeit gelangt und sollte erst im Rahmen einer Pressekonferenz verkündet werden. Was in Sara für einen Augenblick Mitleid hervorrief. Wie musste es sein, in einem Beruf zu arbeiten, in dem das Privatleben, das *Liebesleben*, plötzlich als Teil einer PR-Kampagne herhalten musste? Für sie, die ihre Tage einsam zwischen Pflanzen verbrachte, war diese Vorstellung unbegreiflich.

Sara scrollte durch die Bildersuche. Noah war auf fast allen Fotos mit der gleichen Frau zu sehen: Einer gewissen Julie Martins, nicht sehr groß, dafür sehr schmal, mit halblangen dunkelbraunen Haaren und großen braunen Augen. Sara fand, dass sie und die Fremde durchaus über eine gewisse Ähnlichkeit verfügten – Haarfarbe, Augenfarbe –, doch natürlich war Julies Haut hell, fast weiß, ihre Statur eher knabenhaft, weil sie so klein war, und, ja. In Saras Augen sah Sara aus wie eine Frau, diese Frau aber eher wie ein Mädchen. »Was, ganz nebenbei bemerkt, egal ist«, murmelte sie schließlich zu sich selbst, »weil ich für den Mann ohnehin nicht infrage komme. Selbst wenn er keine Freundin hätte.«

Weshalb es auch nicht weiter schlimm war, ihn noch ein wenig zu stalken, beschloss sie, klickte auf einen der Artikel zu den Fotos und begann zu lesen.

17.

In der Nacht hatte Damien kaum geschlafen. Es war zu kalt in dem Zelt, selbst in dem Schlafsack und unter der Decke, die Nettie ihm gegeben hatte. Beides hatte nach ihr gerochen. Und die Kälte, die ihn über mehrere Stunden hinweg wach gehalten hatte, war von tief in ihm drinnen gekommen.

Irgendwann war er eingeschlafen, nur um dann, gefühlte fünf Minuten später, von Geräuschen geweckt zu werden, die sich langsam und fortwährend in sein Bewusstsein fraßen. Türenschlagen. Stimmen, die wohl geflüstert sein sollten, doch trotzdem laut genug waren, um ihn aus dem Schlaf zu rütteln. Ein Stoß war zu hören, dann fluchte jemand, woraufhin eine andere Stimme zu lachen begann. Damien stöhnte. Er rappelte sich schlaftrunken auf und steckte den Kopf aus dem Zelt.

Der Morgen war noch genauso finster wie die Nacht.

Von seinem Platz im Garten (und neben dem Hühnerstall) aus konnte er auf das Meer sehen, das schwarz und still vor ihm lag. Die Geräusche und Stimmen kamen aus der anderen Richtung, von den Wohnwagen hinter ihm, also zog Damien seine Jeans an und den Pullover über den Kopf, bevor er sich bibbernd auf dem Weg in Richtung des Lärms machte, da an Schlaf ja sowieso nicht mehr zu denken war.

Der kleine Trailerpark, so schien es, war bereits zu voller Aktivität erwacht. Aus den meisten Wagen drang Licht nach draußen auf den Vorplatz, Leute gingen ein und aus (und ließen dabei achtlos Türen ins Schloss krachen), Menschen unterhielten sich, auch das nicht gerade im Flüsterton.

Im Vorbeigehen warf Damien einen Blick auf das Hotelgebäude. Netties Zimmer ging ebenso wie einige der Hotelzimmer auf den Vorplatz hinaus, eigentlich hätte auch sie von dem Krach hier draußen aufwachen müssen, doch hinter ihrem Fenster blieb es dunkel. *Womöglich hat sie sich schon an den Lärm gewöhnt*, dachte Damien. *Oder sich Stöpsel in die Ohren gesteckt.* Einer jedenfalls müsste sicher schon wach sein, schätzte er, denn immerhin wohnte er mittendrin in diesem Trubel.

»Morgen, Theo«, grüßte Damien leise, als er zu dem Schäferwagen kam.

»Morgen, mein Junge.« Netties Großvater kniete auf allen vieren und drückte seinen Rücken abwechselnd in einen Katzenbuckel und wieder zurück ins Hohlkreuz. »Lust auf ein bisschen Yoga? Seit hier kein normaler Betrieb mehr herrscht, weigern sich die Damen, mit mir zu turnen. Vor sechs geht bei den beiden im Augenblick gar nichts.«

»Wie spät ist es denn?«

»Fünf Uhr zehn.« Theo schob seinen Körper nach hinten und blieb auf den Knien sitzen. »Ich gebe zu, das ist früh. Leider ist fünf Uhr das neue fünf Uhr dreißig, wenn du verstehst, was ich meine.«

Damien hatte keine Ahnung, was Theo meinte, war aber zugegebenermaßen auch noch nicht ganz wach. »Ich hab gestern vergessen zu fragen, wo ich duschen kann.«

»Geh einfach zu Gretchen und Nettie rein«, gab Theo zurück.

»Sind Sie sicher? Ich meine ...« Er warf einen weiteren Blick zum Haus, in dem Netties Zimmer nach wie vor im

Finsteren lag. Im Gegensatz zu den Hotelzimmern über ihrem, die inzwischen alle hell erleuchtet waren.

»Aber ja doch«, sagte Theo. »Die beiden schlafen ohnehin nur noch mit Oropax. Du könntest sie nicht stören, wenn du im Badezimmer eine Arie schmettern würdest.«

»Okay?« Das klang wie eine Frage, weshalb Theo wiederholte: »Aber ja doch. Geh nur.« Womit er einmal kräftig ein- und ausatmete, bevor er sich in die Stellung des Kindes begab, ein bisschen steif zwar, doch selbst Damien erkannte die Position. Und er hatte ehrlich keine Ahnung, wie Theo das schaffte. Er war noch keine siebzehn und hatte den Eindruck, nicht halb so beweglich zu sein wie Netties Großvater, der etwa vier Mal so alt war wie er.

Vermutlich auch eine Kopfsache, dachte Damien, während er durch die Schiebetür ins Innere des Hotels schlüpfte. Sein Hirn fühlte sich im Augenblick an, als steckte er im Treibsand fest – sosehr er auch strampelte, es gab weder ein Vor noch ein Zurück, seine Gedanken landeten immer wieder an derselben Stelle. Bei Nettie. Manchmal fragte sich Damien, ob sie es nicht spüren musste, so oft, wie er an sie dachte.

Das Foyer im *Wild at Heart* wirkte so wenig einladend, wie er es selten erlebt hatte. Noch hatte niemand die Feuer in den Kaminen entzündet oder Kerzen entfacht, nicht einmal die dimmbare Lampe über dem Rezeptionstresen war eingeschaltet worden. Nur aus der Tür zum Restaurant schien Licht herein. Vermutlich war die Küchencrew bereits dabei, Frühstück für die Filmleute vorzubereiten.

Auch die Privaträume von Nettie und ihrer Mutter wirkten still und unbewohnt, und im Dunkeln tastete sich Damien vorsichtig in Richtung Badezimmertür. Den Lichtschalter bewegte er erst, als er diese hinter sich geschlossen hatte.

So es sich denn lautlos duschen ließ, vollendete Damien an diesem Samstagmorgen diese Kunst mit Perfektion. Er war gewaschen, abgetrocknet und angezogen, noch bevor acht Minuten vergangen waren, dann schlich er ebenso schnell aus der Wohnung der Wildes, wie er hineingehuscht war.

Ein Kaffee wäre nicht schlecht, dachte er. Doch noch bevor der Gedanke in seinem Kopf ein Bild geformt hatte, verwarf er ihn wieder. Kein Wunsch nach Kaffee konnte so stark sein, dass er sich dafür mit Chefköchin Dottie auseinandersetzen wollte. Schon gar nicht so früh am Morgen. Also fand er sich, etwa fünf Minuten und einen kurzen ziellosen Spaziergang später, auf einmal auf dem Pfad zu den Klippen wieder, oberhalb des Herzfelsens und kurz vor der Abzweigung, die zu der alten Lodge führte. Die gehörte offiziell zum *Wild-at-Heart*-Hotel, war jedoch schon seit Jahren nicht mehr in Benutzung, weil sie renoviert werden musste. Das hatte Nettie ihm erzählt. Und dass ihr Vater gestorben war, bevor er das Vorhaben in die Tat umsetzen konnte.

Im vergangenen Sommer hatte Harvey Hamilton – ein amerikanischer Autor, der im *Wild at Heart* abgestiegen war – die Lodge auf eigene Kosten renovieren lassen wollen, um hier auf Port Magdalen einen Rückzugsort zum Schreiben zu haben, doch Netties Mutter hatte das abgelehnt. Was vermutlich mehr mit ihrer Antipathie gegenüber Hamilton zusammenhing als mit der Idee an sich. Jetzt allerdings, als Damien vor der alten Hütte stand und mit dem Schein seiner Handytaschenlampe an ihrem verwitterten Holz und den blinden Fenstern hinaufstrahlte, fragte er sich, ob Gretchen nicht lieber hätte zustimmen sollen.

»Hey.«

Erschrocken fuhr Damien herum. Er hatte keine Schritte gehört und auch sonst kein Geräusch, doch plötzlich stand eine Gestalt neben ihm, höchstens fünf Meter entfernt, und blendete ihn mit einem Licht, das vermutlich von einer Stirnlampe kam.

»Bist du der Typ, den sie zum Kabelschleppen runtergeschickt haben?«, fragte eine männliche Stimme.

»Ähm, würde es dir was ausmachen …« Mit einer Hand wedelte Damien vor seinen Augen herum.

»Oh, ja klar.« Er richtete den Strahl der grellen Leuchte ein Stück nach unten, sodass sie nun Damiens Knie beschien, nicht aber mehr sein Gesicht. »Zuerst einmal sollten wir dir auch eine Lampe besorgen«, sagte er dann, »sonst stolperst du hier draußen noch über deine eigenen Füße. Und dann müssen wir die Stromkabel auf die andere Seite der Hütte verlegen, okay? Scheinbar wird heute hinterm Haus gedreht, bei den Holzscheiten.«

»Ähm …«, machte Damien noch einmal, doch als der Fremde rief: »Komm schon, wir haben nicht den ganzen Tag Zeit, sie wollen das Morgenlicht nutzen«, zuckte er mit den Schultern und lief hinter ihm her.

Der Fremde hieß Stan, war siebenundzwanzig Jahre alt und gehörte zu den Technikern am Set. Während Damien ihm half, die Starkstromkabel von einer Seite der Lodge auf die andere zu hieven, erklärte er ihm, dass er seinen Job liebte wie hasste, froh sein konnte, dass sie den Strom aus dieser Hütte beziehen durften und nicht aus dem Niemandsland, trotzdem schon leichtere Aufgaben zu bewältigen hatte und dennoch super gern hier arbeitete, wenn er auch jeden Tag drei Kreuze schlug, heil über diesen Fahrdamm gekommen zu sein. Das Einzige, was er noch mehr hasste, als mit dem Kleinbus über diesen holprigen Weg mitten durchs Wasser chauffiert zu werden, war, in dunkler Nacht und auf nüchternen Magen mit dem Boot auf die Insel zu schippern. Ihm wäre jetzt noch übel, behauptete er.

Während Stan erzählte und erzählte, schälte sich allmählich das Filmset aus der Dunkelheit, und Damien wurde klar, wo er hier unbeabsichtigt gelandet war: inmitten eines Märchenwalds, so schien es, den die Ausstatter durch künstliche Riesenblätter, Plastikfrüchte und Kunstfarne geschaffen hatten, all das vor dem Hintergrund der Klippen und des Meeres. Von dem Punkt hinter der Lodge, an dem Damien stand, ließ sich der Herzfelsen nicht erkennen, doch er war sich ziemlich sicher, dass er nur ein paar Schritte weiter in Richtung der Felsküste vor ihnen aufragen würde.

»Hier, machst du das mal da hinten fest?«

Stan reichte ihm ein schwarzes Plastikteil, mit dem Damien erst mal gar nichts anzufangen wusste.

»Da, das musst du festklemmen.«

»Weißt du, eigentlich ...«, begann Damien. Er stockte, und Stan warf ihm einen erwartungsvollen Blick zu.

»Eigentlich?«

»Ähm, *eigentlich* ...«

»... hast du keine Ahnung, was du hier tust, richtig?« Stan nahm Damien den Kabelbinder aus der Hand und befestigte damit zwei der Leitungen hinter ihm an einem künstlichen Ast. »Was ist es? Die Hauptdarstellerin? Oder warst du einfach neugierig, wie es an einem Set so aussieht?«

»Ehrlich gesagt, bin nur zufällig hier gelandet. Ich bin so rumgegangen ...« Und da fiel ihm selbst auf, wie unsinnig das klang, also brachte er den Satz erst gar nicht zu Ende und fuhr sich stattdessen seufzend mit einer Hand durch die Haare.

»Ist schon gut.« Stan zuckte mit den Schultern. »Du bist nicht der Erste, der hier herumschleicht. Aber du warst echt früh dran.« Er grinste, während er zwei weiteren jungen Männern einen Gruß zurief. Das Set füllte sich langsam.

»Okay, ich werde dann mal wieder gehen«, sagte Damien.

»Für zehn Pfund lass ich dich zuschauen.«

»Was?«

»Von da oben.« Stan nickte die bewaldete Böschung hinauf, die hinter der Lodge steil nach oben führte. »Halte dich einfach ruhig zwischen den Bäumen, dann kriegt der Regisseur nichts mit.«

»Und die anderen vom Team?«

Stan lachte. »Die verdienen sich auf diese Weise selbst was dazu.«

Eine Sekunde lang überlegte Damien, dann ließ er die Kabel sinken, die er nach wie vor in der Hand hielt. »Kann meine Freundin dazukommen?«, fragte er.

»Noch mal zehn dann«, sagte Stan trocken, »macht fünfundzwanzig.«

Damien hob die Brauen, doch er griff widerstandslos nach dem Geldbeutel in seiner Gesäßtasche und zog die Pfundnoten hervor. Wer musste schon essen, richtig? Bestimmt würden ihn die Wildes hier ohnehin nicht verhungern lassen.

»Sag deiner Freundin, die Losung bei der Security lautet: *Harry und Meghan haben mich geschickt.*«

»Es gibt eine Losung, um an den Sicherheitsleuten vorbeizukommen?«, fragte Damien ungläubig.

»Was meinst du, wie die ihr mageres Gehalt auffrischen?«, fragte Stan und kicherte.

»Okay ... Also, dann ...« Damien nickte Stan zu, bevor er sein Handy aus der Hosentasche zog und sich auf den Weg die Böschung hinauf machte.

»Sie wechselt täglich«, rief Stan ihm nach. »Morgen brauchst du es also nicht mehr damit versuchen.«
»Womit dann? *Diana lebt?*«
»Witzbold.«
Über die Schulter winkte Damien Stan zu, doch mit seinen Gedanken war er längst woanders.
Hatte er Nettie eben wirklich seine Freundin genannt?

> Nettie? Bist du wach?

Er hatte die Nachricht eben weggeschickt, als ihm einfiel, dass er womöglich zuerst nach der Uhrzeit hätte sehen sollen. Fünf Uhr siebenundvierzig. Damien fluchte. Er hoffte, dass Nettie ihr Telefon auf lautlos gestellt und er sie nicht unüberlegt aus dem Schlaf gerissen hatte, da gab sein Handy einen Ton von sich.

> Nein. Du?

Eine ganze Weile starrte Damien auf die zwei Wörter, dann beschloss er, dass er nichts in sie hineininterpretieren wollte. Sie klangen weder freundlich noch unfreundlich, befand er, und was auch immer Nettie ihm damit sagen wollte ... Er ließ das Handy sinken. Atmete einmal tief durch. Sie würden sich heute sehen und würden miteinander sprechen, und vielleicht, ganz vielleicht, wären sie am Ende des Tages ein Stück weiter, als sie es jetzt waren.

> Das war ein Spaß :D

Damien blinzelte. Dann schüttelte er seine Finger aus, so, wie Boxer es taten, bevor sie in ihre Handschuhe schlüpften.

> Und bist du bereit für ein kleines Abenteuer?

Die Punkte, die Netties Antwort ankündigten, blitzten auf, dann verschwanden sie wieder. Dann erschienen sie erneut. Es dauerte ewig, bis Netties Antwort aufploppte, die dann doch nur aus zwei weiteren Wörtern bestand.

> Und du?

Okay, dachte Damien. Womöglich war es Zeit, sich einzugestehen, dass er überhaupt nicht mehr schlau wurde aus dem Mädchen, obwohl er es länger kannte als jedes andere. Und besser. Viel besser. Dachte er zumindest. Mit gerunzelter Stirn starrte er auf das Display, bevor er beschloss, auch diese merkwürdige Anspielung zu übergehen.

> Kennst du die Böschung oberhalb der Lodge? Da warte ich auf dich. Falls dich jemand fragt, sagst du ihm: Harry und Meghan haben mich geschickt.

Dieses Mal erschienen keine Punkte, die Netties Antwort ankündigten, und Damien musste lächeln. Er stellte sich vor, wie sie genauso auf ihr Telefon starrte, wie er es zuvor getan hatte, mit gerunzelter Stirn und unfähig zu begreifen, worum es in ihrer Unterhaltung überhaupt ging.

Er steckte das Handy weg, denn er war sich sicher, dass er keine weitere Nachricht von Nettie erhalten würde.

Und genauso sicher war er sich, dass sie kam.

18.

Ausnahmsweise war Gretchen nicht davon wach geworden, dass das Handy neben ihrem Bett klingelte oder das eines der Crewmitglieder oder vom Türenschlagen der Autos, wahlweise der Wohnwagen, sondern davon, dass jemand duschte. Es war noch nicht mal Viertel nach fünf gewesen, weshalb sie ausschloss, dass es Theo war, der um diese Zeit allerhöchstens Yogaübungen machte. Ein Blick in Netties Zimmer hatte genügt, um festzustellen, dass auch ihre Tochter noch schlief. Als sie an der Badezimmertür vorbei zurück in ihr Schlafzimmer schlich, wurde das Wasser abgestellt, dann quietschte die Emaille der Badewanne, als wäre jemand darauf ausgerutscht, bevor leises Fluchen zu ihr nach draußen drang.

Damien.

Natürlich.

Also hatte Gretchen nur mit den Schultern gezuckt und war noch einmal zu Nicholas ins Bett gekrochen, bevor ihr einfiel, dass die Zeiten, in denen sie ausschlafen konnte (weil das Hotel vorübergehend keine Gäste beherbergte) ohnehin vorbei waren. Weshalb sie es sich anders überlegt hatte und nun doch in ihrer Hoteluniform in der Küche saß, die zweite Tasse Kaffee in der Hand, während sie mit der anderen durch die Aufzeichnungen blätterte, die die Aufnahmeleiterin ihr gestern in den Block diktiert hatte. Minnie. The Monster.

»Morgen, Mum.«

»Hey.« Gretchen blickte auf, als Nettie ihr einen Kuss auf die Wange drückte, wovon sie ebenso überrascht war wie von der Tatsache, dass ihre Tochter bereits vollständig angezogen vor ihr stand. »Du bist aber früh dran«, sagte sie. »Es ist noch nicht einmal sechs.«

»Ich weiß.« Nettie griff nach dem Toastbrot, holte dann Butter und Käse aus dem Kühlschrank und begann damit, Sandwiches zu belegen. »Ich dachte, ich sollte mich allmählich wieder an die normalen Zeiten gewöhnen. Ich meine, die Filmleute sind immerhin auch Gäste, oder? Die Zeit des Herumlungerns ist vorbei. Die Tiere haben jeden Morgen Hunger ... Oh Mist. Ich muss erst zu Paolo und Fred, bevor ich ... Na ja, jedenfalls dachte ich, wir könnten uns auch mal wieder an Grandpas Yogastunde beteiligen. Ich fühle mich schon ganz steif.«

»Du bist sechzehn. Du hast kein Recht, dich steif zu fühlen.«

Nettie reagierte nicht. Und Gretchen, die Lippen am Rand ihrer Kaffeetasse, blickte zu ihrer Tochter hinüber und stellte fest, dass sie in der Tat ein wenig verspannt aussah, wie sie da so stand, der Rücken gerade wie ein Brett, der Kopf aufrecht, als wollte sie einen Kübel Wasser darauf transportieren.

»Willst du das Brot gar nicht toasten?«, fragte sie.

»Nein. Die sind für unterwegs. Damien hat ... äh, er hat irgendwas vor, deshalb nehme ich uns Frühstück mit.«

»Ah«, sagte Gretchen. Sie setzte ihre Tasse zurück auf den Untertasse. »Und Damien ist vermutlich auch der Grund, weshalb du um sechs Uhr morgens schon mehr redest als die Queen in ihrer Weihnachtsansprache.«

»Haha.«

Gretchen stand auf, stellte sich neben ihre Tochter und lehnte sich mit dem Rücken gegen die Anrichte, um ihr ins Gesicht zu sehen. »Wühlt es dich auf, dass er hier ist?«

Nettie schnaubte. Doch die Art und Weise, wie sie den Toast mit ihrem Buttermesser malträtierte, war Gretchen Antwort genug.

»Du hast mir noch gar nicht erzählt, weshalb er überhaupt gekommen ist«, sagte sie und schlug einen leichteren Ton an, denn sie kannte Nettie. Wenn sie nicht über etwas reden wollte, tat sie es am Ende trotzdem – man musste nur die richtige Note anschlagen. »Mitten unterm Schuljahr«, fuhr Gretchen fort. »Hatte er gestern gar keinen Unterricht?«

»Ich denke, seine Väter haben ihm eine Entschuldigung geschrieben«, murmelte Nettie. »Damit er mit Bekannten von ihnen mitfahren kann, die das Wochenende in Truro auf einer Hochzeit verbringen.«

»Ah«, machte Gretchen wieder.

»Was?«

Wenn ihm seine Väter erlaubten, nicht zur Schule zu gehen, dachte Gretchen, dann befand sich Damien vermutlich in der gleichen psychischen Verfassung wie ihre Tochter, was zwischen Verwirrung und Verleugnung anzusiedeln war und auf jeden Fall zu schlechter Laune führte.

»*Was*?«, wiederholte Nettie. Sie sah ihre Mutter strafend an. »Du machst immer Ah und Oh, aber das hilft mir nicht.«

»Soll ich dir denn helfen?«

Wieder schnaubte Nettie nur, dann schaltete sie den Wasserkocher an und gab zwei Teebeutel in eine Thermoskanne.

Gretchen verkniff sich ein Lachen. Sie selbst war die vergangenen Wochen eindeutig zu gut gelaunt gewesen, das durfte sie auf keinen Fall an ihrer Tochter auslassen, in dem sie sich über sie lustig machte.

»Also, ich sehe das so«, erklärte Gretchen schließlich, und stupste Nettie mit dem Finger in die Schulter, was diese mit einem Grummeln quittierte. »Dieser Kuss im Sommer ...«

»*Mum!*« Nettie stöhnte. »Bitte fang nicht damit an.«

»Aber er ist doch zentrales Thema eures Zerwürfnisses, oder etwa nicht?« Wenn überhaupt möglich, versteifte sich Nettie noch ein kleines bisschen mehr, weshalb Gretchen in milderem Ton hinzufügte: »Woran auch immer man es festmacht, es ist vermutlich so, dass es Damien, seit er vor ein paar Monaten abgereist ist, genauso ... nicht so gut geht wie dir.«

»*Duh*«, machte Nettie.

»Duh?«

Nettie schwieg. Während Gretchen noch auf eine etwas ausschweifendere Antwort wartete, begann ihre Tochter damit, einen Apfel zu zerteilen, und zwar mit solchem Elan, dass der Saft aus dem Fruchtfleisch spritzte.

»Vielleicht solltest du ...«, begann Gretchen, doch Nettie unterbrach sie: »Charlotte hat ihm gesteckt, dass ich Kevin geküsst habe. Deshalb ist er hier.«

»Was?«

»Deshalb ist Damien hier. Weil ich Kevin geküsst habe.«

»Oh.« Gretchen runzelte die Stirn. Dafür, dass ihre Tochter bis dato mit Jungs gar nicht so viel anfangen konnte, küsste sie sie in letzter Zeit recht häufig. Sie überlegte schon, ob sie ihre diesbezüglichen Gedanken womöglich äußern sollte, hielt sich aber gerade noch zurück.

»Deshalb ist er also hier? Weil er eifersüchtig ist? Hat er das gesagt?«

»Nein.« Nettie klang ungeduldig. »So richtig hat er gar nichts gesagt. Seit dem Sommer reden wir eigentlich nur noch aneinander vorbei.«

Gretchen sah zu, wie ihre Tochter ihr Picknick in den Rucksack stopfte. Und dann stand Nettie auf einmal sehr, sehr still. Sie sah ihre Mutter nicht an, als sie fragte: »Denkst du, er könnte verliebt in mich sein?«

»Oh Nettie.« Seufzend zog Gretchen ihre Tochter in die Arme und drückte sie an sich. »Ich denke«, sagte sie, »Damien wäre ein absoluter Dummkopf, wenn er nicht in dich verliebt wäre. Trotzdem fürchte ich, du wirst ihn das selbst fragen müssen.«

Nettie stöhnte.

Und Gretchen begann jetzt doch leise zu lachen, was ihre Tochter gar nicht witzig fand.

»Und was, wenn es wirklich so ist?«, fragte Nettie jetzt, während sie sich ungeduldig aus den Armen ihrer Mutter wand. »Was, wenn er verliebt ist in mich? Und was, wenn …« Sie schüttelte den Kopf. »Wie soll das gehen? Ich meine, wir waren immer nur Freunde, und Damien wohnt in Brighton, und wir sind noch nicht mal siebzehn und …«

Für drei Sekunden ließ Nettie die Arme sinken, während Gretchen sie erwartungsvoll ansah, dann brach sie wieder in hektische Geschäftigkeit aus, griff sich erneut ihren Rucksack, stopfte die letzte Brotbox und die Thermoskanne hinein und war schon halb aus der Tür, bevor sie ihrer Mutter über die Schulter hinweg zurief: »Ich gehe zu Paolo und Fred, und … Wehe, du machst dich über mich lustig.«

»Das würde ich nie tun«, rief Gretchen hinter ihr her, doch sie grinste schon wieder. Was auch immer an diesem Wochenende zwischen Damien und ihrer Tochter geschehen würde, sie war beinahe ein bisschen neidisch. Mit sechzehn hätte sie es vermutlich noch nicht so gesehen, doch heute und im Nachhinein betrachtet kam es ihr wie die schönste Sache der Welt vor, wenn ihr bester Freund auch ihre erste Liebe gewesen wäre. Doch das war wohl etwas, das einem die Eltern mitteilen mussten, weil man von allein in diesem Alter noch nicht darauf kam. Weshalb sie Nettie hinterherlief, die Tür zum Foyer öffnete und rief: »Freundschaft ist die beste Basis für die Liebe, vergiss das nicht!«

Und dann den verdutzten Crew-Leuten zunickte, die sich zu ihr umgedreht hatten, während Nettie den Kopf einzog und schnell nach draußen eilte.

19.

»Ich bin jeden Tag aufs Neue erstaunt, in welch weise Frau ich mich da verliebt habe«, sagte Nicholas. Er lehnte im Türrahmen zur Küche, als Gretchen zurückkehrte. Mit seinen zerzausten Haaren und dem trägen Lächeln sah er aus, als wäre es absolut nicht seine Uhrzeit (was sie definitiv auch nicht war). Zu allem Überfluss trug er Gretchens Bademantel, was ihr ein verzücktes Grinsen entlockte.

»Und ich«, sagte sie, während sie betont langsam auf ihn zuschlenderte, »bin jeden Tag aufs Neue erstaunt, in welch sexy Kerl ich mich da verguckt habe. *So kerlig*, dass seiner Männlichkeit sogar mein gelber Blümchen-Bademantel nichts anhaben kann.«

»Dein Schwiegervater hat sich im Badezimmer eingesperrt. Ich hatte gerade nichts anderes anzuziehen.«

»Mmh.« Gretchen schlang beide Arme um Nicholas' Nacken und küsste sich über sein Schlüsselbein, den Hals hinauf zu seinem Kinn. »Ich sage doch«, murmelte sie gegen seine Lippen, »er steht dir.«

Nick lachte. Er faltete die Arme ebenfalls um Gretchen, hob sie hoch und trug sie in die Küche, wo er sie auf der Anrichte absetzte. Gretchen kreuzte ihre Beine hinter seinem Rücken. Und während sie sich umarmten und einander einatmeten und sich küssten, da dachte er, dass sie wahrlich recht hatte mit ihrer These. Und dass die Beziehung zwischen ihnen zwar lange Zeit freundschaftlich gewesen war – in seinen Augen zu lange –, doch dass sie jetzt, nach nicht einmal drei Monaten, eine Tiefe erreicht hatte, wie er sie noch mit keiner anderen Frau erlebt hatte.

Und diese Frau, in die er sich verliebt hatte, erkannte Nick kaum wieder, doch dieses Gretchen liebte er noch mehr. Nachdem sie sich entschlossen hatte, ihnen beiden eine Chance zu geben, schien für sie eine Umkehr ausgeschlossen. Nicht einen weiteren Tag hatte sie ihn daran zweifeln lassen, dass *sie* keine Zweifel hatte. Als hätte das unfreiwillige Bad im Hafenbecken, das seinerzeit den Grundstein für ihre Beziehung gelegt hatte (so verrückt das klingen mag), jegliche Unentschiedenheit von ihr fortgespült.

Und alles, was sie jetzt noch sah, lag klar und sichtbar vor ihr, wie der Grund des Meeres vor Port Magdalen.

»Nick?«

»Mmmh?«

»Bist du wieder eingeschlafen?«

»Mmmh.« Nicholas hob das Kinn von Gretchens Schulter, trat einen Schritt zurück und lächelte sie an. »Nein«, sagte er. »Ich habe gerade nur an etwas sehr Schönes gedacht.«

»Ja?« Gretchen lächelte ebenfalls. Und dann, als wäre ihr gerade eingefallen, was es noch zu klären galt, bevor sie weitermachten, wo sie aufgehört hatten, fragte sie: »Was meintest du damit, als du sagtest, mein Schwiegervater habe sich im Badezimmer eingesperrt?«

»Oh. Ja, das ...« Nicholas trat einen weiteren Schritt zurück und griff in den Schrank nach einer Tasse. »Er ist im Bad und telefoniert. Ich hab geklopft, da wurde es ganz still, danach hat er nur mehr geflüstert. Keine Ahnung, mit wem er spricht. Ich hab versucht, die Tür zu öffnen, aber es war abgeschlossen.«

»Seltsam«, sagte Gretchen, dann zuckte sie mit den Schultern. »Als hätte man zwei Teenager im Haus.«

»Es heißt doch, man entwickelt sich zurück, wenn man älter wird.«

»Heißt es das?«

»Natürlich nicht, wenn man, sagen wir, noch nicht einmal ein Drittel seines Lebens erreicht hat.«

»Aha.«

»Dreißig ist das neue zwanzig, und vierzig ...«

Gretchen, deren Augen im Verlauf des Gesprächs schmaler und schmaler geworden waren, stieß Nick mit einer Hand vor die Brust. »Hatten wir nicht ausgemacht, dieses Thema nicht weiter zu vertiefen?«

Statt einer Antwort strahlte Nick sie an.

»Nicholas«, sagte Gretchen warnend. Es war nicht das erste Mal, dass Nick sie daran erinnerte, dass zumindest er ihren herannahenden runden Geburtstag nicht vergessen würde. Sie schob ihn ein weiteres Stück von sich weg, sprang von der Anrichte und lief zum Herd hinüber. »Kaffee?« Sie griff bereits nach der Espressokanne. Im Gegensatz zu den meisten anderen Engländern, die Gretchen kannte (ihre Familie eingeschlossen), trank Nick ebenso gern Kaffee wie sie.

»Gern, aber damit wirst du mich nicht ablenken«, gab Nick zurück und streckte ihr die leere Tasse hin.

Gretchen knurrte.

»Hör zu, wenn du keine große Party möchtest ...«

»Natürlich möchte ich keine große Party! Wir haben hier volles Haus, dieses Filmteam hält mich genug auf Trab, dann ist schon bald Weihnachten, und ...« *Und dann ist Januar*, dachte Gretchen, *und Christophers Tod jährt sich zum fünften Mal.* Seither war eigentlich kein Jahr vergangen, an dem Gretchen nicht an ihrem Geburtstag auch an den Tod ihres Mannes gedacht hatte.

»Weihnachten ist jedes Jahr im Dezember«, sagte Nick, nicht ahnend, welch düstere Gedanken Gretchen inzwischen umtrieben. »Das kann für jemanden, der am dritten Januar Geburtstag hat, doch eigentlich kein Grund sein, nicht zu feiern.«

»Ist es aber.« Gretchen nickte. »Weil der Dezember und Weihnachten und Silvester nun mal eine große Sache sind im *Wild at Heart*, weil wir da normalerweise ausgebucht sind und ...«

»Wie ist es eigentlich diesmal?«, fragte er.

Gretchen seufzte. Nicholas sah ihr dabei zu, wie sie ihm den Rücken zudrehte und Milch in einen Topf gab, bevor sie sich dem Milchaufschäumer zuwandte.

»Gretchen?«

Mehr Seufzen, dann: »Na gut. Diesmal wird das Haus zu Weihnachten vermutlich leer sein.«

»Da siehst du es.« Nicholas nickte zufrieden. Für ihn hatte Gretchen gerade nur bestätigt, was er von Nettie ohnehin schon erfahren hatte: dass sie in diesem Jahr keine Buchungen für die Advents- und Weihnachtszeit hatten entgegennehmen können, weil der Filmdreh bis Mitte Dezember dauern sollte – und die zwei folgenden Wochen als eine Art Puffer herhalten mussten. »Und ist es nicht schön, dass ihr Weihnachten einmal nicht arbeiten müsst?«, hatte Nicholas gefragt, und Nettie hatte geantwortet: »Wir kennen es überhaupt nicht anders. Deshalb wird es sicher ... gespenstisch werden, so ganz allein im Haus.«

Gespenstisch hatte sie gesagt, nicht ruhig, woraus Nicholas geschlossen hatte, dass diese Verschnaufpause wohl als eher unangenehm empfunden wurde. Was Nettie unterstrich, in dem sie ihm erklärte: »Zumindest Mums Geburtstag sollte einen Riesensause werden. Immerhin ist es ihr vierzigster.«

Da konnte er einfach nur zustimmen. Und war seither mit Überlegungen darüber beschäftigt, wie er Gretchens Ehrentag so unvergesslich wie möglich gestalten konnte.

»Deine Unlust, den Geburtstag zu feiern«, begann er also erneut, »hat nicht etwa damit zu tun, dass es dein vierzigster ist?«

»Nicholas.«

»Hm?«

»Ein Mann in *deinem* Alter sollte eigentlich wissen, wann man besser nicht länger auf einem Thema herumhackt.«

Nick lachte. Dann stellte er sich hinter sie und schlang beide Arme um ihre Taille. »In Ordnung«, sagte er.

»Gut.« Gretchen wandte sich in seinen Armen um. »Im Ernst – ich möchte keine große Feier. Wir alle hatten in diesem Jahr schon ausreichend Stress, Aufregung, Trubel. Der Geburtstag ...« Einige Sekunden lang suchte sie nach Worten, schließlich sagte sie: »Er ist nicht wichtig. Vielleicht gehen wir essen, wir alle zusammen. Mehr muss es nicht sein. Vielleicht fahren wir wieder nach St. Ives oder ... nach Mousehole. Wir können uns die wunderhübschen Weihnachtslichter im Hafen anschauen. Normalerweise hängen sie bis in die ersten Januartage.« Einige weitere Sekunden lang musterte sie Nicholas, bevor sie ihm einen Kuss auf die Lippen drückte und sich wieder dem Herd zuwandte. Sie gab aufgeschäumte Milch in die Tasse, dann füllte sie die weiße Wolke mit starkem, schwarzem Espresso auf, am Ende ließ sie einen Zuckerwürfel hineingleiten.

»Hier«, sagte sie, als sie sich erneut zu Nicholas umdrehte. »So, wie du ihn magst.«

»Danke.« Er nahm den Becher, dann küsste er Gretchen. »Ich will, dass du glücklich bist«, sagte er.

»Ich bin glücklich!«

»Dann lass uns den wichtigsten Tag meines Lebens feiern.«

Gretchen blinzelte verwirrt. »Den wichtigsten Tag *deines* Lebens?«

»Mmh.« Nick nippte an seinem Cappuccino, zwinkerte Gretchen zu und verließ die Küche hoch erhobenen Hauptes in dem blassgelben Blümchenbademantel seiner Freundin.

20.

»Und, Action!«

Eine Klappe schlug. Das Surren der Kamera setzte ein, und Noah Perry neigte den Kopf, um Heather anzusehen, einige ausgedehnte Sekunden lang. Dann hob er die Hand, schob ihr eine verirrte Strähne ihrer blonden Locken hinter das Ohr, und ...

»Stop!« Der Regisseur klatschte in die Hände. »Bitte wach werden, Leute. Das soll romantisch wirken, nicht so, als würdet ihr euch unter Wasser bewegen. Und Heather – zuck nicht zurück, wenn Noah deine Wange berührt, ja? Danke. Klappe, die zweite. Action.«

Noah Perry neigte den Kopf, um Heather anzusehen, zwei kurze Sekunden lang. Dann hob er die Hand, schob ihr eine verirrte Strähne ihrer goldenen Locken hinter das Ohr und beugte sich zu ihr herunter. Er sah sie an. *Willst du es auch?*, schien sein Blick zu fragen. Und Heather, die mit großen Augen zu ihm aufsah ...

»Stop! Machen wir es anders. Heather, du starrst auf den Boden. Nein, auf deine Hände, die du vor deinem Körper wringst, alles klar? Du bist unsicher, ob das, was du fühlst, tatsächlich gut für dich ist, oder ob du nicht lieber Angst haben solltest vor dem Biest, von dem du weißt, dass es in ihm steckt. Und Noah, du gehst sehr viel selbstbewusster an die Sache heran, okay? Du weißt genau, was du willst – sie. Jetzt. Auf diesem Holzstapel. Du nimmst dir, ja? Fragen ist für Anfänger. Natürlich bist du nichtsdestotrotz ein nettes Biest. Du weißt, was ich meine. Ich weiß, dass du weißt, was ich meine. Also, von vorn, okay? Action! Klappe, die dritte.«

Für einen Moment starrte Noah seinen Regisseur Ian Grumbole an, einen brummigen Mann Mitte sechzig, mit Vollbart und Brillengläsern so dick, dass man unter ihnen Ameisen sezieren konnte. Noah wusste genau, was er meinte. Ians Anweisungen waren selten kryptisch und das einer der Gründe, weshalb er so gern mit ihm arbeite, bloß heute ... heute fühlte er es nicht. Er warf einen Blick auf Heather, die ihrerseits Ian anstarrte. Nein, dachte er, ziemlich sicher fühlt Heather es heute auch nicht.

»Hallo? Jemand zu Hause bei euch? Action? War das irgendwie missverständlich?« Ian schob sich von seinem Regiestuhl und polterte auf die beiden Hauptdarsteller zu. »Fünf Minuten Pause«, rief er über die Schulter, bevor er sich vor Noah und Heather aufbaute, die Arme vor der Brust verschränkt. Wie üblich malträtierte er ein Kaugummi zwischen den Zähnen. Sein Hauptdarsteller wusste, dass er das tat, um der Anspannung in seinem Körper Herr zu werden, und trotzdem zuckte er jedes Mal vor den nicht gerade feinen Kaugeräuschen zurück.

»Mir ist kalt«, sagte Heather.

Automatisch legte Noah ihr einen Arm um die Schultern und rieb über die nackte Haut, die das kurzärmlige Nachthemd freiließ, das sie in dieser Szene trug.

»He, du!«, brüllte Ian, »ja, Typ in der grünen Jacke. Bring Heather ihren Bademantel und besorg zwei Tassen Tee, alles klar?« Dann wandte er sich in ähnlich militantem Tonfall seinen Schauspielern zu. »Wärmt euch auf, geht die Szene noch mal durch. Wenn wir in vier Minuten weitermachen, wäre es nett, wenn wenigstens irgendwas mal im Kasten wäre.« Er verbrachte eine weitere Minute damit, Noah und Heather zu erklären, was genau er sich von besagter Szene versprach, dann zog er sich zurück, um sich mit seinem Kameramann zu besprechen.

»Ich komme heute nicht so richtig rein«, erklärte Heather, zog mit einer Hand den Bademantel über der Brust zusammen und nippte gleichzeitig an ihrem Tee. »Ich habe Kopfschmerzen. Ian und seine Schreierei, er macht alles nur noch schlimmer.«

»Lass uns die Szene noch mal durchgehen«, schlug Noah vor. Er war nicht der Typ, der Zeit damit vergeudete, über einen Job zu jammern, den er liebte und von dem er sich glücklich schätzte, ihn überhaupt ausüben zu dürfen. Er war der Typ, der sich durchbiss. Das hatte er in den Jahren gelernt, die er auf den kleinsten Theaterbühnen gestanden und lediglich von Film und Fernsehen geträumt hatte.

»Deine Hände sind auch kalt«, erklärte Heather, und klang dabei so unglücklich, dass Noah lachen musste. »Nicht lustig«, murmelte sie.

»Heather?«

Beide blickten auf, als Minnie Barnes auf sie zukam, das obligatorische Clipboard unter den Arm geklemmt, die Lippen zusammengekniffen.

»Auf ein Wort?«, fragte sie.

Noah beobachtete, wie seine Partnerin beim kühlen Tonfall der Aufnahmeleiterin zusammenzuckte, doch nur eine Millisekunde später straffte sie die Schultern, nickte und folgte Minnie ein paar Schritte hinters Haus.

Noah nippte an seinem Tee. Er konnte sich sehr gut vorstellen, was dieses Gespräch beinhaltete, denn seit sie mit den Dreharbeiten auf dieser Insel begonnen hatten, führten Heather und die Aufnahmeleiterin es in regelmäßigen Abständen. Anfangs hatte sie auch ihn im Visier gehabt, doch seit einiger Zeit nur noch Heather. Je näher die Pressekonferenz rückte, auf der bekannt gegeben werden sollte, dass sie beide auch privat ein Paar waren, desto schwieriger schien es seiner Partnerin zu fallen, sich an die Vereinbarungen zu halten.

»Also, weiter geht's«, dröhnte die Stimme des Regisseurs, und automatisch stellte sich Noah aufrechter hin. Er sah in die Richtung, in die Heather mit Minnie verschwunden war, wobei sein Blick an einer Bewegung hängen blieb, hinter den Büschen oberhalb des Sets. Alles war mucksmäuschenstill jetzt. Doch zwischen den Blättern und Zweigen erkannte er jemanden – zwei Gesichter, die sich dort versteckt hielten. Wenn er nicht komplett falschlag, gehörte eines davon der Tochter der Hotelbesitzerin, und die hatte wohl einen Jungen dabei. Noah nickte in die Richtung der Zuschauer, und es raschelte im Gebüsch. Dann sah er woanders hin. Es fiel nicht in seinen Zuständigkeitsbereich, dachte er, Schaulustige vom Set zu jagen. Oder sie zu verpfeifen.

»Kinder«, brummte Ian Grumbole.

Heather ließ ihren Morgenmantel von den Schultern gleiten und lief auf Noah zu. Stirnrunzelnd beobachtete er einen der Assistenten, die sofort herbeieilten, um das achtlos verworfene Teil vom Boden aufzuheben. Dafür, dass Heather erst einmal zuvor an einem Filmset gearbeitet hatte, benahm sie sich schon ziemlich filmstarmäßig, fand er. Er mochte sie, und die beiden kannten sich auch schon lange, noch von der Zeit am Theater. Doch diese Seite an ihr gefiel ihm gar nicht, das musste er sich wohl eingestehen.

»Und? Was hat sie gesagt?«, fragte er leise, als sie sich vor dem Holzstapel hinter der Hütte in die richtige Position brachten. Kaum waren sie dort, huschten auch schon die Stylistinnen um sie herum, um ihre Gesichter abzupudern und die Haare zu richten.

Heather warf ihm einen mahnenden Blick zu. Erst, als die Crew-Mitglieder sich zurückgezogen hatten, flüsterte sie: »Sie hat mich daran erinnert, dass etwa achtzig Prozent der Leute um uns herum keine Ahnung davon haben, dass das zwischen uns nicht echt ist. Und dass ich spätestens ab dem Zeitpunkt, in dem die Mitteilung an die Presse gegeben wird, anders zu dir aufschauen müsse.« Sie rollte mit den Augen. »Hübsch dramatisch, diese Mimi.«

Noah gab sich keine Mühe, den Namen richtigzustellen, weil er sich ziemlich sicher war, dass Heather ihn kannte. »Immerhin scheint es dir jetzt etwas besser zu gehen als vorher«, sagte er. Es sollte ja Menschen geben, die Wut stimulierte, fügte er in Gedanken hinzu, doch er behielt ihn für sich.

»Diese Frau besitzt keinen Funken Empathie«, knurrte Heather.

»Sie ist Geschäftsfrau«, gab Noah zurück. »Und das hier ist ein Geschäft.«

Heather schaute zu ihm auf, und er bewegte seine Hand zwischen ihnen hin und her, als wollte er zeigen: *Das hier. Geschäft.*

»Genau so ist es«, mischte sich Ian Grumbole in die Szene, obwohl er auf die Entfernung unmöglich den Wortlaut hatte erfassen können. »Sie, er, du, ich, knickediknack. Und zwar jetzt! Action! Klappe, die vierte.«

Die Klappe schlug. Noah neigte den Kopf, um Heather

anzusehen. Mit der einen Hand hob er ihr Kinn an, mit der anderen schob er ihr eine verirrte Strähne ihrer goldblonden Locken hinter das Ohr.

»Torrda«, schnurrte er, was auch immer das in dieser erfundenen Sprache heißen mochte.

Heather schien es ebenfalls nicht zu wissen, und ganz nach Buch blinzelte sie ihn verwirrt an, bevor sich seine Lippen langsam auf die ihren senkten.

»Danke, das war nicht so übel«, erklärte Ian. »Aber so gut auch nicht. *Torrrrdddaaaaa*, Junge, *torrrrdddaaaaa*. Das ist ein Besitzanspruch, es ist das Wilde in dir, das da die Übermacht gewinnt, während du in dieses liebliche Gesicht stierst. Heather, das war gut. Ein bisschen mehr Angst, ein bisschen mehr Verlangen, dann tüten wir das ein. Und ... Action! Klappe, die fünfte!«

»*Torrrrdddaaaaa, torrrrdddaaaaa.*« Er presste seine Lippen auf ihre, die Fingerspitzen noch unter ihrem Kinn, dann schloss er die ganze Hand um ihr schmales Gesicht und vertiefte den Kuss (für die Kamera zumindest, nicht in der Realität). In der Realität hielt er die Hand so, dass die Bewegung von Kopf und Kinn zwar auf Film gebannt wurde, nicht aber das, was Heather und Noah mit ihren Mündern anstellten. Was nicht viel war. Oder kaum etwas.

»Wie lange noch?«, raunte Heather zwischen zusammengepressten Lippen.

Anstelle einer Antwort schloss Noah sie fester in die Arme, schob ihren Körper mit seinem zurück, bis sie gegen den Stapel Holz in ihrem Rücken stieß. Er umfasste mit beiden Händen ihr Gesicht und drehte den Kopf so, dass der Kameramann jetzt eigentlich nur mehr seinen Hinterkopf im Visier haben konnte.

»Ist es so furchtbar, mich zu küssen?«, raunte er.
»Bring mich nicht zum Lachen.«
»Wenn die Hände jetzt ein bisschen wandern könnten, bitte? Danke«, raunzte ein schlecht gelaunter Regisseur. »Und dann das Ganze noch mal, nur aus einem anderen Blickwinkel.«

21.

Für einen kurzen Augenblick hatte Nettie angenommen, Noah Perry würde sie auffliegen lassen. Doch nachdem er eine ziemlich lange Zeit in ihre Richtung gesehen und ihr dann auch noch zugenickt hatte, ohne dass etwas passiert war, konnten sie wohl davon ausgehen, dass er sie nicht verraten würde. Ganz allmählich ließ sie von ihrer angespannten Haltung ab, und auch Damien neben ihr atmete erleichtert aus. Sie hatten sich minutenlang nicht gerührt und erst gewagt, ihre Position zu wechseln, als der Regisseur erneut zu brüllen begann. Sie waren zu dicht am Set, um sich zu unterhalten. Und auch zu nah dran, um ihr Picknick auszupacken. Also brachte Nettie ihre Lippen ganz dicht an Damiens Ohr, bevor sie flüsterte:

»Hast du schon gefrühstückt?«

Ein Schauer durchlief Damiens Körper. Er schüttelte den Kopf.

»Ich hab was dabei. Lass uns nachher zur Kapelle raufgehen.«

»Okay.«

»Und, Action«, brüllte der Regisseur, und Nettie zuckte zusammen und wäre mit ihrer Oberlippe beinahe an Damiens Ohr hängen geblieben. Beinahe aber nur.

Sie ließ davon ab, ihm noch mehr zuflüstern zu wollen, und konzentrierte sich stattdessen auf die Szene, die sich ein paar Meter unter ihnen abspielte. Der Hauptdarsteller sah wirklich bedrohlich aus, das musste Nettie den Leuten von der Maske lassen. Seine dunklen Locken waren wild und irgendwie verfilzt, dieses Schuppenkleid von Kostüm, das er trug, glomm matt in dem düsteren Dämmerlicht des Morgens, und seine Wange zierte eine bissige, rote Schnittwunde, die nur notdürftig zugepflastert war. Mit was auch immer. Nettie kniff die Augen zusammen, um ihren Blick zu schärfen. Pflaster waren das jedenfalls nicht, aber was wusste sie schon? Sie hatte weder eine Ahnung, worum es in dieser Serie ging, noch, in welcher Zeit sie spielte.

»Wenn die Hände jetzt ein bisschen wandern könnten, bitte? Danke«, schnauzte der Regisseur, und diesmal zuckte auch Damien zusammen.

Nettie warf ihm einen Blick zu, dann sah sie wieder zu den beiden Schauspielern. Der bedrohliche Noah hatte Heather Mompeller inzwischen halb auf das aufgeschichtete Holz geworfen, gerade schlang er eines ihrer nackten Beine um seine Hüften, während er mit ... ähm, mit seiner Körpermitte gegen sie drängte.

»Was war das noch für ein Film, den sie hier drehen?« Sie hatte es ziemlich laut gemurmelt, was sie daran erkannte, dass der Regisseur nun »Stooopp!« brüllte, und dann: »Was war das?«

Weder Nettie noch Damien rührten sich.

»Was ist das für eine Geräuschkulisse? Sind hier nur Schwachmaten am Werk? Dreißig Minuten Pause. Bauen wir die Kamera um.«

»Dreißig Minuten Pause«, flüsterte Nettie. »Mann, das ist langweiliger als ein Film von Ingo Bergdorf.«

»Hey.« Damien, der Nettie eigentlich dafür rügen wollte, dass sie zu laut geflüstert hatte, lachte entrüstet auf. »Du hast gesagt, du liebst die Filme von Ingmar Bergmann.«

»Das habe ich nur gesagt, um dir einen Gefallen zu tun.«

Aus großen Augen starrte Damien seine Freundin an.

»Was?« Sie starrte ebenso groß zurück.

»Ihr zwei solltet hier verschwinden, bevor Ian auf euch aufmerksam wird.«

Beide wirbelten zu Noah Perry herum, der auf einmal vor ihnen stand.

»Ihr seid laut«, sagte der, als müsste er seine Aufforderung noch erklären. Dann war er wieder verschwunden, in Richtung des Wegs, der von hier unten hinauf zum Hotel führte.

»Ich hatte sowieso keine Lust, hier noch eine halbe Stunde lang rumzusitzen«, wisperte Nettie. »Ich hoffe, du hast diesen Typen von der Security nichts dafür bezahlt, dass wir uns eine Stunde lang langweilen durften.«

»Wie bin ich wohl sonst an das Passwort gekommen?«, gab Damien zurück.

Nettie schnaubte. »Wie viel hast du ihm gegeben? Was auch immer es war, es war *zu viel*. Wir sollten es zurückverlangen.«

»Tut mir leid, dass die Vorstellung nicht deinen Ansprüchen genügt hat.«

Sie gingen inzwischen ebenfalls in Richtung des Wegs, der sie zurück zum Hotel und von dort zur kleinen Kapelle bringen würde, doch nun blieb Nettie stehen, um Damien anzusehen. Der allerdings einfach weiterstapfte, weshalb sich Nettie beeilen musste hinterherzukommen.

»Was soll das heißen, *hat nicht meinen Ansprüchen genügt*? Und weshalb dieser komische Tonfall?«

»Keine Ahnung, was du meinst«, murmelte Damien.

»Du weißt sehr wohl, was ich meine«, gab Nettie zurück. Und dann schwiegen sie wieder. Den Weg nach oben, an dem Security vorbei, der Nettie einen bösen Blick zuwarf, und dann den halben Weg hinauf zur Kirche.

»Und was jetzt?«, fragte Nettie schließlich. »Bist du sauer auf mich?«

Damien reagierte nicht, er lief einfach weiter.

Nettie hinterher. Sie gab einen ungeduldigen Laut von sich. »Okay, du bist sauer auf mich. Ich hab gesagt, ich muss drüber schlafen, das habe ich getan, aber irgendwie ist heute alles noch genauso verquer wie gestern. Ich meine, streiten wir jetzt nur noch? Sind wütend aufeinander? Hat es dich so geärgert, das von Kevin zu hören? Bist du deshalb in dieser Hauruck-Aktion hergekommen, um mir zu sagen, dass du dich zwar seit dem Sommer nicht mehr gemeldet hast, aber trotzdem nicht möchtest, dass ein anderer Junge dich ersetzt?« Sie hatte das letzte Wort mit den Händen in Anführungszeichen gemalt, was Damien nicht sehen konnte, weil er immer noch vor ihr herstapfte. Also hielt Nettie ihn am Arm fest. Und er, statt sich loszureißen und weiterzugehen, wie sie es eigentlich vermutet hätte, blieb stehen, drehte sich zu ihr um, starrte sie einige Sekunden lang ausdruckslos an und tat dann etwas völlig, absolut unfassbar Wahnsinniges.

Er murmelte: »Torrda.«

»Hä?«

Und bevor Nettie klar wurde, was dieses Wort in diesem Zusammenhang bedeutete, hatte Damien sie in die Arme gezogen und seinen Mund auf ihren gedrückt.

Womöglich gab Nettie erneut einen Ton von sich, vielleicht aber auch nicht. Fest stand, dass sie sich nicht wehrte, dass sie zwei bis vier Sekunden brauchte, um zu realisieren, was gerade passierte, dann aber ihre Hände auf Damiens Schultern schob und ihn ein Stück näher zu sich heranzog.

Was das richtige Signal war, befand Damien. Und beinahe hätte er vor Erleichterung aufgeseufzt. Beinahe. Stattdessen schloss er seinerseits die Arme fester um Netties schmalen Körper, und – von dem eben Gesehenen offenbar mehr inspiriert als gedacht – bog ihn gleich noch ein Stück nach hinten, für einen wahrlich filmreifen Abschluss.

Überrascht sog Nettie Luft ein. Dazu öffneten sich ihre Lippen und auf einmal war die Zunge im Spiel. *Oh mein Gott,* dachte sie, während Damien sie aus der Rückwärtsbeuge wieder nach oben zog und entschlossen gegen den nächsten Baumstamm drückte.

Null für Kevin. Eins für Damien.

Duft, ratterte es in Netties Kopf. *Kribbeln. Mehr. Überall.*

Und so plötzlich, wie er sie in seine Arme gezogen hatte, ließ Damien wieder von ihr ab.

22.

 Bei der Queen, da bist du ja endlich. In der Zeit, die du hierherbrauchst, könnte ein dreibeiniger Hund die Insel umlaufen.«

»Ja, ja, erzähl's meinem tauben Ohr.« Bruno schob sich durch den schmalen Spalt in das Vorzelt, ließ sich in den Stuhl sinken, den Theo ihm bereitgestellt hatte, und holte schnaubend Luft. »Rieche ich Tee? Und eventuell eine von Dotties herrlichen Frühstücksbrötchen?«

»Bist du gekommen, um zu essen oder um dir anzusehen, was ich gefunden habe?«

Noch einmal schnaubte Bruno. Dann schien ihm aufzufallen, dass irgendetwas anders war als am Nachmittag zuvor, den er mit dem alten Sturkopf vor seinem Schäferwagen verbracht hatte, und er setzte sich aufrechter hin. »Wieso hast du das Zelt geschlossen? Jetzt kann ich die Filmleute gar nicht mehr sehen. Ist diese Schauspielerin heute schon aufgetaucht?«

Ebenso geräuschvoll, wie er sich hatte hineinfallen lassen, stemmte sich Bruno wieder aus dem Stuhl heraus und schritt zu der Ecke des Zelts, hinter der er die Umrisse der Trailer ausmachte. Er schob das planenartige Material zur Seite und lugte hinaus.

»Es ist kaum mehr einer da«, brummte Theo.

»Die Sonne ist gerade erst aufgegangen!«

»Und während du dich noch mal in deinem Bettchen

umgedreht hast, wurden hier schon ganze Epen abgedreht.« Womit Theo neben Bruno trat und den Spalt im Vorzelt wieder zufallen ließ. Erneut umschloss Düsternis die beiden alten Männer, in der Theo sich nun umdrehte und einen Gegenstand aufhob, der auf dem niedrigen Tischchen zwischen den Liegestühlen gelegen hatte.

»Aufgepasst jetzt«, sagte er. »Hier ist das gute Stück. Was sagst du nun?«

Bruno, der am Telefon schon nicht richtig verstanden hatte, was Theo ihm eigentlich hatte mitteilen wollen, nahm seinem alten Kumpel den ebenfalls betagt aussehenden Schlüssel aus der Hand. »Das ist dein Fundstück?« Er hielt ihn sich dicht unter die Nase, dann ein Stück weiter weg und betrachtete es skeptisch. »Sieht wie ein ganz normaler Schlüssel für mich aus.«

»Ein ganz normaler Schlüssel.« Theo schnaubte. Er griff nach dem verschnörkelten Stück, lang wie sein Handteller etwa, betrachtete das schwungvolle Ende, das zu einem Herzen geformt war – einem Herzen, von allen Formen dieser Welt. »Sieh dir das an«, hauchte er ehrfürchtig. »Ein Herzschlüssel. Herz! Ausgerechnet! Und antik. Er könnte zu einem Schloss passen, das jahrhundertealt ist. Jahrhunderte!«

»Bloß, weil er verrostet ist?« Bruno runzelte die Stirn, während er Theo den Schlüssel wieder abnahm. Er öffnete das Vorzelt einen Spalt, schob die Hand mit dem Schlüssel hindurch und ... »Hey!«

»Bist du verrückt geworden?« Theo riss Brunos Hand zurück.

»Ich wollte ihn doch nur ins Licht halten.«

»Blindfisch.«

Bruno seufzte.

Theo verschwand in seinem Wohnwagen und kam Sekunden später mit einer Taschenlampe in der Hand wieder heraus. »Also, sieh her.« Er deutete auf eine Plane auf dem Boden, hob sie an, und als er den Strahl der Taschenlampe darübergleiten ließ, erkannte Bruno das Loch in der Erde. Es war etwa fünfzig Quadratzentimeter groß und, soweit er erkennen konnte, einige Handbreit tief. Vielleicht sogar eine Armeslänge.

»Da bist du gestern mit deinem Stuhl eingeknickt?«

»Exakt. Hab mich ordentlich auf den Hintern gelegt.«

Bruno kicherte.

»Du kannst es nicht lassen, oder?«, seufzte Theo, doch sein Kumpel antwortete nicht. Stattdessen kniete er sich umständlich auf den Boden und tastete mit den Fingern das Innere der Mulde ab.

»Also«, fragte Theo. »Was hältst du davon?«

»Von dem Loch?«

»Nein, von meiner neuen Frisur.« Theo rollte mit den Augen. »Natürlich von dem Loch.«

»Keine Ahnung. Sieht ziemlich seltsam aus. Ich meine, wenn sich da einfach so der Boden auftut. Hast du gemessen, wie tief es ist?«

»Siebenundsechzig Zentimeter.«

»Hm.« Bruno kratzte sich am Kopf. »Ein Maulwurf?«

»Siehst du hier irgendwo einen Erdhügel?«

»Wühlmäuse?«

»Unsinn.«

»*Scemo!*«

»Was? Was hab ich jetzt wieder gesagt?«

»Wieso lässt du mich raten, wenn du schon so genau zu wissen meinst, was es *nicht* sein kann?«

»Jetzt sei doch nicht gleich beleidigt.« Womit Theo die

Plane zurück über das Loch gleiten ließ und Bruno bedeutete, sich wieder auf seinen Stuhl zu setzen. »Was«, sagte Theo, während er sich ebenfalls einen Stuhl heranzog, »wenn ...«

»... wenn das tatsächlich der Duft von Tee gewesen wäre, der mir da eben so liebreizend entgegenschlug? Und ein leckeres Stück Gebäck?«

»Du bist tatsächlich verfressen«, brummte Theo. Doch statt sich zu setzen, eilte er zurück in seinen Wohnwagen und holte die Teekanne sowie die süßen Brötchen, die er zuvor aus der Hotelküche stibitzt hatte.

»Das ist nicht dein Ernst, Wilde«, sagte Bruno später und zwischen zwei Bissen, nachdem Theo ihm seine Theorie zu dem plötzlich entstandenen Loch offeriert hatte. »Nicht Piraten!«

»Es ist eine Tatsache, dass Port Magdalen einst Sitz von Schmugglern war. Gleich mehrere unterirdische Gangsysteme soll es hier gegeben haben. Und ...«

»Diese Gänge sind allesamt verschüttet«, unterbrach ihn Bruno, »wenn es sie überhaupt jemals gegeben hat.«

»Nun, ich denke, es ist ein Fakt, dass St. Magdalen ...«

»Diese Kapelle hat sicher nie als Piratenausguck gedient, auch wenn du es noch so oft erzählst! Wer baut eine Kirche, um sie auf diese Weise ihrem Zweck zu entfremden? Für Spionage hätte eine winzige Holzbruchbude auch gereicht.«

Theo zuckte mit den Schultern. Es war nicht das erste Mal in ihrer langjährigen gemeinsamen Zeit auf Port Magdalen, dass sie über diese Dinge stritten. Wenn es eine Möglichkeit für ihn und Bruno gab, unterschiedlicher Meinung zu sein, dann nutzten sie sie.

»Dieser Schlüssel«, begann Theo erneut, »er könnte zu einer Schatztruhe gehören.«

Bruno schwieg einen Moment, hob dann die Hände in die Luft, sagte aber immer noch nichts. Eine ganze Weile nicht. Dann: »Dieses Loch ist siebenundsechzig Zentimeter tief und solide?«

Theo nickte.

»Hast du es abgetastet?«

Wieder ein Nicken.

»Hast du richtig fest geklopft? Mit einem Spaten oder Ähnlichem?«

»Ha!«, machte Theo. »Und auf einmal hältst du es doch für möglich, dass sich unter uns Schmugglergänge verbergen könnten, ja?«

»Ich hoffe nicht«, brummte Bruno. »Und ich hoffe wirklich nicht, dass dieser Brand hier noch mehr potenziell einsturzgefährdetes Gebiet freigelegt hat.«

Das wiederum brachte Theo ins Stocken. »Mist«, sagte er. »Daran hab ich nicht gedacht.«

»Eine Schatzkiste«, murmelte Bruno. Doch er tippte mit seiner Fingerspitze auf der Armlehne, als würde er dem Gedanken in seinem Kopf nachspüren.

»Hilfst du mir, ein bisschen rumzugraben?«

Bruno schnaubte. »Du solltest die Behörden einschalten. Was, wenn unter diesen ganzen schweren Wohnwagen Erdlöcher sprießen wie ... wie Wurmgänge?«

»Ich schätze, dann wäre schon längst der ein oder andere davon verschluckt worden«, erwiderte Theo, »doch es schadet sicher nicht, erst mal ein bisschen *herumzustochern*. Was hast du heute noch vor, mein Freund?«

23.

Dafür, dass Nettie eigentlich mit Damien hatte besprechen wollen, wie es mit ihnen beiden weiterging, hatte sie wahrlich noch nicht viel gesagt. Gar nichts, um genau zu sein. Seit sie sich hier oben auf der niedrigen Steinmauer vor dem kleinen Kirchlein St. Magdalen niedergelassen hatten, hatte sie lediglich zwei Sandwichboxen aus ihrem Rucksack hervorgezogen, ihm eine davon in die Hand gedrückt und dann einen Becher Tee eingegossen, aus dem sie abwechselnd tranken, was ihm seltsam und unpassend vorkam. Seltsam, weil sie sich gerade erst geküsst hatten und sich das Teilen des Bechers nun irgendwie so ähnlich anfühlte. Und unpassend, weil … Ja, gerade deshalb ja.

Damien biss in sein Sandwich und starrte aufs Meer, das sich weit vor ihnen unter dem milchigen Himmel erstreckte. Ein anständiger Sonnenaufgang war das heute nicht gewesen. Stattdessen zeigte sich der Morgen so wolkenverhangen, wie man ihn sich für einen Wintertag vorstellte, weshalb sich die Sonne schwertat, mit ihren Strahlen hindurchzubrechen, und den Himmel stattdessen wie von innen beleuchtete, matt und gedämpft. Das Licht schien fahler als im Sommer. Als hätte man eine Sparlampe angeknipst, um nicht alle Energie auf einmal zu verprassen.

Damien griff nach dem Tee im selben Augenblick, in dem

Nettie es tat. Ihre Fingerspitzen berührten sich. Doch statt zusammenzuzucken, sahen sie einander an, und nur ganz allmählich ließ Damien den Becher los.

Er hatte sie geküsst. Schon wieder. Und – Freunde küsste man nicht einfach, richtig? Zumindest nicht so. Und er wusste nicht, waren sie jetzt zusammen, oder ... oder nicht?

»Nettie ...«, begann er, genau als Nettie sagte: »Du küsst ziemlich gut.«

Damien klappte den Mund zu.

»Ich meine, soweit ich das beurteilen kann«, fügte Nettie hinzu. »Ist nicht so, als hätte ich riesengroße Erfahrung darin.« Sie nippte an dem Tee, bevor sie ihm den Becher hinhielt, und Damien schluckte.

Richtig. Kevin. Für den Bruchteil des Augenblicks hatte er den völlig vergessen. In seinem absoluten Übereifer, nach Charlottes Nachricht sofort in Richtung Cornwall aufbrechen zu müssen, hatte er sich eigentlich nie gefragt, was mit diesem Kevin war. Er hatte lediglich die Vorstellung davon, dass Nettie zu ihm gehörte. Was, wenn sie aber eigentlich in Kevin verliebt war?

Schmetterlinge.

Es war, als könnte Nettie dieses Gefühl nicht mehr abstellen, seit sie es einmal auf Papier festgehalten hatte. Es kribbelte und vibrierte in ihrem Inneren, immer dann, wenn sie Damien ansah. Und wenn er sie küsste ...

Sie holte einmal tief Luft. Und dann, weil Oscars kleine Ansprache sie aufgerüttelt hatte und sie schon immer mehr für ihren Pragmatismus bekannt gewesen war als für vornehme Zurückhaltung, sagte sie: »Bist du hergekommen, um unsere Freundschaft zu retten, oder ...« Und dann verlor sie für eine Sekunde doch noch den Mut. Was, wenn Damien sie für verrückt erklärte? Was, wenn er sie mit großen Augen ansah oder vor ihr zurückschreckte oder schreiend davonlief?

Er hat dich geküsst, du Dummchen, dachte sie.

»… oder weil du in mich verliebt bist?«

Sie hatte den Satz so schnell hinterhergeschoben, dass Damien für einen Moment überrumpelt wirkte. Nettie konnte zusehen, wie die Bedeutung ihrer Worte allmählich, aber unaufhaltsam in seinen Verstand sank, und tatsächlich weiteten sich seine Augen, bevor er zu lachen begann.

»Wow, das war direkt«, stellte er fest.

»Direkter als … *torrda, torrda*?«

Woraufhin er sie wieder ansah, erstaunt und … ehrfürchtig auf eine Art. Dann stieß er die Luft aus, wie es Sportler taten, bevor sie zu Höchstleistungen ansetzten, und dann sagte er: »Du bist viel mutiger als ich. Ich hatte auch eine kleine Ansprache vorbereitet, aber die ging eher in diese Richtung: *Ich hab's nicht mehr ausgehalten, dass wir gar nicht mehr miteinander reden. Und als ich dann erfahren hab, dass dieser Kevin* …«

Nettie hob die Brauen.

»Ich dachte, wenn ich noch ein bisschen länger warte, ist es vermutlich zu spät«, schloss er.

Woraufhin Nettie für einige Sekunden schwieg. Er hatte auf ihre Frage nicht geantwortet, die wirklich reichlich direkt gewesen war, stattdessen hatte er von Kevin angefangen, als wäre er der einzige Grund, der Damien dazu verleitet hatte, sein Schweigen zu brechen, nachzugeben und zu ihr zu fahren. Eifersucht. Oder Angst. Was auch immer ihn angetrieben hatte, er würde ihr deutlicher sagen müssen, was er für sie empfand, bevor sie ihre eigene Unsicherheit ablegen konnte.

»Was ist mit Charlotte?«, fragte sie.

»Was?« Damien blinzelte. Gerade dachte er noch darüber nach, welche Antwort die richtige auf Netties Frage war – die Wahrheit, nämlich: *Ja, ich bin ich dich verliebt.* Oder war das die Falle, und sie würde ihm daraufhin sagen: Dann ist es wohl besser, wir sehen uns nie wieder. Weil ich nicht so empfinde. Oder neuerdings Kevin liebe. Oder ...

»Ich meine, du redest nicht gerade supernett über sie, aber trotzdem hatte sie deine Nummer, und damals, im Schwimmbad ...« Diesmal ließ Nettie den Rest des Satzes zwischen ihnen hängen, gespannt wie eine Seifenblase.

Stirnrunzelnd betrachtete Damien seine Freundin, die seinem Blick standhielt, ziemlich entschlossen sogar. Die ganzen letzten Monate über hatte er sich Vorwürfe wegen dieses Kusses gemacht und dafür, die beste Freundschaft zerstört zu haben, die er jemals hatte, und nun ... *nun* fragte er sich, ob der Grund für Netties abweisendes Verhalten womöglich gar nicht in dem Kuss an sich begründet lag, sondern in etwas ganz anderem.

»Ich finde Charlotte furchtbar«, sagte er. »Und sie hat meine Nummer, weil sie mir mein Handy aus der Hand gerissen und von meinem Apparat eine SMS geschickt hat. Ich meine, ich weiß, sie ist deine beste Freundin, obwohl ich noch nie verstanden habe, weshalb eigentlich, doch ich finde sie ... grauenvoll.« Damien schluckte. Wieso war ihm früher nie aufgefallen, wie groß Netties Augen wirkten in diesem schmalen Gesicht mit dem riesigen, wirren Haarschopf drum herum? Wie hatte er nur all diese Jahre mit ihr befreundet sein können, ohne sie in einer Tour küssen zu wollen? Wo er jetzt scheinbar überhaupt nicht mehr damit aufhören mochte?

Wieder sahen die zwei sich an, wieder hatte Damien das Gefühl, dass es allmählich an der Zeit sei, den nächsten

Schritt zu unternehmen oder sich für immer in das Loch zu verkriechen, in dem er sich die vergangenen Monate verkrochen hatte. Gerade öffnete er den Mund, um Nettie einfach die Wahrheit zu sagen, da bat sie ihn:

»Küss mich noch mal.«

Damien blinzelte. »Was? Ich …«

Nettie nahm ihm den Tee aus der Hand, stellte den Becher ab und drehte sich mit dem ganzen Körper zu ihm um, sodass sie jetzt rittlings auf der kleinen, vom Morgentau klammen Mauer saß. »Küss mich noch mal«, wiederholte sie. Und bevor Damien ihrer Aufforderung nachkommen konnte, hatte sie sich bereits vorgebeugt und ihre Lippen auf seine gedrückt.

Nettie hätte nie gedacht, dass sie so etwas je tun würde, doch sie ließ Damien quasi gar keine andere Wahl, als sich ihrem Kuss hinzugeben. Sie hielt sein Gesicht so fest umklammert, dass es ihm unmöglich war auszuweichen; sie brachte ihre Zunge derart entschieden ins Spiel, dass Damien gar nichts anderes übrig blieb, als einen winzigen ergebenen Laut von sich zu geben, und sie drängte sich so entschlossen an ihn, dass sie unausweichlich auf seinem Schoß landete.

Dieser Kuss – wilder, feuchter und um einiges intensiver als die beiden davor – war all das und noch viel mehr, was Nettie sich darunter vorgestellt hatte. Er setzte ihren Verstand außer Kraft, und ihr Herz geriet in Wallung, er vernebelte ihre Sinne und schmolz jeglichen Widerstand in ihr. Beinahe wäre sie nicht mehr daraus aufgetaucht, beinahe hätte sie vergessen, wo sie war, mit wem und warum sie sich gegen diese Brust presste, als sich doch ein Gedanke zurück in ihr Bewusstsein schob. Also fuhr sie noch einmal mit ihren Händen durch Damiens Haare, sog erneut seinen Duft ein, schmeckte ein letztes Mal sein ganz eigenes, köstliches Aroma, und löste sich dann von ihm.

Hätte sie eine Brille getragen, sie wäre jetzt beschlagen gewesen.

So aber sah sie lediglich mit verklärtem Blick in seine ebenfalls verhangenen Augen und flüsterte heiser: »Wow. Das war ...«

»Allerdings«, murmelte Damien, »das war ...«, bevor er sich vorbeugte, um da weiterzumachen, wo Nettie aufgehört hatte.

Nettie seufzte. Dann vergaß sie den Rest.

Nach wie vor hatte Damien ihre Frage nicht beantwortet, aber ...

Und schon war ihr entfallen, wie der Satz hätte weitergehen sollen.

24.

Als Landschaftsgärtnerin lag es vermutlich in Saras Natur, den Winter nicht so sehr zu lieben wie das Frühjahr oder den Sommer, und war er auch noch so mild wie hier in Cornwall. Die Sonnenstunden waren einfach zu wenig, und auch wenn Sara persönlich nicht unbedingt direkte Sonne liebte, so brauchte sie doch das Licht. Heute, an diesem ohnehin leicht dumpfen Tag (der zugegebenermaßen einer äußerst rotweingeschwängerten Nacht gefolgt war), schien es gar nicht richtig hell zu werden. Sara sah auf das Display ihres Handys, während sie sich aus dem Beet erhob, in dem sie gekniet hatte. Es war bereits elf Uhr, doch der Himmel sah noch genauso trüb aus wie kurz nach Sonnenaufgang. Sie wischte die Erde von dem Display, das ihre schmutzigen Finger darauf hinterlassen hatten, und steckte es zurück in die Tasche ihrer Hose, auf der sie auch gleich ihre Hände sauber wischte.

Kaffee.

Kaffee war womöglich das Einzige, das ihr in ihrem heutigen Stadium noch helfen konnte.

Was genau dies für ein Stadium war, darüber dachte Sara nach, während sie die steilen Wege durch die Gärten nach oben stieg, immer dem imaginären Duft nach, der von der Terrasse des *Wild-at-Heart*-Hotels zu ihr herüberwehte. Sie hatte gestern Abend zu lange auf den Bildschirm ihres Laptops gestarrt, zu lange über die Misere ihres Liebeslebens nachgegrübelt, denn irgendwie hatte der Altersunterschied, den sie zwischen sich und dem fantastisch aussehenden und in der Blüte seines Lebens stehenden Noah Perry festgestellt hatte, auch dazu geführt, dass sie sich der Vergänglichkeit ihres eigenen Lebens bewusst geworden war. *Und seiner Schnelllebigkeit.* Seit fünf Jahren war sie nun schon allein, sprich: Sie hatte die Zeit zwischen siebenunddreißig und zweiundvierzig damit zugebracht, über einen Typen hinwegzukommen, der es nicht einmal wert war, dass sie seinen Namen dachte, und dabei einige ihrer besten Jahre einfach zum Fenster hinausgeworfen.

Fünf Jahre. Das waren beinahe sieben.

Fast ebenso viele Gläser waren es wohl, die am Ende dafür gesorgt hatten, dass sie auf der Couch eingeschlafen war, bei Licht und der schrecklichen Kuschelrock-Musik, die Elliot Smith gefolgt war (oh ja, man konnte wirklich tief sinken).

Erbärmlich war das. Unfassbar erbärmlich. Kein Kaffee der Welt konnte daran etwas ändern, aber vielleicht machte er sie wenigstens ein bisschen klar.

Sara hätte sich gefreut, Gretchen zu treffen, um sich von ihren eigenen Grübeleien abzulenken, doch als sie unter das Zeltdach trat, das nun die Terrasse des Hotelrestaurants überspannte, erblickte sie nur eine Handvoll ihr völlig fremder Leute (von der Filmcrew, wie anzunehmen war) sowie Hazel hinter der Theke. Wie üblich wirkte die junge Köchin genauso entrückt, wie Sara sich fühlte.

»Kaffee?«, fragte Hazel in ihrer sanften, stillen Stimme. »Und einen Scone dazu? Mit Käse?«

»Und ob«, erwiderte Sara und grinste. Bevor die Filmleute hier quasi eingezogen waren, hatte sie nur selten mit Hazel persönlich zu tun gehabt, doch nun freute sie sich darüber, dass sie sich ihre Vorlieben offenbar zu merken schien.

»Das Mittagessen ist auch bald fertig«, sagte Hazel.

»Oh? Was gibt es denn?«

»Quinoa-Salat und gegrilltes Huhn.« Sie zuckte mit den Schultern. »Miss Barnes hat darauf bestanden, dass wir die Küche etwas umstellen, damit am Ende noch alle in ihre Kostüme passen, wie sie sagte.«

Sara unterdrückte ein Lachen, doch so ganz gelang es ihr nicht. Hazel lächelte ebenfalls, doch sie sagte nichts weiter. Ihre Chefin, Dorothy Penhallow, war nicht gerade für eine leichte Küche bekannt, ganz im Gegenteil. Und auch nicht dafür, sich von anderen dreinreden zu lassen, weshalb es sie wunderte, dass sie tatsächlich nachgab.

»Ist das Hühnchen denn schon hier?«, fragte Sara, und diesmal grinste Hazel ebenfalls, über das ganze Gesicht.

»Nein«, antwortete sie. Und dann, während sie Sara über die Theke hinweg Kaffee und Käsescone reichte: »Vielleicht fragen Sie besser später noch mal nach, was es gibt.«

Sara lächelte immer noch, während sie sich an einen der Tische am Rand der Terrasse niederließ. Sie nahm ihr Smartphone zur Hand, während sie an ihrem Kaffee nippte, doch dann legte sie es auf den Tisch, mit dem Display nach unten. Auch so etwas, das sie in den vergangenen Jahren reichlich Zeit gekostet hatte, dachte sie. Dieses dumme Handy und der dumme Computer. »Und diese Selbstgespräche«, murmelte sie, als ihr bewusst wurde, dass sie laut vor sich hin brabbelte, »die müssen auch unbedingt aufhören.«

Sara war dabei, ein großes Stück aus ihrem Scone herauszubeißen, als sie den Blick hob und für einen Moment zu atmen vergaß. Vor ihr, nur etwa zehn Schritte entfernt, stand

Noah Perry auf der Terrasse, ebenfalls einen Becher in der Hand, und starrte zu ihr herüber.

Selbstverständlich verschluckte sie sich. Der krümelige Teig des Scones blieb irgendwo in ihrer Luftröhre hängen, während Sara weiter auf den Schauspieler starrte und zu husten begann.

In weniger als zwei Sekunden war er bei ihr, stellte seine Tasse auf ihrem Tisch ab und klopfte ihr auf den Rücken. »Ich hab Sie erschreckt«, sagte er, während Sara hustete und hustete, »tut mir leid. Warten Sie, ich hole Ihnen ein Glas Wasser.«

Sara nutzte den Moment, um an ihrem Kaffee zu nippen, was das Kratzen in ihrem Hals ein klein wenig milderte, sodass sie bei Noahs Rückkehr an ihren Tisch zumindest schon zu krächzen in der Lage war.

»Danke«, erklärte sie heiser, als er ihr das Wasser reichte. Sara nahm ein paar Schlucke, während sie zu dem Mann aufblickte, der neben ihrem Tisch stehen geblieben war.

»Äh, ich wäre schon vorher zu Ihnen gekommen, aber es sah so aus, als hätten sie sich gerade gut unterhalten, deshalb...«

Sara prustete in das Glas, und Noah lachte. Sie spürte, wie sie rot anlief, während sie auf der anderen Seite nicht wusste, was ihr peinlicher sein sollte: dass er sie dabei beobachtet hatte, wie sie Selbstgespräche führte, oder dass er sie darauf ansprach.

»Charmant«, erklärte sie schließlich.

»Entschuldigung, das musste irgendwie sein.« Er grinste. Aber er stand immer noch. Also bedeutete Sara ihm mit einer Handbewegung, sich zu setzen, und obwohl sich Noah Perry umblickte, als wollte er sichergehen, dass niemand ihn dabei beobachtete, wie er genau das tat, tat er genau das.

»Ist das Ihr Frühstück oder Mittagessen?«, fragte er.
»Nichts von beidem. Dotties Käsescones gehen immer.«
»Dottie?«
»Die Küchenchefin.« Sara brach ein weiteres Stück von ihrem Gebäck ab und hielt es Noah hin, doch bevor er danach greifen konnte, flüsterte sie schnell: »Sagen Sie ihr nicht, dass ich sie so genannt habe, okay? Sie heißt Dorothy Penhallow. Versteht wenig Spaß. Und, da fällt mir ein: Sagen Sie ihr auch nicht, dass ich hier gegessen habe, okay?«

Noah nahm das Stückchen Scone und schob es sich in den Mund. Während er kaute, sah er Sara in die Augen, und als er einen anerkennenden Brummton von sich gab, flackerte etwas in ihrem Blick. Ganz leicht nur. Doch lange genug, dass das Kauen pausierte.

Schnell griff Sara nach ihrem Kaffeebecher. »Ich gehöre offiziell nicht zum Hotel«, erklärte sie. »Also, irgendwie doch, weil ich die Blumen liefere, und Gretchen, die Besitzerin, ist meine beste Freundin, aber … Ich bin hier nicht angestellt. Also offiziell vermutlich auch nicht befugt, hier zu essen.«

»Heißt das, Sie sind eine illegale Mitesserin?«

»So etwas in der Art.« Sie grinste wieder. Und weil sie den Gedanken an diesen wonnigen Ton, den er da gerade von sich gegeben hatte, weit, weit von sich schob, konnte sie ihn nun auch wieder ansehen. »Verraten Sie mich nicht.«

»Wenn Sie niemandem verraten, dass ich in Ihre Blumen urinieren wollte.«

Sara lachte laut auf, und Noah lehnte sich mit einem zufriedenen Lächeln in seinem Stuhl zurück. Für einen kurzen Augenblick sah Sara sich selbst hiersitzen, mit diesem fantastisch aussehenden und supersympathischen Schauspieler, und sie fragte sich … Flirtete er etwa mit ihr? Das konnte nicht sein, oder etwa doch? Immerhin …

Als ihr seine Freundin wieder einfiel, setzte sich Sara ein wenig aufrechter hin, der ausgelassene Gesichtsausdruck ein bisschen angestrengter als zuvor.

»Und Sie?«, fragte sie, deutlich ernster jetzt. »Haben Sie Mittagspause?«

»Nein, es wird umgebaut. Es wird entweder gewartet oder umgebaut.« Er zuckte mit den Schultern. »So ist es an den meisten Tagen.«

»Klingt nach einem *irrsinnig* anstrengenden Job.« Sara verdrehte die Augen. »Armer, kleiner Schauspieler.«

Noah lachte. »Was haben Sie gesagt?«

»Ich sagte: armer, kleiner Schauspieler.«

»Okay, ja, das hatte ich verstanden.«

»Wieso fragen Sie dann nach?«

Immer noch lächelnd schüttelte Noah den Kopf. Sara konnte es nicht wissen, doch sie war seit Langem die erste Person, die ihn nicht behandelte wie den Thronfolger persönlich – mit Vorsicht, beinahe unterschwelliger Ehrfurcht, bloß weil er an ein paar Partys in Hollywood teilgenommen hatte und für ein paar Preise nominiert worden war. Sie war die Erste, die sich nicht so benahm, als wollte sie etwas von ihm. Ein Date in der Öffentlichkeit beispielsweise oder eine Rolle in einem seiner Filme.

Nein, Sara Gibbs saß ihm gegenüber, freute sich strahlend über ihren eigenen Witz und biss in ihren Scone, so ungezwungen, wie er selbst nur selten in Gegenwart von anderen aß. Er wartete geradezu darauf, dass sie den Mund öffnete und Teigkrümel über den Tisch prustete. Schon jetzt hatten sich ein paar auf ihrer Wange festgeheftet. Und noch als er dachte: *Noah, tu das nicht,* hatte er sich vorgebeugt und sie mit seinem Daumen weggewischt.

Für eine Sekunde blieben beide ganz still. Das Kauen hörte

auf. Sogar die Gespräche der anderen um sie herum verstummten, jedenfalls kam es Noah so vor. Dann aber setzte die Geräuschkulisse erneut ein und Sara räusperte sich.

»Nun ...«, begann sie.

»Nun«, wiederholte eine kalte, strenge Stimme, woraufhin beide erschrocken zusammenzuckten.

»Dein Regisseur hat bereits einen Suchtrupp abgestellt, um dich zu finden«, erklärte Minerva Barnes spitz, während sie Noah einen mahnenden Blick zuwarf und Sara ignorierte. »Und ich hoffe, du hast nichts gegessen, was Heather beim nächsten Kuss kompromittieren könnte.«

Diesmal verstummten tatsächlich sämtliche Gespräche um sie herum. Sara hatte quasi aufgehört zu atmen. Sie warf Noah, der sich sichtlich verspannt hatte, einen Blick zu. Es dauerte einige ziemlich unangenehme Sekunden, bis er der Aufnahmeleiterin antwortete, doch dann sagte er: »Danke für die Info. Ich komme sofort nach.«

Minervas Augen blitzten. Sie wartete geschlagene drei Sekunden lang, dann drehte sie auf dem Absatz um und marschierte über die Terrasse zurück ins Hotel.

»Wow«, hauchte Sara. Noah atmete hörbar aus. Er setzte sich aufrechter hin und fuhr sich mit der Hand durch seine dunklen Locken.

»Das tut mir leid«, sagt er.

»Oh, das braucht Ihnen nicht leidzutun. Mir hat sie nichts getan. Ich glaube, sie hat nicht mal bemerkt, dass ich auch da war.«

»Oh doch, das hat sie, glauben Sie mir. Und ich meinte auch eher, dass ich mir leidtue.«

Sara lachte. Noah stand auf.

»Es war sehr nett, dass wir uns wiedergesehen haben«, sagte er.

»Ja, das war es.« Sara nickte.

»Ich weiß nicht, vielleicht ... Vielleicht läuft man sich ja mal über den Weg. An der Hotelbar oder so?«

»Ob das so eine gute Idee ist?«, fragte Sara, doch es klang überhaupt nicht nach einer Frage. Und wie als Antwort sah sie aus den Augenwinkeln Heather Mompeller auf sie zuschweben in diesem Kleid, das aussah wie ein Nachthemd, und dem Bademantel darüber, der offen hinter ihr herwehte.

»Minnie sagte, ich sollte dich holen«, erklärte sie. Wie bereits gestern im Garten musterte sie Sara neugierig, sagte aber nichts.

Sara lächelte, doch auch das Lächeln wurde nicht erwidert.

»Ja, so etwas in der Art habe ich mir schon gedacht«, sagte Noah. Er klang erschöpft. Aber auch er lächelte jetzt, als er Heathers Hand nahm und sich von ihr fortziehen ließ, und hätte Sara nicht sehr genau aufgepasst, wäre ihr die Grimasse, die er dabei zog – für den Bruchteil eines Augenblicks nur –, wohl gar nicht aufgefallen.

Doch sie bemerkte die Grimasse. Und während sie sich noch fragte, ob sie einen weiteren Gedanken darauf verschwenden sollte, entschied sie sich dagegen.

25.

»Oh bitte, sag mir, dass du noch einen Kaffee mit mir trinkst?« Kaum hatte Gretchen Sara an einem der kleinen Tische entdeckt, lief sie auf sie zu und ließ sich auf einen der freien Stühle fallen. »Ich hatte einen Morgen – frag nicht. Sag ihnen einfach, sie sollen noch einen kleinen Schnaps in meinen Cappuccino kippen.«

»Es ist noch nicht mal Mittag.« Sara lachte. »Aber gut, weil du ehrlich bedürftig aussiehst – warte hier.«

Sie stand auf, um bei Hazel zwei weitere Tassen Heißgetränke zu bestellen, und kehrte nur wenige Minuten später an ihren Tisch zurück.

»Da«, sagte sie, als sie eine der Tassen vor Gretchen abstellte. »Mit dem einzigen Shot, den sie hier anbieten.«

»Was ist das?«

»Haselnuss.«

»Hmpf«, machte Gretchen, doch sie nahm einen Schluck, brummte zufrieden und ließ sich mit geschlossenen Augen gegen die Lehne sinken.

»Lass mich raten«, sagte Sara. »Dottie. Es ging um das Mittagessen. Quinoa und Huhn ist ihr zu *ayurvedisch*.«

Gretchen lachte. »Woher weißt du das?«

»Hazel hat vorhin so eine Anspielung gemacht.«

»Ja, Hazel«, grummelte Gretchen. »Die anderen tun sich leicht damit, Witze zu reißen, während ich im Küchenring die Kämpfe mit Mrs. Penhallow ausfechten darf.«

»Ich dachte, das hättest du längst? Schon vor Monaten?«

»Ja, aber damals habe ich nur von ihr verlangt, *ein scheußliches Körnergericht aufzutischen*, wie sie mir eben lautstark erklärt hat. Nicht ausschließlich zu kochen, wie für – Zitat heute – *Leprakranke*.«

Sara, die gerade ihre Tasse an die Lippen führte, lachte so laut auf, dass die Flüssigkeit überschwappte und sich Kaffee auf ihre Jeans ergoss. »Oh nein«, jammerte sie, und dann lachten beide Frauen noch mehr.

»Psst«, machte Gretchen endlich. »Nicht, dass sie uns noch hört.«

»Ist sie da drin?«

»Rührt vermutlich in der Quinoa.«

Sara presste die Lippen zusammen, doch es half nichts. Noch einmal prusteten sie los, bis beide Frauen Tränen in den Augen hatten.

»Aaaah«, stöhnte Gretchen schließlich. »Das hat gutgetan.«

»Allerdings.« Sara wischte sich über die Augen. Als hätten sie alle anderen um sich herum mit ihrem Lachen vergrault, waren sie inzwischen allein auf der Terrasse. Die Ruhe vor dem Mittagsansturm, schätzte sie. Doch was wusste sie schon über den Zeitplan an einem solchen Set. Am Ende legten sie die nächste Pause erst gegen Nachmittag ein. Wenn Noah Perry und Heather Mompeller zur Genüge geknutscht hatten.

»Nicholas bringt das Gespräch immer wieder auf meinen Geburtstag«, sagte Gretchen.

Sara blinzelte. Sie brauchte einen Moment, um den Gedanken an Noah beiseitezuschieben, dann sagte sie: »Das ist unerhört, ehrlich. Er will, dass du deinen Geburtstag feierst? Wie kommt er dazu?«

»Haha«, gab Gretchen trocken zurück. »Du weißt sehr wohl, wovon ich spreche. *Der* Geburtstag, klingelt was?«

»Ach, *der* Geburtstag.« Sara nahm einen Schluck Kaffee und konnte gerade noch einen weiteren Fleck auf ihrer Kleidung vermeiden, als Gretchen ihr einen Schubser versetzte.

»Hey!«

»Selber hey.«

»Also gut.« Sara seufzte. »Aber lass dir eines gesagt sein: Wenn dein dreiundvierzigster Geburtstag ansteht, wie bei mir, dann wünschst du dir den vierzigsten zurück.«

»Ach, ja?«

»Ehrenwort.«

Jetzt war es Gretchen, die einen langen, traurigen Seufzer ausstieß.

»Ach, Gottchen«, neckte Sara sie, womit sie sich einen weiteren Hieb einfing. »Au.«

»Am liebsten würde ich den Geburtstag ausfallen lassen«, erklärte Gretchen. »Ich hab in der letzten Zeit genug durchgemacht, etwa nicht?«

»Und das ist exakt der Grund, weshalb du dich an deinem Ehrentag mal so richtig verwöhnen lassen solltest«, erklärte Sara. »Lass dich beschenken. Lass dich feiern. Nimm dir zur Abwechslung mal einen Tag frei und lass das Hotel Hotel sein.«

Gretchen seufzte. Sie nippte an ihrem Kaffee, sah Ashley, der die Tische von gebrauchtem Geschirr befreite und zu ihr herüberwinkte, und nickte ihm zu. Wie alt mochte ihr Kellner gleich wieder sein? Anfang zwanzig? Mitte? Höchstens? Sie hatte sich nie viel Gedanken über das Älterwerden gemacht, nicht, solange sie mit Christopher zusammen war. Sie waren verheiratet, sie hatten ein gemeinsames Kind und ein Leben, und sie würden zusammen alt werden, weshalb es egal war, wer zuerst Falten bekam oder wessen Haut knittriger wurde. Dann war Christopher gestorben, und diese Sache mit dem Älterwerden hatte sich in ihrer Gedankenwelt irgendwie verschoben. Sie wusste: Einerseits sollte sie dankbar dafür sein, ihren Geburtstag feiern zu dürfen, denn anderen war dies nicht vergönnt. Das änderte jedoch nichts an dem Gefühl, dass sie neuerdings verspürte – dieses Gefühl, dass sie nun allein alt wurde und alle Menschen um sie herum ihr dabei zusahen, anstatt mit ihr dahinzuwelken, und ... vierzig.

Eine komische Zahl war das.

Erneut seufzte Gretchen. Nicht mal ihrer Freundin konnte sie erklären, was in ihr vorging, also beschloss sie, ihre Gefühle zunächst einmal mit sich selbst auszumachen, bevor sie andere Menschen da mit hineinzog.

»Lass uns von etwas anderem reden«, schlug sie deshalb vor. »Hast du ihn schon gesehen?«

»Wen?« Erneut hob Sara den Kaffeebecher an ihre Lippen.

»Prinz Charles!«

»Was?«

Gretchen prustete. »Tu nicht so. Du weißt genau, wen ich meine.« Sie musterte ihre Freundin so lange, bis diese das Schweigen nicht mehr aushielt (was abzusehen war, das wusste Gretchen).

»Also gut, er war vorhin hier.« Sara ließ sich auf ihren Stuhl zurückfallen. »Er war hier, es war nett, dann kam seine Freundin und hat ihn zurück ans Set gezerrt. Muss ich mich deshalb schlecht fühlen?«

Gretchen blinzelte überrascht. Sie hatte eigentlich angenommen, dass Sara diese Schwärmerei für Noah Perry ebenso wenig ernst nahm wie sie selbst, doch irgendetwas in dem Tonfall ihrer Freundin ließ sie auf einmal daran zweifeln. Stirnrunzelnd blickte sie Sara an, die ihre Gedanken zu lesen schien.

»Ich weiß, ich weiß«, sagte sie. »Ich wollte ihn mir nur noch mal ansehen. Er hat eine Freundin. Er könnte mein Sohn sein. Ich werde künftig einfach woanders Kaffee trinken.«

»Was war denn los? Ist irgendetwas passiert?«

»Nein.« Sara schüttelte den Kopf. »Es ist bloß ... Ich hab das Gefühl, er flirtet mit mir, okay? Ich meine, er ist ein Filmstar, vermutlich flirtet er mit jedem, sogar mit Männern – werden die nicht darauf gedrillt, dass sie jeden mit ihrem Charme an die Wand nageln, damit Rollen und Gelder und weiß der Himmel was fließen?« Noch bevor Gretchen etwas sagen konnte, fuhr Sara fort: »Okay, egal. Er flirtet, die Aufnahmeleiterin findet das gar nicht lustig, und seine Filmpartnerin *und* Freundin ebenso wenig.«

»Ich glaube ...«, begann Gretchen, doch dann hielt sie inne. Als Inhaberin des Hotels stand es ihr nicht zu, dass sie Informationen, die sie in ebendieser Funktion über ihre Gäste erfuhr, an Dritte weitergab, und das hatte sie auch nie getan. In diesem Fall aber, und sei es nur, um Schlimmeres zu verhindern, konnte sie womöglich ein klein wenig intervenieren, ohne ins Detail zu gehen.

»Ich glaube, Heather Mompeller geht es zurzeit nicht sonderlich gut«, erklärte sie schließlich. Damit hatte sie wohl kaum zu viel verraten. »Womit auch immer das zu tun haben könnte, vielleicht ist es besser, sie und ihren ... also, sie beide, einfach erst mal in Ruhe zu lassen.«

»Als würde ich die Ruhe stören«, grummelte Sara.

»Natürlich nicht, du kannst ja nichts dafür. Er ist

ungeheuer charmant, das ist eine Tatsache. Was auch immer er damit bezweckt, mit dir zu flirten – vielleicht ist es gerade auch nicht das Beste, das dir passieren kann.«

Sara schnaubte.

»Im Ernst, Sara. Irgendwie habe ich das Gefühl, Noah Perry ist der erste Mann seit Ewigkeiten, der dein beinahe schon im Dornröschenschlaf befindliches Interesse geweckt hat, aber er könnte absolut der Falsche sein.«

»Woran machst du das fest?«, fragte Sara. »An der Tatsache, dass ihm ganz Hollywood zu Füßen liegt, er eine atemberaubend schöne *und* junge Freundin hat oder sieben Jahre jünger ist als ich?«

»Tja«, machte Gretchen.

Sara nickte. »Haselnusssirup. Wenn es wenigstens Likör wäre.«

26.

Soweit es ihn anging, kam sich Bruno mittlerweile schon ziemlich lächerlich dabei vor, wie er mit seinem Spazierstock zwischen den Wohnwagen herumscharwenzelte, dabei so unauffällig wie möglich den Boden nach etwaigen Einsturzlöchern abklopfte und das offenbar doch so auffällig, dass er sich schon mehr als einen misstrauischen Blick eingefangen hatte. Gerade eben grinste er wieder wie die Katze aus *Alice im Wunderland*, als einer der dickbebrillten Technikheinis ihm mit hochgezogenen Brauen entgegenkam. Zum Glück stiefelte er wortlos an Bruno vorbei. Diese Computernerds hatten seiner Erfahrung nach ohnehin von einer zur nächsten Minute vergessen, was um sie herum geschah, sie waren einfach dauerhaft zu sehr abgelenkt.

Als der junge Mann in einem der Wagen verschwunden war, bückte sich Bruno ächzend, um mit seinem Stock darunter herumzustochern. Er war halb mit dem Kopf untergetaucht, als Theo ihn so sehr erschreckte, dass er sich die Stirn anstieß.

»Au, verdammt«, fluchte Bruno.

»Ha!«, rief Theo noch einmal. Seit mindestens zehn Minuten schon lief er hinter dem kreuchenden Bruno her, ein ramponiertes Buch in der Hand, in dem er unermüdlich weiter fledderte. »Hier steht es noch einmal, hörst du: Port Magdalen, Gezeiteninsel, Cornwall. Überlieferungen zufolge bot sie noch bis Mitte des siebzehnten Jahrhunderts von der Küste nicht einsehbare Höhlen, die von Schmugglern genutzt wurden. Diese Höhlen wurden durch Steinschläge zerstört, die ein Seebeben verursacht haben soll. Die Tatsache, dass es darüber hinaus keine Beweise für ein Beben dieser Art gab (kein weiteres Bauwerk wurde beschädigt, nicht die Kirche auf der Spitze des Bergs, noch der Hafen), ließ Spekulationen offen, ob die Regierung die Höhlen zuschütten ließ und im gleichen Zuge die dahinter vermuteten Gänge der Schmuggler ins Innere des Bergs.« Dramatisch ließ Theo das Buch zuschnappen. »Höhlen. Gänge. Da hast du es!«, rief er.

»Wo auch immer sie entlanglaufen, sie sind sicher tief im Berg und nicht zwei Schritte unter einer alten, brandanfälligen Scheune«, ließ Bruno verlauten.

»Du kannst genau wie ich nur spekulieren, wo diese Gänge entlanglaufen«, stellte Theo fest. »Und ganz sicher stand hier nicht immer eine Scheune.«

»Ach, nein?« Bruno hatte den Kopf unter dem Wohnwagen hervorgezogen und sich stöhnend wieder aufgerappelt. »Was stand dann hier?«

»Was weiß denn ich?«, gab Theo zurück. »Vielleicht gar nichts, vielleicht Bäume, vielleicht …« Er sprach den Satz nicht zu Ende, stattdessen tippte er einige Male mit der Spitze seines Fingers auf seiner Nase herum. »Womöglich hast du recht«, erklärte er dann. »Finden wir heraus, wie es hier früher aussah, zu Schmugglerzeiten, oder davor, oder danach, eventuell hilft uns das weiter.«

»Davor oder danach«, echote Bruno trocken. »Sicher. Fest steht, dass solche Höhlengänge viel tiefer unter der Erde liegen.«

»Ach, und das weißt du, weil du schon so viele gegraben hast?«

»*Stupido.*«

»Und ist dir klar, dass auch dein Italienisch ziemlich eindimensional ist? Man könnte meinen, es wurde dir gar nicht in die Wiege gelegt, sondern an der Abendschule beigebracht.«

»*Stronzo*«, sagte Bruno.

»Was, wenn es ein Zugang ist?«, fragte Theo unbeirrt. »Eine zugeschüttete Treppe?«

»Eine zugeschüttete Treppe.« Mit beiden Händen stützte sich Bruno auf den Stock, während er nachdenklich nickte. »In einen Keller vielleicht. Hatte die Scheune einen Keller?«

»Nein.«

»Was stand vor ...«

»Sprich diesen Satz nicht aus«, fiel Theo ihm ins Wort. »Ich komme mir vor, als würde ich mich mit einem Achtzigjährigen unterhalten. Wir drehen uns im Kreis, Fortunato.«

Der wedelte wegwerfend mit der Hand. »Du musst dich auch nicht mit mir unterhalten. Ich weiß ohnehin nicht, wie ich da hineingeraten bin. Wie komme ich dazu, mir über deinen Kram ... Oh. Gnädigste.« Von jetzt auf gleich hatte sich Brunos Tonfall um hundertachtzig Grad gedreht, war von spitz und verärgert zu weich und schmeichelnd zerflossen, während sich der alte Italiener tief verbeugte. In der Ferne, auf dem Pfad, der vom Hintereingang der Küche in den Kräutergarten führte, konnte Theo gerade noch Dotties Lockenkopf ausmachen, während er aus ihrem Blickfeld verschwand.

»Wer ist hier der Dummkopf?«, murmelte Theo.

»Du«, gab Bruno zurück. »Also, wo waren wir?«

Theo verdrehte die Augen. Brunos ewiges Genörgel war auf jeden Fall besser, als die ganze Sache allein anzugehen.

Und wenn er wegen Dotties Anblick vergaß, dass sie eben noch gestritten hatten, umso besser. »Vielleicht sehen wir das nächste Mal auf dem Dachboden nach«, schlug er deshalb vor. »Dort müsste es noch alte Pläne und Aufzeichnungen darüber geben, wie es hier um das Hotel herum früher ausgesehen hat.«

»Der Dachboden«, echote Bruno. »Warum nicht?« Als wäre nichts gewesen, hatte er wieder damit begonnen, den Boden zu seinen Füßen mit dem Stock zu bearbeiten, als Gretchen zu den beiden Männern stieß.

»Was treibt ihr zwei denn hier?«, fragte sie, während sie Bruno misstrauisch musterte, was vor allem daran lag, dass er sofort und reichlich auffällig den Stock über seine Schulter geworfen und zu pfeifen begonnen hatte.

»Äh«, machte Theo. »Herb hat uns gebeten, schon mal grob die Fläche auszumessen, bevor wir mit der Bauplanung beginnen für … äh, was auch immer.«

»Herb Wallister hat sich gemeldet? Ist er schon wieder im Einsatz?«

»Nein, das nicht.« Theo schüttelte den Kopf.

Gretchen sah noch ein wenig verwirrter drein. »Aber ihr zwei sollt hier ausmessen. Mit … womit? Geht ihr die Schritte ab?«

»Nun ja, *grob* hat Herb gesagt, also …«

»Und was ist das für ein Buch?«

»Was für ein Buch?« Theo, der den dicken alten Wälzer mittlerweile unter dem Arm geklemmt hielt, tat einfach so, als befände sich da nichts in seiner Armbeuge.

Gretchen sah von einem alten Mann zum anderen und sagte schließlich: »Also gut. Ich habe keine Ahnung, was ihr da treibt, also hoffe ich einfach, dass am Ende des Tages alles noch steht, in Ordnung?«

»Was willst du damit sagen?«, fragte Theo entrüstet. »Ich hatte nichts zu tun mit dem Brand, das weißt du genau.«

»Ich weiß«, sagte Gretchen, doch sie wirkte nach wie vor so argwöhnisch, dass sich Theo beinahe trotzdem schuldig fühlte.

27.

Nachdem die Mitglieder der Filmcrew in der ersten Woche ihres Aufenthalts auf Port Magdalen am Ende des Tages entweder in ihre jeweiligen Zimmer verschwunden waren oder gleich von der Insel, hatte es sich an diesem Samstagabend offenbar herumgesprochen, dass man abends einen Drink an der Hotelbar nahm. Oder zwei. Oder was man so als Bar bezeichnen konnte. Im *Wild at Heart* handelte es sich um eine winzige Nische neben dem Treppenaufgang, in die sich gerade einmal eine Person quetschen konnte, um Whisky und Gin einzuschenken oder einfache Cocktails zu mixen. Gerade stand Ashley dahinter und überprüfte den Getränkebestand. Der junge Mann arbeitete erst seit Kurzem im *Wild-at-Heart*-Hotel, hatte sich in dieser Zeit aber schnell zum unersetzlichen Mädchen für alles gemausert.

Auf ihrem Weg in die Küche warf Gretchen ihm einen dankbaren Blick zu. Sie hatte keine Ahnung, wie sie es jemals ohne Ashley hatten schaffen können, denn dieser Junge war in ihren Augen Gold wert. Nicht ein Mal hatte er sich bei ihr über zu viel Arbeit beklagt. Er sprang ein, wo es nötig war, und das Allerbeste daran: Er stellte selbst fest, wenn Not am Mann war, und wartete nicht erst darauf, dass man ihn einteilte. Sobald es ihr möglich war, würde sie ihm eine Gehaltserhöhung geben, beschloss sie. Bei den vielen Überstunden hatte er ohnehin mehr Lohn verdient, als sie ihm derzeit zahlte.

Durch die Schwingtür, die ins Restaurant führte, sah Gretchen Sir James sitzen, der auf der anderen Seite des Glases geduldig wartete, bis jemand ihm öffnete. Sie tat dem alten Kater den Gefallen und bückte sich außerdem, um ihm hinter dem beinahe haarlosen Ohr zu kraulen. Sir James schnurrte gefällig und trottete in Richtung Kamin davon, wo er sich ohne Zweifel niederlassen würde, um seinen klapprigen, knochigen Hintern zu wärmen.

»… ist für Mittwoch angesetzt«, drang die Stimme von Minerva Barnes in ihr Bewusstsein, während sich Gretchen wieder aufrichtete. »Mir ist klar, heute ist Samstag, es sind nur noch ein paar Tage, aber das ist von der PR-Abteilung gut durchdacht und wird sich nicht zu unserem Nachteil auswirken, garantiert nicht. Pippa wird das kurz erklären und dann die Punkte der PK für uns zusammenfassen.«

So unauffällig wie möglich schob sich Gretchen durch die mit Filmleuten besetzten Tische in Richtung Küchentür. Sie hätte den Hintereingang nehmen sollen, dachte sie, während ihre Blicke durch die Reihen huschten. Sie entdeckte Noah Perry und Heather Mompeller, die mit beinahe versteinerten Mienen zu zweit an einem Tisch saßen, und den Regisseur, der in angemessenem Abstand von allen anderen auf seinem Stuhl brütete. Minerva Barnes selbst lehnte an einem Stehtisch, den sie ganz sicher von der Terrasse entwendet hatte, und Gretchen fühlte sich von ihr beobachtet, bis sie die Küchentür hinter sich zufallen ließ.

»So«, sagte sie, beinahe erleichtert, bis ihr einfiel, dass Erleichterung überhaupt nicht angebracht war, wenn man mit Dorothy Penhallow Speisepläne für die kommende Woche durchzugehen hatte. Als sie in das Gesicht ihrer Köchin blickte, erkannte sie darin noch sehr deutlich den Streit von heute Mittag über Hühnchen und Quinoa. Oscar, ausgestattet mit einem siebten Sinn für vorprogrammierten Ärger, schob sich gerade durch die Hintertür nach draußen.

Als Gretchen zwanzig Minuten später und mit deutlich ramponierten Nerven den Rückweg antrat, vergaß sie einmal mehr, den Hintereingang zu benutzen, weshalb sie erneut inmitten der Filmleute landete, die ihr Meeting offenbar gerade beendet hatten und im Begriff waren, das Restaurant zu verlassen.

»Mrs. Wilde?«

Oje, dachte Gretchen. »Ja? Miss Barnes?«

»Minnie, das wissen Sie doch. Kann ich Sie kurz sprechen?«

Oje, wiederholte Gretchen, wenngleich nur in ihrem Kopf.

»Für Mittwoch ist eine Pressekonferenz angesetzt«, erklärte Minnie, während Gretchen noch nicht einmal ihren Stehtisch erreicht hatte. »Die PR-Abteilung hat eine Liste zusammengestellt, die meine Assistentin gemeinsam mit Ihnen durchgehen wird. Ich weiß, es ist ziemlich kurzfristig gedacht, was wiederum Teil der Strategie ist, weshalb ich keinen Zweifel daran habe, dass wir das gemeinsam hinbekommen werden.«

»Wer?«, fragte Gretchen.

»Na, wir!«, rief Minnie. »Sie, Pippa – wer auch immer noch mit der Organisation betraut ist. Sie alle werden Ihnen sicher zur Seite stehen.«

Für einige wenige Sekunden schien Gretchen immer noch nicht zu begreifen, was Minerva Barnes ihr sagen wollte, dann rief sie aus: »Hier? Sie wollen die Pressekonferenz hier abhalten?«

Und Minerva Barnes sah sie an, als hätte sie reichlich gute Gründe, am Verstand der Hotelbesitzerin zu zweifeln.

»Natürlich hier!«, rief sie ebenso laut. »Wo sonst kann man eine neue Liebe feiern, wenn nicht in Ihrem entzückend verkitschten Hotel?«

Gretchen versuchte, nicht laut aufzuseufzen, während Minerva Barnes auf sie einredete – davon, dass die Tische raus-, dafür mehr Stühle reinmüssten, dass die Technik organisiert werden müsse, sobald feststand, wie viele auf dem Podium sitzen würden, dass sie sich darum aber zunächst nicht zu kümmern brauche, die Getränke seien wichtiger. Wenn sie es vollkommen übertreiben wollten, ließ Minerva verlauten (was »selbstredend fantastisch wäre«), dann könnte man überlegen, den geladenen Gästen eine Art Geschenktütchen zu überreichen, beispielsweise mit Gebäck oder herzförmiger Seife oder Liebesperlen oder dergleichen, was immer es auf Port Magdalen und im *Wild-at-Heart*-Hotel für Touristen eben so gab. »Uns wird schon etwas einfallen«, erklärte sie beherzt, und irgendwie hatte Gretchen auf einmal das Gefühl, sie sei eine siebzehnjährige Praktikantin, deren gutes Zeugnis auf dem Spiel stand, wenn sie das hier versaute.

»Ich glaube nicht, dass ich für inhaltliche Fragen zuständig bin«, warf sie halbherzig ein, woraufhin Minerva spitz bemerkte: »Wir kümmern uns um alles, lassen Sie uns einfach freie Hand.«

Nein, schrie etwas in Gretchens Inneren. Und, als hätte Gretchen sie gerufen, trat Heather Mompeller in ihr Blickfeld, die mit traurigen Gesicht hinter Noah Perry auf den Ausgang zur Lobby zusteuerte, gefolgt von dem brummigen, Kaugummi kauenden Regisseur, der ein schlecht gelauntes »Es gibt weit bessere Orte als diesen Winzling von Insel, der alle Nase lang vom Meer verschluckt wird« von sich gab.

»Stellen Sie mir einen Plan für die Ebbe- und Flutzeiten

der nächsten Tage zusammen, ja?«, rief Minnie Gretchen zu, während sie Ian Grumbole hinterherlief. »Oder nein, geben sie ihn gleich Pippa, ich werde das ganz in ihre Hände legen.«

Wie ein Roboter nickte Gretchen im Einklang mit der Assistentin. Sie trat einige Schritte zur Seite, damit der Rest der Filmcrew auf ihrem Weg nach draußen nicht in sie hereinrannte, und ging schließlich auf die Terrasse, um für einen Augenblick Luft zu schnappen.

Oscar war damit beschäftigt, den Imbissstand für den Tag dichtzumachen – jetzt wusste sie wenigstens, wohin er verschwunden war. Sie warf ihm einen finsteren Blick zu, und er hob grinsend die Hände, bevor er wieder nach drinnen verschwand.

Die Sonne war mittlerweile untergegangen. Gretchen lief bis zum Rand der Terrasse, holte tief Atem und schlang gegen die empfindlich kühle Seeluft die Arme um sich selbst. Die Winter in Cornwall waren kein Vergleich mit denen in Norwegen – herrje, Gretchen musste beinahe lachen beim Gedanken an die Schneemassen, die ihr kleines Heimatdorf nördlich von Oslo in den Wintermonaten fest im Griff hatten. Nach all den Jahren, die sie jetzt schon hier lebte, musste sie stattdessen achtgeben, dass sie nicht vergaß, wie sich Schnee anfühlte. Bislang hatte es hier an der Südküste so selten geschneit, sie konnte die Male an einer Hand abzählen. Doch wenn es so weit war, wenn es so kalt wurde, dass sich der Niederschlag in pudrig weißen Flaum verwandelte, dann wohnte dieser Küste ein besonderer Zauber inne. Nichts ging über einen weiß gezuckerten Sandstrand, fand Gretchen. Über den Anblick von ausgelassen tanzenden Schaumkronen, die sich genüsslich durch diesen weiß erstarrten Sand fraßen.

Gretchen zog ihr Handy aus der Tasche ihres Jacketts.

Ich habe eben an dich gedacht.

Nicks Antwort erreichte sie in weniger als fünf Sekunden.

Ja?

Ja. Ich dachte daran, wie zauberhaft es wäre,
wenn es diesen Winter in Cornwall schneien würde.
Und was wir da alles anstellen könnten.

Wieder antwortete Nick so schnell, dass Gretchen lachen musste.

Was?
Was anstellen, meine ich. Ich bin interessiert.

Ja, das merke ich :-)
Wir könnten Schlitten fahren. Oder wir bleiben
im Bett, die Decke bis unter die Nase gezogen, und
sehen den Schneeflocken vorm Fenster zu.

Mir gefällt, wie du denkst. Halten wir die letzte Idee
doch schon mal fest. Ich hab so das Gefühl,
die könnte auch ohne Schnee gut funktionieren.

Was meine gesamte Überlegungskette
ad absurdum führt.

Ich finde, es ist eine fantastische Idee dabei
herausgesprungen.

Ja, das finde ich auch.

Gretchen seufzte. Sie hätte gute Lust, jetzt und sofort mit Nick ins Bett zu steigen und sich die Decke über den Kopf zu ziehen, doch sie hatte so ein Gefühl, dass heute noch einige Arbeit auf sie wartete.

Wann kommst du?

Etwas später. Ich habe Lori versprochen, dass wir heute noch die Schränke in der Küche aufräumen. Die Unordnung macht sie aggressiv, sagt sie.
Die Tatsache, dass es ihre eigene Unordnung ist, kann sie nicht besänftigen.

Ich kenne das. Wenn es darum geht, das eigene Chaos zu organisieren, ist so ein unerschütterlicher Quell der Ruhe, wie du einer bist, manchmal das Einzige, das hilft.

Ich bin ein unerschütterlicher Quell der Ruhe?

Mmmh. Und mehr.

Klingt sexy.

Ist es.

Ich beeile mich.

Und ich freue mich!

Gretchen starrte auf ihr Handy. Das tat sie wirklich, dachte sie. In den vergangenen Monaten war es so normal für sie geworden, Nick an ihrer Seite zu haben, dass sie kaum Gelegenheit hatte, ihn zu vermissen, doch heute tat sie es.

Ich muss los. Und ... Hetz dich nicht. Es ist noch ziemlich viel Trubel, und ich weiß nicht, wann ich heute die Bar schließen kann.

Wir schließen sie gemeinsam. Bis später.

Nicks Worte hallten in Gretchens Kopf nach, während sie sich seufzend auf den Weg in die Lobby machte. *Gemeinsam.* Sie hatte nicht gewusst, was ihr fehlte, bis sie es mit Nick wiedergefunden hatte.

28.

Wenn man sechzehn war, konnte man noch nicht übermäßig viele Chancen im Leben verpasst haben, doch gerade fühlte sich Damien so, als wären zahllose davon an ihm vorbeigezogen. Die Chance beispielsweise, bereits im Sommer alles mit Nettie zu klären, als er Ferien gehabt hatte, wochenlang, und nicht darauf angewiesen war, all das, was zwischen ihnen beiden schiefliof, an einem einzigen Wochenende aufarbeiten zu müssen. Es war Samstagabend, morgen Mittag würde er mit dem Zug zurück nach Truro fahren, wo die Freunde seiner Eltern darauf warteten, ihn mit nach Hause zu nehmen. Vor den Weihnachtsferien würde sich keine Möglichkeit mehr bieten, Nettie zu sehen. Und das ... ging gar nicht, beschloss er.

Während er sich tiefer in das kleine Sofa neben dem Kamin sinken ließ, eine Hand im struppigen Fell des alten Sir James vergraben, zog er mit der anderen sein Telefon aus der Hosentasche. Er überlegte. Während er das tat, fiel sein Blick auf den Zweisitzer, der seinem gegenüberstand – diese beiden Schauspieler hatten sich dort hineinfallen lassen, nachdem ein ganzer Pulk von Leuten aus dem Restaurant in die Lobby geströmt war. Heather ... Heather Irgendwas und Noah Perry. Damien musterte die beiden verstohlen. Für Schauspieler, dachte er, sahen die zwei ganz schön abgekämpft aus. Insbesondere die Frau wirkte müde und blass, und ihre Augen waren wässrig, so als würde sie jeden Moment anfangen zu weinen. Was auch Noah Perry aufgefallen sein musste, denn er griff jetzt nach Heathers Hand und drückte sie. Heather atmete einmal tief ein. Dann ließ sie ihren Kopf an Noahs Schulter sinken, der daraufhin einen Arm um sie legte, und gemeinsam sanken sie noch ein Stück tiefer in die Kissen des Sofas.

»Hier.«

Erschrocken fuhr Damien zusammen.

Nettie drückte ihm ein Glas Cola in die Hand. »Irgendwie wollen gerade alle auf einmal was. Kommst du eine Zeit lang allein zurecht?«

»Klar.« Damien nickte.

Nettie öffnete den Mund, als wollte sie noch etwas hinzufügen, nickte dann aber ebenfalls und sauste in Richtung Bar davon.

Damien sah ihr nach. Dann schielte er einmal mehr zu dem Paar ihm gegenüber, das sich nun leise und beinahe Wange an Wange miteinander unterhielt. Er selbst war nicht sehr geübt in diesen Dingen, stellte er fest. Und er hatte keine Ahnung, wie er das von heute Abend bis morgen Mittag ändern sollte. Anders, als Nettie womöglich annahm, hatte er kaum mehr Erfahrung als sie. Ja, er hatte schon vorher ein Mädchen geküsst – eines, ein Mal, und das war kein sonderlich tolles Erlebnis gewesen. Dieser Kuss, er war … Er hatte nichts gefühlt dabei, überhaupt nichts, kein bisschen die Aufregung, die jedes Mal durch ihn hindurch fuhr, wenn er seine Lippen auf die von Nettie legte. Sobald sein Mund mit ihrem verschmolz, war es, als würde in seinem Inneren ein Countdown gedrückt, der die Zeit herunterzählte, bis es ihm gelang, Nettie noch näher zu kommen, sie noch enger an sich zu ziehen, in sie hineinzukriechen vor lauter … Verlangen.

Damien räusperte sich. Da saß er, sechzehn Jahre alt, gewitzt und einigermaßen intelligent unter normalen Umständen, wie er selbst befand, und dachte Wörter, die er ganz sicher vorher nie gedacht hatte. Was vermutlich daran lag, dass er im vergangenen Sommer mit Nettie zu viele Schundromane gelesen hatte. Womit er wieder beim Thema war. Damien entsperrte das Smartphone in seiner Hand und rief die Fotos auf, durch die er hindurchscrollte, bis er das eine gefunden hatte, das er suchte. Es war die Aufnahme, die er von Nettie gemacht hatte, in dem Bus nach Penzance, nach dem Kuss und vor dem Streit im Schwimmbad. Sie sah darauf so ernst aus, dass er Schwierigkeiten damit hatte, das Bild mit der Nettie in Verbindung zu bringen, die er schon so lange kannte. Und trotzdem liebte er das Foto. Weil es eine weitere Facette des Mädchens zeigte, das für ihn schlicht und einfach *das* Mädchen war.

Nettie roch so umwerfend wie niemand sonst, sie fühlte sich unfassbar gut an, ihre Stimme – Damien könnte wunderbar damit leben, würde er in seinem ganzen kommenden Dasein keine andere Stimme mehr zu hören bekommen als ihre. Fest stand, dass Damien lange Zeit dachte, er habe gar kein Interesse an einer festen Freundin – nicht, solange er noch nicht älter als sechzehn war und sich für tausend andere Dinge mehr interessierte. Dabei war er die ganze Zeit schon verliebt gewesen. In Nettie. In seine zauberhafte, fantastische Kinderfreundin Nettie Wilde.

»Hi.«

Mit einem Seufzer ließ sie sich neben ihn fallen. Sir James, von der Bewegung der Sofapolster unter ihm aufgeweckt, stand auf, streckte sich und rollte sich auf ihrem Schoß zusammen.

Na, das läuft ja großartig, dachte Damien. Er sah Nettie

nicht an, als er ein Stück näher an sie heranrückte und den Arm um ihre Schultern legte, so, wie Noah das eben bei Heather Mompeller getan hatte. Er nahm die Hand, die gerade ins Bauchfell des Katers greifen wollte, und verflocht seine Finger damit. Als er Nettie jetzt ansah, stand ihr Mund einen Spaltbreit offen, doch sie musterte ihn nur.

»Hi«, sagte er.

Wegen der schummrigen Beleuchtung konnte sich Nettie nicht sicher sein, doch sie hätte schwören können, dass Damiens Wangen gerötet waren. Auch seine Hände waren heiß. Sehr heiß, aber nicht schwitzig, wie sie ebenfalls feststellte und sogleich in dem ordentlich organisierten Teil ihres Gehirns abspeicherte. Der gar nicht mehr so üppig ausfiel, wie sie zugeben musste. Hierzusitzen, in Damiens Arm, sein Gesicht so nah, dass sie die Flammen des Kamins ausmachen konnte, die sich in seinen Augen spiegelten ... Es stieg ihr zu Kopf, und ein Großteil ihrer Zurechnungsfähigkeit eilte von dannen.

Sie blinzelte dagegen an.

Dann beugte sie sich ein Stück vor und drückte ihre Lippen auf Damiens.

Gott, es war verrückt, hier neben ihm zu sitzen, mitten in der Lobby des Hotels, das ihrer Familie gehörte, umgeben von Menschen, die sie kannten oder zumindest wussten, wer sie war, und mit Damien, ihrem besten Freund, ihrem besten Freund *und* ... Freund-Freund, wie sie annahm, Zärtlichkeiten auszutauschen. Was ihm keinerlei Probleme zu bereiten schien, stellte Nettie fest. Es war ihm nicht peinlich, hier so mit ihr zu sitzen; er sah sich nicht verschämt nach allen Seiten um, und er machte keinerlei Anstalten, sie von sich zu schieben.

Auch diese Information speicherte Nettie ab. Und dann

fühlte sie in sich hinein und maß ihr eigenes Wohlbefinden auf einer Skala von eins bis zehn.

Sieben, dachte sie, während sie ihre freie Hand auf Damiens Brust legte. Sie spürte seinen Herzschlag. Er ging schnell, wie ein steter, kontinuierlicher Techno-Beat.

Und ihr Herz, schlug es im Gleichklang?

Eine solide Sieben, dachte sie.

29.

»Wow, was ist denn hier los?« Sara, die vom Eingang einmal quer durch die Lobby gelaufen war, blieb staunend neben Gretchen stehen. »Sieht so aus, als sei jede Sitzfläche besetzt – und auch die Flächen, auf denen man normalerweise nicht sitzt.«

»Offensichtlich ist Samstagabend Partynacht«, murmelte Gretchen, während sie mit einem kleinen Messer Limetten in winzige Stücke schnitt. »Kannst du Cocktails mixen? Wir kommen kaum hinterher.«

»Ob ich Cocktails mixen kann?« Sara hatte bereits ihre Jacke ausgezogen und lief damit zu Gretchens Büro, um sie mitsamt Tasche dort abzulegen. »Stell dir mich vor, wie ich unter der sengenden Sonne der Karibik in einer Strohhütte am Strand Dirty Margaritas mische«, rief sie, als sie zu ihrer Freundin zurückkehrte. »Da hast du deine Antwort.«

Gretchen rollte mit den Augen. »Du hast wahrlich ein umfassendes Talent in allem«, sagte sie. Sie glaubte Sara kein Wort, aber im Augenblick war das ziemlich egal. Ashley würde ihr schon sagen, was zu tun war.

»Wo ist denn der Rest deiner Crew?«, fragte Sara, während sie Gretchen das Messer abnahm, um weitere Limetten aufzuschneiden. »Ist niemand da, der einspringen kann?«

»Dottie und die anderen sind ohnehin den ganzen Tag im Einsatz. Theo ...« Mit zusammengekniffenen Augen wandte

Gretchen ihren Blick zum Fenster hin, wo sich jedoch nurmehr die hell erleuchtete Lobby im Glas spiegelte. »Das letzte Mal, als ich ihn sah, krabbelte er mit Bruno unter einem der Wohnwagen herum – weiß der Himmel, was die beiden wieder im Schilde führen.«

»Und Nettie?«, fragte Sara.

»Nettie ...« Erneut hob Gretchen den Kopf, um in die Richtung zu sehen, in die ihre Tochter sich zurückgezogen hatte. »Sie hat eben schon mitgeholfen. Aber Damien ist nur noch bis morgen hier, da möchte ich ihr ungern die wenige Zeit stehlen.« Sie seufzte. »Ich bin dir ewig dankbar, wenn du aushilfst, bis Nick hier ist.«

»Mmh«, machte Sara. Sie blickte zwar in Netties und Damiens Richtung, hatte allerdings nur Augen für das Paar, das den beiden auf dem Sofa gegenübersaß. Noah Perry und Heather Mompeller waren so in ihr Gespräch vertieft, dass sie nichts um sich herum wahrzunehmen schienen. Und sie saßen so eng beieinander, dass sich Saras Herz ein kleines Stück zusammenzog. Weshalb sie ihre Augen schnell wieder abwandte.

»Also, was soll ich tun, junger Mann?«

Ashley, der gerade mit einem Tablett voller leerer Cocktailgläser von seinem Rundgang durch das Foyer zurückgekehrt war, grinste Sara an.

»Gläser spülen«, sagte er. »Das wäre schon mal ein guter Anfang.«

Sara zuckte mit den Schultern.

Gretchen schenkte ihr ein mitleidiges Lächeln und machte sich mit einigen Gläsern Wein auf den Weg zu einem der Tische.

Noch einmal warf Sara einen Blick auf das Schauspielerpaar, bevor sie die Ärmel ihrer Bluse nach oben krempelte, sich hinter die winzige Bar zwängte und den Wasserhahn aufdrehte.

Später wusste Sara nicht mehr, ob eine Stunde vergangen war oder drei, denn sie war viel zu beschäftigt gewesen, um auf die Uhr zu sehen. In all den Jahren, die sie jetzt schon in den Gärten von Cornwall und auch für das *Wild at Heart* arbeitete, hatte sie das Foyer des kleinen Hotels noch nie so belebt gesehen.

»Einen Martini-Cocktail, einen Pimm's, einen doppelten Glenmorangie, den 18er.« Ashley ließ einen unleserlich beschmierten Zettel vor sie auf den Tresen flattern. »Und eine Cola für mich, bitte.«

Wie auf Autopilot geschaltet, bückte sich Sara zum Kühlschrank, zog eine Cola hervor, machte einen Strich auf den Block neben dem Kronkorkenkübel und reichte Ashley die Flasche plus Glas. Dann drehte sie sich weg, um die Zutaten für den Martini-Cocktail zusammenzusuchen.

»Miss Gibbs, Sie sind ein Naturtalent«, lobte Ashley anerkennend.

»Ja, nicht? Erstaunlich, wie gut ich Ihren Job mache.« Sara zwinkerte ihm zu. Nachdem Gretchen einmal mehr von einer der Produktionsassistentinnen zu einem Gespräch beiseitegezogen worden war, hatte Ashley die Aufgabe übernommen, Bestellungen aufzunehmen und Getränke auszutragen, während Sara hinter dem Tresen blieb. Sie hatte sich diese Konstellation erbeten, aus guten Gründen. Sara versuchte, nicht allzu oft zu dem Sofa zu sehen, auf dem Noah Perry nach wie vor saß. Es war absolut lächerlich, dass sie sich überhaupt einbildete, sie könne seine Anwesenheit spüren. Als legte sich jedes Mal, wenn er einen Blick in ihre Richtung warf, etwas Heißes auf ihre Haut, das nach seinem Fortgang einen roten Fleck hinterließ. Manchmal gar eine Brandwunde.

»Dann haben wir da noch ... ein Glas Chardonnay, noch einen Whisky, diesmal Laphroaig, und eine Flasche Mineralwasser.« Ein weiterer Zettel glitt vor Sara auf die Theke.

»Gehen diese Leute denn nie schlafen?«, fragte sie, während sie zwei Oliven auf einen Zahnstocher pikste und in den Martini-Cocktail gleiten ließ.

»Es ist erst halb zehn«, gab Ashley zurück. Er zuckte mit den Schultern, klemmte sich sein Tablett unter den Arm und drehte einmal mehr seine Runde.

»Erst halb zehn«, murmelte Sara, während sie das schmale, reichlich vollgestopfte Regal mit den Spirituosen nach dem Pimm's absuchte. »Stehe ich etwa schon zwei Stunden hinter dieser Bar? Ja, sieht ganz so aus. Pimm's, Pimm's, Pimm's, wo bist du, kleiner Scheißer?«

»Dritter von rechts, hintere Reihe.«

»Aaah.« Vor Entsetzen darüber, plötzlich seine Stimme zu hören, stieß Sara einige der Flaschen an und konnte gerade noch verhindern, dass ein Teil des hoteleigenen Alkoholvorrats zu ihren Füßen zerschellte. »Himmel, haben Sie mich erschreckt«, rief sie, als sie sich zu Noah umdrehte. Da stand er, die Ellbogen auf den Tresen und das Kinn auf die gefalteten Hände gestützt. Er grinste, ein offenes, fröhliches Lächeln, das ohne Umwege in Saras Magengrube schoss. Es bereitete ihr Schmerzen, allerdings der fantastischen Art. Solche, die sie beim Anblick eines Hollywood-Herzensbrechers tunlichst nicht empfinden sollte.

»Haben Sie Ihren Job gewechselt?«, fragte er.

»Bedingt«, gab Sara zurück. »So sehr unterscheidet sich die Arbeit hinter der Bar gar nicht von der in einem Garten. In beiden Fällen wird mit Flüssigkeit gedüngt.«

Noah lachte. Und Sara spürte ihr Herz bis zum Hals pochen. Sie sollte sich wirklich nicht so freuen über diese Unterhaltung. Was machte er überhaupt hier bei ihr? Sie widerstand dem Drang, zu dem Sofa zu schielen, auf dem dieser faszinierende Mann gerade noch mit Heather Mompeller gekuschelt hatte – *seiner Freundin* –, doch sie würde nur zu gern wissen, wo sie steckte. Ob Heather jetzt allein dort saß und auf ihn wartete? Ob sie schon nach oben gegangen war, auf ihr Zimmer?

»Ich dachte, ich entlaste den armen Kellner, der den Laden hier so ganz allein schmeißt, und bestelle mir meinen Dünger höchstpersönlich und selbst an der Bar«, erklärte er.

»Das ist überaus löblich.« Sara nickte. »Welche Art Dünger darf es denn sein?«

»Bier bitte. Und ein Glas Pinot noir.« Was Sara einen leichten Stich versetzte, doch sie ließ es sich nicht anmerken.

»Haben Sie einen Augenblick?«, erwiderte sie stattdessen. »Ich muss erst noch diesen Pimm's-Cocktail fertig machen.«

»Sicher.« Noah Perry lächelte immer noch, und er trat einen Schritt zur Seite, als Ashley mit einem Tablett leerer Gläser anrückte, um es auf dem Tresen abzuladen.

»Ich bringe Ihnen Ihre Getränke, wenn Sie wollen«, bot er an, doch der Schauspieler winkte ab. Woraufhin Ashley abermals mit den Schultern zuckte und wieder verschwand.

Sara hielt den Blick gesenkt, während sie das Obst für den Pimm's-Cocktail in kleine, mundgerechte Stücke schnitt. Sie sagte nichts und sah nicht auf, während sie Limonade abmaß und dann den Kräuterlikör, um schließlich beides in das Glas mit den Früchten zu geben.

»Das ist eine ziemlich schöne Bar«, sagte Noah. »Für eine Hotelbar, meine ich.«

»Eigentlich ist es gar keine Bar, sondern die Lobby«,

erklärte Sara, während sie den Cocktail mit Strohhalm und Schirmchen versah und dann nach einem Weißweinglas griff, um Chardonnay einzufüllen. »Wäre die nicht ohnehin schon so gemütlich, würde das mit dem Barbetrieb auch nicht funktionieren.«

Noah brummte zustimmend. »Es stimmt irgendwie alles. Die dicken Teppiche, die tiefen Sessel und Sofas, das knisternde Feuer. Die Musik.« Mit den Fingerspitzen tippte er auf den Tresen, im gleichen Rhythmus, in dem Frank Sinatra *Fly Me To The Moon* sang.

»Hat Ihnen schon mal jemand einen Werbevertrag angeboten? Sie klingen, als könnten Sie so ziemlich alles überzeugend verkaufen.«

»Selbstverständlich«, gab Noah zurück und tippte sich mit denselben Fingern gegen die Schläfe. »Ich bin Schauspieler, oder etwa nicht?«

»Das fragen Sie mich?« Sara lachte.

Noahs Blick wanderte zu ihrem Mund.

»Also, welches Bier darf es sein?«, fragte sie, nachdem sie die ersten drei Getränke für Ashley auf einem Tablett bereitgestellt hatte. »Ale oder Lager, Flasche oder Fass?«

»Ale vom Fass, bitte.«

»Aaah, ein Kenner.«

»Engländer, wohl eher.« Noah sah zu, wie Sara nach einem Pint-Glas griff und es schräg unter den Zapfhahn hielt. »Woher stammen Sie, wenn ich fragen darf? Hier aus der Gegend?«

»Ich komme aus …«, begann sie, und dann brach auf einmal die Hölle los.

»Was zum Teufel?«, fluchte Noah, dann hatte er sich zu Sara hinter die Theke gestellt, gequetscht eher, denn für zwei war auf jeden Fall zu wenig Platz dahinter.

»Entschuldigung«, murmelte er, während Sara versuchte, sich an ihm vorbeizudrängen, um über den Tresen nach der Ursache des plötzlichen Tumults zu suchen.

»Was ist denn auf einmal los?«

Sara schob sich an Noah vorbei und warf einen Blick in die Lobby, die zuvor gut besucht gewesen war, nun aber von Menschen überquoll. Mindestens fünfzig Personen hatten sich durch die Eingangstür ins Foyer geschoben und belagerten das Sofa, auf dem Heather Mompeller gesessen hatte (ob sie es immer noch tat, konnte Sara nicht erkennen – zu viele Köpfe und Rücken versperrten ihr die Sicht).

»Ach, du meine Güte«, murmelte sie. Das Stimmengewirr war lauter geworden, so laut, dass es den guten Frankie übertönte. Sara sah Ashley, der sich durch die Meute schob, um Heather Mompeller zu retten, wie sie annahm, und Gretchen, die von einer anderen Seite die gleiche Anstrengung unternahm. Vom Eingang her strömten noch mehr Menschen in den Raum, und Theo, der sich offenbar inzwischen vor der Schiebetür positioniert hatte, wurde von dem Andrang beinahe von den Füßen gerissen.

»Ich mach das«, rief Nicholas ihr zu, als Sara eben hinter der Bar hervorschoss, um dem alten Theo zu Hilfe zu eilen. Wo auch immer Nick gerade hergekommen war, Sara schlug drei Kreuze, dass er da war, um sie in diesem Chaos zu unterstützen. Gläser gingen zu Bruch in dem Wirrwarr, und tatsächlich kreischte jemand, als sich die Menschenmenge durch das Foyer schob.

»Bring ihn hier raus!« Wieder Nicholas. Sara, die nicht eine Sekunde brauchte, um zu erfassen, wen Nick damit meinte, griff nach Noahs Hand und zog ihn zum Hintereingang.

30.

Es war nicht das erste Mal, dass Noah Perry durch die Hintertür einer Hotelbar in ein Auto geschoben wurde, tatsächlich war es ihm in den vergangenen sechs Jahren des Öfteren passiert: Der Erfolg von *Out of Answers* überschlug sich geradezu, und der Wahnsinn um die Serie setzte einen Impuls in Gang, der einem bergab rollenden Schneeball gleichkam. Alles wurde mitgerissen, was nicht rechtzeitig nach rechts oder links wegsprang. Seine Karriere, seine Privatsphäre, zum Teil sogar seine Würde. Fanatische Fans waren das eine, übergriffige Chaoten das andere. Als er sich im Fußraum von Sara Gibbs Wagen wiederfand, geduckt und mit einer Plane zugedeckt, die nach Feuchtigkeit und Erde roch, rief er sich exakt dasselbe in Erinnerung, das er sich auch an zermürbenden Tagen am Set immer wieder sagte: Augen auf bei der Wahl des Traumjobs. Und dann Augen zu und durch.

»Autsch.«

»Oh sorry, dieses Kopfsteinpflaster ist nicht gerade rückenfreundlich. Aber wir haben es gleich geschafft.«

»Wo sind wir?«

»Auf dem Damm nach Marazion.«

»Und? Sind noch Leute da?«

»Ich sehe niemanden, aber das heißt nichts. Es ist ziemlich dunkel hier draußen.«

»Ist uns jemand nachgefahren?«

»Nicht, soweit ich sehen kann.«

Mit einer Hand schlug Noah die Plane zurück und setzte sich in dem engen Raum umständlich auf.

»Hey, was machen Sie denn da? Wir sind noch nicht aus der Gefahrenzone. In dieser Gegend wimmelt es von alleinstehenden Damen – oder auch nicht so alleinstehenden –, die nur darauf warten, sich auf Sie zu stürzen.«

Über den Rückspiegel warf Sara Noah einen Blick zu, und er erkannte das Lachen in ihren Augen. Intuitiv beugte er sich vor, um den Abstand zwischen ihnen beiden zu verringern. Das war etwas, das er in den vergangenen Tagen oft getan hatte, dachte er. Er hatte versucht, den Abstand zwischen sich und dieser Frau zu verringern, hatte ihre Nähe gesucht.

»Sie machen sich über mich lustig«, stellte Noah fest. »Das ist nicht besonders nett.«

»Ich hab Ihnen gerade das Leben gerettet, oder etwa nicht?«

»Das stimmt allerdings.« Mittlerweile hatten sie den Fahrdamm zwischen Port Magdalen und Marazion verlassen und bogen auf die Hauptstraße ein. »Auch wenn es Ihnen offensichtlich Spaß macht, mich dabei zu quälen. Wohin bringen Sie mich eigentlich?«

»In meine Wohnung.« Erneut warf Sara ihm über den Rückspiegel einen Blick zu. »Wenn das in Ordnung ist. Sie ist mir als Erstes eingefallen.«

Noah nickte. Gerade eben noch langweilte er sich mit Heather vor dem Kamin in der Lobby, nun saß er bei der Frau, die er den ganzen Abend über nicht aus den Augen hatte lassen können. Noah wusste nicht genau zu benennen, was es war, das ihn an Sara Gibbs faszinierte, doch vom ersten Augenblick an hatte er das Gefühl, auf magische Weise in ihren Bann gezogen worden zu sein.

Und nun nahm sie ihn mit in ihre Wohnung. Was Noahs Herzschlag beschleunigte und noch schlimmer wurde, als sie jetzt sagte: »Ich hoffe, Gretchen und die anderen konnten Ihre Freundin in Sicherheit bringen. Am besten rufen wir gleich im Hotel an, wenn wir bei mir sind.«

»Richtig.« Noah räusperte sich, und einmal mehr traf ihn Saras Blick im Rückspiegel ihres Wagens. Dabei hatte er das Wort gar nicht laut sagen wollen, vielmehr war es die Ermahnung an ihn selbst, dass er offiziell mit Heather zusammen war und sich tunlichst von Komplikationen jeglicher Art fernhalten sollte, auch wenn sie noch so schöne Haut und umwerfend schokoladige Augen hatten. Und die Haare ... Sie sahen aus wie dunkler, samtiger Satin. Noah fragte sich, wie sie sich anfühlten, seit er der Gärtnerin das erste Mal begegnet war. Was seine Ausgangsposition nicht gerade verbesserte.

»Da wären wir.« Sara hatte den Wagen in der Einfahrt eines kleinen, zweistöckigen Cottages zum Stehen gebracht, und Noah machte bereits Anstalten auszusteigen, doch sie hielt ihn zurück.

»Augenblick. Ich will nur eben sehen, dass keiner von den Nachbarn hier draußen ist.«

Es musste inzwischen schon reichlich spät sein, dachte Noah. Mindestens zehn. Er fragte sich, ob es nicht besser wäre, gleich zurück ins Hotel zu fahren, denn wie lange konnten sie dort schon brauchen, um der Eindringlinge Herr zu werden? Sicher war die Luft längst wieder rein, und sicher ... sicher wäre es gar nicht nötig gewesen, ihn gleich an einen anderen Ort zu bringen, oder? Sie hätten sich genauso gut in den Stall schleichen können oder in einen der Filmwohnwagen, um dort die Turbulenzen auszusitzen. Trotzdem hatte sie ihn hierhergebracht. Und ein weiteres Mal innerhalb weniger Minuten spürte er, wie sein Herzschlag sich bei dem Gedanken daran beschleunigte, dass diese schöne Gärtnerin womöglich seine Nähe suchte, genauso wie er ihre.

Die Autotür öffnete sich, und Sara steckte den Kopf ins Innere. »Die Luft ist rein«, flüsterte sie. »Hier, halten Sie sich meine Jacke über den Kopf, nur für alle Fälle.«

Noah lachte.

»Was? Ich mache mich nicht über Sie lustig«, sagte Sara grinsend. »Ehrlich nicht.«

»Alles klar.« Noah nahm ihr die Jacke aus der Hand, hielt sie sich über den Kopf und folgte Sara durch das kleine Gartentor den schmalen Weg entlang zur Eingangstür, die Stufen hinauf und hinein ins Cottage, wo sie ihn in den ersten Stock führte, in der ihre Wohnung lag.

»Da wären wir. Willkommen im Hause Gibbs.«

»Hübsch.« Durch die Eingangstür waren sie unmittelbar in einer geräumigen Küche gelandet, wobei Noah schnell klar wurde, dass es sich dabei wohl auch um Saras Wohnzimmer handelte. Es gab eine Sofaecke mit einem kleinen Fernseher, einen gemütlichen, mit Kissen ausgelegten Erker, einen schmalen Kachelofen und nur eine weitere Tür, die, so erklärte ihm seine Retterin nun, in ein Schlafzimmer mit angrenzendem Badezimmer führte.

»Es ist sehr klein, ich weiß«, sagte sie, »besonders, wo Sie doch ... Ich meine, Sie sind vermutlich anderes gewohnt.« Für einen Augenblick hatte Noah den Eindruck, als wäre es Sara auf einmal unangenehm, ihn hergebracht zu haben. Einen Wimpernschlag später lächelte sie wieder. »Bier? Es ist nicht vom Fass, aber ich habe ein sehr gutes Lager im Kühlschrank.«

Sara wusste nur zu gut, dass sie Noah Perry erstens nicht hätte in ihre Wohnung bringen müssen, und dass sie zweitens wahrlich kein Herzklopfen haben sollte, weil sie es dennoch getan hatte. Jetzt war es ohnehin zu spät, dachte sie, während sie ihn beobachtete, wie er es sich in ihrem Erker gemütlich machte. Er telefonierte mit weiß Gott wem von seiner Crew und sah dabei so umwerfend aus, dass sie ihn am liebsten für immer in ihrer Wohnung behalten hätte. Von der Plane, die sie im Auto über ihn geworfen hatte, waren seine dunklen Locken noch ein Stück zerzauster als sonst, und er hatte die Ärmel seines weißen Henley-Shirts nach oben geschoben, was Sara einen ziemlich guten Blick auf seine Unterarme gewährte. Konnten Unterarme tatsächlich sexy sein? Scheint so, dachte Sara, der auf einmal klar wurde, dass sie ihn anstarrte und dabei auf ihrer Unterlippe herumkaute. *Mist. Was mache ich hier?* Als hielte es die Antwort auf ihre Fragen bereit, begann das Handy in Saras Hosentasche zu vibrieren. Eine Textnachricht von Gretchen leuchtete auf, als sie es hervorzog.

Wo hast du ihn hingebracht? In deine Wohnung?

Noch mal Mist.

> Nicholas meinte, bring ihn hier raus, und auf die Schnelle ist mir kein besserer Ort eingefallen.

Das Arbeitszimmer wäre ein besserer Ort gewesen. Der Hintereingang zur Küche. Der Stall. Netties Zimmer. Die Aufnahmeleiterin ist ziemlich wütend, dass Noah Perry Heather hier allein zurückgelassen hat. Sie brüllt gerade in ein Telefon. Ich will gar nicht wissen, welcher arme Tropf sich diese Tirade anhören muss.

> Falls es Noah ist, geht es ihm gut. Er sitzt vor mir und telefoniert, sieht aber ganz entspannt dabei aus.

Wie um sich ihrer eigenen Worte zu versichern, sah Sara auf und zu Noah hinüber, der sie ihrerseits zu beobachten schien. Als sich ihre Blicke trafen, lächelte er, und Sara hob die Hand und winkte, nur um im gleichen Augenblick eine Grimasse zu ziehen.

Winken, Sara? Wirklich?

Schnell richtete sie ihren Blick zurück auf das Handy-Display, wo Gretchen offenbar gerade an einer Erwiderung schrieb. Der Dauer nach zu urteilen, musste das eine reichlich ausschweifende Antwort ergeben, doch als der Text bei Sara aufploppte, stand da nur:

> Pass auf dich auf.

Saras Magen zog sich zusammen bei dem Gedanken an das, was Gretchen nicht geschrieben hatte. *Vergiss nicht, er hat eine Freundin. Das war keine sonderlich schlaue Idee von dir. Der Ärger, den das hier verursacht, hast zu einem großen Teil du zu verantworten. Mach keine Dummheiten. Als ich sagte, du solltest dir wieder einen Mann suchen, meinte ich nicht einen, der schon einer anderen gehört.*

»Alles in Ordnung?«

Als habe man sie bei etwas Verbotenem ertappt, zuckte Sara zusammen und hätte im gleichen Augenblick beinahe ihr Telefon fallen lassen. »Alles bestens«, stammelte sie, doch in seinem Blick las sie, dass ihre Zweifel womöglich in ihr Gesicht geschrieben waren – mit Neonfarbe. Einige

Sekunden lang sahen sie einander an. Dann sprachen beide gleichzeitig.

»Ich kann Sie zurück ins Hotel bringen, sofort, wenn Sie wollen.«

»Wie war das gleich mit dem Bier?«

Einige weitere Sekunden lang starrten die zwei sich an, dann begannen sie zu lächeln, erst Noah, dann auch Sara. Und während sie sich umdrehte, um zum Kühlschrank zu laufen, spielte sich Gretchens Mahnung in ihrem Kopf ab wie eine gesprungene Schallplatte.

Pass auf dich auf. Pass auf dich auf. Pass auf dich auf.

31.

Nachdem Gretchen sich vergewissert hatte, dass Minnie Barnes' kostbarer Hauptdarsteller nicht entführt worden war (also, er *war* entführt worden, aber zumindest drohte ihm keine Gefahr ... keine *ernsthafte* jedenfalls), ließ sie ihr Handy sinken und sah sich für einen Augenblick in der Eingangshalle des Hotels um. Der Sturm auf die Lobby war weitestgehend gebannt. Es war ihnen gelungen, die tobende Meute von weiß der Himmel wie vielen kreischenden Fans nach draußen auf den Vorplatz zu schieben, doch das mittlerweile verlassene Foyer sah aus, als wären mindestens doppelt so viele hier eingefallen und hätten Party gemacht. Gläser und Flaschen lagen verstreut auf dem Boden, Möbel waren verrückt oder umgestoßen worden, eines der Bücherregale war umgekippt. Gretchen rieb sich die Augen. Ihr war auf einmal so, als habe sie genau davor Angst gehabt, als sie den Filmleuten so zögernd ihre Zustimmung gegeben hatte – dass sie das *Wild at Heart* niedertrampeln würden, ohne mit der Wimper zu zucken.

Vor dem Hotel war der Tumult nach wie vor groß. Irgendwer hatte die Polizei gerufen. Die versuchte nun gemeinsam mit der Security, die Menschenansammlung zu zerstreuen und die aufgeregten Fans zurück auf ihren Weg zu schicken, was sich als weniger einfach gestaltete als gedacht.

Einige der Neugierigen hielten sich im Wald versteckt, andere zwischen den Wohnwagen, und wieder andere im Stall, was Nettie ihr berichtet hatte, als sie mit Damien im Schlepptau zu ihr gestoßen war.

»Unglaublich«, knurrte sie, »Paolo war total aufgebracht. Zwei irre Trullas hatten sich in seiner Box versteckt.«

»Die Trullas sind jetzt vermutlich genauso aufgebracht«, sagte Damien an Gretchen gewandt. »Nettie hat sie mit der Heugabel verjagt.«

»Ich hoffe, du hast sie nicht aus Versehen mit der Spitze am Hinterteil erwischt«, sagte Gretchen, doch es klang eher hoffnungsvoll.

Damien lachte. »Vielleicht ist es doch gut, dass Nettie die Waffe hatte, nicht du«, meinte er. »Was ist das hier überhaupt? Woher kommen die ganzen Leute?«

»Ich kann dir sagen, wie so etwas funktioniert«, sagte Nettie trocken. »Du schmierst einen der Security-Leute oder irgendjemand anderen vom Set, und bekommst genau die Info, die du haben möchtest. So ist Damien heute ans Set gekommen, stimmt's?«

Damien zuckte mit den Schultern. »Unglücklicherweise, ja. Scheinbar werden hier jeden Tag Leute durchgeschleust, ohne dass die Produktion davon etwas mitbekommt.«

Gretchen seufzte. »Ich werde das mit Minnie Barnes besprechen. Geht ihr zwei nur schon rein, die größte Aufregung ist vorbei.«

Sie sah ihrer Tochter nach, die mit Damien in die Hotelhalle trat und sofort damit begann, Gläser und Flaschen einzusammeln und Möbel an ihren Platz zu rücken. *Wo steckt eigentlich Theo?*, fragte sie sich. Ihr Schwiegervater machte in diesen Tagen hauptsächlich durch Abwesenheit von sich reden. Und als habe sie ihn mit ihren Gedanken herbeigezaubert, trat er genau in diesem Augenblick durch eine kleine Ansammlung Polizisten auf sie zu.

»Da bist du«, begann er. »Die Polizei sagt, es habe in den sozialen Medien einen Aufruf gegeben, dass Noah Perry sich in der Bar unseres Hotels befände. Deshalb seien so viele auf einmal hierhergestürmt. Es sollen an die zweihundertfünfzig gewesen sein.«

»Einen Aufruf?«, fragte Gretchen. »Und dem folgen zweihundertfünfzig Menschen? Sind die Leute denn verrückt geworden?«

»So läuft das heutzutage, schätze ich.«

»Ich werde mit Minnie sprechen. Dann müssen sie eben die Anzahl der Sicherheitsleute erhöhen, wenn die Möglichkeit besteht, dass wir gestürmt werden. Ich werde nicht zulassen, dass sie unser Hotel überrennen.«

»Recht so. Zeig's der kleinen Minnie Mouse.« Theo kicherte.

»Irgendwann, Theo, beißt dich dein britischer Humor in den Hintern.«

»Was für ein schöner Satz, Gretchen. Daran erkennt man, dass du schon fast eine von uns bist.«

Gretchen verdrehte die Augen. Theo erklärte, er werde Nettie beim Aufräumen helfen, während sie selbst sich einmal mehr nach Mrs. Barnes umsah. Als sie die Aufnahmeleiterin nirgendwo entdecken konnte, beschloss sie, nach Heather zu sehen. Sie war in ihre Suite geflohen, nachdem sich der erste Trubel aufgelöst hatte, und vielleicht war Minnie the Monster ja dort, um das aufgebrachte Gemüt ihres zweiten Superstars zu pflegen.

Wie sich herausstellte, war Heather Mompeller allerdings nur halb so aufgebracht, wie Gretchen angenommen hatte. Zwar musste sie abermals öfter als einmal klopfen und darüber hinaus nach der jungen Frau rufen, doch als sie endlich die Tür zu ihrer Suite öffnete, wirkte Heather weniger aufgeregt als unglücklich. Sie hielt ihr Smartphone umklammert. Und sie machte den Eindruck, als sei Gesellschaft das Letzte, das sie in diesem Augenblick gebrauchen konnte, weshalb Gretchen ihr nur rasch versicherte, dass die Gefahr in der Lobby nun gebannt war (was Heather Mompeller augenscheinlich nicht sehr interessierte) und dass Tumulte dieser Art künftig hoffentlich nicht mehr vorkämen (was sie ebenfalls nur mit einem müden Kopfnicken quittierte). Just in dem Moment, in dem Gretchen die Tür vor der Nase zugedrückt wurde, klingelte auch schon wieder ihr Handy, eine tobende Minnie Barnes am anderen Ende der Leitung, die nach Gretchens Erläuterung darauf bestand zu erfahren, wo genau sich die undichten Stellen in ihrem Team und der Sicherheitsfirma befanden, um diese schnellstmöglich zu entfernen.

Sie hatte dieses Gespräch gerade beendet, als das Telefon erneut zu läuten begann. Nicholas.

»Hey.« Mit Sicherheit klang Gretchen exakt so erschöpft, wie sie sich fühlte.

»Hey, wo steckst du?«

»Erster Stock, dritte Tür links.«

Nicholas lachte. »Und? Wie geht es der Diva?«

»Kann ich nicht so genau sagen. Sie hat mir die Tür vor der Nase zugeschlagen.«

»Aaah«, sagte Nick. »So gut also. Und ihrem Freund?«

»Den hat Sara entführt.«

»Wie bitte?«

Gretchen seufze. »Ich erklär's dir später, okay?« Sie lehnte sich mit dem Rücken gegen die Wand und atmete einmal tief ein. Irgendetwas hielt sie davon ab, dieses sichere, ruhige Obergeschoss gleich wieder zu verlassen, zumal Nicholas' sanfte, dunkle Stimme sie zusätzlich einlullte. »Erzähl mir was Schönes«, bat sie.

»Schön, im Sinne von ... Alles wird gut?« Nicholas lachte leise. »Die Polizei macht große Fortschritte damit, den Massenauflauf da draußen zu zerstreuen. Das gröbste Chaos in der Lobby ist beseitigt. Minnie Barnes' Geschrei ist durch die geschlossene Eingangstür kaum mehr zu hören.«

»Kaum mehr?«

»Nun. Man versteht schon noch jedes Wort«, räumte Nick ein, »aber sehr viel leiser. Es klingt nur noch halb wie ein Amoklauf, wobei ich dennoch bezweifle, dass ihr Security-Team das überlebt. Sie hat mit Pest und Cholera gedroht, wenn sie diejenigen ausfindig macht, die das Ganze hier verursacht haben. Ich möchte wetten, dass sie das komplette Sicherheitsteam austauschen lässt und die Kabelträger noch dazu.«

»Vielleicht möchte sie auch die Location wechseln. Ich hätte nichts dagegen.«

Noch einmal lachte Nicholas, und Gretchen wurde ganz wohl bei der Wärme, die seine Stimme ausstrahlte.

»Wo bist du?«, fragte sie.

»Erster Stock, erste Tür rechts.«

Gretchen sah im selben Augenblick auf, in dem Nick um die Ecke trat, Handy am Ohr. Gleichzeitig ließen sie ihre Telefone sinken, gingen aufeinander zu und schlossen einander in die Arme.

Wäre doch nur alles so einfach, wunderbar und aufbauend wie eine Umarmung von Nicholas, dachte Gretchen, als sie einige Minuten später mit ihm gemeinsam ihre Wohnung betrat. Minerva Barnes hatte nicht lockergelassen, bevor Gretchen eingewilligt hatte, Damien und Nettie nach der *Sicherheitslücke* zu fragen, durch die sie heute ans Set gelangt waren. Es war inzwischen beinahe halb elf, und sie konnte sich Besseres vorstellen, als ihre Tochter und deren ... Freund? Kumpel? Wusste man es so genau? ... an ihrem letzten gemeinsamen Abend zu stören.

»Diese Frau«, grummelte sie, kurz bevor sie Netties Zimmertür erreicht hatten. »Macht ihrem Namen alle Ehre.«

»Minerva? Wofür steht der Name denn?«

»Klingt wie eine Oberbefehlshaberin, oder etwa nicht? Minerva meldet sich zum Dienst. Stillgestanden, hier kommt Minerva!«

»Du bist niedlich, wenn du wütend bist.« Von hinten legte Nicholas beide Arme um Gretchen und zog sie an sich. Langsam küsste er ihren Nacken entlang, während seine Hände über ihren flachen Bauch strichen.

»Niedlich«, echote Gretchen, doch sie schnurrte dabei, während sie wie automatisch ihre Augen schloss und sich nach hinten, gegen Nicks breite Brust, fallen ließ.

»Mmh«, machte Nicholas.

»Aaaaah«, stöhnte eine helle Stimme.

Gretchen riss die Augen wieder auf, im selben Moment ließ Nick seine Hände sinken.

»Aaaah, uuuuh«, stöhnte es.

»Was ist das?«, fragte er flüsternd. Gretchen hörte das Lachen in seiner Stimme, doch ob der Richtung, aus der sie das Stöhnen vernahm, war ihr selbst weniger zum Lachen zumute.

»Oh Gott, uuuh ...«

»Das ...« Ruckartig löste sich Gretchen aus Nicks Umarmung. »Das kommt aus Netties Zimmer.« Sie flüsterte zwar ebenfalls, doch irgendwie klang es fast wie geschrien. »Was machen die da drin? Es hört sich an, als hätten sie ... als würden sie ...«

»Ist sie mit Damien da drin?«

»Mit wem sonst? Ich meine, ich hoffe es, ich ...«

»*Oh, oh, oh Gott!*«

»Nicholas!« Gretchen starrte ihren Liebsten an, während sie mit einem Ohr an der Tür zum Zimmer ihrer Tochter klebte, obwohl die Sexgeräusche ohnehin lauter und lauter wurden. »Was sollen wir denn jetzt machen?«

»Ja, ja, ja!«, tönte es durch die Zimmertür.

Gretchen starrte Nicholas an, er starrte auf den Türknauf. Für einige Sekunden und zu mittlerweile beider Entsetzen dauerte das Stöhnen an, dann war plötzlich Ruhe.

Jemand murmelte etwas.

Was jetzt?, fragte Gretchen lautlos, doch Nick schüttelte nur den Kopf. Er hatte keine Ahnung, wie man damit umging, wenn man die eigene Tochter beim Sex erwischte. Beim reichlich verfrühten, definitiv für dieses Alter zu ausschweifenden Sex.

Gretchen nahm Nicholas bei der Hand, zog ihn zurück zu der Tür, die in die Lobby führte, und schlüpfte hinaus.

»Gott, ich hoffe, das war nicht das, wonach es sich angehört hat«, sagte sie.

»Nun, wo du es jetzt so sagst – *Gott* scheint auf jeden Fall etwas mit dieser Sache zu tun gehabt zu haben.«

»Nick!« Gretchen schlug ihm auf die Schulter. »Das ist nicht witzig!«

»Ich weiß. Es ist nur irgendwie ...« Er verkniff sich ein Lächeln, das sah Gretchen genau, und sagte ganz ruhig: »Du solltest jetzt kein Drama daraus machen.«

»Das kann nur einer sagen, der selbst keine Kinder hat«, erwiderte Gretchen gereizt.

»Sie ist sechzehn.«

»Ganz genau – *sechzehn*!«

»Mit sechzehn, da …«, begann Nicholas, doch als er dabei zusah, wie Gretchens Augen schmaler wurden, setzte er den Satz intelligenterweise nicht fort. »Wenn du Nettie jetzt in eine richtig peinliche Situation bringst«, sagte er stattdessen, »traumatisierst du sie am Ende.«

Gretchen schwieg, während sie mit den Fingern auf dem Türknauf herumtippte. Schließlich nickte sie. »Lass uns noch mal reingehen, aber diesmal machen wir richtig viel Lärm. Und zwar so lange, dass die zwei eine Chance haben, sich wenigstens notdürftig zu bedecken.«

Nick gab einen Laut von sich, der schwer danach klang, als wollte er lachen, am Ende aber hustete er nur und nickte. Er griff schon nach dem Knauf, um Gretchen die Tür zu öffnen, als sie seine Hand festhielt und stattdessen mit der Faust gegen das Holz hämmerte. »Ha!«, rief sie dabei so laut, dass Nicholas zusammenzuckte. »Das ist ja wirklich zu witzig, das muss ich sofort Nettie erzählen. HAHA!«

Brüllend wie ein Bär riss Gretchen die Tür auf, um dann wie ein Kamel in den Gang zu trampeln.

»Was willst du Nettie erzählen?«, rief Nick über ihre Schulter.

»Na, dass …«, rief Gretchen, bevor sie Nicholas einen verärgerten Blick zuwarf und »*Keine Ahnung*« raunte. Stattdessen trampelte sie noch ein wenig mehr, zwar langsam, aber bedrohlich laut in Richtung Netties Zimmertür.

»Minerva, die Schreckliche möchte wissen, wer von der Security sich hat schmieren lassen«, brüllte sie jetzt.

»Ah«, schrie Nick. »Und Nettie weiß darüber etwas?«

»Ja«, rief Gretchen, und allmählich hatten ihre Stimmen etwas Theatralisches angenommen, so, als stünden sie auf einer

Bühne und wollten mit ihrem Dialog auch noch die obersten Ränge erreichen. »Das denke ich schon. Sie und Damien ...«

»Mum?«

Gretchen zuckte zusammen, als hinter ihr die Tür aufflog und Nettie im Rahmen stand. »Was ist denn hier los?«, fragte sie. »Wieso schreit ihr rum, und was soll dieses gestelzte Gerede?«

»Ähm«, gab Gretchen zurück, doch für den Moment fehlten ihr die Worte. Nettie sah ganz und gar entspannt aus, bekleidet von Kopf bis Fuß, die Wangen nicht gerötet, die Augen nicht glasig, die Haare nicht zerzauster als sonst auch. Hinter ihr steckte Damien den Kopf zur Tür heraus. Er kaute und hielt eine Packung Chips in der Hand. »Probt ihr ein Theaterstück oder sowas?«, fragte er.

»Nein.« Nicholas, der sich schneller wieder gefangen hatte als Gretchen, legte seiner Freundin einen Arm um die Schultern. »Minerva Barnes möchte wissen, wem ihr Geld dafür gegeben habt, um ans Set zu kommen.«

»Ah.« Damien nickte. Gerade wollte er zu einer Antwort ansetzen, da platzte Gretchen dazwischen:

»Wir haben euch doch nicht bei irgendetwas gestört, oder? Es klang ... es klang ...« Hilfesuchend sah sie zu Nick.

»Laut«, sagte der.

Damien nickte. »Das ist die alte VHS-Kassette. Der Ton ist schrecklich, wir mussten aufdrehen bis zum Anschlag.«

»VHS-Kassette«, wiederholte Gretchen.

»Ein Videofilm, Mum«, erklärte Nettie und verdrehte die Augen. »Deine Generation müsste den Ausdruck doch eigentlich noch kennen.«

»Meine ...«, begann Gretchen, doch als habe sie eben beschlossen, dass sie beinahe wie ein Papagei klang, klappte sie ihren Mund wieder zu.

»Was habt ihr angeschaut?«, fragte Nicholas harmlos.

»*Harry und Sally.*«

»*Harry und* ...«, begann Gretchen erneut, dann schüttelte sie sich. »Okay«, rief sie stattdessen. »Dann wollen wir nicht weiter stören!« Womit sie Nettie geradezu zurück in ihr Zimmer schob, bevor sie die Tür zuzog und ihr Gesicht in Nicks T-Shirt vergrub, alles aus einer Bewegung heraus. Sie begann zu kichern.

»Was?«, fragte Nicholas, doch als Gretchen an seiner Brust zu vibrieren begann, musste er mitlachen. »Was ist so witzig?«

»Pssst.« Gretchen zog ihn von der Tür weg mit sich in die Küche. Dort schlang sie ihm die Arme um den Hals und drückte einen Kuss auf seine Lippen. »*Harry und Sally*«, sagte sie. »Die Orgasmus-Szene. Legendär.«

»Die Orgasmus-Szene?« Nick zog die Brauen nach oben.

»Du hast den Film nie gesehen?«

»Ich kann mich nicht erinnern.«

»Hättest du ihn gesehen, würdest du sich an *diese* Szene erinnern.« Gretchen seufzte. Dann ließ sie ihre Wange erneut gegen Nicholas' Brust sinken und sagte: »Ich spiel sie dir bei Gelegenheit vor«, bevor sie erneut zu lachen begann.

32.

»Hilfe, was war das denn?« Mit gerunzelter Stirn starrte Nettie auf die Tür, durch die ihre Mutter sie gerade eben geschoben hatte.

»Keine Ahnung.« Damien wirkte genauso ratlos wie sie. Dann allerdings führte er sich die vergangenen Minuten noch einmal vor Augen, dachte an die Satzfetzen, die er verstanden hatte – Minverva, Security und so weiter, und dass Gretchen gar nicht mehr danach gefragt hatte. Stattdessen hatte sie Damien und Nettie angesehen, als habe sie sie gerade bei etwas wirklich Unangenehmen ertappt, bei etwas ... Er schlug sich eine Hand vor die Stirn und brach dann in Gelächter aus.

»Was?«, fragte Nettie. »Was ist so witzig?«

»Ich denke«, begann Damien, »der Fernseher war vielleicht ein bisschen zu laut.« Er warf Nettie einen vielsagenden Blick zu.

»Zu laut? Inwiefern?«

»*Aaah*«, machte Damien, »*oh Gott, ja, ja, ja.*«

»Oh nein!« Nettie schlug beide Hände vors Gesicht, um dann durch ihre gespreizten Finger auf Damien zu starren, der wieder zu lachen begonnen hatte. »Du denkst, meine Mutter hat gedacht ...« Der Schock stand ihr ins Gesicht geschrieben, sodass ihr Freund sich kaum mehr halten konnte. »Das ist nicht witzig!«, schimpfte Nettie. »Das ist megapeinlich! Sie kann doch nicht wirklich denken, dass wir ... dass wir ...«

»Hey, beruhig dich. Ich denke nicht, dass sie es jetzt noch glaubt, nachdem sie uns gesehen hat. Und weiß, dass wir *Harry und Sally* angeschaut haben. Jeder kennt diesen Film, erst recht in ihrer Generation. Und jeder kennt die berühmte Orgasmus-Szene.«

Bei dem letzten Wort zuckte Nettie unmerklich zusammen – es war unangenehm genug, sich diese Szene anzusehen (Nettie war groß darin, sich für andere zu schämen), sie hatte nicht vorgehabt, sie auch noch mit Damien zu analysieren.

»Fein«, sagte Nettie, obwohl es alles andere klang als das. Sie stiefelte geradezu zurück zum Bett, ließ sich darauffallen und griff nach der Fernbedienung.

Damien setzte sich neben sie. Er grinste immer noch.

»Was?«

»Warum bist du so sauer?«

»Weil du die Sache offenbar nicht ernst nimmst! Nach allem, was meine Mutter weiß, sind wir inzwischen *ein Paar*, und dann hört sie solche Geräusche aus meinem Zimmer! Und sie muss denken, wir treiben was weiß ich was auf diesem Bett. Das, was Kaninchen sonst machen. Ich bin sechzehn, Himmel noch mal.«

»Kaninchen?« Noch einmal wirkte es so, als würde Damien in Gelächter ausbrechen wollen, doch in letzter Sekunde hielt er sich zurück. »Das kann nicht dein Ernst sein, Nettie«, sagte er stattdessen. »Und der von deiner Mutter ehrlich gesagt auch nicht. Was dachte sie denn, was wir hier drinnen anstellen? Einen Porno drehen? Ich meine, dieses Gestöhne, das kann doch unmöglich jemand für echt halten.«

»Ach, und wieso nicht?«

»Weil so niemand klingt beim Sex. Niemand!«

»Und das weißt du, weil ...« Nettie starrte Damien an. Sie war gerade weit entfernt von peinlich berührt, vielmehr empfand sie hauptsächlich Wut. Wieso stellte er sich auf einmal so hin, als hätte er so viel mehr Erfahrung als sie? Wie viele Freundinnen hatte er denn schon gehabt, bitte schön? Und mit wie vielen von ihnen geschlafen?

»Nettie ...«

»Scheinbar wissen wir viel weniger voneinander, als wir dachten«, sagte sie, und es klang reichlich bitter. »Endlich mal ein Punkt für die Negativ-Liste würde ich sagen. Da herrscht ohnehin ein kleines Ungleichgewicht.«

»Was für eine Negativ-Liste?«

Nettie zuckte mit den Schultern. Von der Seite warf Damien ihr einen misstrauischen Blick zu.

»Was für eine Negativ-Liste, Nettie?« Er betrachtete seine Freundin, die Augen jetzt zu schmalen Schlitzen geformt.

»Und wieso hast du diesen Film mitgebracht?«, fragte sie. »Um mich in eine blöde Situation zu bringen? Um mir klarzumachen, dass du viel erfahrener bist als ich?«

»*Was?*« Wieder lachte Damien, doch er wirkte gar nicht mehr amüsiert. »Spinnst du jetzt völlig? Ich hab den Film mitgebracht, weil es der Klassiker ist, wenn es darum geht, dass aus Freundschaft irgendwann mehr wird, und dass das funktionieren kann.«

Gut. Womöglich hatte er das so direkt gar nicht sagen wollen, denn in der Folge wurde Damien rot. »Der Film widerlegt außerdem die These«, erklärte er, deutlich leiser jetzt, »dass Männer und Frauen nur Freunde sein können.«

»Was soll das jetzt wieder heißen? Wir sind seit Jahren *nur* befreundet!« Nettie war so aufgebracht, sie sprang mit einem Satz vom Bett und baute sich vor Damien auf, der ebenfalls aufgestanden war.

»Weil wir Kinder waren«, sagte er beinahe ebenso empört.

»Ach, und von einem Jahr aufs andere sind wir erwachsen geworden, ja?«

»Worauf willst du eigentlich hinaus, Nettie? Du warst diejenige, die mich noch mal küssen wollte, und du warst auch diejenige, die mit mir in der Lobby Händchen halten wollte, weshalb nicht nur deine Mutter nun denkt, dass wir ein Paar wären, wie du vorhin selbst so trefflich angemerkt hast.«

»Aaargh«, rief Nettie, und dann raufte sie sich tatsächlich die Haare.

Damien lachte.

»Hör auf damit! Hör auf zu lachen, immer wenn es ernst wird!« Sie machte einen Schritt auf ihren Freund zu und schlug mit der Faust gegen seine Brust, was Damien nur noch mehr anstachelte. »Wenn ich gewusst hätte, dass das so schwierig ist«, schrie Nettie, »dann ...«

»DANN?«

»DANN HÄTTE ICH MICH NICHT IN DICH VERLIEBT, DU IDIOT!«

Die Stille, die diesem Satz folgte, war so vollkommen, wie Netties Gebrüll zuvor, laut gewesen war.

Damien lachte jetzt nicht mehr.

Nettie atmete schwer, und ihre Haare, ohnehin eine vogelnestähnliche Kreation, standen in alle Richtungen ab. Niemals in seinem Leben hatte Damien sie als liebenswerter empfunden.

Statt den Mund zu öffnen und noch ein falsches Wort von sich zu geben (wahlweise Gelächter), schloss Damien sie in seine Arme. Er hielt sie fest, und Nettie sackte ein Stück gegen seine Brust, entweder vor Erleichterung oder einfach nur, um ihren hochroten Kopf zu verbergen.

Und während Damien noch blind über Netties Schulter auf deren Schreibtisch starrte, blinzelte er auf einmal.

Zweimal.

Und dann, als ihm klar wurde, was er da sah: »Was ist das? Ist das etwa diese *Liste*?«

Netties ominöse Liebes-Liste

Damien

Bester Freund — pro oder contra?
Everybody's Darling (auch Charlottes ...)
Brighton vs. Cornwall =

         Eifersucht
         Unsicherheit
         Vertrauen?

Romantisch
Humorvoll
Selbstbewusst
Schmetterlinge ...
Stimmt die Chemie?
Kann ich mir vorstellen, mit ihm Sex zu haben?

Kevin

Schulfreund
Witzig, sportlich, gut aussehend
Schon einige Monate mehr als freundlich ...
Lebt in Penzance (Pluspunkt)
Typischer Junge
Wenig Interessen, außer Sport
Stimmt die Chemie?
Kann ich mir vorstellen, mit ihm Sex zu haben?

Freundschaft — Liebe —
Können Jungen und Mädchen nur Freunde sein?
Ja!
    Wenn man sich gut kennt
    Wenn man nicht in <u>dieser</u> Weise denkt
    Wenn ...
Nein!
    Anziehung, Spannung, Gegensätzlichkeit, Neugier
    Weil einer mehr will als der andere?
    Ungleichgewicht
    Weil man vielleicht immer schon verliebt war, ohne es zu wissen
    Weil ES zwischen einem steht (ES = SEX)
Kevin im Vergleich zu Damien (1 bis 10)
    Gespräche 2/9
    Schmetterlinge 3/9
    Küsse 4/9
    Boyfriend-Potenzial ... woher soll ich das wissen???
Listen sind bescheuert.
Diese Listen führen zu gar nichts ...

33.

Es war so leicht, sich mit Noah Perry zu unterhalten. In der Stunde, in der sie über alles Mögliche gesprochen hatten (von seinem Heimatort über Saras Eltern und ihre Arbeit als Gärtnerin zu den Gärten des National Trust und dem *Wild-at-Heart*-Hotel), vergaß Sara beinahe, wen sie vor sich hatte: einen überaus attraktiven, über alle Maßen erfolgreichen, womöglich stinkreichen, auf jeden Fall aber fest vergebenen Hollywoodstar. Der wiederum, doch das konnte Sara in diesem Augenblick nicht wissen, ganz ähnlich empfand wie sie. Als würde er diese wunderschöne Frau, die da unverkrampft und im Schneidersitz auf einem alten Polstersofa lümmelte, schon ewig kennen, und als würde sie in ihm einfach nur einen Menschen sehen, nicht den Schauspieler oder den Star, den so viele um ihn herum nicht mehr ausblenden konnten.

»In einem Garten zu arbeiten ist unheimlich entspannend«, erklärte Sara gerade. »Das hat natürlich damit zu tun, dass man die meiste Zeit draußen an der frischen Luft ist. Ich meine, es sei denn, man wühlt in einem Gewächshaus herum, oder – noch schlimmer – unter den Kuppeln des Eden Projects.« Sie zögerte einen Moment. »Kennen Sie das? Das ist ein botanischer Garten. Die Gewächshäuser sind die derzeit größten der Welt.«

»Ich bin der Sohn einer Floristin«, gab er zurück, und Sara mochte ihn gleich noch ein bisschen mehr für die

Tatsache, dass er offensichtlich stolz auf diese Herkunft war.

»Oh, aber ja«, sagte sie in gespielter Ehrfurcht. »Wie konnte ich das vergessen?«

»Ganz genau. Wie konnten Sie nur?« Er lächelte sie an, und Sara fand, dass er sich ganz hervorragend machte in ihrem abgewetzten Sessel (den er wahrlich aufwertete, das ließ sich nicht anders sagen) und vor ihrem kleinen Kamin, in dem ein Feuer knisterte, das den Raum in eine betörende Wärme lullte. Oder war es gar nicht die Wärme, die Sara betörte? Im Geiste zog sie sich selbst eine Grimasse. Natürlich war es nicht die Wärme. Sie war ein richtig dummes Huhn.

»Sehen Sie Ihre Mutter oft?«

»Zu selten, leider. Es wurde schon, bevor ich in die USA gezogen bin, immer schwieriger, nach Hause zu fahren, doch seit ich in L. A. bin …« Noah schüttelte den Kopf.

»Dort, wo Ihre Mutter lebt, ist Ihr Zuhause?«

»Es ist meine Heimatstadt. Und es ist England. Ich bin sehr, sehr britisch.«

»Ja?« Sara lächelte.

»Hier merkt man es sicher nicht so, aber in den Staaten bin ich quasi die Kaulquappe unter den Fischen.«

Sie nippten an ihren Getränken, Scheite knackten, und Noah dachte, dass er schon lange keine solche Ruhe mehr empfunden hatte, keine solche Wärme, die ganz und gar nichts mit dem Feuer in seinem Rücken zu tun hatte.

»Haben Sie sich je überlegt, nach England zurückzukommen?«, fragte Sara.

»Mehr als einmal. Und jedes Mal erschien es mir zu unpraktisch. Der überwiegende Teil der Arbeit spielt sich in Los Angeles ab. Die Flüge dauern höllisch lange. Und ich bin nicht gerade ein Freund davon.«

»Angst?« Sara grinste, und Noah starrte mit gespielter Empörung zurück. »Und wenn es so wäre? Ein bisschen mehr Empathie, Mrs. Gibbs.«

»Miss.«

»Oh, okay, Miss.« Er grinste ebenfalls, doch auf einmal war da wieder sein dämlicher Herzschlag, den er bis in den Hals spürte. Er fragte sich, warum eine Frau wie Sara nicht verheiratet war. Oder war sie es gewesen und jetzt womöglich geschieden? Hatte Sara wenigstens einen Freund? Die Antworten auf diese Fragen würde er zu gern erfahren, aber es stand ihm absolut nicht zu, sie einzufordern. Es war schlimm und heuchlerisch genug, dass es ihn überhaupt interessierte.

Und als seien Saras Gedanken in eine ganz ähnliche Richtung abgedriftet, fragte sie plötzlich: »Was ist mit Ihrer Freundin? Heather, richtig? Sie lebt in England, oder?«

Noah starrte sie an. Dann blinzelte er. Und Sara, nichtsahnend, was dem Schauspieler gerade durch den Kopf ging, erinnerte sich daran, dass die Beziehung der beiden ja noch geheim gehalten wurde und sie offiziell gar nicht davon wissen durfte.

»Oh, Entschuldigung«, fügte sie deshalb schnell hinzu. »Gretchen Wilde hat mir davon erzählt. Offenbar sollte sie ihre Mitarbeiter informieren, damit auch sicher nichts von dem, was am Set und im Hotel passiert, nach außen dringt.«

»Ah«, machte Noah. Er nickte. »Ja, also, Heather ...«, begann er, doch Sara unterbrach ihn. »Sie könnten mehr in England arbeiten«, schlug sie vor. »Ich meine, wer weiß, vielleicht wird diese Serie auf Port Magdalen der absolute Renner, und Sie drehen noch zwanzig weitere Staffeln davon.«

»Es gibt keine Serie mit zwanzig Staffeln«, erwiderte Noah sofort.

»*Dr. Who*«, erwiderte Sara. »*Die Simpsons. Grey's Anatomy.*«

»*Grey's Anatomy?*«

»Nun, vielleicht sind es noch keine zwanzig Staffeln, aber ich könnte Sie mir sehr gut vorstellen als Arzt, ganz geschäftig, mit Stethoskop um den Hals und ...« Und *sexy,* hätte Sara noch hinzufügen wollen, ließ es aber bleiben, und als wüsste Noah sehr genau, welches Wort hier ausgelassen wurde, ging er nicht weiter darauf ein. Stattdessen lachte er, ziemlich laut sogar.

»Geben Sie es zu, Sie haben *Out of Answers* nie gesehen.«

»Ist das die Serie, die Sie bekannt gemacht hat?«

Noah nickte.

Sara schüttelte den Kopf. »Nein, leider. Aber ich werde das nachholen, ganz sicher!«

»Machen Sie das besser nicht. Denn dann wird sich das Bild, das Sie von mir als Schauspieler haben, womöglich nicht mehr viel länger halten lassen. Es wird geradezu *barbarisch* demoliert werden, schätze ich.«

»Die Betonung liegt auf barbarisch?«

»Unbedingt.«

»Heißt das, Ihr Spezialgebiet sind nicht schnuckelige Männer in maßangefertigten Kitteln?« Für eine Sekunde hätte Sara schwören können, Noah sei rot geworden, sofern das für eine Sekunde überhaupt möglich war. Dann überspielte er seine Verlegenheit mit einem Grinsen.

»Momentan würde ich mein Spezialgebiet eher als animalisch bezeichnen«, entgegnete er, und nach einer kurzen Pause begannen beide zu lachen. Und Sara ... sie fragte sich, für einen flüchtigen Moment, aber zum wiederholten Mal, was sie hier eigentlich tat.

»Möchten Sie noch eins? Ich werde jetzt aufhören mit dem Rotwein.« Zur Bestätigung fuchtelte sie mit der Hand in Richtung ihres Glases, das mittlerweile ebenso leer war wie Noahs Bierflasche. Bereits die zweite, seit sie hierhergekommen waren. »Sie brauchen sich keine Sorgen zu machen, ich bringe Sie sicher wieder zurück ins Hotel. Es sei denn, Sie möchten hier auf dem Sofa campieren. Man weiß nie, wer in den Bäumen vor dem *Wild at Heart* noch auf Sie lauert.« Wieder lachte sie, und auf einmal wurde Noah bewusst, wie nervös sie klang. Und auch er fragte sich, was er eigentlich hier tat – ein paar Tage vor der Pressekonferenz, in der die Welt erfahren sollte, dass er mit Heather Mompeller zusammen war. Als Sara eben ihren Namen erwähnte, hätte er beinahe einen Herzstillstand erlitten. Und das, obwohl er streng genommen überhaupt nichts Unrechtes tat. Dass es sich dennoch so anfühlte, das war ... schwer zu ertragen.

Er stellte die leere Flasche auf dem Sofatisch ab und stand auf.

»Ich denke, es ist besser, ich gehe jetzt. Morgen muss ich sehr früh raus, und ... ich kann ein Taxi rufen.«

Sara blinzelte, als wollte sie sich aus einem Traum wachrufen, dann räusperte sie sich. »Ein Taxi? In Marazion? Nach 23 Uhr?«, fragte sie, während sie ebenfalls aufstand und ihr Glas zur Küchenanrichte trug. Sie versuchte, sich ihre Enttäuschung nicht anmerken zu lassen. Was hatte sie sich vorgestellt? Dass sie noch stundenlang mit Noah Perry zusammensitzen könnte, in ihrer winzigen, beengten, ziemlich betagten Wohnung? Dass er hier Wurzeln schlagen würde, während seine Freundin im Hotel auf ihn wartete, höchstwahrscheinlich reichlich verärgert, weil sich ihr Auserwählter so gar nicht mehr blicken ließ? *Ich bin wirklich eine dumme Pute*, dachte Sara. *Eine dumme, ignorante, unloyale Pute.* Wer war sie auf einmal, dass sie sich an Männer hängte, die bereits vergeben waren?

»Es war sehr schön hier bei Ihnen«, sagte Noah zu ihrem Rücken. »Ich hab mich schon lange nicht mehr so wohl gefühlt.«

»Ja«, war alles, was Sara darauf erwiderte.

Pass auf dich auf, dachte sie. *Pass auf dich auf. Pass auf dich auf.*

Ende November

*Böse Presse,
hässliche Heimlichkeiten und
ein folgenschwerer Kuss*

34.

Theo hätte nicht sagen können, was genau mit Nettie los war, allerdings wirkte sie nach dem Wochenende mit Damien noch launischer als die Monate zuvor. Die beiden hatten sich lautstark gestritten – so laut, dass er es bis hinaus in seinen Wohnwagen gehört hatte. Unmittelbar danach hatte Damien seine Sachen gepackt, er hatte nicht mal bis Sonntagmorgen gewartet. Sonntagnachmittag dagegen war ein junger Mann hier aufgetaucht, den Theo nie zuvor gesehen hatte. Oder womöglich hatte er ihn schon einmal gesehen, bei einer von Netties Schulaufführungen, vielleicht bei einem Geburtstag, doch war ihm der Junge kein Begriff, bevor er am Sonntag hier erschienen war und mit seiner Enkelin in deren Zimmer verschwand. Kevin hieß er, immerhin so viel hatte Theo mitbekommen. Und dass Gretchen genauso wenig über ihn wusste wie er.

Was seine Schwiegertochter betraf, war die erfreulicherweise um einiges besser gelaunt als ihre Tochter. Nicholas verbrachte sehr viel seiner freien Zeit im Hotel und half, wo es nötig war. Und die Gelassenheit, die der Mann ausstrahlte, schien auf irgendeine Weise auch auf Gretchen abzufärben. Nichts konnte ihr dieser Tage etwas anhaben. Keine Schauspielerin mit Sonderwünschen, kein Regisseur, der mehr bellte als fragte, und auch keine Minnie Barnes, die eine Pressekonferenz in einen Staatsakt verwandelte, mit Gretchen als ihre Exekutive sozusagen, die ausführende Kraft, die Minnies Visionen in die Tat umzusetzen hatte.

»Wir brauchen in jedem Fall noch mehr Stühle da drüben«, erklärte Minerva gerade, während sie zwischen den Reihen hindurchmarschierte wie ein Flamingo auf der Balz. »Es haben sich mehr als fünfzig einschlägige Journalisten angekündigt, wir müssen die Sitze näher zusammenstellen.«

»Aye, Aye, Käpt'n«, murmelte Theo und begann, die Stühle platzsparender anzuordnen, während Gretchen einem der jungen Männer, die die ausgeliehenen Möbel geliefert hatten, erklärte, er möge noch mehr herankarren. »Test, Test«, raunte jemand in ein Mikrofon, dann pfiff eine Rückkopplung durch den Raum, die sich gewaschen hatte. Gretchen zischte. Theo hielt sich mit der Hand ein Ohr zu und schob mit der anderen Stühle zurecht. Nettie, die ohnehin den ganzen Tag schon ein missmutiges Gesicht zur Schau getragen hatte, blickte noch viel missmutiger drein. Theo nahm sich vor, mit seiner Enkelin ein ernstes Wort zu sprechen, sobald dieser Zirkus hier vorbei war.

»Wo sollen die Getränke hin?«

»Gibt es jemanden, der die Anmeldungen im Kopf hat?«

»Wer ist für die Namensschilder zuständig? Hat die schon jemand angefertigt?«

Theo blendete die Stimmen aus, während er durch das zweckentfremdete Restaurant lief und seiner Schwiegertochter half, wo er nur konnte.

Am Ende, sprich, an jenem Mittwochnachmittag standen sie schließlich zu dritt nahe der Tür, um der Pressekonferenz zu lauschen und gegebenenfalls einzugreifen, falls Minnie the Monster oder einer ihrer Schergen noch etwas benötigen sollte. Gretchen trug ihre Hoteluniform wie eine

Rüstung. Nach wie vor konnte nichts und niemand ihrem stoischen Gemüt etwas anhaben. Als habe sie seit ihrem unfreiwilligen Bad im Hafenbecken letzten Sommer einfach beschlossen, sich von niemandem mehr aus der Ruhe bringen zu lassen. Sie hatte sich sogar bezüglich der sogenannten *Gastgeschenke* (als wäre man auf einer Hochzeit!) durchgesetzt, da sie sich geweigert hatte, sie einzupacken, weshalb die Produktionsfirma sie nun selbst zur Verfügung gestellt hatte. Schmale schwarze Samtbeutel waren das, in denen sich ein Datenstick befand, von dem sich Theo hatte sagen lassen, dass er ein exklusives Stück Filmmusik enthielt sowie einige Fotos vom Set. Daneben gab es ein bebildertes Hochglanzheftchen, in dem die Serie vorgestellt wurde, sowie ein paar Schokoladenschildkröten, die den alten Mann ins Grübeln brachten. Er hatte nicht gewusst, dass Schildkröten in dieser Verfilmung eine Rolle spielten, aber jetzt, wo er sie aus der Nähe betrachtete und im Geiste mit dem Kostüm von diesem Hauptdarsteller verglich ... Bruno hatte also mit seinem *Planet der Affen* gar nicht so falschgelegen.

Apropos Bruno. Wurde langsam Zeit, dass der alte Tunichtgut mal wieder seinen Weg ins Hotel fand. Theo hatte ihn zwei Tage nicht gesehen – er kam nicht mehr hinterher mit der Hotelwäsche, seit er die Handtücher und was sonst noch aus den Trailern zusätzlich reinigen sollte, und Theo allein kam mit den Grabungen nur schleppend voran. Zwar hatte er neben dem Schlüssel noch zwei Porzellanscherben gefunden – weißes Porzellan mit rostroten Linien, die im Ganzen sicherlich einmal ein Muster ergeben hatten und die, wenn es nach Theo ging, Zeugen längst vergangener Tage waren. Was ihr Vorhaben seiner Meinung nach noch dringlicher machte, endlich auf dem Dachboden nach

Anhaltspunkten zu suchen, was vor der Scheune auf deren Platz gestanden hatte. Bislang hatte er einfach keine Ruhe gefunden, sich eingehender damit zu befassen.

Theo seufzte.

Einige Damen vor ihm, in der letzten Reihe der Pressevertreter, warfen ihm Blicke zu, die er nicht recht zu deuten vermochte.

Vorn auf dem provisorisch eingerichteten Podium war Minerva Barnes gerade damit beschäftigt, den Inhalt der Serie zu präsentieren. (»Es gab viele Gerüchte darum, was wir hier in Szene setzen, nun wird es Zeit, damit aufzuräumen.«) So stamme die Geschichte von einem durch das Internet bekannt gewordenen, sehr talentierten Comic-Zeichner (von dem Theo selbstverständlich noch nie gehört hatte) und sei als modernes Märchen zu verstehen, eine Mischung aus *Robinson Crusoe*, *Das Tor zu einer anderen Welt* und *Die Schöne und das Biest*.

»Mr. Grumbole«, rief ein Journalist aus dem Publikum, »ist es richtig, dass Sie mit nur zwei Hauptdarstellern eine ganze Serie stemmen wollen?«

»Das ist nicht richtig«, brummte der Regisseur, »wir arbeiten hier auf der Insel hauptsächlich mit Noah und Heather, alle Innenaufnahmen werden aber in London gedreht, und dort sind dann die restlichen Darsteller am Set. Wobei es natürlich schon so ist, dass Noah und Heather den Löwenanteil an der Handlung haben.«

»Wie lange werden Sie noch auf Port Magdalen drehen?«

»Zwei Wochen, wenn alles gut geht.«

»Und wird es doch noch Set-Termine für Journalisten geben?«

»Das ist noch nicht abschließend geklärt«, warf Minnie ein, »wir arbeiten an einem Terminplan.«

»Mr. Perry, ist es wahr, dass Sie für Ihre Teilnahme an diesem Projekt die vierte Staffel *Out of Answers* absagen mussten?«

»Das ist nicht wahr«, erwiderte Noah, »ich werde im Januar nach Los Angeles fliegen und zur aktuellen Produktion dazustoßen, um meine Szenen abzudrehen.«

»Ist es denn wahr, dass Ihre Freundin Julie Martins aus Ihrem gemeinsamen Haus in Beverly Hills ausgezogen und nach England zurückgekehrt ist?«

Selbst der bis dato reichlich gelangweilte Theo spürte die neuerliche Energie, die bei dieser Frage durch den Raum flirrte. Ein Raunen zog sich durch die Stuhlreihen, und während sich Noah Perrys Haltung ein klein wenig verspannte, blitzten Minervas Augen hinterhältig auf. »Von Fragen, die das Privatleben unserer Schauspieler angeht, bitte ich abzusehen«, rief sie, was Nettie neben Theo ein Schnauben entlockte. Sie schüttelte den Kopf. Auf dem Podium warf Ian Grumbole seiner Aufnahmeleiterin einen Blick zu, der vermutlich ausdruckslos sein sollte, aber irgendwie alles sagte.

»Miss Martins und ich haben uns schon vor einiger Zeit getrennt«, begann Noah ruhig, »das ist allgemein bekannt. Auch dass sie inzwischen nicht mehr in Los Angeles wohnt.«

»Armer Kerl«, raunte Theo seiner Enkelin zu. »Dass er hier über sein Liebesleben Auskunft geben muss.«

»Das muss er ja nicht«, gab Nettie ziemlich mitleidslos zurück. »Sieh sie dir doch an, diese Minnie – wie sie förmlich glüht vor Vorfreude darauf, endlich die Bombe platzen zu lassen.«

»Was für eine Bombe?«

»Na, dass ihre beiden Hauptdarsteller ein Paar sind, *diese* Bombe.«

»Ach, die sind ein Paar?«

»Psssst.« Einmal mehr warfen die Presse-Damen aus der letzten Stuhlreihe Theo einen mahnenden Blick zu.

»Grandpa, Mum hat uns das doch erzählt, erinnerst du dich nicht?«, flüsterte Nettie. »Dass die beiden heimlich zusammen sind und sie das erst auf der Pressekonferenz öffentlich machen?«

Verwirrt runzelte Theo die Stirn. Dann sah er nach vorn zu Heather Mompeller und von ihr zu Noah Perry, bevor er schließlich den Kopf schüttelte. »Daran kann ich mich überhaupt nicht erinnern«, sagte er, wohl wissend, dass er in den vergangenen Tagen nicht viel mehr als einen rostigen Schlüssel und ein paar Porzellanscherben im Kopf gehabt hatte. Doch ungeachtet dessen – dass die zwei da vorn ein Liebespaar waren, hätte er nie im Leben angenommen. Immer, wenn er die beiden zusammen sah, waren sie entweder in ein nachdenkliches oder ein erhitztes Gespräch vertieft. Mit Sara Gibbs hatte der Kerl harmonischer gewirkt als mit dieser Schauspielerin – und wie er jetzt auf Sara gekommen war, wusste Theo selbst nicht so recht; womöglich war es der Tatsache geschuldet, dass auch sie an der Pressekonferenz teilnahm. Sie stand neben Gretchen und knabberte auf dem Nagel ihres Daumens herum, bis seine Schwiegertochter ihrer Hand einen Klaps versetzte.

»Dann stimmt es nicht, dass Sie und Miss Martins ...«

»Keine weiteren Fragen zu diesem Thema, bitte!«, raunzte Minnie.

»Entspricht es denn den Tatsachen, dass Heather Mompeller Grund für die Trennung gewesen ist?«

»Also, wirklich«, rief Minerva, »was ist nur in Sie gefahren?«

Diesmal schnaubte Nettie so laut, dass selbst die

Journalisten ein paar Reihen weiter vorn sich nach den Wildes umsahen. Gretchen stieß ihrer Tochter den Ellbogen in die Rippen. »Pssst.«

»Also ehrlich, Mum«, flüsterte Nettie, »du glaubst ihr doch wohl nicht etwa? Tut überrascht, dabei will sie doch nichts mehr, als dass das Thema auf den Tisch kommt, damit sie es vermarkten kann.«

Entschieden presste Gretchen einen Finger auf die Lippen und funkelte ihre Tochter an. Sara dagegen beobachtete die beiden mit gerunzelter Stirn. So wie es aussah, hatte sie ebenso wenig von dieser offenkundigen Verschwörung mitbekommen wie Theo.

»Tut überrascht von den Gerüchten«, murmelte Nettie. »Dabei hat sie sie sicher selbst lanciert.«

Ja, irgendetwas hat ihr die Stimmung verhagelt, dachte Theo mit einem Blick auf seine Enkelin. *Und zwar ganz gewaltig.*

»Dann ist an den Gerüchten nichts dran, dass Sie, Heather Mompeller, und Sie, Noah Perry, verliebt sind? Vor wie hinter der Kamera?«

»Also«, rief Minnie in gespielter Empörung, »ich habe keine Ahnung, woher Sie das haben, aber das müssen Sie die zwei schon selber fragen!« Womit sie das Mikrofon, das zwischen ihren beiden Hauptdarstellern aufgebaut worden war, ein Stückchen näher an deren Münder heranrückte.

»Uhm«, machte Heather. Sie sah aus wie Fred, wenn jemand anders als Nettie ihn in sein Gehege sperrte – eine Mischung aus Angst und Abwehr im Blick.

Noah betrachtete sie eine Sekunde, dann ergriff er das Mikrofon. »Wenn man so eng zusammenarbeitet, wie wir beide es an diesem Projekt getan haben, dann verschwimmen manchmal die Grenzen zwischen Vorstellung und Realität«, begann er.

Ratlose Stille unter der Zuhörerschaft und eine verwirrt dreinblickende Minerva Barnes, die allmählich die Geduld zu verlieren schien. »Also gut, wenn Sie es genau wissen wollen, und obwohl es rein gar nichts mit dem Inhalt dieser PK zu tun hat –, wir freuen uns sehr, mit einem Schauspielerpaar zu arbeiten, wo nicht nur vor der Kamera die Chemie stimmt, sondern auch dahinter ordentlich Funken sprühen.« Womit sie die Hände gegeneinanderschlug und zu applaudieren begann, während das verblüffte Publikum es ihr gleichtat.

»Ach, du liebe Güte«, knurrte Nettie. Sie drehte sich auf dem Absatz um und verließ den Raum in Richtung Foyer. Auch Sara sah aus, als wollte sie fluchtartig den Saal verlassen, nicht aber, bevor sie einen letzten Blick auf Noah Perry geworfen hatte, der – oder bildete sich Theo das nur ein? – zur selben Zeit in ihre Richtung sah. Für eine Sekunde schien es so, als verzöge sich sein Gesicht zu einer Grimasse, doch dann glitt erneut eine Maske aus Ruhe und Professionalität über seine Züge. Heather Mompeller dagegen hatte ihre Emotionen nicht so gut im Griff. Sie sprang auf und landete nach einer Bewegung, die verdammt nach Fluchtversuch aussah, in den Armen ihres nun offiziellen Geliebten, wo sie ihr Gesicht gegen seine Schulter drückte und – sofern Theo das richtig beurteilte – zu weinen begann. Die ersten Fotoapparate klickten. Dann mehr. Schließlich wurden Rufe laut. »Heather, hierher!«, »Lass uns an deiner Freude teilhaben, Heather!«, »Noah, dreh dich zu uns, hierher, hierher!«

Jetzt war es Gretchen, die schnaubte. Sie tauschte einen Blick mit Theo. Wie unsensibel musste man sein, um

Heathers Ausbruch für Freudentränen zu halten, fragte der sich, doch letztlich zuckte er nur mit den Schultern.

»Gehen wir nach draußen und Dottie zur Hand«, murmelte seine Schwiegertochter, während sie sich beide einen Weg zur Terrassentür bahnten.

»Ah, dieses Glück ist ja kaum auszuhalten!«, rief Minnie, während sie Noah mit der schluchzenden Heather im Arm ein Stück hinter sich schob und erneut nach dem Mikrofon griff. »Lassen wir die zwei Turteltauben für einen Augenblick allein, bevor wir mit dem Fotoshooting weitermachen. Auf der Terrasse ist ein Imbiss für Sie aufgebaut. Einfach durch die Türen nach draußen, den beiden vom Hotel hinterher, dankeschön, wir sehen uns später, haben Sie recht herzlichen Dank!«

»Den beiden vom Hotel …«, grummelte Gretchen.

»Was für ein Theater«, murmelte Theo.

35.

Es dauerte beinahe fünfundvierzig Minuten, bis die Meute hungriger und durstiger Journalisten gesättigt und Heather Mompellers aufgequollenes Gesicht für das Fotoshooting wiederhergestellt war, und bis dahin hatte Gretchen alle Hände voll zu tun. Sie half Oscar und Hazel dabei, Schnittchen und Getränke zu verteilen, damit Dottie sich in ihre Küche zurückziehen konnte, wo sie weniger Gefahr lief, mit einem der Gäste aneinanderzugeraten – sei es über einen Aufstrich, der nicht den Geschmack eines der Anwesenden traf, oder über das Wetter oder über den dritten Baum von links, man kannte das ja. Alles und nichts vermochte die Küchenchefin auf die Palme zu bringen, wenn sie gestresst war. Was es demnach zu vermeiden galt. Als sich das Gros der Presse verabschiedet hatte und nur noch die Fotografen zurückgeblieben waren, die einer geschäftigen Minnie zur Lodge und ans Set folgten, atmete Gretchen zum ersten Mal wieder durch.

»Geh nur«, ermunterte Theo sie, als er ihren sehnsüchtigen Blick gen Wald bemerkte. »Ich räum hier alleine auf. Wenn der Drache zurück ist, gibt es sicherlich noch ausreichend für dich zu tun.«

»Ich will nur kurz in die Gärten, etwas mit Sara besprechen. Bin gleich zurück.«

»Lass dir Zeit. Und richte Sara bitte aus, ich möchte ebenfalls noch etwas mit ihr besprechen. Es geht um die Weihnachtsbäume.«

Weihnachten.

Es war ehrlich nicht zu fassen, wie schnell die Zeit verging. Gerade noch war Sommer gewesen, sie hatten auf der Terrasse gesessen und Segeltrips für die Gäste organisiert, und jetzt mussten sie sich damit beschäftigen, das Hotel für den Winter zu schmücken. *Und wozu eigentlich?*, fragte sich Gretchen. Das Haus würde leer stehen in diesem Jahr, sie hatten keinerlei bestätigte Buchungen vorliegen, und nach wie vor war nicht vollkommen klar, ob die Filmcrew pünktlich ihre Zelte abbauen würde. Und sosehr sie der Trubel und die Arbeit und vor allem Minnie Barnes in den vergangenen zwei Wochen auch auf Trab gehalten hatte, so sehr fürchtete sie doch das Loch, in das sie garantiert fallen würden, sobald alle weg und sie wieder allein waren.

Gretchen trat aus dem kleinen Waldstück und auf das Tor zu, durch das man in die Gärten gelangte. Es sollte eigentlich verschlossen sein, da Besuchern in den Wintermonaten kein Zutritt gewährt wurde, doch als sie den Türknauf berührte, fand sie es nur angelehnt vor. Gretchen runzelte die Stirn. Sie hatte die denkwürdige Pressekonferenz offenbar in dem Augenblick vergessen, in dem sie den Saal verlassen hatte, doch nun fiel ihr wieder ein, dass Sara ungewöhnlich still geblieben war, nachdem Minerva ihre kleine Show beendet hatte. Sie war ihr geistesabwesend vorgekommen und außerdem fast augenblicklich aus dem Hotel verschwunden. Auch wusste Gretchen nach wie vor nichts über den Abend, den Sara gemeinsam mit Noah Perry in ihrer Wohnung verbracht hatte. Sie war so sehr mit den Vorbereitungen für die Pressekonferenz beschäftigt gewesen, dass sie gar nicht mehr daran gedacht hatte, wie es ihrer Freundin ergangen war und wie sie sich jetzt fühlen musste.

Sie traf Sara kniend vor einer Hecke an, der sie mit einer Gartenschere zu Leibe rückte.

»Hey, wieso bist du ...«

»Ah, Gretchen, Hilfe!« Sara, die vor Schreck die Schere hatte fallen lassen, drückte mit einer Hand gegen ihren Brustkorb. »Willst du, dass ich einen Herzinfarkt bekomme? Wieso schleichst du dich so an?«

»Ich habe mich nicht angeschlichen. Der Kies hat unter meinen Füßen geknirscht, so wenig geschlichen bin ich.« Gretchen lachte, doch als sie Saras nach wie vor blasses Gesicht und den gestressten Ausdruck darauf bemerkte, wurde sie ernst. »Es tut mir leid. Hab ich dich wirklich derart überrascht?« Sie ging neben Sara in die Hocke und legte ihr eine Hand auf die Schulter. »Was ist denn los?«

»Nichts.« Mit dem Handrücken wischte sich Sara über die Stirn. »Ich bin ... in Gedanken gewesen, nehme ich an.«

»In Gedanken an ...«

»Niemanden«, unterbrach Sara Gretchens Satz. »Ich hab einfach noch ziemlich viel zu tun, und bald wird es schon wieder dunkel.«

Gretchen runzelte die Stirn. Es war noch nicht einmal 14 Uhr, doch sie verkniff sich die Bemerkung, während sie beide aufstanden.

»Wolltest du etwas Bestimmtes von mir?«

»Seit wann muss ich etwas Bestimmtes wollen, wenn ich meine Freundin sehen möchte?« Mittlerweile war Gretchen beinahe ein bisschen beleidigt, und Sara sah es ihr an.

»Entschuldige.« Sie schüttelte den Kopf. »Ich weiß nicht, was mit mir los ist. Ist vielleicht das Wetter.« Sie ließ den Kopf in den Nacken sinken und blickte in den wolkenverhangenen Himmel. »Es riecht irgendwie eigenartig, findest du nicht? Als braute sich etwas zusammen.«

Gretchens Stirnrunzeln vertiefte sich. Small Talk über das Wetter konnte sie nicht darüber hinwegtäuschen, dass Sara ihr etwas verheimlichte, und ... ja. Sie war auch nicht die Person, die eine Freundin einfach so mit Ausflüchten durchkommen ließ; sie konnte doch sehen, dass es ihr nicht gut ging.

»Sara«, begann sie, »sag mir bitte, was los ist, oder ich werde mir Sorgen machen müssen. Hat deine seltsame Stimmung irgendetwas mit Noah Perry zu tun? Ist etwas passiert, als er in deiner Wohnung war, hast du ...«

Sara ließ vom Himmel ab und blickte ihre Freundin abwartend an.

»Habt ihr ...«, begann Gretchen erneut, brachte aber auch diesen Satz nicht zu Ende.

»Habt ihr ... *was*?«, fragte Sara schließlich, und Gretchen seufzte.

»Was ist da vorgefallen zwischen euch beiden? Ich hab doch gemerkt, wie du vorhin während der Pressekonferenz ausgesehen hast. Als hättest du etwas Schlechtes gegessen oder würdest eine Erkältung ausbrüten oder in den Wehen liegen.«

Sara verzog das Gesicht zu etwas, das man beinahe für ein Lächeln halten konnte. »Gleich so schlimm?«, fragte sie.

»Ja.« Gretchen nickte. »Nein. Schlimmer. Um ehrlich zu sein, sahst du aus wie Minerva Barnes, nachdem jemand das Mundstück ihres Megafons mit Kuhmist beschmiert hat.«

Jetzt musste Sara wirklich lachen (»Bilder im Kopf«), sie prustete los und Gretchen mit ihr. Beide Frauen lachten, während Sara die Gartenschere vom Boden aufhob und ihrer Freundin mit einem Kopfnicken bedeutete, ihr zu folgen. Sie führte sie zu der Bank, auf der sie schon so oft gesessen hatten, von der aus sich das Meer betrachten ließ und die Weite. Dort angekommen, griff Sara in den Rucksack, den sie zuvor darauf abgestellt hatte, holte eine Thermoskanne hervor und goss Tee ein.

»Den Becher müssen wir teilen«, sagte sie, und Gretchen brummte zustimmend.

Einige Sekunden lang schwiegen beide. Gretchen atmete tief ein und aus, während sie den Blazer ihrer Hoteluniform enger um sich schlang – vernünftiger wäre es gewesen, eine richtige Jacke mitzunehmen, doch in ihrem erhitzten Arbeitsmodus hatte sie nicht daran gedacht.

»Es riecht nach Schnee«, sagte Sara, und Gretchen schnaubte überrascht.

»Schnee«, wiederholte sie ungläubig. »In Cornwall. Wann hat es hier zuletzt geschneit?«

»Dass es nicht oft vorkommt, heißt nicht, dass es nie passiert. Riechst du es nicht auch?«

»Was? Bist du neuerdings unter die Wetterhexen gegangen? Woher weißt du, wie Schnee riecht?«

»Wie kommst du auf Hexe? Wieso kann ich nicht die Wetterfee sein?«

Kopfschüttelnd nahm Gretchen Sara den dampfenden Becher aus der Hand. »Du bist viel zu vielschichtig für eine Fee. Und ja, du darfst das als Kompliment auffassen.«

»Vielschichtig.« Sara nickte. »Ich bin eine vielschichtige, alte, bald faltige und furchtbar einsame Hexe, ich verstehe.«

»Aha!« Gretchen ließ den Becher, den sie eben an den Mund führen wollte, sinken und wandte sich ihrer Freundin zu. »Daher also die miese Laune und das verschlossene Gesicht.«

»Ich bin nicht mies gelaunt.«

»Na, dann siehst du eben nur aus, als hättest du Gallensteine. Und nun raus damit: Was ist passiert zwischen dir und Mr. Charming?«

Sara seufzte. Sie nahm Gretchen den Becher ab, setzte ihn an die Lippen und trank ihn in einem Zug aus, als befände sich nicht Tee, sondern etwas Stärkeres darin. »Nichts ist passiert. Wir waren in meiner Wohnung, haben über dies und das gesprochen, wir hatten Spaß, und es hat sich irgendwie gut angefühlt, verstehst du? Aber dann ...«

Gretchen sah Sara abwartend an, und als nichts mehr kam, fragte sie: »Was – *aber dann*? Was ist passiert, Sara?«

»Gar nichts. Er ist aufgesprungen und hat gesagt, er muss zurück ins Hotel. Dann habe ich ihn hingefahren. Und bis heute habe ich ihn nicht mehr gesehen. Und das war auch in Ordnung, irgendwie. Ich meine, er ist ein Hollywoodstar, verdammt noch mal, er ist jung und schön und lebt in Los Angeles und ... Und er hat diese junge, schöne Freundin. Ich meine, du hast sie gesehen. Selbst als sie ihren Zusammenbruch hatte und heulte wie eine von Cinderellas Schwestern, sah sie noch bezaubernd aus.«

Gretchen lachte. »Ja«, sagte sie. »Heather Mompeller ist wirklich bezaubernd in ihren Zusammenbrüchen. Genau wie du.«

»Ich bin alt.«

»Du bist nicht alt.«

»Ich bin zweiundvierzig.«

»Das ist nicht alt.«

»Im Vergleich zu Heather Soundso ist es das. Wie jung ist sie eigentlich? Vermutlich könnte sie meine Tochter sein.«

»Das halte ich für nicht sehr wahrscheinlich.«

»Mmh.«

»Sara ...«

»Allmählich frage ich mich, ob ich irgendeine Ausfahrt

verpasst habe. Im Leben, meine ich.« Sie sah Gretchen an. »Vor fünf Jahren, da dachte ich, ich würde heiraten und eventuell sogar noch ein Kind bekommen, und dann, von einem Tag auf den anderen, waren all die schönen Pläne dahin, und ich stand auf einmal allein da.«

»*The one who must not be named* war ein Schwein«, erklärte Gretchen.

»Zwölf Jahre lang war er *mein Mann*«, sagte Sara, »selbst wenn wir nie verheiratet waren. Ich dachte, *der* ist es. Mit ihm werde ich alt. Ich hätte nie gedacht, dass er mich verlassen würde, niemals. Ich meine, du kennst ihn, er war ...«

»... ein Arsch.«

»... sanft. Lieb. Er war gutmütig. Ich hätte ihm niemals zugetraut, mir das Herz zu brechen.«

Und doch hat er es getan, dachte Gretchen. *Und das nicht zu knapp.* »Als wir im Sommer hiersaßen, hast du mir gesagt, es sei an der Zeit für mich, Nicholas eine Chance zu geben und neu anzufangen.«

»Und hab ich nicht recht behalten damit?« Sara grinste.

»Und als ich dir vorschlug, deinen eigenen Rat auch mal auf dich anzuwenden, sagtest du, bei dir sei das etwas völlig anderes.«

Sara seufzte. »Das dachte ich auch. Das dachte ich wirklich. Es ist unfassbar, wie lange es dauern kann, bis eine Trennung überwunden ist – bis man den Schmerz, der einem ausgerechnet von dem Menschen zugefügt wurde, dem man am meisten vertraut hat –, bis man den loslassen kann. Aber jetzt, auf einmal, ganz plötzlich, als Noah Perry in dem abgewetzten Sessel vor meinem Kamin saß, als wir anstießen und zusammen lachten und redeten, über alles und nichts, da fiel mir auf, noch mitten im Gespräch, wie einsam mein Leben tatsächlich ist. Ich meine, ich bin zweiundvierzig. Ich knie den lieben langen Tag in Blumenbeeten oder vor Hecken, und am Abend fahre ich in diese winzige Wohnung, die genauso gut eine Studentenbude sein könnte. Und da sitze ich dann allein, trinke Wein oder schaue fern oder beides, und am nächsten Morgen geht der Tag von vorne los.« Sara suchte Gretchens Blick. Sie sah nicht traurig aus, nur resigniert irgendwie. Und ein kleines bisschen wütend, was sich bestätigte, als sie hinzufügte: »Ich ärgere mich so über mich selbst. Wie kann einem das eigene Leben derart entgleiten? Einfach ungelebt an einem vorbeifliegen? Wie ein Fass, das von einem Berggipfel rutscht und von dort ins Tal donnert, schneller und schneller werdend, bis es unten an der Dorfkirche zerschellt, ohne auch nur das Geringste erlebt zu haben auf seinem Weg.«

»Armes Fass«, kommentierte Gretchen.

»Und den Inhalt kann man praktischerweise gleich auf dem Kirchfriedhof begraben«, fügte Sara hinzu.

Gretchen lachte. Und Sara, weil ihr kaum etwas anderes übrig blieb, lachte ebenfalls.

»Ah, Gott. Ich weiß nicht, was mit mir los ist. Es hat einfach wehgetan, ihn da heute zu sehen, mit dieser unglaublich schönen Frau im Arm, die so sehr in ihn verliebt ist, dass sie in Tränen ausbrechen musste.«

»Du denkst, das waren Tränen der ...« Beim besten Willen wusste Gretchen nicht, wie dieser Satz enden sollte. Sie hatte zwar noch kaum darüber nachgedacht, doch weshalb Heather einmal mehr einen emotionalen Ausbruch zur Schau trug, war ihr ein Rätsel.

»Es waren Tränen der Erleichterung, weil nun endlich Schluss ist mit dem Versteckspiel, das sie und Noah die letzten Wochen spielen mussten«, erklärte Sara.

»Du denkst, sie haben Verstecken gespielt? Hier, im Hotel und bei den Dreharbeiten?«

»Hattest du etwa den Eindruck, dass sie wie ein frisch verliebtes Paar wirkten? Die wenigen Male, die ich sie zusammen erlebt habe, sahen sie eher angespannt miteinander aus.«

»Ja«, stimmte Gretchen geistesabwesend zu. »Das ist mir auch aufgefallen. Und ich frage mich ...«, setzte sie an, doch dann klappte sie den Mund zu. Sie fragte sich, weshalb sie dieses Spiel spielten, wo doch Minerva Barnes zu Beginn der Dreharbeiten Gretchen damit beauftragt hatte, das Personal zu informieren und es gleichermaßen zum Stillschweigen zu verdammen, damit sich Heather Mompeller und Noah Perry eben nicht verstellen mussten. Was sie demnach trotzdem getan hatten. Sie konnte sich zudem nicht daran erinnern, Noah jemals gesehen zu haben, wie er aus Heathers Suite gekommen war – wobei das natürlich nichts hieß. Sie stand schließlich nicht Wache, wenn es darum ging, welcher Gast mit wem und wo ...

»Gretchen?«

»Hm?«

»Was fragst du dich?«

Gretchen blinzelte. »Oooh«, sagte sie. »Nun, ich frage mich, ob es nicht an der Zeit wäre, dass du auch ein paar Tränen vergießt – der Ekstase allerdings.«

»Tränen der Ekstase?« Sara lachte ungläubig. Als Gretchen ernst blieb, blinzelte sie ebenfalls.

»Lass uns ausgehen, nur wir zwei.«

»Gretchen ...«

»Wir gehen in eine Bar. In einen Club, wenn es sein muss – in Truro oder sonst wo. Und dort suchen wir dir jemanden, der dafür sorgt, dass du dich nicht mehr alt und hässlich und am Ende deines Lebens fühlst.«

»Gretchen!« Sara warf ihrer Freundin einen entsetzten Blick zu, halb gespielt, halb im Ernst.

»Wer hat mir im Sommer geraten, es mit Nicholas zu versuchen, ohne ihm gleich die große Liebe zu gestehen oder sich mit ihm zu verloben?«

»Aber ich habe dir nicht vorgeschlagen, mit einem wildfremden ins Bett zu hüpfen.«

»Als hättest du das noch nie getan.«

»Ich sagte es bereits, ich bin nicht mehr jung.«

»Und ich sage dir«, sagte Gretchen, »man ist stets so jung, wie andere es dich fühlen lassen.«

36.

Während Gretchen sich auf den Weg zurück ins Hotel machte, um erstens herauszufinden, an welchem Abend sie am problemlosesten mit Sara ausgehen konnte, ohne dass der Betrieb zusammenbrach, und zweitens Herb Wallister anzurufen und ihn zu fragen, ob er gedachte, noch vor Weihnachten mit dem Bau einer neuen Scheune zu beginnen, stand Nick in der Tür, die vom Tearoom auf die Terrasse des Cafés führte, und runzelte die Stirn. Wenn er es nicht besser gewusst hätte, wäre er nicht davon ausgegangen, dass das Mädchen auf einer der hinteren Bänke wirklich Nettie war. Die Nettie, wie er sie kannte, war eine aufgeweckte, selbstbewusste, energiegeladene Sechzehnjährige, die selbst dann noch voller Tatendrang war, wenn gerade Funkstille zwischen ihr und ihrem besten Freund Damien herrschte – ja, im Vergleich zu ihrem jetzigen Zustand waren die vergangenen Monate, in denen Gretchen meinte, ihre Tochter kaum wiederzuerkennen, nahezu euphorisch zu nennen. Heute wirkte Nettie wie ein Trauerkloß. Und während der blonde Junge, der besitzergreifend einen Arm um ihre Schultern geschlungen hatte, auf sie einredete, als wäre das Mädchen nicht absolut gelangweilt und schlecht gelaunt, sah Nettie aus, als habe man Leberwurst auf ihren Scone gestrichen. Mehr noch, als der Junge damit begann, kleine Küsse hinter Netties Ohr zu platzieren, hatte Nick den Eindruck, sie würde jeden Moment in

Tränen ausbrechen. Wie automatisch löste er sich aus seiner Beobachterposition und ging mit energischen Schritten auf die Teenager zu.

»Nettie!«

Erschrocken ließ der Junge von ihr ab, während Nettie überrascht aufsprang.

»Sag mal«, begann Nicholas, »macht es dir etwas aus, mir für eine Viertelstunde beim Bedienen zu helfen? Ich will kurz deine Mutter anrufen, und hier ist die Hölle los.« Was nicht gelogen war. Nach wie vor wurde *Lori's Tearoom* scharenweise von Filmgroupies belagert, die ihren Weg nach Port Magdalen gefunden hatten, um einen Blick auf diesen schnöseligen Hauptdarsteller oder sonst wen zu erhaschen. Mit weniger Erfolg als noch in der vergangenen Woche allerdings, nachdem die Aufnahmeleiterin Amok gelaufen und die Sicherheitsvorkehrungen ungefähr verdreihundertfacht hatte (okay, vielleicht nicht ganz so viel, aber mindestens verdoppelt). Folglich wurde die Zahl ihrer Gäste von Tag zu Tag mehr, so massiv, dass sie sich Heizstrahler für die Terrasse anschaffen mussten, weil der Innenraum des Cafés schlicht zu klein war, um dem Andrang standzuhalten. Als Nick die Heizpilze aufgestellt und Tische und Stühle drum herumdrapiert hatte, fragte er sich, warum sie nicht längst auf die Idee gekommen waren, die Terrasse auch im Winter zu nutzen. Normalerweise war es mild in Cornwall. Und der Ausblick aufs Meer war auch in den kühleren Monaten des Jahres spektakulär.

Ungefähr so wie das dumme Gesicht, das der Junge machte, als Nettie rief: »Klar. Natürlich. Ich werde Lori fragen, was es zu tun gibt.« Ohne ihren Begleiter eines weiteren Blickes zu würdigen, marschierte sie an Nicholas vorbei ins Café.

»Tja.« Nick betrachtete den Jungen. Seine Wangen waren gerötet, und er sah unsicher zu ihm auf, als sei er bei etwas weit Verbotenerem ertappt worden als die harmlosen Küsse, die er Nettie ins Haar gedrückt hatte.

»Trinkst du das noch?« Nicholas griff nach den halb vollen Teetassen und begann damit, den Tisch abzuräumen. »Vielleicht gehst du besser nach Hause, das hier könnte länger dauern.«

Ohne den Hauch eines schlechten Gewissens, weil er Netties offensichtliches Date vergrault hatte, zog Nicholas sein Handy aus der Hosentasche hervor und rief Gretchens Nummer auf. Innerhalb von Sekunden nahm sie das Gespräch entgegen.

»Hi, Fremder.«

Für einen Augenblick vergaß Nicholas tatsächlich, was er sagen wollte, er war so abgelenkt von Gretchens weicher Stimme, von der Sehnsucht, die in nur zwei Worten mitschwang und von alldem, was sie unausgesprochen und ihn doch wissen ließ. Er drehte sich um und lief zum äußeren Rand der Terrasse, außer Hörweite der Gäste, und seufzte.

»Ich vermisse dich auch.«

»Wir haben uns mehr gesehen, als wir noch nicht zusammen waren«, sagte Gretchen.

»Wir haben uns erst heute Morgen gesehen«, erwiderte er, »aber ich liebe diese Dramatik in deiner Stimme.«

»Ja?«

»Sehr.«

Gretchen seufzte. Und wieder, für einen kurzen Moment nur, vergaß Nicholas alles andere um sich herum. Dann sagte er: »Eventuell werden wir uns in den nächsten Tagen tatsächlich noch weniger sehen, denn diese neue Security-Regelung deiner Minnie, dank derer wirklich niemand mehr ans Set kommt, sorgt dafür, dass der Tearoom aus allen Nähten platzt.«

»Ehrlich? Aber das ist sicher auch gut, oder?«

»Schon. Bloß müssten wir eigentlich jemanden einstellen, um dem Ansturm gerecht zu werden.«

»So schlimm?«

Nick ließ den Blick über die Terrasse schweifen, auf der jeder Tisch besetzt war und so gut wie jeder Stuhl, auf der quatschende und lachende Menschen zusammenrückten, um die Wärme der Strahler zu teilen. »Das dürfte die bisher beste Saison für *Lori's Tearoom* werden«, sagte er.

»Dann ist doch nicht alles schlecht an diesem Hollywoodtrubel.«

»Apropos: Wie war die Pressekonferenz?«

»Erhellend.« Gretchen schnaubte. »Ich hätte nicht gedacht, dass mich Minerva Barnes noch erstaunen kann, doch die Art und Weise, wie sie die Überraschte spielte, als die Sprache auf die Liaison zwischen ihren beiden Schauspielern kam ... unvergleichlich. Ich dachte schon, Netties Augen würden Schaden nehmen, so sehr hat sie sie gerollt. Dass dieser Frau irgendjemand Glauben schenkt, ist ein absolutes Rätsel.«

»Nettie ist übrigens gerade hier«, sagte Nick. »Sie hilft im Café aus, damit ich mit dir telefonieren kann.«

»Wirklich?«

»Wirklich. Ich habe sie sozusagen genötigt – und dabei ihr Date platzen lassen. Kennst du diesen blonden Typen, mit dem sie heute hier rumhängt?«

»Kevin?« Gretchen seufzte.

»Was ist eigentlich mit Damien?«

»Tja«, erwiderte sie. »Das ist es ja gerade. Also, was ist mit Kevin?«

»Er saß mit Nettie im hinteren Teil der Terrasse und knabberte an ihrem Ohr herum.«

»Was?« Gretchen lachte auf.

»Sah nicht so aus, als hätte ihr das gefallen«, fuhr Nick fort, »deshalb bat ich sie, mir im Café zu helfen.« Noch einmal blickte er sich um. »Jetzt ist er weg, wie es aussieht.«

»Ich rede mit Nettie. Ich wollte sie ohnehin nach Kevin fragen. Seit Damien weg ist, ist dieser Junge jeden Tag auf Port Magdalen, und ich finde, allmählich könnte sie mich mal darüber aufklären, was es mit ihm auf sich hat.«

»Bist du sicher, dass deine Teenagertochter dir diesbezüglich Rechenschaft schuldig ist?«

»Ganz bestimmt nicht. Aber ich werde an ihren guten Willen appellieren.«

Nicholas lachte. »Ach, Gott«, sagte er. »Du fehlst mir wirklich, Gretchen Wilde.«

»Oh, aber du mir mehr, Nicholas Mineor.«

Sie beendeten das Gespräch. Nick steckte sein Handy wieder ein. Und er fragte sich, woher dieses Verlangen kam, Gretchen noch öfter zu sehen und ihr noch näher zu sein, wo sie sich doch ohnehin beinahe jeden Tag sahen?

Sein Blick fiel auf Nettie, die gerade ein vollbeladenes Tablett nach draußen trug und damit begann, Gläser und Teller an den einzelnen Tischen zu verteilen.

Und dann hatte er auf einmal eine Idee. Er ging entschlossen auf seine neue Hilfskraft zu, um sie auf der Stelle in die Tat umzusetzen.

37.

Es war nicht so, dass sie Kevin nicht mochte, dachte Nettie, während sie den Reißverschluss ihres Anoraks nach oben zog und die Hände in den Taschen vergrub. Es *war* kalt in dieser Woche, so viel stand fest. Sie blinzelte gen Himmel – die Farbe ein unfreundliches Dunkelgrau, das kurz davor war, der Nacht zu weichen – und überlegte, wann die Situation zwischen ihr und Kevin wohl gekippt war, wann es angefangen hatte, sie zu nerven, dass er sie offensichtlich küssen wollte, wann immer sie allein waren oder auch nicht allein waren, so wie heute auf der Terrasse von *Lori's Tearoom*. Sie konnte schwören, Nicholas hatte sie auseinanderbringen wollen, als er sie im Café um Hilfe bat. Nicht, dass sie das in irgendeiner Weise gestört hätte, und dennoch: Es war ihr unangenehm, dass der Freund ihrer Mutter sie dabei beobachtet hatte, wie sie mit einem Jungen Zärtlichkeiten austauschte, zumal es nicht Damien war. Wie um Himmels willen sah das jetzt aus, und wie um alles in der Welt war sie überhaupt da hineingeraten?

Nettie schüttelte über sich selbst den Kopf. Diesen ganzen Mist, dachte sie, hatte sie sich selber eingebrockt. Sie hatte Kevin vorgeschlagen, sie zu küssen. Sie hatte mit ihm Händchen gehalten und ihn ins Hotel eingeladen *und* ihn ermutigt, sich wie jemand zu benehmen, der mehr war als nur ihr Schulfreund. Und sei es nur, weil Damien sie so furchtbar wütend gemacht hatte. Wie kam er dazu, sich erst monatelang nicht zu melden, dann, aus Eifersucht, mitten im Schuljahr nach Port Magdalen zu kommen, sie ein bisschen zu küssen, nicht einmal zuzugeben, dass er in sie verliebt war, und dann auszurasten, weil sie höchst notwendige Untersuchungen anstellte, ob diese ganze Sache zwischen ihnen es wirklich wert war, ihre Freundschaft dafür aufs Spiel zu setzen?

Von eurer Freundschaft wird nichts übrig bleiben, hallten Oscars Worte in Netties Ohr, *wenn er eine andere hat.*

Nettie blieb stehen und vergrub ihr Gesicht in beide Hände. Gott, sie benahm sich wie die letzte Idiotin, war es nicht so? Sie war stur und trotzig und unfähig, sich bei Damien zu entschuldigen oder zu kapieren, dass auch er zu kämpfen hatte, mit dieser Eifersucht zum Beispiel. Und mit dieser dummen Liste hatte sie nur noch mehr Öl ins Feuer gegossen.

Und dann?

Was hatte sie dann getan?

Sie hatte sich so schlimm mit Damien gestritten, dass er abgereist war, und dann hatte Kevin ihr eine Nachricht geschickt, und dann hatte sie sich mit ihm verabredet ... Warum? *Warum?* Aus reiner Dickköpfigkeit, beschloss sie. Aus Groll. Aus ... Was war denn nur los mit ihr? War sie völlig verrückt geworden, von allen guten Geistern verlassen? Sie war in Damien verliebt, sie wollte ihn haben, nicht Kevin, was tat sie denn hier?

Das Handy vibrierte in der Tasche ihrer Jeans, und Nettie stöhnte auf. Längst hatte sie die Hoffnung aufgegeben, es könnte Damien sein, der ihr schrieb – ganz im Gegenteil, sie hatte das Gefühl, er würde es so lange nicht tun, bis sie den ersten Schritt unternahm. Und, natürlich: Die Nachricht war von Kevin.

> Ey, sorry, dass ich einfach so abgehauen bin,
> aber dieser Typ meinte, es könnte länger dauern.
> Was hältst du davon, wenn …

Nettie starrte auf das Display. Dann beschloss sie, die Nachricht nicht einmal aufzurufen, um zu sehen, wie sie weiterging, und steckte das Telefon weg. Allein die Ausdrucksweise. *Ey! Abgehauen!* Nettie rollte mit den Augen, während sie sich wieder auf den Weg zurück ins Hotel machte. Damien würde sich niemals so ausdrücken. Kevin klang die meiste Zeit wie ein Footballspieler aus einer dieser amerikanischen Highschool-Komödien, und er benahm sich auch so: wie ein Sechzehnjähriger, der denkt, er habe die Reife eines Fünfunddreißigjährigen, und dabei so albern wirkt wie ein Erstklässler. Und wie er küsste! Nettie erschauerte. Damien zehn, Kevin minus vier. So stand es *nicht* auf ihrer Liste, was nur bedeuten konnte, dass sie nicht einmal zu sich selbst ehrlich war. Und was half diese pragmatische Erörterung ihrer Gefühle dann überhaupt, wem nutzte sie?

Erneut blieb sie stehen, erneut griff sie nach ihrem Handy. Sie ignorierte Kevins Nachricht, rief stattdessen Damiens Nummer auf und begann zu tippen.

Nur um wieder damit aufzuhören.

Und erneut damit anzufangen. Entschlossener diesmal. Und von einer plötzlichen Wut getrieben, auf Kevin, auf Damien und auf sich selbst.

> Du kannst unmöglich mir allein die Schuld für
> alles geben. Du hast dich drei Monate lang nicht
> gemeldet. Drei Monate! Um dann auf einmal hier
> hereinzuplatzen, mich an dich zu reißen und

Zwei Sekunden lang starrte Nettie auf die Nachricht, dann machte sie sich daran, den Text wieder zu löschen, wobei sie versehentlich auf den Senden-Pfeil kam.

»Ach, shit.« Sie seufzte entnervt und überlegte, wie sie ihren Ausbruch ein wenig abmildern und ihm eventuell noch eine graziöse Wendung verpassen konnte, da tauchten die drei Punkte auf, die Damiens Nachricht ankündigten. Und dann ...

> Witzig, sportlich, gut aussehend? Kann ich mir vorstellen, mit ihm Sex zu haben? Küsse 4, Damien 9??? Vielleicht verzeihst du mir, Nettie, wenn ich darüber erst ein wenig nachdenken muss, bevor ich dazu bereit bin, DAS auszudiskutieren. Ganz abgesehen davon, dass du überhaupt mit ihm ... Ach. Vergiss es.

Nettie plusterte die Wangen auf. Stieß die überschüssige Luft aus und setzte seufzend ihren Weg fort.

Sie war dabei, das letzte Stück zum Hotel zurückzulegen, nur um kurz vor ihrem Ziel auf ein weiteres Hindernis zu stoßen: Minerva Barnes, zur Weißglut genervte Aufnahmeleiterin der preisverdächtigen Serie *Unknown*, hatte wegen des unerwartet heftigen Flashmob-Vorfalls die Security nicht nur austauschen, sondern zudem verschärfen lassen, was in den vergangenen Tagen bereits einigen zum Verhängnis geworden war, Mitglieder von Hotel- und Filmcrew eingeschlossen. Als Nettie an diesem Nachmittag das letzte Stück Wald vorm *Wild at Heart* durchquerte, leuchtete ihr schon von Weitem die gelb-weiß geringelte Weste des Sicherheitsmanns entgegen und außerdem der Spazierstock von Bruno Fortunato, der damit vor dem stoischen Security-Mann herumfuchtelte.

»Sie wollen es nicht begreifen, habe ich recht?«, hörte sie ihn schimpfen. »Wer zum Donnerwetter führt auf einer Insel wie Port Magdalen einen Ausweis bei sich, wenn er das Haus verlässt? Ich gehöre zu den ältesten Freunden der Familie Wilde. Lassen Sie mich durch, und ich hole den alten Theo, der wird Ihnen das bestätigen. Außerdem mache ich die Wäsche, Sie *Stronzo*! Bruno Fortunato, wenn Sie vielleicht noch mal auf Ihrer Liste nachsehen?«

»Ausweis«, sagte der Mann tonlos.

Bruno fluchte wild auf Italienisch.

»Was ist denn hier los?«, fragte Nettie, als sie zu den beiden Männern trat. Bruno war ganz rot im Gesicht. Er sah aus, als würde er jeden Augenblick anfangen zu schreien. Weshalb Nettie einigermaßen erleichtert war, als er zwischen zusammengebissenen Zähnen hervorbrachte: »Dieser Mann will mich nicht vorbeilassen, weil ich eure Telefonnummer nicht im Kopf habe.«

»Haben Sie eventuell ein Mobiltelefon, wo die Nummer eingespeichert ist?«, fragte der Sicherheitsmann gelangweilt.

»Wenn ich ein Telefon ...«, begann Bruno lautstark, und Nettie, die eigentlich wirklich für heute genug Aufregung hatte, legte eine beschwichtigende Hand auf seinen Arm.

»Nettie Wilde«, sagte sie ruhig. »Meiner Familie gehört das Hotel.«

»Ausweis?«

Nettie blinzelte. »Ausweis? Ich bin schon gestern an Ihnen vorbeigekommen, erinnern Sie sich? Mein Name stand auf Ihrer Liste.«

»Seitdem sind etwa zwei Dutzend Nettie Wildes an diversen Punkten unserer Sicherheitskette ans Set gelangt. Weshalb der Zutritt seit heute nur noch mit Ausweis gestattet ist. Ausweis?«

Nettie knurrte etwas, das glücklicherweise niemand verstand, zog ihr Handy aus der Hosentasche und rief im Hotel an, woraufhin Theo mit einem Berechtigungsschein angelaufen kam, unterschrieben von Minerva Barnes höchstpersönlich. »Gehört ihr das Hotel inzwischen auch?«, murrte Bruno, und Nettie konnte ihm nur recht geben. So allmählich ging selbst ihr dieser ganze Rummel gehörig auf die Nerven, weshalb sie beschloss, dringend mit ihrer Mutter darüber zu sprechen, dass solche Sicherheitsmaßnahmen nicht im Sinne aller Beteiligten waren. Nicht nur, dass sie Damien nicht auf der Liste des Security-Mannes hatte entdecken können, war sie sich zudem nicht sicher, ob er einen Ausweis dabeihaben würde. Und falls er wirklich noch einmal in den nächsten zwei Wochen nach Port Magdalen kommen wollte, sollte doch so ein dummer Wachposten ihn nicht daran hindern, zu ihr zu gelangen (wo sie doch selbst weiß Gott schon genügend Hindernisse zwischen sich aufgebaut hatten). Auch wollte sie nicht darüber nachgrübeln müssen, ob Damien tatsächlich nicht gekommen oder nur an der Kontrolle vorm Hotel gescheitert war.

Sehr kurz nur flogen ihre Gedanken zu Kevin. Sie würde sichergehen, dass sein Name erst gar nicht auf dieser Liste erschien.

»Hey, Oscar.«
»Nettie.« Im Vorbeigehen nickte der Koch ihr zu. Er stand vor dem Eingang zur Terrasse und rauchte eine Zigarette, und plötzlich kam Nettie eine Idee.
»Lässt du mich mal ziehen?«, fragte sie, als sie kehrtmachte, zu ihm zurückging und neben ihm stehen blieb.
»Bist du jetzt vollkommen verrückt geworden?«

Nettie zuckte mit den Schultern, aber Oscar machte keine Anstalten, ihr die Zigarette zu überlassen, stattdessen trat er sie aus.

»Hast du dich je gefragt«, begann Nettie, »ob Florence tatsächlich die Richtige für dich ist? Ich meine, was, wenn dieser ganze Quatsch es gar nicht wert ist? Dieses Gerede von Chemie und Neugier und Anziehung und Sex.«

»Wie bitte?« Oscar sah sie an, der Gesichtsausdruck eine Mischung aus Unglaubigkeit und Horror.

»Der, äh ... Sex, Oscar.« Nettie räusperte sich. »Woher weiß man, nach, sagen wir, ein paar Küssen, ob diese Verbindung wirklich die richtige ist? Oder ob man nur einer Vorstellung aufgesessen ist, dieser Vorstellung davon, wie schön etwas wäre, obwohl man keine Ahnung hat, wie sich alles in der Realität entwickeln wird? Ob er/sie/es auch der/die Richtige ist *dafür*? Was, wenn wir uns am Ende fragen, ob es nicht besser gewesen wäre, eine Freundschaft zu pflegen, die uns mit so viel Glück erfüllt hat, anstatt etwas nachzugeben, das es womöglich gar nicht wert war?«

Zu Netties Verteidigung ließ sich sagen, dass sie zumindest furchtbar rot wurde bei dieser kleinen Ansprache, was Oscar dennoch nicht darüber hinwegtäuschen konnte, dass er keine Lust hatte, mit der Tochter seiner Chefin derlei Themen zu erörtern. Er wusste ja nicht einmal, weshalb sie ausgerechnet ihn dazu auserkoren hatte. Oder gut. Vielleicht konnte er es erahnen. Trotzdem.

»Wie alt bist du noch mal?«, fragte er unnötigerweise, woraufhin Nettie erwartungsgemäß die Augen verdrehte.

»Du weißt ganz genau, wie alt ich bin.«

»Dann mach dir nicht jetzt schon über solchen Quatsch Gedanken«, sagte Oscar, während er in die Tasche seiner

Schürze griff, eine Schachtel Zigaretten herausholte und sich eine davon genau in dem Augenblick an die Lippen hob, als Gretchen Wilde auf sie zukam.

»Wenn du schon rauchst, Oscar«, rief sie ihm entgegen, »dann hinterm Haus. Was sollen die Leute denken, wenn unser Koch hier mit Tabakfingern herumläuft?«

Woraufhin Oscar die Zigarette seufzend zurück in ihr Päckchen schob.

Gretchen nickte den beiden zu und verschwand im Hotel. Nettie sah den Koch erwartungsvoll an.

»Die Tatsache, dass du dir in deinem sechzehnjährigen Kleinhirn derlei Gedanken machst«, erklärte Oscar, »besagt eigentlich nur, dass du aus dieser Sache sowieso nicht mehr rauskommst. Ob der Typ nun der Richtige ist oder nicht.«

38.

Oscar O'Callan hatte keinen blassen Schimmer, wie er es vom sarkastischen, gut gelaunten Jungkoch zum melancholischen bis zynischen Berater in Liebesdingen geschafft hatte, für Nettie Wilde noch dazu, einem Teenager, der seiner Meinung nach überhaupt nicht und mit niemandem über diese Dinge sprechen sollte. Waren Teenager nicht in sich gekehrt und verklemmt, wenn es um diese Themen ging? Nun, Nettie Wilde war offenbar das Gegenteil, was ihn eigentlich auch nicht wirklich verwunderte. Nettie war schon immer weiter gewesen als die anderen Mädchen in ihrem Alter, und Oscar nahm an, dass es mit dem frühen Tod ihres Vaters zusammenhing. Und dass sie sich in der Folge schon sehr jung in der Verantwortung gefühlt hatte, für ihre Mutter, aber auch für das Hotel. Er mochte Nettie sehr. Und er hoffte, dass es ihr besser erging mit ihrer ersten Liebe als ihm mit seiner.

Oscar lachte, während er einmal um das Haus herumging, doch es klang überhaupt nicht fröhlich. Er stiefelte zum Hintereingang, um sich dort eine weitere Zigarette anzuzünden, und im Gegensatz zu den Malen, die er das zuvor getan hatte, rauchte er sie auf Lunge.

Oh Gott, war das widerlich. Es brannte, und Oscar hustete, bevor er den Glimmstängel quasi von sich warf und darauf herumtrampelte wie auf einem gefährlichen Insekt, das es zu töten galt. Womöglich war es das mit seiner Raucherkarriere. Er wusste im Grunde selbst nicht, warum er überhaupt damit anfangen wollte, nur dass es ihn neuerdings nervös machte, Florence zu begegnen. Seit Jahren hatte er das erste Mal das Gefühl, er würde nicht mehr länger so tun können, als wäre er nur ihr guter Freund, als machte es ihm nichts aus, wenn sie sich mit einem anderen traf oder mit einem anderen flirtete.

Wobei – wieder lachte Oscar, wieder klang es alles andere als vergnügt. Florence und flirten? Er hatte keine Ahnung, was passieren müsste, damit er das mal miterleben durfte. Bislang jedenfalls hatte die schüchterne, zuckersüße Florence schon Probleme damit, den Menschen, mit denen sie sprach, in die Augen zu sehen. Er fragte sich, ob sie je jemanden geküsst hatte. Jemand anders als ihn, dachte er. Denn ja, er hatte Florence geküsst, und obwohl dieser Kuss schon beinahe sieben Jahre her war und sie beide Teenager gewesen waren und nur wenig Zunge und nur ein kleines bisschen Grabschen involviert gewesen waren, erinnerte er sich an diesen Kuss bis heute, als wäre er gestern passiert.

Sie waren fünfzehn gewesen. Und betrunken. Sie hatten im Keller eines Klassenkameraden Geburtstag gefeiert. Und sie hatten sich geküsst, auf dem Nachhauseweg in einer Einfahrt, einfach so. Und dann nie wieder darüber gesprochen.

War es möglich, sich nach nur einem Kuss in einen anderen Menschen zu verlieben, und zwar so heftig, dass es über Jahre hinweg anhielt? Ohne zu verschwinden oder auch nur schwächer zu werden, ohne dass die Erinnerung daran verblasste? Eventuell musste er doch noch einmal mit Nettie sprechen und sie darauf hinweisen, dass, ja – ein Kuss genügte womöglich, um zu wissen, ob er oder sie der oder die Richtige war.

Bei ihm war es so gewesen. Und es war allerhöchste Zeit, das auch Florence mitzuteilen.

39.

Wie hieß es so schön? Positive Gedanken befördern Positives zutage? Man muss nur daran glauben? Die Hoffnung stirbt zuletzt? »Man soll den Tag nicht vor dem Abend loben«, murmelte Gretchen, während sie auf ihrem Weg durchs Foyer nur eben Sir James über den Kopf strich, der sich – wie üblich – vor einem der lodernden Kamine niedergelassen hatte, und dann schnurstracks auf ihr Büro zuhielt. Heute würde sie den Tag vor dem Abend loben und davon ausgehen, dass Minnie Barnes, ihr Filmteam und jegliche Verrücktheiten, die sie alle mit sich brachten (eine Passkontrolle im Wald beispielsweise), bis zur Weihnachtswoche verschwunden waren. Sie würde Herb Wallister anrufen. Ihn fragen, wann er gedachte, sich ihrem Bauprojekt zu widmen. Anschließend überlegen, ob sie das *Wild at Heart* über die Feiertage nicht doch öffnen und einige Stammkunden einladen sollte – die Angoves, Polly Morgan und Robert Calloway vielleicht – einfach, um der Tradition willen, und damit das Haus nicht leer stand zum Fest. Denn leer, das würde es sein, wenn der Dreh beendet, die Wagen von dannen gezogen und die schreckliche Minnie aus ihrem Leben verschwunden war, richtig? Sie hätte wieder mehr Zeit, würde durchatmen können, Nicholas sehen und ...

Das Telefon auf ihrem Schreibtisch klingelte.

Gretchen ließ sich auf den Stuhl dahinter fallen und nahm ab.

»*Wild-at-Heart*-Hotel, guten Tag. Was kann ich für Sie tun?«

»Hallo? Spreche ich mit diesem Hotel in Cornwall? Das, in dem die Dreharbeiten zu dieser Serie stattfinden?«

»Tut mir leid, darüber kann ich Ihnen keine Auskunft geben. Möchten Sie ein Zimmer buchen? Im Augenblick nehme ich Reservierungen für den Sommer entgegen, wenn Sie ...«

»Hier ist Richy Manners von der *Sun* mit einer Nachfrage zu der Pressekonferenz heute Vormittag. Würden Sie bitte bestätigen, dass ...«

»Es tut mir wirklich außerordentlich leid, aber ich kann Ihnen da nicht weiterhelfen. Bei Informationen rund um die Dreharbeiten müssten Sie sich bitte direkt an die Produktionsfirma wenden.«

»*Cool Corner*, richtig? Sie haben nicht zufällig eine Durchwahl für mich?«

Gretchen unterdrückte ein Seufzen. Das war nicht der erste Anruf dieser Art, und sie war nicht das Sekretariat für diese Leute. »Leider nein. Tut mir leid, dass ich Ihnen nicht weiterhelfen konnte. Auf Wiederhören.«

Sie drückte den Finger auf die Gabel. Und bevor noch jemand anders wegen der Pressekonferenz anrufen konnte, sah sie in der Adresskartei nach der Nummer von Herb Wallister und tippte sie ein.

Wie sich herausstellte, war Herb nach wie vor zu Hause, da es seinem Bein immer noch nicht sonderlich gut ging. Der Heilungsprozess zog sich hin, weil er bei dem Versuch, seiner Enkelin ein Glas Marmelade vom obersten Regal der Speisekammer zu holen, von der Trittleiter und auf sein Knie gestürzt war.

»In diesem Jahr wird das auf keinen Fall mehr etwas«, sagte Herb. »Im Januar eventuell auch noch nicht. Bleibt es denn bei dem Vorhaben, eine neue Scheune hochzuziehen? Bruno hat dem alten Lewis letztens erzählt, dass Theo eventuell andere Pläne hat. Irgendwas mit unterirdischen Gängen und Piraten.«

»Äh ... wie bitte?«

»Irgendwas mit Piraten«, wiederholte Herb. »Und Schatztruhen. Nun ja. Ihr werdet euch schon einigen. Erst mal besteht ohnehin keine Eile. Bis der Schnee weg ist, dauert es sicher ein paar Wochen, und dann ist der Boden womöglich noch eine Zeit lang gefroren.«

»Mr. Wallister ...« Gretchen stockte. Hatte sich der alte Herb bei seinem Sturz womöglich nicht nur sein Knie angeschlagen?

»Der Sturm, Kindchen. Es wird ein riesiger Schneesturm aufziehen. Dauert nicht mehr lange.«

Gretchen runzelte die Stirn. »Schneesturm.« Sie musste daran denken, was Sara gesagt hatte – dass es nach Schnee roch und danach, als würde sich etwas zusammenbrauen. Aber es hatte seit Jahren nicht mehr vernünftig geschneit in Cornwall. Und jetzt sollte es auf einmal so viel davon geben, dass er bis Januar liegen blieb?

»Spätestens Mitte Dezember«, sagte Herb.

»Alles klar«, erwiderte Gretchen. Sie seufzte. »Ich werde mit Theo reden. Und wir sprechen am besten im Januar wieder über einen Termin, ja?«

»Aber klar, Kindchen. Januar.«

Als Gretchen auflegte, klingelte das Telefon erneut.

»Hallo, hier ist Bob Harper vom *Daily Telegraph*. Spreche ich mit dem Hotel, in dem die Pressekonferenz ...«

Man sollte den Tag nicht vor dem Abend loben, dachte Gretchen. Und die Ruhe nicht vor dem Sturm. Und ... und überhaupt.

40.

Kein Schneesturm, jedoch ein gehöriges Unwetter erreichte das kleine Hotel auf Port Magdalen, Cornwall, bereits drei Tage später und in Form eines Zeitungsartikels. Wer sich nun wundert, wie eine aktuelle Ausgabe der *Sun* es an einem Samstag und schon vor dem Mittagessen auf die Insel schaffte, dem sei verraten, dass Bruno sie angeschleppt hatte. Er war bereits sehr früh am Morgen in Penzance gewesen, um Besorgungen zu machen, und hatte anschließend mit besagter Zeitung, frischem Früchtekuchen und blendender Laune an die Tür zu Theos Schäferwagen geklopft.

»Ah, lässt du dich auch mal wieder blicken«, begrüßte Theo ihn mürrisch, denn irgendwie hatten die gemeinsamen Grabungsarbeiten durch die ständigen Verzögerungen ein bisschen an Schwung verloren, und Theos Laune hatte entsprechend gelitten.

»Da ist wohl jemand mit dem falschen Fuß aufgestanden«, versetzte Bruno im gleichen Tonfall.

Theo schnaubte. Dann griff er nach der Tüte mit dem köstlich duftenden Gebäck und drehte sich zu der kleinen Kochplatte um, wo bereits das Teewasser blubberte, während sich Bruno schwerfällig auf das ebenfalls nicht sehr große, dafür umso betagtere Sofa fallen ließ. »Dass du hier drinnen keine Platzangst bekommst«, sagte er. »Dieses Ding ist nicht größer als eine Schuhschachtel.«

»Sagt der Italiener, dessen Schuhschachtel nicht größer

ist als ein Päckchen Kaugummi. Wo ist dein Sinn für Romantik geblieben? So ein Schäferwagen ist der perfekte Ort für ein Schäferstündchen, schon mal daran gedacht?«

Hinter Theos Rücken ließ Bruno seinen Blick über die abgewohnte Sitzecke, die kleine Kochzeile und das akkurat gemachte Bett gleiten, das diesen kleinen Wohnwagen ausmachte, dann verdrehte er die Augen. Er kannte den alten Wilde lange genug, um zu wissen, dass dieser nur aus Bellen bestand und kein bisschen aus Beißen. Dauernd redete er davon, dass er Dottie heiraten würde, wenn sie nur endlich ja sagte, und ständig tat er so, als sei er mit seinen fünfundsiebzig Jahren auf nichts anderes aus als darauf, sich noch einmal auf eine Frau einzulassen. Dabei wussten sie doch alle, dass er seit dem Tod seiner Marge nichts dergleichen unternommen hatte und auch gar nicht daran dachte. Bruno jedenfalls wusste das sicher. Genauso sicher, wie er wusste, dass auch er nur aus dem Spaß am Flirten mit Dottie herumalberte. Den Tod seiner eigenen Frau, so nervtötend sie manchmal gewesen war, hatte er nie überwunden.

Wenn das zwei alte Esel aus ihnen machte, dann – bitte.

»Außerdem«, erklärte Theo jetzt, »ist es allmählich zu kalt, um vor dem Wagen herumzusitzen.«

»Ein Sturm zieht auf«, stimmte Bruno zu.

»So heißt es.« Theo nickte. »Ob er wirklich Schnee bringt, wage ich allerdings zu bezweifeln.«

»Es riecht nach Schnee.«

»Wieso sagen das eigentlich alle? Wie zum Kuckuck riecht *Schnee*?«

Statt einer Antwort beugte sich Bruno nach vorn und klappte die Zeitung auf, die er auf dem niedrigen Tisch zwischen den alten Sitzmöbeln abgelegt hatte. Theo, der einen Teller mit aufgeschnittenem Früchtekuchen zu ihm herübertrug, platzierte ein Teelicht daneben. »Siehst du? *Romantico!*«, sagte er.

Sein Freund schüttelte nur den Kopf. »Ich hab uns spannende Lektüre mitgebracht«, sagte er und deutete mit dem Zeigefinger auf die Zeitung.

»Ich hoffe, heute spannende Lektüre auf dem Dachboden zu finden«, gab Theo zurück. »Hast du schon wieder vergessen, weshalb du dich den Berg zu uns heraufgeschleppt hast? Schlüssel? Porzellan? Diebesgut? Piraten? Schatz? Juwelen? Dia…«

»Himmel, hör auf, ist ja gut, ich hab's nicht vergessen. Wir krabbeln auf den Dachboden und holen uns auf der Suche nach irgendeinem Hinweis darauf, was hier vor fünftausend Jahren vor sich ging, Staubmilben.«

»Man kann sich keine Staubmilben holen«, sagte Theo.

Bruno zuckte mit den Schultern. »Willst du nun sehen, was über uns in der Zeitung steht oder nicht?«

Und so kam es, dass Bruno Fortunato und Theo Wilde als Erste und vor allen anderen auf der von der Pünktlichkeit der Post nicht eben verwöhnten Gezeiteninsel Port Magdalen von dem Skandal erfuhren, der ebendiese alsbald erschüttern sollte.

»Ach du Schreck, das darf nicht wahr sein.«

Gretchen, die an diesem Samstagvormittag eigentlich andere Dinge zu tun hatte, als Zeitung zu lesen (zum Beispiel musste sie noch ein passendes Kleid suchen für den heutigen Abend, den sie mit Sara in einer Bar in Penzance zu verbringen gedachte), war den ersten Teil des Tages damit beschäftigt gewesen, Telefonanrufe von Pressevertretern und sonstigen Neugierigen abzuwehren. Nun stand sie neben Theo und Bruno vor dem Schreibtisch in ihrem Büro und blickte auf eine höchst unschöne Schlagzeile herab.

Heathers hässliche Heimlichkeiten

stand da in dicken schwarzen Lettern auf der Titelseite der *Sun* (untere Hälfte, aber trotzdem: Hatten die Leute keine anderen Probleme an diesem Samstag im Dezember?). Und über einem Foto, das Heather Mompeller und Ivan Trust zeigte, in einer innigen Umarmung und vor dem gut lesbaren Schild des *Wild-at-Heart*-Hotels.

»Wann ist dieses Foto aufgenommen worden?«, fragte Gretchen, die im Augenblick mehr mit sich selbst redete als mit den beiden Männern, die ihr die Zeitung gebracht hatten. »Ich meine«, sie schüttelte den Kopf, »es muss im Sommer gewesen sein, so viel steht fest, aber …«, womit sie die Augen zusammenkniff und die Zeitung näher zu sich heranzog. © *Valerie Fournier* stand da sehr klein neben der Bildunterschrift, und Gretchens Augen verengten sich noch ein Stück mehr.

»Wie kommt Madame Fournier dazu, die beiden zu fotografieren? Sie war doch wegen eines Bildbands hier? Es sah nicht so aus, als hätte sie auch nur geahnt, dass die beiden in England bekannt sind. Und wir haben so aufgepasst, dass sich daran auch nichts änderte.«

Theo, der seiner Schwiegertochter über die Schulter blickte und ebenfalls auf den Artikel starrte, schüttelte den Kopf. »Das einzige Mal, an das ich mich erinnern kann, die drei zusammen gesehen zu haben, war an dem Nachmittag, als Bruno Dottie zu Fall gebracht hat und …«

»Hey! Ich habe Dottie nicht zu Fall gebracht! *Sfrontatezza!*« Womit sich Bruno zu Recht beschwerte, immerhin hatte er an diesem Nachmittag nur das vegane Essen für einen der Gäste ins Hotel bringen wollen (das Dottie sich zu diesem Zeitpunkt noch weigerte zu kochen und deshalb aus *Lori's Tearoom* stammte). Die Köchin war bei der Übergabe über Fred, das Frettchen, gestolpert, wobei der darauffolgende Sturz für Dottie einen verstauchten Knöchel zur Folge hatte.

Wie dem auch sei.

»Miss Mompeller und Mr. Trust haben damals geholfen, Dottie ins Haus zu bringen, erinnerst du dich?«, fragte Theo.

»Und Madame Fournier hat mir mit dem verstreuten Essen geholfen«, murmelte Gretchen.

»Und irgendwann davor oder danach«, mischte sich Bruno ein, um auch etwas beizutragen, »hat sie wohl dieses kompromittierende Foto geschossen.«

»Kompromittierend«, grummelte Gretchen. »Wieso darf die Frau vor ihrem jetzigen Freund denn keinen anderen gehabt haben? Ginge es hier um Ivan Trust, würde sich vermutlich niemand aufregen, dass er im Sommer noch mit der einen, im Winter dann mit der anderen zusammen ist!«

»Ja, aber doch nicht gleichzeitig, Gretchen«, rief Theo.

Und dann las Gretchen den eigentlich viel zu langen Artikel doch noch zu Ende, bevor sie das Festnetztelefon aussteckte, sich die Zeitung unter den Arm klemmte und sich auf die Suche nach Minnie Barnes machte, die vermutlich noch keine Ahnung hatte, welcher Tumult ihr ins Haus stand.

Heathers hässliche Heimlichkeiten

Auf der kleinen Insel Port Magdalen in Cornwall wird derzeit eine Serie gedreht, die weit über die

Landesgrenzen hinaus für Furore sorgt: nicht nur, dass Ian Grumbole, exzentrischer Regie-Altmeister, sich erstmals an eine Serie wagt. Nein – Noah Perry, Englands derzeit heißester Hollywood-Export, hat darüber hinaus die männliche Hauptrolle übernommen. Nach monatelanger Geheimniskrämerei wurden bei einer Pressekonferenz am vergangenen Mittwoch endlich Details über den Inhalt der Produktion von *Unknown* bekannt gegeben, und darüber hinaus ein weiteres, höchst pikantes Teilstück: Perry, Herzensbrecher aus Blackburn und seit der Trennung von seinem Jugend-Sweetheart Julie Martins im Frühjahr Dauersingle, ist offensichtlich nun vergeben, und zwar an niemand Geringeren als Heather Mompeller, zartes Theaterröslein aus dem südlichen London und Perrys Partnerin in Grumboles kommendem Serienhit.
Lesen Sie weiter auf Seite 6.

Was Gretchen tat.

Noah und Heather also – wow, sagen wir von der *Sun*. Zwar waren Gerüchte über die Liebelei der beiden bereits seit dem Sommer im Umlauf, konkret aber wollte bis zum vergangenen Mittwoch dazu niemand Stellung nehmen. Bilder hat es darüber hinaus ebenfalls nicht gegeben – keine gemeinsamen Auftritte, heimliche Treffen, Paparazzishots aus dem Urlaub. Nichts.
»Wenn man so eng zusammenarbeitet, wie wir beide es an diesem Projekt getan haben, dann verschwimmen manchmal die Grenzen zwischen

Vorstellung und Realität«, hatte Perry während der Pressekonferenz erklärt, woraufhin Minnie Barnes, Aufnahmeleiterin und Set-Chefin, vor versammelter Presse verkündete: »Wir freuen uns sehr, mit einem Schauspielerpaar zu arbeiten, bei dem nicht nur vor der Kamera die Chemie stimmt, sondern auch dahinter ordentlich Funken sprühen.«

Wie die PK verlief, wie Perry Heathers Tränen trocknete und Barnes die Anwesenden dazu mahnte, sensibler vorzugehen, haben wir bereits berichtet. Schon damals wollte man rufen: Was für eine fabelhafte Inszenierung! Hier übertreffen Sie sich selbst, Mr. Grumbole, doch die britische Presse weiß sich zu benehmen, allen Unkenrufen zum Trotz.

Weiß das aber auch Heather Mompeller, Englands Mauerblümchen Nummer eins? Die Sechsundzwanzigjährige hat bislang nicht gerade durch Affären von sich reden gemacht, ganz im Gegenteil: Seit Heather vor knapp zwei Jahren das erste Mal ins Rampenlicht der Bühne trat, behauptete sie stets, ihre Priorität liege allein auf ihrer Karriere. Für die Liebe – keine Zeit! Viele wunderten sich, einige spekulierten, doch niemand – tatsächlich niemand – ahnte, dass Heather heimlich durchaus jemanden liebte. Und nun, Ladys und Gentlemen, halten Sie sich fest: Niemand Geringerem als unserem Shakespeare-Vorzeigemimen Ivan Trust gelang es, das Herz der schüchternen Heather zu erobern.

Ivan, der schreckliche Schmerzensbrecher, dem schon so viele Affären nachgesagt wurden, dass Casanova in seinem Grab erblasst. Ivan, der …

ach, lassen wir das. Niemals jedenfalls hätten wir das ungleiche Paar (Ivan ist immerhin fünfzehn Jahre älter als Heather, etwa drei Köpfe größer und um einiges, sagen wir, grummeliger) für ein Paar gehalten, ob die beiden nun auf der Bühne eins abgaben (was sie taten) oder nicht.

Woher wir überhaupt davon wissen?

Am Tag nach der Veröffentlichung unseres Berichtes von der Pressekonferenz erreichte die *Sun* das Angebot einer französischen Fotografin über ein exklusives Foto vom Sommer dieses Jahres, das Ivan Trust und Heather Mompeller in inniger Umarmung zeigt. Das Pikante daran: Valerie Fournier ahnte gar nicht, wen sie da fotografierte, als sie im Juli im *Wild-at-Heart*-Hotel auf Port Magdalen, Cornwall, residierte. Sie lichtete die beiden ab, weil sie einen so »innigen, zutiefst verliebten« Eindruck auf sie machten. Das weitaus Pikantere an dem Bild: Im Juli soll Mompeller den oben beschriebenen Gerüchten zufolge bereits mit Noah Perry liiert gewesen sein. Wer ist nun schrecklich, fragen wir? Und: Ist das neue Traumpaar schon Geschichte, bevor die überhaupt begonnen hat?

41.

»Und was ist dann passiert?«, fragte Sara. Sie setzte ihr Glas an die Lippen, bemerkte rechtzeitig, dass es leer war, und gab dem Barkeeper ein Zeichen, ihnen noch zwei Cosmopolitans zu bringen. Das hatte sie schon immer machen wollen – mit einer Freundin in einer Bar sitzen und Cosmopolitans schlürfen, sehr *Sex-and-the-City*-mäßig. Leider sah es im *Golden Eagle* nicht halb so extravagant aus wie in den Lokalen, in denen Carrie Bradshaw mitsamt Gang für gewöhnlich ihr Alkoholpensum auf Pegel hielt. Macht nichts, dachte sich Sara. Man konnte sich schließlich jede Bar schön trinken. Oder jedes Pub, genauer gesagt.

»Hey.«

»Hm?«

»Dein Glas ist ja schon wieder leer. Es ist halb neun. Mach mal langsam.« Gretchen lachte, doch Sara erkannte den Funken Besorgnis in ihrem Blick.

»Mir geht es blendend«, sagte sie. »Und das war doch Sinn unserer Girls' Night, richtig? Dass es uns endlich wieder mal blendend geht. Erzähl mehr von der hässlichen Heather und wie sie den schönsten Mann des Landes betrog, schon bevor es offiziell wurde mit den beiden.«

Für eine Sekunde blieb Gretchen still, dann erklärte sie zögernd: »Womöglich sollte ich dir lieber nichts mehr davon erzählen.«

»Wieso nicht?«

»Du weißt genau, wieso.«

Sara verdrehte die Augen. »Das hatten wir bereits. Jegliches private Interesse an diesem Thema wurde vernünftigerweise schon vor Tagen in die Abgründe der vierzigjährigen Seele verbannt, die es augenblicklich in Flammen aufgehen ließ. Dennoch muss ich sagen: Ich bin auf seiner Seite.«

»Natürlich bist du das.«

»Auf welcher Seite sollte ich sonst sein? Offenbar hat sie ihn betrogen, oder? Er ist seit Frühjahr Single. Und er ...« Sie hielt inne. *Er hat es auf jeden Fall nicht verdient, betrogen zu werden*, schloss Sara in Gedanken, formulierte den Satz aber nicht laut, als der Kellner ihnen ihren jeweils dritten Cocktail brachte. Sie stießen an.

»Um zehn liegen wir unterm Tresen«, prophezeite Gretchen.

»Das hoffe ich doch«, gab Sara zurück.

»Ich hätte dir nicht davon erzählen sollen.«

»Ich hätte es doch so oder so erfahren. Dieses Kaff ist ein Dorf. Jeder erzählt jedem alles. Also, was hat Minerva gemacht, als du ihr den Artikel in die Hand gedrückt hast?«

»Sie hat mich die drei Stunden warten lassen, die es gedauert hat, ihn zu lesen, und dann hat sie ihre Assistentin rundgemacht und jeden, der sich nicht rechtzeitig in die Kulissen flüchten konnte. Also habe ich mich diskret wieder zurückgezogen.«

»Mmh.« Sara nippte an ihrem Cosmo. »Möchte wissen, was sie der *armen* Heather erzählt hat.« Das *arme* betonte sie so, dass es ganz besonders nicht nach arm klang.

Gretchen runzelte die Stirn. Sie hatte tatsächlich Mitleid mit Heather. Sie sah sie wieder vor sich, das schluchzende Häufchen Elend in der Badewanne der Suite. Auch bei der

Pressekonferenz hatte Heather geweint – und so kannte Gretchen sie überhaupt nicht. Im Sommer, in den Tagen, die sie mit Ivan Trust im *Wild at Heart* verbracht hatte, war die junge Frau fröhlich gewesen. Sie hatten glücklich ausgesehen und diese Zufriedenheit ausgestrahlt, die nur frisch verliebte Paare zu besitzen schienen. Und jetzt ... Noah Perry schien ein toller Mann zu sein, ein höflicher, sympathischer, wirklich fantastisch aussehender Mann. »Etwas stimmt da doch nicht«, murmelte Gretchen.

»Was stimmt nicht?«

Gretchen betrachtete Sara. Sie durfte ihr nicht davon erzählen, was sie im Hotel beobachtet hatte, aber es sprach überhaupt nichts dagegen, ihre ganz privaten Vermutungen mit ihrer Freundin zu teilen. »Diese ganze Sache mit der großen Liebesgeschichte zwischen Heather und Noah. Ich meine, du hast die beiden bei der Pressekonferenz gesehen, oder? Hattest du nicht auch den Eindruck, dass die glücklichste Person im Raum Minerva Barnes war, und zwar wegen der Aussicht auf noch mehr Presse für ihren Film?«

»Serie«, korrigierte Sara automatisch. »Und ich habe nicht so sehr auf Minnie Barnes geachtet.« Weil sie nämlich nur Augen für Noah Perry gehabt hatte, der ohnehin ihre Gedanken viel zu sehr in Beschlag nahm. Und weil ihr das allmählich selbst zu viel wurde, setzte sie entschlossen ihr Glas an die Lippen und trank einen kräftigen Schluck. »Wie wäre es«, fragte sie, »wenn wir mal ein bisschen weniger quatschen und stattdessen zur Tat schreiten?«

»Was?« Gretchen lachte.

»Wo geht man in diesem Kaff am besten tanzen?«

»Tanzen?« Beide Frauen sahen sich suchend um, als ließe sich die Antwort auf diese Frage in den verstaubten Räumen des *Golden Eagle* finden. Die Wahrheit war, dass das beliebte Pub schon zu den besten Spots an einem Samstagabend in Penzance gehörte, was die Antwort auf Saras Frage ganz schön schwierig erscheinen ließ. Von hier aus konnte es eigentlich nur noch bergab gehen.

Die zwei sahen sich an. »*The Buzz*«, sagten sie gleichzeitig.

»Gott, da wollten wir niemals mehr hingehen.«

»Aus gutem, gutem Grund.«

Das *Buzz* war eine Art U40-Aufreißer-Disco im klassischen Achtziger-Jahre-Stil, mit klassischer Achtziger-Jahre-Musik und in der Zeit stehen gebliebener Menschen, die Neonhemden und Röhrenjeans trugen.

»Der mir gerade nicht einfallen will«, erklärte Sara, wühlte in ihrer Handtasche nach dem Geldbeutel und warf einige Scheine auf den Tresen.

Aaaah, sie fühlte sich himmlisch. Leicht, nach den drei Cosmos und dem nur etwas schalen Prosecco, den sie hier im *Buzz* hinterhergekippt hatte. Durchgeschwitzt, nach den mindestens sieben Songs, die sie jetzt schon ununterbrochen tanzten, inmitten dieser Meute feiernder Junggebliebener. Nur selten tauchte ein wirklich junges Gesicht vor Sara auf, doch das war ihr herzlich egal. Sie waren zum Tanzen hier, um den Kopf freizukriegen, um einmal an nichts anderes zu denken als daran, dass sie frei war, nur noch den Rhythmus spürte, die Leidenschaft, ganz genauso wie Irene Cara. *What a Feeling!*

»Hör auf, mir ins Ohr zu brüllen«, brüllte Gretchen.

»Was hast du gesagt?«, schrie Sara zurück.

»Hör auf ...« Gretchen schüttelte den Kopf. Die Musik war so laut, man verstand sein eigenes Wort nicht, erst recht nicht das eines anderen. Also griff sie nach Saras Hand und zog sie ein Stück weg von den Boxen an den anderen Rand der Tanzfläche, wo sie auf einem Stehtisch ihre Gläser hatten stehen lassen.

»Wow, das hat gutgetan«, seufzte Sara, während sie nach ihrem inzwischen vollends warmen Sekt griff und ihn Grimassen schneidend hinunterwürgte. »Du kannst über das *Buzz* sagen, was du willst, aber die Musik ist fantastisch.«

»Das Publikum ist nicht gerade das, was ich mir für den heutigen Abend vorgestellt habe«, gab Gretchen zurück. »Es führt den Sinn des Ganzen ad absurdum.«

»Welchen Sinn?«

»Dir einen Mann zu suchen. Und sei es nur für eine kleine Ablenkung.«

»Eine kleine?« Saras Mundwinkel bogen sich dramatisch nach unten, und Gretchen versetzte ihr einen Stoß in die Rippen.

»Woran du wieder denkst«, schalt sie lachend.

»Du bist diejenige, die mir einen Mann für eine Nacht schmackhaft machen will.«

»Ich bin deine Freundin«, sagte Gretchen. »Und nachdem du dich hartnäckig sträubst, einen Mann für länger als eine Nacht in Betracht zu ziehen, tue ich das, von dem ich denke, dass es das Beste für dich ist.«

Sara zwang sich zu einem Grinsen und schwieg. Sie hatte keine Lust, sich in Erinnerung zu rufen, dass sie bei Noah Perry das erste Mal seit ewigen Zeiten wieder daran gedacht hatte, wie es wäre, heimzukommen und diesen Mann in ihrer Wohnung vorzufinden. Den Abend mit ihm vor dem Fernseher zu verbringen, gemeinsam zu kochen, zu essen, Filme zu schauen. Ihn für länger in Betracht zu ziehen.

Sie schüttelte sich aus ihren Gedanken.

»Der da«, sagte Gretchen und nickte zu einer Gruppe von vier Männern, die um einen Stehtisch einige Meter weiter herumstanden. »Der mit den Haaren.«

Sara prustete einen Schluck ihres Proseccos zurück ins Glas. Tatsächlich hatten drei der vier so gut wie keine Haare mehr, während einer eine für sein Alter reichlich albern wirkende Föhnfrisur zur Schau trug. »Du meinst den George Michael für Arme?«

»George Michael für Arme ist immer noch besser als ... als Bruce Willis für Blinde.«

»Was willst du denn damit sagen?«, fragte Sara verwirrt. »Ich finde nicht, dass Bruce Willis hässlich ist. Ganz im Gegenteil, wenn ich ihn mit dem George da drüben vergleiche ...«

»Ich meine doch nicht hässlich. Ich meine bloß, wenn du dich hauptsächlich auf deinen Tastsinn verlässt, weil es dir nicht möglich ist zu sehen, ist es mit so einem Kahlkopf wie Bruce Willis vermutlich eher unbefriedigend, oder?«

Sara blinzelte. Gretchen meinte das ernst, stellte sie fest, was unter anderem bewies, dass mit dem Alkohol hier irgendetwas nicht in Ordnung war. Sei's drum. Sie zuckte mit den Schultern und sagte: »Ich hole uns noch ein paar Drinks.«

»Mach das. Wir haben mit dem Schöntrinken ja auch gerade erst angefangen.«

Wie sich herausstellte, bedurfte es noch einer ganzen Reihe weiterer alkoholhaltiger Getränke, um sich die Männer im *Buzz* attraktiv zu bechern. Immerhin mussten sie nur die wenigsten davon selbst bezahlen. Dass der Preis für die mittelmäßigen Cocktails und die höllischen Shots in jeder Hinsicht zu hoch war, musste schließlich auch Gretchen einsehen. »Das war eine ganz dumme Idee«, raunte sie Sara ins Ohr, nachdem sich deren inzwischen ein wenig zu siegessicher dreinblickender Föhnfrisuren-Verehrer auf die Toilette verabschiedet hatte. »Lass uns verschwinden.«

»Endlich zeigst du Erbarmen«, gab Sara zurück. »Los.« Sie griff nach Gretchens Hand und zog sie durch die Menschenmenge, die sich inzwischen nur noch dichter aneinanderdrängte. Es war beinahe zwölf, und der Club lief zu Höchstform auf. Die Musik war nach wie vor ganz nach Saras Geschmack (gerade fragte ein schmerzerfüllter Boy George *Do You Really Want To Hurt Me*), und fast war sie ein bisschen sauer auf Gretchen, dass sie ihnen mit der fruchtlosen Suche nach einem Mann für gewisse Stunden den ausgelassenen Abend ruiniert hatte. Peter. So hieß die Föhnfrisur. Geschäftsführer einer Container-Firma und der humorloseste Brite, den Sara je kennengelernt hatte. Nein, dachte sie. So durfte sie das nicht sehen. Gretchen hatte es schließlich nur gut gemeint und …

»Gehen Sie schon?«

Sara zuckte zusammen, als sich ihr eine Figur in den Weg stellte, und Gretchen, die sich dicht hinter ihr gehalten hatte, prallte gegen ihre Schulter. Sie standen einige Meter von der Tanzfläche entfernt, doch der Nebel, der vom DJ-Pult aus über die wogende Menge waberte, reichte bis zu ihnen, weshalb Sara nicht sofort erkannte, wer da vor ihr stand.

»Allerdings, wir …«, setzte sie schon zu einer abwehrenden Antwort an, doch dann klappte sie ihren Mund wieder zu und starrte sprachlos auf den Mann vor ihr.

Es war nicht die George-Michael-Gedächtnisföhnfrisur. Der Mann, der sich ihr in den Weg gestellt hatte, hielt seine Haare unter einer schwarzen Baseballkappe verborgen, auf der das Emblem von irgendeiner Sportmannschaft genäht war. Dazu trug er eine Brille mit großen runden Gläsern, eine schwarze Lederjacke mit weißem T-Shirt darunter und Jeans. Und er lächelte Sara an, die blinzelte, während ihr Gretchen ein »Holy shit!« ins Ohr raunte (ja, der Alkohol war es, der Worte dieser Art erlaubte).

Als Sara endlich ihre Sprache wiedergefunden hatte, fragte sie: »Sehen Sie durch diese Dinger überhaupt etwas?«

»Fensterglas«, antwortete Noah Perry.

»Sie sehen absolut lächerlich damit aus.«

»Herzlichen Dank. Sie sehen absolut umwerfend aus.«

Für eine Sekunde stand Sara einfach nur da, die Lippen einen Spaltbreit geöffnet, das in ihren Nacken atmende Gretchen vergessen, doch dann schüttelte sie sich aus ihren Gedanken. Was machte er hier? Was hatte Noah Perry in einer abgehalfterten Tanzkneipe in Penzance zu suchen, in Tarnoutfit noch dazu, wenn nicht ... wenn nicht sie?

Gretchen schien exakt im selben Moment den exakt selben Gedanken zu hegen. »Wir wollten gerade gehen«, sagte sie, während sie sich neben Sara stellte. »Also, ich ...« Sie warf Sara einen Blick zu. »Ich werde ein Taxi rufen und ...«

»Das kommt gar nicht infrage.« Sara schüttelte den Kopf. So vollkommen fürchterlich es war, dass Noah ausgerechnet jetzt und viel zu spät hier auftauchte, sie würde ihre beste Freundin nicht mitten in der Nacht allein nach Hause schicken, nicht, wenn dies eigentlich ein Mädelsabend gewesen war, ihr Abend, der darüber hinaus ursprünglich dazu diente, Noah Perry zu vergessen, und ... nein. So eine Freundin war sie nicht.

»Ich nehme mir ein Taxi«, wiederholte Gretchen und kniff Sara dabei so unauffällig-auffällig in die Seite, dass diese aufquietschte. »Ich bin schrecklich müde und muss morgen früh raus, denn sicher bringt Minnie, das Monster, den Morgen weit vor Sonnenaufgang zum Grauen. Entschuldigung«, fügte sie mit einem Blick auf Noah Perry hinzu, doch dessen Mundwinkel zuckten.

»Ich kann Sie nach Hause fahren«, bot er an.

»Nein, wirklich. Das ist nicht nötig. Sara wohnt ja in einer völlig anderen Richtung, also fahren Sie sie nach Hause. Es ist Ebbe – wie Sie vermutlich wissen, da Sie mit dem Wagen da sind –, und das Taxi kann mich bis vors Hotel fahren. Okay?« Von der Seite sah Gretchen Sara an. »Ja? Okay?«

»Okay«, gab Sara matt zurück. Sie hatte keine Ahnung, was sie erwartete. Sie hatte keinen Schimmer, weshalb Gretchen sie auf einmal in die Arme des Mannes schubste, den sie noch vor ein paar Tagen als den völlig falschen deklariert hatte. Und sie wohnte keinesfalls in einer völlig anderen Richtung, was sogar Noah wusste, der ja bereits bei ihr gewesen war.

Sara blinzelte, und aus den zwei Männern vor ihr wurde wieder einer.

Hilfe, sie war betrunken.

Warum nur hatte sie so viel getrunken?

Sicherlich war es nicht ratsam, sich völlig betrunken mit einem berühmten Filmstar ins Auto zu setzen?

»Aber Sie sind gerade erst gekommen!«, rief sie.

»Das stimmt, aber ...« Noah klappte den Mund zu und schob mit einem Finger die Fake-Brille ein Stück die Nase hoch.

»Stell dich nicht dümmer als du bist«, raunte Gretchen in Saras Ohr, und dann war sie weg.

Saras Herz, ohnehin schon einen Ticken schneller unterwegs als vor der Begegnung mit Noah, begann auf einmal zu rasen, es strampelte und überschlug sich fast in ihrer Brust.

Seit Tagen hatte sie versucht, sich einzureden, was alles dagegen sprach, diesen Mann zu mögen, der nicht nur so viel jünger war als sie, sondern auch vergeben. Ein Mann, der in einer völlig anderen Liga spielte, am anderen Ende der Welt; doch wenn sie ihn jetzt so vor sich sah, hier, in dieser schäbigen alten Disco in diesem kleinen Ort in Cornwall, dann war sie sich ehrlich nicht sicher, wie lange sich dieser Widerstand gegen sich selbst noch aufrechterhalten lassen würde.

42.

Noch heute Mittag hätte Noah Perry den Tag für einen der schlimmsten seines Lebens gehalten, doch jetzt, nachdem er sich tatsächlich überwunden hatte, genau das zu tun, wonach ihm wirklich und ehrlich der Sinn stand, lichtete sich allmählich die Dunkelheit in ihm. Dieser Zeitungsartikel hatte die Hölle heraufbeschworen, und Minnie die Feuer darin nur noch mehr angeheizt. Hätte Noah Heather nicht rechtzeitig aus der Schusslinie genommen, sie wäre in der Hitze des Gefechts in Flammen aufgegangen. Als könnte sie etwas dafür, dass die Presse Wind von ihr und Ivan bekommen hatte. Als die beiden im Sommer zusammen im *Wild at Heart* abstiegen, hatten Noah und Heather ihre Verträge für die PR-Kampagne noch nicht unterschrieben; und dass sie angeblich schon seit Monaten eine Liebelei pflegten, wurde auch erst hinterher festgelegt. Es war nicht Heathers Schuld, dass sie ohne ihr Wissen fotografiert worden war. Dass sie sich überhaupt heimlich mit Ivan hatte treffen müssen, war ebenfalls nicht ihre Schuld – es konnte einem wahrlich schlecht werden bei den Gesetzen dieser Branche, in der so oft die Wahrheit verdreht und alles verkauft wurde für einen Erfolg, der so flüchtig war wie das Wasser bei Ebbe.

Noah atmete einmal tief ein. Er fühlte sich schon besser. Noch nicht vollkommen wiederhergestellt, aber sehr viel besser als noch vor einer halben Stunde. Was selbstverständlich an der Frau lag, die da neben ihm im Wagen saß, da machte er sich überhaupt nichts vor. Sie sah atemberaubend aus. In diesem türkisfarbenen Hosenanzug, der mehr verbarg, als er aufdeckte, und doch derart betonte, dass er eigentlich verboten gehörte. Die Hochsteckfrisur – leicht zerzaust vom Tanzen, vermutete er – gab den Blick auf ihren makellosen, wunderschönen Hals frei.

Noah räusperte sich.

Makelloser, wunderschöner Hals? Alles klar.

»Wie haben Sie uns eigentlich gefunden?«, fragte Sara, und Noah nutzte die Gelegenheit, ihr einen weiteren Blick zuzuwerfen. »Oder ... ich meine ... war es Zufall, dass Sie im *Buzz* gelandet sind?«

Noah lachte. »Nein«, sagte er. »War es nicht.«

Die Wahrheit lautete: Er hatte den jungen Typen hinter der Hotelbar gefragt, wo denn an diesem Samstagabend seine Assistentin abgeblieben war, und mit seiner und der Hilfe von Gretchen Wildes Lebensgefährten herausgefunden, dass die beiden Frauen erst in einem Pub, und dann zum Tanzen gegangen waren. Und dann hatte er beschlossen, reinen Tisch zu machen. Er war von so vielen Lügen umgeben und in so viele Heimlichkeiten verstrickt, dass er auf einmal den dringenden Wunsch verspürt hatte, etwas Wahres zu erleben. Und nichts war ehrlicher und wahrer gewesen als jener Abend, den er bei Sara Gibbs verbracht hatte. Er wusste, er konnte ihr nicht die ganze Wahrheit sagen, er hatte schließlich einen Vertrag einzuhalten. Doch er konnte Andeutungen machen und hoffen, dass sie sie verstand.

»Nicht? Aber ...« Sara sah verwirrt aus »Es wusste doch niemand, dass wir ins *Buzz* gegangen sind.«

»Der Freund von Mrs. Wilde wusste es. Ich glaube, sie haben sich den Abend über Textnachrichten geschickt.«

»Pffff.« Sara schnaubte. »Natürlich haben sie das«, murmelte sie. »Diese beiden können derzeit nicht für Geld die Finger voneinander lassen.«

»Nein?«

Sara warf ihm einen Blick zu, der besagte, dass sie eigentlich nicht mit ihm über die Liebesangelegenheiten ihre Freundin sprechen wollte, letztlich aber seufzte sie. »Ich gönne es ihr von ganzem Herzen. Die beiden sind frisch verliebt und haben es ehrlich verdient, wieder glücklich zu sein.«

»Wieder?«

Auch jetzt sah Sara ihn an, doch es war klar, dass sie dazu nichts weiter sagen würde.

Den Rest des Wegs legten sie schweigend zurück. Sehr genau hatte Noah sich den Verlauf des Abends ohnehin nicht überlegt, doch allmählich sollte ihm etwas einfallen, dachte er, sonst hatten sie Saras Wohnung erreicht, und sie würde sich von ihm verabschieden, ohne dass er auch nur die Möglichkeit bekam, irgendetwas zu erklären.

»Sie haben sich den Weg gemerkt«, stellte Sara fest, als Noah schließlich in die Einfahrt des Cottages einbog, in dem sie lebte.

»Mein Gedächtnis ist ziemlich gut trainiert«, gab er zurück, »vom vielen Textlernen und so weiter.«

»Und so weiter«, echote Sara leise. Diese Aussage hatte sie einmal mehr daran erinnert, mit wem sie in diesem Wagen saß, doch von Saras Unsicherheit bemerkte Noah nichts.

Er hatte angehalten und den Motor abgestellt. Und da saßen sie nun, in dem ziemlich engen Sitzbereich des Opel Corsa, den der Barkeeper dankenswerterweise verliehen hatte, und zum wiederholten Mal breitete sich Schweigen zwischen ihnen aus.

»Sara«, begann Noah im selben Augenblick, in dem Sara die Beifahrertür aufspringen ließ.

»Gott, es ist eiskalt da draußen«, erklärte sie und zog sie wieder zu. »Ich kann mich nicht erinnern, wann es in Cornwall zuletzt so kalt gewesen ist. Und sollten Betrunkene nicht eigentlich immun sein gegen Kälte?«

»Sind Sie denn betrunken?«, fragte Noah.

»Nicht genug, wie es scheint«, gab Sara zurück.

Noah beobachtete, wie sie Luft holte und sich dann zu ihm drehte. »Sie sind ... Sie sind heute meinetwegen ins *Buzz* gekommen?«

Er lächelte. »Ich denke schon.«

»Sie denken schon.«

»Ja. Ich meine ja.«

»Und hat das irgendetwas mit diesem Zeitungsartikel zu tun?«

Noah seufzte. Was genau er Sara würde sagen wollen, hatte er sich vorher leider nicht überlegt. Aber er musste versuchen, so ehrlich wie möglich zu ihr zu sein, ohne seine Verschwiegenheitspflicht zu verletzen. »Nach allem, was heute im Laufe des Tages passiert ist, habe ich mich nach etwas Echtem gesehnt. Darum bin ich hergekommen.«

»Etwas *Echtem*?« Verständnislos runzelte Sara die Stirn.

Noah nickte. »Ich habe mich sehr wohl gefühlt letzte Woche, auf Ihrem Sofa.« Er nickte in Richtung des Fensters, hinter dem sich Saras Wohnzimmer befand. »Ich weiß nicht, ich wollte ein Stück dieser inneren Ruhe wiederfinden, schätze ich. Und Sie haben damals gesagt, wenn ich einmal wieder vor einer Horde Irrer fliehen müsse, könnte ich jederzeit bei Ihnen vorbeikommen.«

Sara sah ihn immer noch an, und im Schein der Straßenlaterne konnte er so viel in ihren Augen lesen, dass ihm ganz schwindlig wurde. Überraschung, Mitleid, Ratlosigkeit, ein bisschen Ungläubigkeit und dann noch etwas anderes. Etwas, das für sein Empfinden schwer nach Sehnsucht aussah. Und so, als sei sie zwischen all dem hin- und hergerissen.

»Das habe ich gesagt«, stimmte Sara ihm schließlich zu, »aber ich bin mir nicht mehr sicher, ob das so eine gute Idee ist. Ich meine – dieser ganze Wirbel um Ihre Person gerade und um …« Sie hob die Brauen. »Um Heather Mompeller, ich glaube ehrlich nicht, dass mein Sofa gerade der sicherste Ort für Sie ist, um sich zu verstecken.«

»Ihr Sofa ist nicht sicher?«

Sara zog die Unterlippe zwischen ihre Zähne und biss nervös darauf herum. Noah hatte keine Ahnung davon, wie gefährlich dieses Sofa im Augenblick wirklich war, mit einer angetrunkenen Sara in greifbarer Nähe, die vielleicht nicht sturzbetrunken, aber dennoch beschwipst genug war, um sich zu wünschen, sie würden sich zu zweit auf besagtes Sofa quetschen.

»Ich finde Sie wirklich nett«, platzte es aus Sara heraus. In der Sekunde darauf schlug sie sich mit der flachen Hand gegen die Stirn und suchte mit der anderen erneut nach dem Griff der Beifahrertür. »Ich fürchte, das war doch ein bisschen viel Prosecco«, rief sie und wäre schon fast aus dem kleinen Auto gesprungen, hätte Noah sie nicht festgehalten. An … ihrem Schenkel. Spontan hatte er mit einer Hand ihren Oberschenkel umschlossen, um sie am Aussteigen zu hindern, da Saras Oberkörper schon halb aus dem Wagen hing.

»Oh, sorry, das …«, stammelte er und sah dabei auf seine Finger, wie sie Saras in sexy türkis gekleidetes Bein umschlossen, aber er zog sie nicht sofort zurück. Schließlich aber doch. Und dann fuhr er sich mit gleicher Hand durch die Haare, das heißt, wollte er, doch er blieb an seiner Kappe hängen. Die lächerlich war. Also nahm er sie ab, ebenso wie auch die Tarnbrille. Woraufhin Sara sich zurück in den Sitz gleiten und die Autotür wieder zufallen ließ.

»Ich wollte nur sagen«, begann er erneut, »ich … finde Sie auch sehr nett. Und Heather …« Er schluckte. Sara runzelte die Stirn. Und Noah vertraute ihr, das tat er wirklich, doch selbst wenn er ihr jetzt die Wahrheit erzählen würde, es änderte ja nichts. Bis auf Weiteres würde er offiziell mit keiner anderen Frau zusammen sein dürfen als mit Heather, und was eine heimliche Beziehung betraf, nun: Sie hatten ja an Ivan gesehen, wohin so etwas führte.

»Ich wollte nur so viel sagen«, wiederholte Noah schließlich. »Heather hat mich nicht betrogen. Und ich sie auch nicht. Und ich betrüge sie nicht einmal dann, wenn ich Ihnen sage, wie sehr ich mich zu Ihnen hingezogen fühle und wie abgründig ich wünschte, wir hätten uns unter anderen Umständen kennengelernt. Und falls Sie in den vergangenen Wochen irgendwann einmal das Gefühl hatten, zwischen uns sei … nun ja, es gäbe Anzeichen dafür, dass wir uns ganz besonders gut verstehen, dann möchte ich Ihnen eigentlich nur sagen, dass Sie diese Zeichen richtig gedeutet haben. Sie sind da. Das heißt natürlich nicht, dass … Herrgott noch mal.«

Sara blickte immer verständnisloser drein. Und Noah verhaspelte sich mehr und mehr, also klappte er fürs Erste den Mund zu und schwieg.

Noch einmal holte Sara Luft, dann fragte sie ruhig: »Noah, warum bist du heute in den Club gekommen?«

Noah atmete ebenfalls tief ein. »Ich würde dir gern etwas sagen, aber ich darf es nicht.«

Sie starrten einander an mit wirklich filmreifen, dramatischen, sich verzehrenden Blicken (so zumindest würde Sara es später Gretchen erzählen), während ihr ganz allmählich ein Licht aufging, flimmernd wie eine Neonröhre, und er sie dabei betrachtete.

»Unter anderen Umständen also«, stellte sie fest. Ihre Stimme klang rau.

»Unter anderen Umständen auf jeden Fall«, erwiderte Noah nachdrücklich.

»Ich bin zweiundvierzig.«

Noah runzelte die Stirn. Saras Augen hatten sich geweitet und statt der eben beschriebenen verzehrenden Leidenschaft war ein kleines bisschen Panik hineingeraten, die ihn zum Lachen brachten.

»Das war kein Witz«, erklärte Sara empört, und er lachte noch ein bisschen lauter.

»Hey.« Nun boxte sie leicht gegen seine Schulter, wobei sie ebenfalls lachte, wenn auch verunsichert, und Noah hielt ihre Hand fest. Er öffnete ihre Faust. Und strich mit den Fingerspitzen ganz sanft über die Handfläche.

Sara erschauerte, und auf einmal lachte niemand mehr in diesem Wagen.

»Du bist perfekt«, flüsterte er.

»Ich ...«

»Sssh.« Er verschränkte seine Hand mit ihrer und sah dann zu ihr auf. »Nehmen wir an, wir haben nur diesen einen Moment«, wisperte er.

Sara blinzelte. Dann hob sie ihre freie Hand und strich mit zitternden Fingern über Noahs Wange, bevor sie sich vorbeugte und ihre Lippen sehr sanft auf seine legte.

Dieser Kuss. Es war die elektrisierendste, pulsierendste, alles versengende Vereinigung zweier Münder, die Sara je erlebt hatte. Hätte Noah seine Brille noch auf der Nase gehabt, sie wäre beschlagen. Saras Hand in seinem Nacken und ihre weichen, vollen Lippen sandten Stromstöße durch Noahs Körper. Sara hingegen, nun, sie sah Sterne, während sie sich an seine Brust presste, so gut es in diesem engen Kleinwagen eben möglich war.

Sie sah Sterne.

Oder waren es Blitze?

Oder was leuchtete da wirklich hinter ihren Lidern auf, während Sara und Noah ihren einen Moment in die Länge zogen, so lange es nur ging?

Fest stand: Als die beiden sich wie benommen voneinander lösten, hatte der Fotograf, der sich hinter den Mülltonnen am Ende der Einfahrt versteckt hielt, genug Holz, um ein neues Höllenfeuer zu entfachen.

Dezember

Der Winter naht ...

43.

Dass das Inferno nicht gleich am Sonntag über das *Wild-at-Heart*-Hotel hereinbrach, lag vor allem daran, dass die Zeitung zu der Zeit, als das Foto von Sara und Noah aufgenommen wurde, längst gedruckt worden war. Dass auch am Montag niemand aufgeregt und mit Druckerschwärze an den Fingerkuppen durch die Lobby lief, hing damit zusammen, dass auf besagten Fotos nicht wirklich viel zu erkennen war. Ein Tatumstand, der dazu führte, dass in der Redaktion der *Sun* nach wie vor darüber diskutiert wurde, ob man es riskieren konnte, eine so undeutliche Aufnahme gepaart mit so eindeutigen Anschuldigungen zu veröffentlichen. Inzwischen war es Freitag geworden. Aber, wie hieß es so schön: Aufgeschoben ist nicht aufgehoben. Das würde den Beteiligten noch früh genug bewusst werden. Und ganz abgesehen davon war in dieser Woche ohnehin mehr passiert, als für eine so kleine Insel gut sein konnte.

Das Wetter beispielsweise hatte sich drastisch verschlechtert – tatsächlich war über Nacht der Frost gekommen, was dem Strandabschnitt vor dem legendären Herzfelsen hübsch zu Gesicht stand (der weiß gezuckerte Sand glitzerte in der Morgensonne, die Gräser auf den Klippen reckten sich knisternd in die frische Brise), den überraschten Insulanern jedoch Gänsehaut über die vom Golfstrom verwöhnte Haut jagte. Ein Teil des Caterings wurde nach innen ins Restaurant verlagert, und auch am Set kam es wegen des Temperatursturzes zu Komplikationen – mit einem Mal war eine Atemwolke vor den Schauspielern zu sehen, was in der Szene davor noch eindeutig nicht der Fall gewesen war. Sie verwob sich hervorragend mit der Wolke aus Wut, die seit der Pressekonferenz stetig über dem Kopf des Regisseurs zu wabern schien oder zumindest seit der Veröffentlichung von Heathers Skandalfoto. Während Minnie ihm noch einzureden versuchte, dass schlechte Presse besser sei als gar keine Presse, war die dem Meister der Inszenierung im Grunde sowieso einerlei. Was ihm dagegen nicht egal war, war die latente Unkonzentriertheit seiner Darsteller, die der ganze Wirbel mit sich brachte. Seit ihrer öffentlichen Diffamierung hatte die Maske einiges zu tun, Miss Mompellers vom Weinen gerötete Augen fachgerecht zu überschminken, während er damit beschäftigt war, sie zu einem gewissen Maß an Disziplin anzuhalten. Auch Noahs Aufmerksamkeit war schon einmal schärfer gewesen, wenngleich Ian ihm zugutehalten musste, dass dieser gewisse entschlossene Zug um den Mund seiner Rolle des leidenschaftlichen Barbaren eigentlich ganz gut stand.

Wie dem auch sei – die Dreharbeiten verliefen zäh, die ungewöhnliche Kälte tat ihr Übriges, und auch die Drehpausen halfen niemandem dabei, sich zu sammeln, denn sie wurden von beinahe allen Beteiligten hauptsächlich dazu genutzt, sich mit wem auch immer via Mobiltelefon auszutauschen.

Was Ian Grumbole nicht ahnte: Seit dem Eklat über das gemeinsame Foto von Heather Mompeller und Ivan Trust waren die beiden sich wieder nähergekommen, anstatt die vereinbarte Beziehungspause einzuhalten. Der weltgewandte und äußerst erfahrene Ivan war sich darüber im Klaren, dass es bei einer Produktion dieser Größe und Wichtigkeit zu solch ungewöhnlichen Arrangements kommen kann, wie beispielsweise zu Pressezwecken eine Liebesgeschichte vorzutäuschen. Daher hatte er sich dazu bereit erklärt und Heather sogar dazu gedrängt, diese Chance, die ihr eine Serie wie *Unknown* bieten konnte, nicht verstreichen zu lassen. Nun aber, nach dem Auftauchen dieses dusseligen Fotos von ihnen beiden musste er über die Ferne (und lediglich kurze Telefonate oder Textnachrichten) miterleben, welch katastrophale Folgen die ganze Geschichte auf die Psyche seiner Liebsten hatte. Heather war quasi ein Wrack. Zwar versuchte sie tapfer, an der von den PR-Leuten zusammenfantasierten Geschichte festzuhalten, doch machte es sie mehr und mehr nervös, unter scheinbar ständiger Beobachtung zu stehen. Sie fühlte sich allmählich verfolgt, ganz zu schweigen von der Verurteilung ihrer Person, die mit alldem einherging. Weshalb Minerva Barnes im Laufe der Woche Pressetreffen organisiert hatte, um die Wogen zu glätten, und Fotografen ans Set einlud, um die vorgeblich stimmige Chemie zwischen ihr und Noah Perry festzuhalten.

Sie mochte Noah, wirklich. Er wäre niemals der Mann, den sie darüber hinaus attraktiv finden würde, aber sie verstand sich ehrlich gut mit ihm, und er war nett. Nett, und höchst verständnisvoll, was Heathers nervliche Belastung und ihre Gefühle für Ivan anging. Plus: Er war der Einzige, mit dem sie über beides sprechen konnte (die Auswahl war nach Unterzeichnung der Verschwiegenheitserklärung nicht sonderlich groß), also tat sie es neuerdings auch. Sie erzählte ihm davon, dass sie sich nicht habe vorstellen können, wie schlecht es ihr dabei gehen würde, alle um sie herum anzulügen.

Sogar die nette Hotelinhaberin.

All das erzählte sie Noah. Der wiederum gab Heather gegenüber diesen einen denkwürdigen Satz zum Besten: Dinge passieren, wenn man am wenigsten damit rechnet.

Ja, dachte Heather. Mmmh.

Noah hatte die Woche über damit verbracht, eine gute Miene zum bösen Spiel aufzusetzen, für die Kameras zu lächeln, für den Regisseur zu funktionieren und Heather ein verständnisvoller Partner zu sein. Darüber hinaus hatte er unter einem Vorwand (»Ich möchte meiner Mutter Blumen schicken. Können Sie mir den Kontakt zu Ihrer Gärtnerin verraten?«), Saras Nummer herausbekommen, und seither, das heißt, seit nunmehr zwei Tagen in jeder freien Minute an sie geschrieben.

Sie hatten nicht mehr miteinander gesprochen und sich auch nicht mehr gesehen. Und Noah hatte angestrengt versucht, nicht an diesen einen, einzigen Kuss zu denken, den die beiden vor beinahe einer Woche miteinander getauscht hatten. Doch diese kleinen Nachrichten hier und dort hatten ohnehin ausgereicht, um eine Sehnsucht in ihm zu schüren, die er womöglich nicht mehr allzu lange zu unterdrücken in der Lage war.

> Gerade hat mich ein Windhauch gestreift. Ich stelle mir vor, wie er an den Klippen entlang zu den Gärten weht, um dir einen Gruß von mir zu übermitteln.

> Ist angekommen. Von dem schmierigen Echsenverschnitt, hat es geheißen.

Schmierig? Echsenverschnitt? Du solltest dir die Mühe machen, das Kostüm einmal genauer zu betrachten.
Oder zumindest das darunter.
PS So hab ich es übrigens nicht gemeint.

> Nein? :-) Dann werde ich es auch besser nicht kommentieren.
> Ich bin übrigens nicht im Garten, sondern im Hotel.
> Weihnachtsdekoration.

Heißt das, wir sehen uns später?

Was auch immer Noah erwartet hatte, er bekam keine Antwort mehr auf diese Frage.

Gretchen stand vor dem Eingang des Hotels und rieb sich mit den Händen über die Arme, die lediglich mit dem dünnen Stoff ihres Blazers bedeckt waren. Sie blickte in den Himmel, der düster und grau auf sie zurückstarrte, und dann zur Fassade des *Wild at Heart* hinauf, die einen weitaus freundlicheren Anblick darbot. Das halbrunde Schild über dem Eingang war bereits mit einigen Girlanden aus künstlichen Weihnachtssternen und Mistelzweigen verziert worden, unterhalb der Dachrinne zog sich eine Kette aus kleinen sternförmigen Lichtern. Sobald es zu dämmern begann, glitzerte und funkelte das Hotel in den wärmsten Weißtönen, und Gretchen musste unwillkürlich lächeln bei dem Gedanken daran, wie gemütlich und anheimelnd diese Zeit war. Doch dann fiel ihr ein, dass sie nach wie vor nicht entschieden hatten, wie und in welcher Runde sie Weihnachten in diesem Jahr verbringen würden, und das Lächeln verschwand von ihrem Gesicht. Sie musste sich mit

Theo besprechen. Und mit Nicholas. Sie mussten entscheiden, wie sie das Jahr ausklingen lassen wollten und wie das neue beginnen.

Ja, der Wind pfiff ums Haus an diesem Freitagnachmittag. Er raschelte in den Wipfeln der Bäume und hob die Spitzen von Gretchens Haaren an. Im gleichen Augenblick pfiff er durch das Dachfenster des Hotels und spielte mit den Papieren, die Bruno und Theo um sich herum verstreut hatten, und er fuhr durch das Tor in den Stall, wo Nettie sich mit Paolo die Zeit vertrieb.

Der Wind strich über Port Magdalen, streichelte den Herzfelsen und das Dach des *Wild-at-Heart*-Hotels, und es war, als trüge er ein Versprechen mit sich, ein vages nur, auf das, was da noch kommen würde.

44.

»Theo?«

Das Vorzelt war zugezogen, und Gretchen tastete nach dem Spalt, an dem es sich öffnen ließ, damit sie ins Innere sehen konnte.

»Theo? Bist du hier drin?«

Sie schob die Plane ein Stück auseinander und schlüpfte zwischen den Stoffbahnen hindurch.

»Können wir uns kurz zusammensetzen und besprechen, wie wir es Weihnachten halten wollen?«

Dadurch, dass es draußen nicht sonderlich hell war, wirkte auch das Innere des Zelts düster und außerdem fürchterlich unaufgeräumt – so als hätte eine mittelschwere Splitterbombe eingeschlagen und wäre ... nun ja. Explodiert. Und mit Büchern statt mit Schrapnellen bestückt gewesen, wie es aussah. Mit alten dicken Bänden, die überall lagen, auf dem kleinen Klapptisch, den beiden Liegestühlen, dem Boden darunter und daneben auch. Vorsichtig balancierte Gretchen sich auf dem Weg zu den Stufen, die zum Eingang des Wohnwagens führten, durch das Chaos. Dabei fiel ihr Blick auf eine Art Absperrung rechts von ihr – einige in den Boden gerammte Stöcke, zwischen die jemand Paketklebeband befestigt hatte, um wen auch immer am Weitergehen zu hindern. Wie bei einer Baustelle. Oder einem Tatort. Neugierig machte Gretchen einen weiteren Schritt darauf zu. Den Bereich, den ihr Schwiegervater hier offenbar abgesteckt hatte, war etwa zwei Quadratmeter groß. Auf ihm befanden sich einige Löcher – manche etwa fünfzig Zentimeter tief, manche weniger –, worin kleine Hacken und Schaufeln lagen sowie ein Küchensieb. Was um Himmels willen trieb Theo hier?

»Gretchen?«

»Huch.« Gretchen stolperte und hätte beinahe eines der Klebebänder abgerissen, konnte sich aber gerade noch fangen. »Herrje, wo kommst du auf einmal her? Und was ist das hier? Wieso schaufelst du Löcher in den Boden vor unserem Haus?« Sie sah von ihrem Schwiegervater zu den Grabungsarbeiten und wieder zurück. Etwas regte sich in ihrem Gedächtnis, etwas, das sie vor Kurzem jemandem erzählt hatte. Nick? Nettie? Herb! *Bruno hat dem alten Lewis erzählt, dass Theo eventuell andere Pläne hat,* hatte er gesagt. *Irgendwas mit unterirdischen Gängen und Piraten. Und Schatztruhen.*

»Was ist das hier?«, wiederholte sie mit einer ratlosen Geste.

»Ach. Das.« Theo, der einen roten Pullunder über sein Hemd gezogen hatte, auf dem sich winzige gestickte Schneeflocken abzeichneten, machte eine wegwerfende Handbewegung. »Der Boden ist entsetzlich hart. Nicht leicht, da durchzukommen.« Womit er sich von Gretchen wegdrehte und damit begann, herumliegende Bücher aufzusammeln, um den Turm auf dem Campingtisch noch ein wenig höher zu stapeln.

»Theo«, begann Gretchen erneut, »was ...« Doch dann stolperte auf einmal Bruno ins Zelt, im Arm noch mehr dicke, schwere Bücher, und Gretchen stemmte ratlos die Hände in die Seite.

»Äh«, machte Bruno, »es ist nicht das, wonach es aussieht.«

»Wonach sieht es denn aus?« Gretchen runzelte verwirrt die Stirn, und Bruno hob den Stapel Bücher ein Stück höher an seine Brust.

»Äh ...«

Theo verdrehte die Augen, bevor er Bruno bedeutete, seine Last genau auf der Stelle des Bodens abzuladen, die er gerade eben aufgeräumt hatte. »Es ist nichts Verwerfliches daran, die Vergangenheit des Hotels und unsere Herkunft ein wenig näher zu beleuchten.«

»Unsere Herkunft?«

»Na, du weißt schon. Worin alles begründet liegt.«

»Er denkt, seine Vorfahren seien Piraten gewesen«, warf Bruno ein, und Theo schnaubte.

»Ich bin sogar ziemlich sicher, dass es so war. Auf einer Insel wie Port Magdalen, auf der sich niemand mehr die Mühe macht festzustellen, wo genau denn nun das unterirdische Wegelabyrinth vom Strand zur Kapelle entlangführte, lässt sich nun mal nicht ausschließen, dass es nicht auch unser Hotel als ... als Krähennest sozusagen mit einschloss.«

»Krähennest?« Gretchen beäugte erst ihren Schwiegervater, bevor sie den Blick erneut über die unzähligen verstreuten Bücher schweifen ließ und schließlich zu der kleinen Baustelle am Rande der Szene.

»Er hat die Vorstellung, dass einer dieser Schmugglergänge genau hier unter uns verlaufen ist und sich darin noch ein Schatz befindet, der ihn reich machen wird.«

»Blödmann.«

»*Cretino.*«

»Idiot.«

»*Asino.*«

»Okay, das reicht jetzt.« Gretchen rieb sich die Schläfe.

»Er muss nicht immer von mir reden, als wäre ich nicht im Raum«, sagte Theo, und diesmal schlug Bruno die Augen gen Decke. Und während die beiden ewigen Streithähne dabei waren, noch ein paar weitere Nettigkeiten auszutauschen, dachte Gretchen daran, dass ihrem Schwiegervater seine Werkstatt wohl sehr fehlen musste und die Arbeiten, die er normalerweise während des gewöhnlichen Hotelbetriebs zu verrichten hatte. Sie fielen jetzt größtenteils weg, weil es keine Neuankömmlinge gab und keine Buchungen zu verwalten, keine An- und Abreisen, kaum Arbeit an der Rezeption et cetera, et cetera. Theo hatte Sehnsucht nach seinem alten Leben, beschloss Gretchen ihre Analyse. Und warum ihr in den vergangenen Wochen nicht bereits aufgefallen war, was ihr Schwiegervater hier trieb, war ihr ein Rätsel.

»Seid ihr deshalb zwischen den Wohnwagen umherstolziert, weil ihr auf der Suche nach diesen Piratengängen wart?«

»Wir wollten nur sichergehen, dass der Boden nirgendwo nachgibt«, sagte Theo. »So wie hier.« Und dann erklärte er ihr die Sache mit dem Loch im Boden und mit dem Schlüssel, den er darin gefunden hatte, er erzählte ihr von den Porzellanscherben, und Gretchen unterdrückte ein Seufzen, als sie diese zwischen ihren Fingern drehte. Theo berichtete ihr, den Dachboden nach Literatur durchforstet zu haben auf der Suche nach Hinweisen darauf, was vor der Scheune an genau diesem Platz zu finden gewesen war und wer vor seiner Familie das Gebäude ursprünglich besessen hatte, in dem nun das *Wild at Heart* untergebracht war.

»Ich dachte, deine Großeltern haben das Hotel gegründet?«, fragte Gretchen schließlich. Ein steinaltes Foto der beiden hing oben zwischen den Bildern im Gang, und sie hatte Theo schon oft die Geschichte über die Entstehung des Hotels erzählen hören.

»Ja, aber was war davor, Gretchen?«, fragte er bedeutungsvoll, und Gretchen seufzte ergeben, während Bruno murmelte: »Auf seine alten Tage wird er noch den ganzen Berg umgraben.«

Als sie das Zelt vor dem alten Schäferwagen ihres Schwiegervaters eine halbe Stunde später wieder verließ, hatte Gretchen nicht nur von den Rechercheplänen der beiden alten Männer erfahren, sondern auch, dass Theo nichts dagegen hatte, es dieses Jahr an Weihnachten etwas ruhiger angehen zu lassen. Als sie ihm vorschlug, dieses turbulente Jahr entweder im kleinen, intimen Kreis ausklingen zu lassen oder die Zimmer doch an Stammgäste zu vergeben, dachte er kaum mehr als fünf Sekunden über ihre Vorschläge nach.

»Nach diesem Sommer haben wir uns ein bisschen Ruhe verdient, meinst du nicht?«, hatte er gesagt, und Gretchen, die bis zu diesem Zeitpunkt noch unentschlossen gewesen war, spürte auf einmal, dass Theo recht hatte – nach all dem Trubel mit dem Brand im Sommer und nun der Filmcrew und der Presse sollten sie das Jahr am besten so erholsam wie möglich beschließen und Kraft schöpfen für eine neue, hoffentlich erfolgreiche Saison.

Sie würden unter sich bleiben: Gretchen, Theo, Nettie, Nicholas, und ein Blick auf Bruno war für Gretchen genug, um ihn in ihre Feiertagspläne mit einzubeziehen. Womöglich, wenn sie noch einen Augenblick darüber nachdachte, fielen ihr noch andere Bekannte ein, die eventuell an Weihnachten einsam sein würden – die könnten sicherlich ebenfalls bei ihnen Platz finden, das Restaurant war groß genug.

Gretchen dachte an Nettie, während sie durch die Schiebetür zurück in die Lobby lief, dann an Damien und seine Väter. Sie sollten die Angoves einladen, dachte sie um Netties willen, denn sicherlich würde sie sich irgendwann mit Damien versöhnen wollen, aber auch, weil sie ihren jährlichen Sommerurlaub in diesem Jahr wegen des Brandes vorzeitig hatten abbrechen müssen.

Gretchen lief durch das Foyer ins Restaurant und von dort in die Küche.

Dem Personal würde sie freigeben. Einen Braten würde sie gerade noch hinbekommen. Sie freute sich schon auf die Gesichter ihrer Angestellten, wenn sie ihnen eröffnete, dass auch sie sich diesmal zur schönsten Zeit des Jahres um nichts anderes Gedanken machen mussten als um sich selbst.

45.

Im Grunde hätte sich Oscar darüber freuen sollen, dass das *Wild at Heart* über die Weihnachtsferien geschlossen blieb und er damit auch freihatte, doch anders, als Gretchen Wilde es sich bei der Eröffnung ihrer frohen Botschaft vorgestellt hatte, freute sich der Jungkoch überhaupt nicht. Ganz im Gegenteil. Weihnachten zu Hause zu verbringen, das bedeutete, nach Irland zu fliegen, wo der Rest seiner Familie lebte. Im schlimmsten Fall musste er sogar im Pub seines Onkels aushelfen, wozu er nicht die geringste Lust verspürte. Gar keine. Während er die Kaffeebar für Cast und Crew bestückte (neuerdings halb im Restaurant, halb auf der Terrasse), überlegte er, was ihm noch weniger Lust bereiten könnte, und es fiel ihm absolut überhaupt nichts ein.

Er zog sein Handy hervor und rief Florence an. Was nicht weiter ungewöhnlich war. Die beiden waren seit der Schule befreundet, verbrachten einen großen Teil ihrer Freizeit zusammen und arbeiteten hier im Hotel quasi Seite an Seite – es sollte das Zimmermädchen also nicht überraschen, wenn Oscar sie anrief, doch klang sie jedes Mal aufs Neue erstaunt.

»Ja? Oscar?«

»Nein, Prinz Harry. Bist du noch im Hotel oder schon auf dem Weg nach Windsor?«

Es raschelte in der Leitung, als habe Florence ihr Telefon

kurz beiseitegelegt und dann wieder aufgenommen, bevor sie antwortete: »Ich bin dabei, die Wohnwagen durchzusaugen. Keine sonderlich hoheitsvolle Arbeit, schätze ich.«

»Ja, das schätze ich auch. Wenn wir erst verheiratet sind, stellen wir jemanden ein, der das für dich übernimmt, versprochen.«

Stille folgte seinen Worten, und Oscar, der keine Ahnung hatte, weshalb er gerade von Heirat gesprochen hatte, kniff für einen Moment die Augen zusammen. »Hey«, sagte er, um einen lockeren, unverdächtigen Tonfall bemüht, aber doch nicht hundertprozentig überzeugend, »hast du nachher kurz Zeit auf einen Kaffee? Ich würde gern etwas mit dir besprechen.«

Einige Sekunden noch herrschte Schweigen, dann erwiderte Florence mit ihrer leisen, federleichten, sanftmütigen Stimme: »Klar. Wenn ich fertig bin, komme ich in der Küche vorbei.«

»Gehen wir ein Stück.«

Es war nichts wirklich Geheimnisvolles, das Oscar mit Florence zu bereden hatte, dennoch wollte er es möglichst außer Hörweite seiner mürrischen, stets wachsamen Chefin Dottie tun, und auch Ashley musste nicht unbedingt etwas von ihrem Gespräch mitbekommen. Das Restaurant hatte sich inzwischen mit Kaffeedurstigen gefüllt, und Dottie warf Oscar einen neugierigen und nicht gerade erfreuten Blick hinterher, doch das störte ihn nicht. Er musste Florence etwas Wichtiges fragen.

»Hat dir Mrs. Wilde schon gesagt, dass sie das Hotel über die Feiertage schließen will?«

»Ja. Sie hat es heute allen gesagt, glaube ich.«

Über die Terrasse waren sie zum Eingang des Hotels geschlendert und dort stehen geblieben, weil beiden klar war, dass Oscar sich nicht allzu weit von der Küche entfernen sollte.

»Und?«, setzte er erneut an. »Freust du dich darüber?«

Florence hob eine Schulter, nur eine. Das machte sie so oft, dass Oscar sich gar nicht mehr darüber wunderte, auch nicht über die fahrigen Bewegungen, mit denen sie sich die blonden Haarsträhnen aus dem Gesicht wischte, die ihrem hoch auf dem Kopf zusammengesteckten Dutt entkommen waren. Sie hatte keine Ahnung, wie hübsch sie war, dachte Oscar stets, wenn er Florence betrachtete.

»Meine Eltern wird es freuen«, erwiderte sie schließlich.

»Ja, deine Eltern und den Kater und Prinz Harry«, stimmte Oscar zu, »aber was ist mit dir?«

Florence blinzelte. »Es ist okay, schätze ich?«

Okay. Dann klang es auch noch wie eine Frage. Oscars Bemühungen, seine Unsicherheit gegenüber Florence tunlichst zu verbergen, gerieten für einen Augenblick ins Wanken. Was wollte er eigentlich von diesem Mädchen? Hatte er wirklich vorgehabt, ihr hier und jetzt zwischen Tür und Angel seine Liebe zu gestehen? Bloß, weil er nicht über die Weihnachtstage von ihr getrennt sein wollte? Was ihr noch nicht einmal sonderlich viel auszumachen schien, ja, was sie vermutlich noch nicht einmal bemerkte?

»Fährst du nach Hause? Nach Irland?«

Bei der Frage zuckte Oscar unmerklich zusammen, er war so in seine eigenen Gedanken vertieft. *Wieso schlägst du nicht vor, dass wir beide hierbleiben?*, dachte er. *Wieso fragst du nicht, ob wir zusammen feiern wollen? Wieso ziehst du nicht eine Sekunde lang in Erwägung, dass ich eine Option für dich sein könnte?*

Er betrachtete Florence eine Sekunde länger, und

dann kramte er tief in seinem Inneren und zog den alten, charmanten, immer gut aufgelegten Oscar hervor. Grinsend nickte er in Richtung Hoteleingang. »Da hängen Mistelzweige, Florence.«

Florence warf einen Blick über die Schulter. »Oh ja. Sara hat schon ziemlich viel dekoriert. Es sieht superhübsch aus.«

Allen anders lautenden Gedanken zum Trotz grinste Oscar nun noch breiter. »Du weißt, was das bedeutet?«

Seine Freundin wurde rot. »Sei nicht albern«, murmelte sie. »Es können sich nicht jedes Mal alle küssen, wenn sie durch den Hoteleingang laufen.«

»Gott bewahre. Kannst du dir vorstellen, wie viele traumatische Erlebnisse das heraufbeschwören würde? Die bedauernswerten Seelen, die gemeinsam mit Dottie hier aufschlagen?«

Florence prustete los, und Oscar liebte es, sie zum Lachen zu bringen. Und auf einmal brach es doch aus ihm heraus. »Weißt du noch, wie wir ... als wir damals nach der Party ...«, begann er.

Sie starrte ihn an.

»Du weißt schon, als wir beide so betrunken ...«

Noch einmal unterbrach er sich. Dann atmete er tief durch, kramte ein bisschen mehr und erklärte fröhlich: »Wobei diese Misteln über dem Eingang durchaus Potenzial für Hoffnung säen. Denk nur an Theo, wenn er hier mit Dottie zusammenstieße, oder Bruno. Nur nicht beide gleichzeitig. Nein, das wäre ... wäh. Oder noch schlimmer, die zwei begegnen sich hier, aber ganz ohne Dottie.« Er schüttelte sich in gespieltem Entsetzen, und wie er es sich erhofft hatte, formte Florence' Mund ein breites Lächeln, und ihre wunderhübschen Augen strahlten hinter den großen dicken

Brillengläsern. Herrje, er hätte sie so gern geküsst. Ihr dieses lächerliche Nasenfahrrad abgenommen, seine Hand um ihren Nacken geschlungen und diese Frau dumm und dämlich geküsst. Stattdessen vergrub er die Hände unter der Kochschürze in den Taschen seiner Hose, warf den Kopf in den Nacken und lachte mit ihr, so gut es ihm in dieser Stimmung möglich war.

46.

Oscar schlief nicht sonderlich in dieser Nacht. Wie so oft schalt er sich in Gedanken dafür, Florence etwas vorzuspielen, anstatt ihr endlich die Wahrheit zu sagen. Florence wälzte sich ähnlich unruhig im Bett. Sie hatte es im vergangenen Jahr genossen, Weihnachten nicht zu Hause verbringen zu müssen, wo es oft anstrengend zuging und jeder gereizt war. Außerdem war sie nicht gern so lange von Oscar getrennt. Besonders seit sie im Hotel arbeitete und sich mit den Mitarbeitern des *Wild at Heart* zudem das kleine Cottage unten am Hafen teilte, fiel es ihr schwer, sich auch nur einen Tag von ihrem Freund zu verabschieden. Das war die Gewohnheit, sagte sie sich. Sie war es einfach nicht mehr gewohnt, Oscar nicht jeden Tag zu sehen.

Nettie hingegen schlief für gewöhnlich unerschütterlich, so auch in dieser Nacht. Obwohl ihr die Bettdecke allmählich zu kalt erschien in diesem ungewöhnlichen Winter, atmete sie ruhig und tief, während der Wind ums Haus jagte und der Himmel sich allmählich mit Schneewolken füllte. Wovon Nettie nichts mitbekam. Und auch sonst niemand im *Wild-at-Heart*-Hotel, zumindest jetzt noch nicht. Es war mittlerweile nach elf Uhr abends, und wer nicht schlief, hatte es sich hinter zugezogenen Vorhängen gemütlich gemacht.

Auch Nettie hatte ihr Zimmer abgedunkelt, weshalb sie nicht einmal die Chance hatte, die Silhouette zu erkennen, die sich da draußen ihrem Fenster näherte, selbst dann nicht, wenn sie wach gewesen wäre. Und als jene Silhouette dann ganz sacht gegen ihre Scheibe klopfte, hörte sie erst auch nichts davon. Da musste sich der nächtliche Besucher schon mehr Mühe geben.

»Nettie?«, flüsterte es. Erneutes Klopfen, lauter jetzt. »Nettie, schläfst du? Nettie?«

Es dauerte einige Momente, bis Nettie das kontinuierliche Hämmern und das stetige Wispern aus ihrem Traum in die Realität schob. Als ihr schließlich bewusst wurde, dass da draußen vor ihrem Fenster jemand stand, begann ihr Herz automatisch schneller zu schlagen.

»Nettie?«

Nettie riss die Augen auf. »*Damien?*« Sie warf die Bettdecke zurück, sprang auf und rannte zu ihrem Fenster, wo sie den Vorhang zur Seite riss und den Hebel entriegelte, alles in einem Atemzug. Sie schob den Rahmen nach oben. Und da stand er, als wäre es nicht das Unglaublichste, was sie sich in diesem Moment hätte vorstellen können, im Licht der Fassadenleuchten, die ihn noch zusätzlich wie eine Erscheinung wirken ließen. Damien. Damien Angove.

»Was ... *Was um Himmels willen tust du hier?*«, fragte Nettie.

Damien, der ein Stück größer war als die Höhe, die das Fenstersims erreichte, beugte sich vor, um ihr in die Augen zu sehen. »Ich bin hier, um etwas klarzustellen«, sagte er. »Lässt du mich rein? Die Eingangstür ist scheinbar zugesperrt, jedenfalls kam ich nicht ...«

»Wie um alles in der Welt bist du denn hergekommen, mitten in der Nacht?«

»Bus und Anhalter.« Damien zuckte mit den Schultern. »Hat etwas länger gedauert als gedacht. Ich bin heute

Morgen schon losgefahren. Lässt du mich jetzt rein? Es ist ziemlich kalt hier draußen.«

»Was?«, fragte Nettie ungläubig, die nach wie vor nicht zu begreifen schien, wen sie da vor sich sah. »Was willst du klarstellen?«

Ein paar Sekunden lang schwieg Damien, dann schien er einzusehen, dass Nettie offenbar gar nicht daran dachte, ihm die Tür zu öffnen, also nahm er den Rucksack von seinen Schultern und reichte ihn ihr durchs Fenster.

»Hier, nimmst du den?«

»Damien ...«

»Geh mal ein Stück zurück, bitte.« Er schob das Fenster noch ein bisschen höher, so weit es ging, und machte sich daran, kopfüber in ihr Zimmer einzusteigen.

»Bist du verrückt geworden? Hör auf damit, das ist viel zu schmal, da passt du nie im Leben durch!«

»Unterschätze nie die Willenskraft eines Entschlossenen«, murmelte Damien, und während er ächzend und stöhnend versuchte, sich durch den Fensterspalt zu quetschen, lief Nettie – nur in einem T-Shirt und Schlafshorts bekleidet – aus ihrem Zimmer und zum Hintereingang, um ihm die Tür aufzuschließen. Dann lief sie ums Haus herum zu ihrem Fenster.

»Damien! Oh, verdammt, ist das kalt.« Sie zupfte an dem Saum seiner Jacke, während Damien mit den Beinen in der Luft hing, halb in ihrem Zimmer, halb draußen. »Hör jetzt sofort auf damit und komm durch die Tür.«

»Als wir noch Kinder waren, hat das immer funktioniert«, hörte sie ihn dumpf, während er von seinem Versuch abließ, bei ihr einzusteigen, und sich wieder aufrecht hinstellte.

»Als wir Kinder waren, hat so einiges funktioniert«,

erwiderte Nettie, schlang die Arme um ihren Körper und hüpfte von einem Fuß auf den anderen.

»Scheiße, hast du keine Schuhe an?« Und in dem Augenblick, in dem er das ausrief, hatte er seine Arme schon um Netties Taille geschlungen und sie hochgehoben.

»Damien!«, quiekte Nettie.

Damien hob sie noch ein Stück höher. »Schling deine Beine um meine Hüfte.«

»Was? Nein! Spinnst du? Lass mich runter.«

»Hör auf zu zappeln oder wir fallen beide auf den Hintern.« Er schob seine Hände unter Netties Po, und wie automatisch schlossen sich deren Beine um Damiens Taille, während sie ihre Arme um seine Schultern schlang. Es wäre ihr noch einiges zu sagen eingefallen, während ihr bester Freund aus Kindertagen sie am Haus entlang zum Hintereingang trug, Dinge wie: *Mach dich nicht lächerlich, ich kann allein laufen* oder *Bist du auf einmal verrückt geworden* oder *Hast du wieder zu viele Schundromane gelesen?* Doch sie äußerste keinen einzigen dieser Gedanken. Stattdessen spürte sie der Reaktion ihres Körpers nach, sich auf einmal mehr als bewusst, dass sie Damien noch nie so nah gewesen war wie in diesem Augenblick.

Das kann einen schon mal aus dem Tritt bringen.

»Hoppla.« Damien stolperte quasi in Netties Zimmer, fing sich wieder, wobei seine Hand unter ihr T-Shirt rutschte. Und er beließ sie dort. Und setzte Nettie auch nicht ab, stattdessen nahm er auf dem Rand ihres Bettes Platz, mit ihr auf seinem Schoß.

»Du hast Schnee in den Haaren«, sagte er, doch seine Hände blieben genau dort, wo sie waren, unter Netties T-Shirt, auf ihrer Haut, und weil sie wusste, was dies zu bedeuten hatte, lief sie ganz allmählich, aber stetig, rot an.

»Ich hab gar nicht gemerkt, dass es angefangen hat zu schneien.«

Nettie schwieg immer noch. Sosehr sie sich auch anstrengte, ihr wollte nichts einfallen, all ihre Sinne und sämtliche Nervenenden schienen sich an der Stelle ihres Körpers zu befinden, wo Damiens Daumen gerade klitzekleine sanfte Kreise zeichneten.

Nachdem sich gefühlt minutenlang niemand gerührt hatte, räusperte er sich. »Also«, begann er. »Ich habe beschlossen, deine Liste zu einem Abschluss zu bringen.«

47.

Während im Erdgeschoss des *Wild at Heart* in dieser Nacht sehr viel mehr geküsst wurde als geredet, verhielt es sich im ersten Obergeschoss genau umgekehrt: Nachdem Noah eine Zeit lang vergeblich versucht hatte, zur Ruhe zu kommen, ließ er es irgendwann um kurz nach elf bleiben und ging zu dem Zimmer, das seinem am nächsten war, um dort an der Tür zu lauschen. Und tatsächlich hörte er etwas. Ganz leise Musik und darüber Heathers gedämpfte Stimme.

Er klopfte.

Es dauerte eine Weile, doch schließlich öffnete seine Schauspielerkollegin ihm die Tür.

»Oh, du bist es.«

»Hast du jemand anders erwartet?«

Heather zuckte mit den Schultern. »Normalerweise klopft immer nur Mrs. Wilde an meine Tür.« Sie öffnete sie weiter. »Komm doch rein. Willst du was trinken?«

Mit einer Hand fuhr sich Noah durch die Haare. Er sollte vermutlich nichts trinken, weil ihm das für gewöhnlich auch nicht dabei half einzuschlafen – im Gegenteil. Aber irgendwie hatte er auch keine Lust, dieses Gespräch mit Heather nüchtern zu führen.

»Wein? Whisky?«

»Whisky klingt gut.«

»Laphroaig? Glenlivet? Lagavulin?«

»Wow, ganz schön erlesene Auswahl für ein Hotel.«
Heather antwortete nicht.

»Glenlivet, bitte«, sagte Noah. Er konnte nicht ahnen, dass die Auswahl an diesen Whiskys nicht vom Hotel gestellt wurde, sondern dass Heather sie mit sich führte, weil Ivan schottischen Whisky liebte. Ob sie damit rechnete, dass er sie besuchen kam? Vielleicht nicht. Vielleicht hoffte sie aber dennoch, dass sie ihn so bald wie möglich wiedersehen würde.

Als hätte Noah gespürt, dass Heather beim Anblick der bernsteinfarbenen Flüssigkeit in ihren Gläsern an ihren Liebsten dachte, sagte er: »Es tut mir leid, wenn ich dich störe. Du hast telefoniert, oder? Mit Ivan?«

»Hast du an der Tür gelauscht?« Mit erhobenen Brauen blickte Heather ihn an, während sie sich aufs Sofa fallen ließ, doch ihre Augen sahen fröhlich aus, was Noah mit Erleichterung feststellte. Er nahm auf einem der Sessel Platz und lächelte sie an. In der vergangenen Woche, seit der Veröffentlichung dieses fürchterlichen Artikels, hatte er Heather immer nur traurig gesehen, die Augen aufgequollen vom Weinen, einen zynischen Zug um den Mund. *Sag guten Morgen zu Englands größter Schlampe,* war ihr Standardspruch gewesen, seit Tagen schon.

»Keine Sorge, ich hab nichts von dem verstanden, was ihr so am Telefon treibt«, erwiderte Noah, und diesmal lächelte Heather wirklich.

»So verzweifelt sind wir noch nicht.«

»Das ist schön zu hören.« Er lächelte ebenfalls und nippte an seinem Glas. Er war jetzt schon froh, dass er sich dazu entschlossen hatte, mit Heather zu reden, obwohl sie noch keine zehn Sätze miteinander gesprochen hatten. Alles war besser, als allein im Nachbarzimmer zu hocken und

Löcher in die Luft zu grübeln. Die vergangene Woche war extrem hart gewesen. Nicht nur, weil er ständig an den Kuss mit Sara denken musste und seither nicht die Gelegenheit gehabt hatte, sie noch einmal zu küssen; zudem hatten die Dreharbeiten seine ganze Kraft gefordert. Außer der Reihe war auf einmal die Presse geladen. Der Dreh hatte sich verzögert, weil Heather und er dazu angehalten waren, für die Kameras neugieriger Journalisten das liebende Paar zu mimen, anstatt vor der tatsächlichen Filmkamera, was ihren ohnehin nur selten gut gelaunten Regisseur zur Weißglut getrieben hatte. Sie waren spät dran. Drehpausen wurden rarer, freie Tage gestrichen. Jeder war gereizt, überarbeitet und von guter Stimmung weit entfernt.

»Also, die Gärtnerin«, sagte Heather plötzlich, und Noah verschluckte sich prompt. »Was?«, krächzte er, während sich der Schnaps durch seine Speiseröhre brannte.

Heather lachte. »Ich bin nicht blind, Noah. Jedes Mal, wenn ich euch zusammen sehe, schweben imaginäre Herzchen um deinen Kopf, und ich würde einen ziemlich großen Teil meiner Gage darauf verwetten, dass sie außerdem die Empfängerin der zigtausenden Nachrichten ist, die du in den Drehpausen und drum herum verschickst. Minnie ist das übrigens auch aufgefallen«, fügte sie hinzu, bevor sie noch einmal aufstand, um ein Scheit Holz im Kamin nachzulegen.

Noahs Blick fiel auf das knisternde Feuer. Selbst wenn Heather nicht die Sprache auf sie gebracht hätte, hätte er beim Anblick der lodernden Flammen an Sara gedacht. Die Wärme, die sie ausstrahlte. Die Faszination, die sie auf ihn ausübte. Die Anziehungskraft. Motten, Licht, und so weiter und so fort.

Er räusperte sich. »Das nennt man wohl schlechtes Timing«, sagte er, und Heather lachte.

»Ja, das könnte man so nennen.« Sie ließ sich zurück aufs Sofa fallen, zog die Beine unter sich und nippte an ihrem Glas. »Weiß sie Bescheid über uns zwei?«

»Nein. Du erinnerst dich an den Vertrag, den wir unterschrieben haben?«

Heather rollte mit den Augen. »Es vergeht kein Tag, an dem mich Minnie nicht daran erinnert, danke schön. Sie hat mir mit Vertragsstrafen gedroht, wenn ich, ich zitiere, meinen Arsch nicht langsam aus dem Selbstmitleidsbad ziehe.«

»Tja«, sagte Noah, »klingt ganz nach Minnie.«

»Ganz genau.«

Eine Zeit lang war nur das Knistern des Feuers zu hören, dann seufzten beide, wie aufs Stichwort, und begannen zu lachen.

Heather schüttelte den Kopf. »Vermutlich hat Minerva recht«, sagte sie, »wir benehmen uns wie Kinder. Dabei haben wir beide sehenden Auges diesen Wisch unterschrieben, wir wussten doch, was auf uns zukommt. Wir haben es dennoch getan, weil ... nun ja.« Sie zuckte mit den Schultern. »Ich frage mich, ob die Tatsache, dass die beiden Hauptdarsteller auch privat ein Paar sind, wirklich so viel zum Erfolg der Serie beiträgt, wie alle behaupten.«

»Größer als jetzt könnte die Publicity jedenfalls nicht sein«, stellte Noah fest, und Heather stöhnte.

»Scheiße, nein«, sagte sie. Und dann: »Es tut mir übrigens leid, ich glaube, das habe ich dir noch nicht gesagt. Dass du als der Gehörnte dastehst, meine ich. Es ist die eine Seite der Münze, als die größte Schlampe des Landes angesehen zu werden, und die andere, als derjenige, der offensichtlich verarscht wurde.«

In gespielter Theatralik legte Noah eine Hand auf seine Brust. »Obwohl ich in meiner überbordenden Männlichkeit noch nie derartig gekränkt wurde, werde ich es überleben, schätze ich.«

Heather lächelte. »Wenn ich das schon mit jemandem durchstehen muss«, sagte sie, »dann mit dir.«

Noah hielt ihr das Glas hin, und die zwei stießen an.

»Also«, begann Heather schließlich erneut. »Die Gärtnerin.«

»Soll ich es ihr sagen?« Es war die Frage, weshalb Noah gekommen war, die nur Heather ihm beantworten konnte, weil er ohnehin niemanden sonst hatte, mit dem er darüber sprechen durfte. Himmel, es war ihm nicht einmal erlaubt, seiner Mutter die Wahrheit zu erzählen.

Als hätte Heather seine Gedanken gelesen, antwortete sie: »Hätte ich es nicht mit Ivan besprechen dürfen, ich hätte das niemals gemacht. Schlimm genug, dass unsere Familien denken, wir hätten uns tatsächlich getrennt, und schlimm genug, dass auch sie mich jetzt für ein Flittchen halten, weil ich ja angeblich schon im Sommer mit dir zusammen war.«

»Oh shit, Heather, das tut mir leid, das war mir so nicht klar.«

Die Angesprochene machte eine wegwerfende Handbewegung. »Ich habe die vergangenen Wochen genug deswegen geweint, irgendwann muss Schluss sein«, erklärte sie. »Was ich meinte, war: Wenn du das Mädchen magst, musst du es ihr sagen, denn bis wir hier durch sind, ist sie dir am Ende weggelaufen.«

»Der Vertrag ...«

»Ich durfte es Ivan sagen. Und ich werde für dich einstehen, wenn irgendjemand etwas dagegen einzuwenden hat.«

Noah blinzelte. Richtig, sie durfte sich mit Ivan besprechen. Und nur weil er Single gewesen war, als sie den Entschluss gefasst hatten, eine solche Publicity wäre nur gut für die Produktion, gab es für Noah niemanden, dem er sich mitteilen konnte.

»Was sagt Ivan zu dem Ganzen?«, fragte er schließlich.

»Er sagt, der Reporter der *Sun* sollte besser auf sein Gemächt aufpassen, nachher stolpert noch jemand und tritt rein. Mit der Stiefelspitze voraus.«

Noah lachte. Er hatte Ivan nie kennengelernt, aber das wenige, das er von ihm wusste, machte ihn äußerst sympathisch. »Er ist also nicht eifersüchtig auf mich?«, fragte er, immer noch grinsend.

Woraufhin Heather ihn mit einem verschmitzten Lächeln bedachte. »Er weiß, dass ich nichts übrig habe für so junges Gemüse.«

»Ah richtig.« Ivan war mindestens zehn Jahre älter, soweit Noah wusste, und er grinste noch mehr. Und dann dachte er daran, was Sara ihm gesagt hatte, bevor sie sich geküsst hatten.

Ich bin zweiundvierzig.

Scheinbar bevorzugte auch er sein Gemüse ein wenig reifer.

Als er das nächste Mal zu Heather sah, hatte die den Kopf gegen das Kissen in ihrem Nacken gelehnt und blickte mit halb geschlossenen Augen zum Feuer. Es war spät geworden. Noah nahm den letzten Schluck aus seinem Whiskyglas und stellte es auf dem Tisch ab.

»Wir sollten schlafen«, sagte er, während er aufstand. »Morgen geht es ziemlich früh los.« Noch vor Morgengrauen, um genau zu sein. Sie wollten am Strand drehen, wo Heather von der Flut angespült werden würde, aus der Noah sie retten sollte. Konnte kalt werden.

Heather seufzte. »Was ist aus dem heiligen Sonntag geworden?«, fragte sie.

»Der fällt wohl aus, wenn man zu so unheiligen Mitteln greift, wie die ganze Woche der Presse etwas vorzuspielen.«

»Am Ende werden wir für diese Rolle einen Emmy bekommen, nicht für die in der Serie.«

»Wollen wir hoffen, dass es nie zu einer Nominierung kommt.«

»Amen.«

Sie verabschiedeten sich. Noah lief in sein Zimmer und ließ sich aufs Bett fallen, ohne die Vorhänge zuzuziehen und ohne aus dem Fenster zu sehen. In einer Minute würde er aufstehen und ins Bad gehen, doch erst mal …

Und dann war er eingeschlafen, so, wie er war.

Er bemerkte nicht die dicken weißen Flocken, die vor seinem Fenster tanzten (Boogie-Woogie, wie es aussah, wild und ausgelassen); er hörte nicht den Wind, der besagte Flocken hierhin und dorthin wirbelte. Er schlief ein und dachte an nichts mehr.

48.

Um kurz vor halb sechs am Sonntagmorgen, zweieinhalb Stunden vor Sonnenaufgang etwa, schlief Noah immer noch, während Gretchens Nachtruhe ein unwirsches Ende fand.

»Gretchen? Hallo? Bist du wach?«

Das mit dem Klopfen schien sich irgendwie herumgesprochen zu haben, jedenfalls wurde nach Nettie auch Gretchen davon geweckt.

Sie blinzelte mehrmals, während sie Theos sachtem Klopfen und Flüstern lauschte, bevor sie die Bettdecke zurückwarf und zur Tür schlich.

»Psst«, machte sie, während sie sie öffnete. »Du weckst ja das halbe Haus auf. Nick schläft noch.«

»Nicht mehr«, murmelte Nicholas, bevor er die Decke ein Stück höher über seine Nase schob. »Was ist denn?«

»Gar nichts«, flüsterte Theo, lauter jetzt, in Nicks Richtung. »Schlaf nur weiter.« Und an Gretchen gewandt: »Du allerdings ziehst dir am besten was über, ich will dir etwas zeigen.«

Gretchen seufzte, doch sie bedeutete ihrem Schwiegervater, draußen auf sie zu warten, während sie in ein Paar Leggins und einen Pullover schlüpfte.

»Ich hoffe, es ist was Wichtiges«, sagte sie in dem Augenblick, in dem sie im Foyer zu ihrem Schwiegervater stieß. »Falls du noch eine Scherbe aus dem Boden gegraben hast und mich deshalb mitten in der Nacht hier rauszerrst ...«

»Es ist halb sechs Uhr morgens«, unterbrach Theo sie, »nicht mitten in der Nacht. Wenn du zur nächsten Saison kein böses Erwachen erleben möchtest, solltest du dich allmählich wieder ans frühe Aufstehen gewöhnen. Eigentlich wird es auch Zeit, wieder mit Yoga zu beginnen«, erklärte er über Gretchens unzufriedenes Knurren hinweg. »Aber ich fürchte, das müssen wir verschieben. Aus Gründen. Du wirst schon sehen.«

»Was werde ich sehen?«, fragte Gretchen im selben Augenblick, in dem vor ihnen die Schiebetür mit einem sanften Whoosh zur Seite glitt und ihr, nicht gerade sanft, prickelnde Nässe ins Gesicht stob. »Was um alles in der Welt?«, fragte sie noch, bevor sie die Augen aufriss und den Mund gleich dazu.

Ein Spektakel dieser Art hatte Gretchen noch nie beobachten können, zumindest nicht, seit sie in Cornwall lebte. Vor ihren Augen (und im Licht der *Wild-at-Heart*-Fassaden- und Weihnachtsbeleuchtung) stoben Schneeflocken durcheinander, dicke, feuchte, satte Flocken, die ihr ins Gesicht wirbelten und ihren dunklen Pullover innerhalb von Sekunden weiß sprenkelten. Wie auch alles um sie herum. Nach wie vor sprachlos trat sie einen weiteren Schritt nach draußen, schlang die Arme um ihren Körper und stemmte sich gegen den Wind. Durch einen Vorhang aus Schnee blitzte und funkelte alles weiß. Der Weg, der vom Hoteleingang an den Wohnwagen vorbei zum Wald und zu den Klippen führte, war unter der dicken, pudrigen Schicht nicht mehr zu erkennen. Gemessen an den tiefen Mulden, die Theos Fußabdrücke hinterlassen hatten, musste es die ganze Nacht pausenlos geschneit haben, und zwar heftig.

Gretchen stieß ein ungläubiges Kichern aus. »Ich glaub

das nicht«, sagte sie ehrfürchtig. Ihr Blick strich über die schneebedeckten Wohnwagen zu den Wipfeln der Bäume und zurück zu den Fußabdrücken vor ihr, die in Sekundenschnelle wieder zu verschwinden begannen. So wie der Wind hier fegte und der Schnee nur so flog, würde man eine tosende Geräuschkulisse erwarten, doch das Gegenteil war der Fall: Die Welt schien wie in Watte gehüllt, sanft, friedlich, mucksmäuschenstill.

»Das sind mindestens dreißig Zentimeter«, schätzte Gretchen schließlich.

»Eher fünfzig«, erwiderte Theo. »Frauen und Maßeinheiten«, schob er murmelnd hinterher. Dann zog er Gretchen zurück in den überdachten Windfang. »Du wirst dir noch eine Erkältung holen. Es mag ja hübsch aussehen, wie die Flocken hierhin und dorthin fliegen, aber der Schnee ist nass und ziemlich vehement. So einen Sturm hatten wir schon ewig nicht mehr.«

»Seit ich in Cornwall lebe, jedenfalls nicht«, sagte Gretchen, und sie wohnte schon bald zwanzig Jahre hier an der Küste. Sie lachte wieder. »Herb hatte recht mit seinem Gerede über einen Schneesturm«, stellte sie kopfschüttelnd fest. »Und wenn er ein zweites Mal recht behält, werden wir den Schnee nicht so bald wieder los. Ach, herrje.« Auf einmal war ihr doch nicht mehr nach Lachen zumute. Und als hätte Theo im gleichen Augenblick dasselbe gedacht, riefen sie gleichzeitig: »Minnie Barnes!« Und dann läutete auch schon das Telefon im Foyer, genauso stürmisch wie das Wetter draußen.

Nein, Minerva Barnes war nicht erfreut über den Schneesturm, der laut Vorhersage den Tag über anhalten und mehr weißen Niederschlag an die kornische Küste bringen sollte, als dieser Landstrich je erlebt hatte. Für die Bewohner von Cornwall bedeutete der Wetterumschwung entweder kilometerlange Staus, weil niemand bei derartiger Glätte zu fahren wusste oder sich wahlweise nicht traute; für Port Magdalen bedeutete es, dass die Insel noch schwieriger zu erreichen war als ohnehin schon. Bei Flut fuhr das Boot nicht, denn bei einem Sturm dieser Art war eine Überfahrt einfach viel zu gefährlich. Bei Ebbe mochte sich kaum jemand mit dem Auto über den glatten und in den wirbelnden Schneemassen schwer auszumachenden Fahrdamm wagen. Zu Fuß ja, das war womöglich eine Option. Doch von der hielt Minverva Barnes nicht sonderlich viel.

»Wir können nicht die komplette Mannschaft zu Fuß hierherschicken«, wetterte sie (und zwar so laut, dass Gretchen sich einbildete, sie gleichzeitig aus dem Telefon und über die Treppe zu den Gästezimmern zu hören, in denen auch Minverva logierte). »Abgesehen davon, dass wir nicht plötzlich im Schnee drehen können! Das war so nicht eingeplant!« Für einen Augenblick war sie still, ganz so, als erwartete sie, dass Gretchen sich für das unberechenbare Winterwetter bei ihr entschuldigte. Doch da die *Wild-at-Heart*-Chefin keine Anstalten machte, fuhr Minnie fort: »Wir müssen aussetzen. Das ist eine Katastrophe. Wo wir ohnehin schon hinter dem Drehplan hinterherhinken. Bitte verbinden Sie mich jetzt mit Mr. Grumbole.«

»Es ist ...« *halb sechs Uhr morgens*, vervollständigte Gretchen den Satz in Gedanken, bevor sie seufzend auf die entsprechende Taste drückte, um das Gespräch ins Zimmer des Regisseurs durchzustellen. Vermutlich war er durch das Gebrüll ohnehin bereits aufgewacht. Und wie sie ganz richtig annahm, interessierte es die resolute Aufnahmeleiterin nicht im Geringsten, wie früh oder spät es war, also tat Gretchen einfach, wie ihr geheißen.

Ganz sicher würde an diesem verschneiten Sonntag nicht mehr viel passieren im *Wild-at-Heart*-Hotel, Port Magdalen, Cornwall. Eine ganze Weile noch starrten Gretchen und Theo fasziniert auf die stürmischen Flocken vor den Fenstern der Lobby, so lange, bis ein paar Gestalten die winterliche Idylle mit ihrem Schnauben und Keuchen durchbrachen, wenngleich die zwei Beobachter am Fenster es erst hören konnten, als Dottie, Hazel, Oscar und Ashley durch die Schiebetür ins Hotel stolperten (beinahe übereinander, als könnten sie es nicht erwarten, aus der Kälte zu kommen).

»Es ist nicht zu fassen«, beschwerte sich Dottie, die bis unter die Haarspitzen in einen dicken Wollschal gehüllt war und als Erste ins Foyer stapfte. »Seit meiner Kindheit habe ich nicht mehr so viel Schnee auf einem Haufen gesehen. Die Fishstreet ist eine einzige Rutschbahn! Wir hätten es fast nicht hier heraufgeschafft!«

»Allerdings«, bestätigte Oscar, während er sich dicke Flocken von seinem dunklen Wollmantel klopfte. »Wir mussten Mrs. Penhallow geradezu den Berg raufschieben, sie wäre sonst immer wieder runtergekugelt.«

»Frechdachs.« Dottie schlug dem Jungkoch mit der Hand auf den Hinterkopf.

»Aua.«

»Die Welt ist so still mit all dem Schnee«, bemerkte Hazel sanft. »Als dimmte er all unseren Lärm zu Nichtigkeit.«

Für einen Augenblick befürchtete Gretchen, ihre resolute Köchin könnte diese sicherlich nicht persönlich gemeinte Weisheit durchaus persönlich nehmen, da legte Ashley der verträumten Hazel einen Arm um die Schulter und erklärte: »Du hast so recht, Haselnüsschen, du hast sooo recht.«

Theo lachte leise, während Oscar Ashley im Vorbeigehen auf den Rücken schlug und Dottie bereits dazu übergegangen war, Kommandos zu erteilen. Das war der Augenblick, in dem Gretchen einfiel, dass sie mit Minnie Barnes auch darüber sprechen musste, wie sie es mit dem Catering halten sollten. Wenn heute nicht die komplette Crew auf die Insel kam (wovon Gretchen ausging), konnten sie die Verpflegung womöglich etwas herunterschrauben.

Ashley, der seinen Anorak noch nicht einmal aufgeknöpft hatte, sagte: »Ich werde draußen einen Weg freiräumen. Haben wir eine Schneeschippe?« Woraufhin sich herausstellte, dass die Schaufel, mit der Theo unter dem Dach seines Vorzeltes nach Piratenschätzen grub, die einzige war, die das Hotel besaß. Eine Schneeschaufel? Wer rechnete in Cornwall schon mit dieser Menge an Schnee? Also schippte der gute Ashley, der an diesem Sonntag eigentlich einen freien Tag gehabt hätte, wegen des Wetters aber ohnehin nichts damit anzufangen wusste, mit Theos Schatzgräberschaufel gegen die Flocken an, die es ihm wahrlich nicht leicht machten. Kaum hatte er die Zufahrt zum Hotel freigeräumt, war der Bereich, an dem er begonnen hatte, schon wieder großzügig mit Weiß bedeckt. Und das sollte sich erst mal auch nicht ändern.

49.

Es war gerade einmal sechs Uhr, als Nettie erneut von einem seltsamen Geräusch geweckt wurde. Kein Klopfen diesmal, sondern ein Kratzen und Schaben, das sie noch im Schlummerzustand die Augen zusammenpressen ließ. Was um alles in der Welt war das?

Sie öffnete die Augen und war dabei, sich aufzusetzen, als ihr wieder einfiel, dass sie nicht allein im Zimmer war. Sie war nicht einmal allein in ihrem Bett. Nettie wurde rot, während sie sich so vorsichtig wie möglich aus Damiens Umarmung schälte. Sie hatten beide sehr anständig hier nebeneinandergeschlafen, in ihren Schlafshirts, doch Damiens Nähe war nicht zu verleugnen gewesen, ebenso wenig die Hitze, die er verströmte. Nettie hatte erst überhaupt nicht einschlafen können, so neu war die ganze Situation, weshalb es ihr ein absolutes Rätsel war, dass sie sie nun, in der Frische des Morgens, so gut wie vergessen hatte.

Leise schlich sie zum Fenster, merklich leiser als das Geräusch, das zu ihr hereindrang. Doch als sie den Vorhang zurückschob, um nach draußen zu sehen, blieb ihr aus einem völlig anderen Grund der Mund offen stehen. Die Welt war weiß da draußen, dick mit Schnee bedeckt, dessen Flocken vor Netties Fenster hierhin und dorthin stoben. Sie blickte auf die Wohnwagen der Filmleute, die schon mit einer hohen Schicht bedeckt waren, und dann zu den Baumwipfeln, die sich unter der ungewohnten Last und dem an ihren Zweigen rüttelnden Wind wogen.

Nettie murmelte ungläubig etwas und öffnete das Fenster, als wollte sie sichergehen, dass nicht ihre Scheiben schmutzig waren (oder etwas in dieser Art). Sobald sie es einen Spalt geöffnet hatte, rieselten auch schon Schneekristalle auf ihre Hand, kalt und feucht und absolut real. Sie trat ganz nah ans Fenster heran und konnte nun erkennen, dass Ashley für das kreischende Geräusch zuständig war, das die Schaufel hinterließ, während er mit ihr den Weg zum Hoteleingang freiräumte. Nettie war so fasziniert, dass sie nicht bemerkte, wie der Wind an Geschwindigkeit zunahm, um ihr eine Schneeböe ins Zimmer zu wehen. Kalte Tropfen perlten auf ihren nackten Armen und ließen sie quietschend zurückweichen.

»Ach, du meine ...« Was auch immer Damien hatte sagen wollen, der Rest des Satzes blieb ein Geheimnis. Auch seine Lippen öffneten sich einen Spalt, während er das Fenster noch ein Stückchen höher schob, um dann den Kopf nach draußen in den eiskalten Morgen zu recken.

»Wie lange haben wir geschlafen?«, fragte er Nettie über die Schulter, bevor er zu lachen begann und damit, Schnee vom äußeren Fensterbrett mit den Händen zusammenzuschieben. Er formte einen Ball und warf ihn seiner Freundin entgegen.

»Was ...«, begann die, bevor sie den Schneeball auffing, ihn dabei aber derart zusammendrückte, dass er in seine Einzelteile zerfiel, die sich wiederum über ihr dünnes Schlaf-T-Shirt verteilten. »Ah, uuuh, ist das kalt«, rief sie, bevor sie jeden Krümel Schnee, den sie erwischte, in

Damiens Richtung warf. Auch sie lachte, lief zurück zum Fenster und steckte ebenfalls den Kopf heraus.

»Ich komme mir vor wie in der *Eisprinzessin*«, erklärte sie.

»Wirklich, Nettie? Disney?« Damien grinste sie an.

»Und wieso nicht Disney? Denkst du, bloß weil ich jetzt einen Freund habe, darf ich keine Zeichentrickfilme mehr mögen?«

Für drei viel zu lange anmutende Sekunden starrten die beiden einander an, während Netties Wangen wärmer und wärmer wurden. Sie hatte es tatsächlich gesagt – sie hatte Damien als ihren Freund bezeichnet. Ihren *richtigen* Freund. Und er sah ganz und gar nicht so aus, als hätte er etwas dagegen einzuwenden. Stattdessen beugte er sich zu ihr und drückte einen Kuss auf die eben errötende Wange. Bevor er eine Ladung Schnee griff und sie über ihrem Haarschopf ausschüttete.

»Hey!«, empörte sich Nettie lachend. Sie rächte sich mit vollen, eiskalten Schneehänden, bevor kein Flöckchen mehr auf der Fensterbank vor Netties Zimmer zu finden war.

Die beiden bemerkten nicht, dass sie beobachtet wurden – von Oscar, der durch den Hintereingang nach draußen gekommen war, um Ashley einen heißen Becher Tee zu bringen. Oscar betrachtete sie beiden Teenager im Vorbeigehen und befand, dass sie sich benahmen wie Hundewelpen in ihrem ersten Schnee. Schwer verliebte Hundewelpen. Für eine Sekunde spürte der junge Koch, wie Eifersucht durch ihn hindurchfuhr, mitten in sein Herz, doch dann überwog die Freude. Darüber, dass Nettie etwas geschafft hatte, was ihm vermutlich mit Florence nie gelingen würde, nicht mehr in diesem Leben, wie es aussah. Damit hatte sich Oscar inzwischen abgefunden.

Er tauschte einige Worte mit Ashley, drückte ihm den dampfenden Becher in die Hand und machte sich auf den Weg zurück in die Küche.

Womöglich sollte er den Job wechseln, dachte er plötzlich. Vielleicht war es so einfach. Er sollte sich eine andere Stelle an einem anderen Ort suchen, um nicht irgendwann einmal Florence bei albernen Schneespielen mit irgendwem beobachten zu müssen. Oscar stemmte sich gegen die Kälte, die sich jetzt auch in seinem Inneren breitmachte. Am Ende war es wahrscheinlich doch die bessere Idee, dass er Weihnachten nicht hier verbrachte, sondern in seiner Heimat, weit, weit weg von hier.

50.

Laut Wetterbericht sollte der Sturm mindestens noch bis in die Nacht hinein andauern, was Ashleys Bemühungen und sämtliche anderen Außenaktivitäten irgendwie ad absurdum führte. Auch Minnie erklärte nach einem Telefonat mit den Verantwortlichen bei der Produktionsfirma in London, dass am heutigen Tag zwangsläufig eine Drehpause eingelegt werden musste, was die Anzahl der im Hotel verbliebenen Personen auf eine recht angenehme Ziffer reduzierte. Fast war es so, als herrschte wieder normaler Betrieb im *Wild at Heart*, was Gretchen in eine seltsam sentimentale Stimmung versetzte. Statt des in den vergangenen Wochen üblichen Tohuwabohus auf der Terrasse, auf der sich für gewöhnlich ein paar Dutzend Menschen um die Kaffeebar und die kleinen Tische drängte, saßen nun lediglich eine Handvoll davon im Restaurant, das aufgeräumt wirkte wie lange nicht mehr, und ließen sich bei säuselnder Hintergrundmusik von Hazel Eier und Speck servieren.

Noah saß mit Heather zusammen, Minnie mit ihrer Assistentin, die weiß der Himmel woher gekommen war (vermutlich halb erfroren über den Fußweg), Regisseur Grumbole machte seinem Namen alle Ehre und hockte grummelnd allein an einem Tisch, wo er finster zum Fenster hinausstarrte. Gretchen lief von einem Tisch zum nächsten und fragte, ob alles zur Zufriedenheit ihrer Gäste sei, was Minerva eine seltsame Falte auf die Stirn malte, als wunderte sie sich darüber, dass die Hotelbesitzerin tatsächlich einem Job nachging, wenn sie nicht damit beschäftigt war, vierundzwanzig Stunden auf die Kommandos der kleinen, dominanten Aufnahmeleiterin zu hören. Später würden sich alle ins Foyer zurückziehen. Schon jetzt knisterte dort das Feuer in den beiden Kaminen, und Theo hatte eine alte Weihnachtsplatte des Rat Pack aufgelegt. Gerade sang Frank Sinatra von *Mistletoe and Holly*, als Nettie und Damien Hand in Hand aus der Wohnung in die Lobby traten.

»Na, sieh mal einer an«, sagte Theo. Er kniete vor einem der Kamine, um ein Holzscheit nachzulegen, und warf seiner Enkelin über die Schulter einen neugierigen Blick zu, weshalb Damien schon dabei war, seine Hand aus der von Nettie zu lösen, doch die drückte seine nur noch fester. Von der Seite sah er sie an. Wenn Nettie sich entschieden hatte, dann hatte sie sich entschieden – so war sie eigentlich schon als Kind gewesen, ob es nun um Eissorten ging oder Sandalen. Und nun eben um ihn. Also rückte er ebenfalls ein Stück näher an sie heran. Wenn es Zeit war, vor Netties Familie dazu zu stehen, dass sie jetzt zusammen waren, dann war das eben so.

Netties Großvater lächelte ihn an. Damien hatte nicht vergessen, was der alte Mann ihm beim Abendessen vor einigen Wochen gesagt hatte. *Nettie ist nicht diejenige, um die ich mir Sorgen mache, Junge.* Im Nachhinein musste er beinahe lachen bei dem Gedanken daran, aber nur beinahe, denn ihm war klar, dass er recht behalten würde. Nettie hielt alle Zügel in ihrer Hand, das spürte er ganz tief in seinem Herzen.

»Ist denn schon Weihnachten?«, fragte Nettie und grinste,

während sie Damien hinter sich herzog, um ihrem Großvater einen Kuss auf die Wange zu drücken.

»Ja, das wäre traumhaft, nicht?« Ächzend richtete Theo sich auf und schüttelte mit den Händen Staub von seinen Knien. »Ich weiß nicht, wann ich zuletzt weiße Weihnachten erlebt habe. Eventuell niemals.« Theo setzte ein nachdenkliches Gesicht auf, und Damien meinte schon, er ließe all die vergangenen Feste vor seinem inneren Augen Revue passieren, als er sagte: »Was machst du eigentlich hier, Junge? Ich meine, nicht, dass du nicht herzlich willkommen wärst, aber ist morgen nicht Schule?«

»Doch. Allerdings.« Damien räusperte sich. »Ich bin … äh, ich bin gestern erst sehr spät angekommen und mache mich gleich wieder auf den Weg zurück nach Brighton. Nach dem Frühstück?« Er sah Nettie fragend an.

»Damien!« Auch Gretchen, die gerade aus dem Restaurant kam, hatte den Freund ihrer Tochter entdeckt. »Was machst du denn hier?«

»Er ist gestern Nacht angekommen«, erklärte Theo, noch bevor Damien den Mund öffnen konnte. »Und er denkt, er fährt nach dem Frühstück wieder nach Hause.«

Gretchen, die ihre Augen auf die ineinander verschlungenen Hände der Teenager gerichtet hatte, schüttelte verwirrt den Kopf. Dann blickte sie auf Nettie, die rot geworden war, und dann lächelte sie, und sei es nur, um ihrer armen Tochter die Scheu vor diesem sicher kniffligen Moment zu nehmen. Schließlich sagte sie: »Entschuldige, was hast du gesagt?«

»Damien ist letzte Nacht hier angekommen.« Diesmal übernahm es Nettie zu antworten. »Er ist …«

»Gestern Nacht?«, fragte Gretchen. »Wann?«

»So gegen elf.« Nettie zuckte mit den Schultern.

Gretchen sah von ihr zu Damien. Sollte sie sich wundern, wo der Junge übernachtet hatte, sprach sie es jedenfalls nicht aus, sondern fragte stattdessen: »Wie bist du hergekommen, um diese Uhrzeit?«

»Per Anhalter«, erwiderte Damien und verzog im gleichen Augenblick das Gesicht, in dem Gretchen es tat.

»Per Anhalter? Und da hatten deine Väter nichts dagegen?«

»Nun ...«

Damien war selten sprachlos, weshalb Gretchen in dem Moment, in dem er hilflos auf Nettie und dann wieder zu ihr sah, klar wurde, dass das nur eines bedeuten konnte.

»Sie wissen nichts davon?«

»Nicht direkt.«

»Und indirekt?«

»Indirekt denken sie wohl, ich hätte bei einem Freund übernachtet.«

Wieder herrschte einige Sekunden lang Stille, schließlich seufzte Gretchen. »Es tut mir leid, Damien, aber wir werden sie anrufen müssen. Draußen herrscht der Schneesturm des Jahrhunderts, und selbst wenn wir dich in einen Bus oder in den Zug setzen wollten, kommst du heute nicht mehr nach Hause, weil einfach nichts fährt.«

Unnötig zu erwähnen, dass Clive und Logan Angove nicht sonderlich begeistert darauf reagierten, von der abenteuerlichen, gefährlichen und verbotenen Reise ihres Adoptivsohnes zu hören. Von Hausarrest war die Rede, davon, dass Damien nicht mit Weihnachtsgeschenken rechnen sollte oder damit, nicht mit seinen Freunden Silvester feiern zu dürfen. Damien wusste, dass seine Väter nichts so heiß aßen, wie sie es zuvor gekocht hatten (dafür waren sie schlicht viel zu nett), doch auf der anderen Seite hatte er sie auch selten so wütend erlebt. Er solle sich für die Rückfahrt eine Zugfahrkarte besorgen, schlossen sie. Den Preis dafür würden sie ihm von seinem Taschengeld abziehen. Allen war klar, dass die Züge vermutlich nicht vor morgen fahren würden, was den Ton der Angove-Väter nicht gerade milderte – er war selbst für die Umstehenden sehr gut zu vernehmen.

Als Damien den Hörer sinken ließ, starrten drei Augenpaare ihn entsprechend mitleidig an, doch er zuckte mit den Schultern. »Ist schon in Ordnung. Ich muss sowieso nicht mehr raus, wenn ich nicht hierherkann.«

»Aaah«, machte Nettie und griff erneut nach Damiens Hand.

Gretchen und Theo wechselten einen Blick. Gretchen wusste nicht, ob ihr Schwiegervater das Gleiche dachte wie sie, nämlich, dass die zwei an Weihnachten besser nicht ein Zimmer teilten. Falls Clive und Logan sich überhaupt dazu entschlossen, ihre Einladung anzunehmen. Gretchen hatte ganz bewusst darauf verzichtet, ihre Pläne hier und heute zu offenbaren, wo die Stimmung nicht sonderlich gut war und das *Wild at Heart* womöglich Ort non grata.

»Geht erst mal frühstücken, ihr zwei«, sagte sie stattdessen. Sie sah Nettie an. Selbst wenn die beiden in einem Bett schliefen, schoss es ihr durch den Kopf, worüber sollte sie sich Sorgen machen? Ihre Tochter war die verantwortungsbewussteste Sechzehnjährige, die sie kannte. Hätte sie sich einen ersten Freund für sie aussuchen dürfen, wäre es Damien gewesen. Und aus den Erfahrungen ihrer eigenen Jugend ließ sich mit Sicherheit schlussfolgern, dass Verbote noch immer das Gegenteil bewirkt hatten, weshalb sie hinzufügte: »Und dann genießt diesen unerwarteten, gemeinsamen Tag, den ihr geschenkt bekommen habt.«

Nettie küsste ihre Mutter dafür. Damien küsste sie auf die andere Wange. Gretchen erinnerte sich an Meg Ryans überzeugende Vorstellung eines Orgasmus, den sie aus Netties Zimmer gehört hatte, und auf einmal wurde ihr doch etwas flau. Sie war gerade dabei, die Stirn in Falten zu legen, als sich von hinten Arme um sie schlangen.

»Guten Morgen«, murmelte Nick in ihren Nacken, bevor er sie ebenfalls mit Küssen bedeckte.

51.

»Guten Morgen, Schlafmütze.« Gretchen drehte sich in Nicks Armen und verschränkte die Hände in seinem Nacken, woraufhin er sie ein kleines bisschen fester an sich zog. »Dich hatte ich ganz vergessen.«

»Du hast mich vergessen?«

»Nun ja – hast du mal aus dem Fenster gesehen? Ich denke, ich habe einen Schock erlitten und darüber irgendwie versäumt, dich zu wecken.«

»Mmh.« Nicholas legte den Kopf schief. »Es ist bereits nach acht. Wie lange hattest du vor, mich liegen zu lassen?« Er konnte in Gretchens Gesicht lesen, dass sie ihn tatsächlich vergessen hatte, und musste lachen.

»Ich hab noch nie so viel Schnee auf einmal gesehen«, verteidigte sie sich. »Nicht in Cornwall zumindest. In Norwegen, ja, dort gehört Schnee zum Winter, aber hier an der Küste ... Sag es ihm, Theo. Du hast das auch noch nie erlebt, richtig?«

Aus den Augenwinkeln beobachtete Nick, wie sich der alte Mann äußerst seltsam fortbewegte – ungefähr so, als würde ein Storch versuchen zu schleichen. Als er ihm einen fragenden Blick zuwarf, rief er: »Ich werde mal sehen, ob die mich im Restaurant brauchen können«, und stakste mit eiligen Schritten davon.

»War das ein Wink mit dem Zaunpfahl?«, fragte Nick mit hochgezogenen Brauen.

»Selbst Theo ist aufgefallen, dass heute ein besonderer Tag ist. Die ganze Welt ist irgendwie in Watte gepackt. Alles ist verlangsamt. Man kann sich viel Zeit nehmen. Vielleicht denkt er, es wäre eine gute Idee, wenn wir zwei uns auch mal wieder *richtig* Zeit füreinander nehmen.«

»Richtig Zeit«, murmelte Nicholas, während er sie noch ein wenig enger an sich zog.

»Oder musst du los? Was ist mit dem *Tearoom*?«

»Lori hat entschieden, dass er heute geschlossen bleibt. Ich sollte später allerdings vorbeischauen und Schnee räumen, bevor man ihn ausgraben muss.«

»Mmmh«, machte Gretchen und lächelte.

Nick beugte sich vor und begann damit, kleine Küsse auf ihrem Kinn zu verteilen, unterhalb ihrer Wangen, hinter ihrem Ohr. Sie war dabei, genüsslich die Augen zu schließen, als ihr wieder einfiel, dass sie in der hell erleuchteten Lobby ihres Hotels standen. Die meisten Gäste waren zwar beim Frühstück im Restaurant und würden womöglich so schnell nicht herauskommen, aber … Wer wusste das schon?

»Komm mit«, raunte sie Nicholas zu, bevor sie ihn an der Hand nahm und hinter sich her in ihr Büro zog. Dort schloss sie die Tür und sperrte zu, bevor sie sich mit dem Rücken dagegenlehnte und einladend, wie sie hoffte, die Unterlippe zwischen die Zähne sog.

»Mir gefällt, wie du denkst«, sagte Nick und machte einen Schritt auf Gretchen zu.

»Und mir gefällt, dass du Gedanken lesen kannst«, erwiderte Gretchen, die Nicholas jetzt zu sich heranzog und ihrerseits Küsse verteilte, träge, andauernde, genussvolle Küsse, die der glückliche Empfänger mit einem zufriedenen Brummen quittierte.

»Weißt du noch, wann wir uns hier zuletzt so geküsst haben? In diesem Büro, vor dieser Tür?«

»Mmmh«, machte Gretchen erneut. Das wusste sie allerdings noch genau. Es war im Sommer gewesen, kurz nachdem aus ihrer Freundschaft etwas mehr geworden war und zu einer Zeit, in der sie sich noch gar nicht darüber im Klaren gewesen war, ob sie mit Nicholas eine Beziehung eingehen wollte. Sie hatte damals sehr oft an Christopher gedacht. Und das tat sie heute auch noch, allerdings empfand sie kein schlechtes Gewissen mehr dabei. Sowohl Nettie als auch Theo freuten sich, dass Gretchen nach dem Tod ihres Mannes wieder jemanden gefunden hatte, und sie war sich ziemlich sicher, dass Christopher selbst es auch so sehen würde.

Gut.

Und nun hatte sie genug an Christopher gedacht.

Während Nicholas vielleicht oder vielleicht auch nicht auf Gretchens Antwort wartete, begann sie damit, sein T-Shirt nach oben zu schieben, so weit, bis er den Kopf durch die Öffnung steckte, um es ganz auszuziehen.

»Willst du ... du willst ...«, begann er, da hatte Gretchen schon den Knopf seiner Jeans geöffnet und war dabei, den Reißverschluss nach unten zu zerren.

»Gar nicht weit von hier steht ein ziemlich geräumiges Bett«, setzte er erneut an, doch auch er machte sich seinerseits an Gretchens Kleidung zu schaffen, streifte den Hotelblazer von ihren Schultern und löste die Knöpfe ihrer Bluse.

»Die letzten Male, die wir uns in dieses geräumige Bett haben fallen lassen«, erwiderte Gretchen, »sind wir auf der Stelle vor Erschöpfung eingeschlafen.« Erneut küsste sie Nicholas auf den Mund, kurz und fest, bevor sie seine

Hände beiseiteschob, die Bluse von ihren Schultern strich und nach dem Reißverschluss ihres Rocks tastete.

»Zieh die Hose aus.«

Nick grinste. »Ich mag es *wirklich*, wie du denkst«, sagte er, während er tat, wie ihm geheißen. Denn wer war er, eine Frau auf ihrer Mission aufzuhalten, nicht wahr?

52.

Als brächte der unerwartete Schnee die Hormone sämtlicher Anwesenden durcheinander, sollte es eine ähnliche Szene später noch einmal geben, allerdings nicht hier und mit anderen Protagonisten.

Doch dazu an geeigneter Stelle mehr.

Im Augenblick befand sich die Mehrheit der Hotelgäste in der gemütlichen Lobby des *Wild at Heart,* wohin es sie nach dem Frühstück gezogen hatte. Die zweite Tasse Tee schmeckte vor einem knisternden Feuer doch umso besser, und das Schneegestöber ließ sich auch von hier perfekt vor den Fenstern betrachten.

Zu Theos größter Verblüffung hatte Bruno den Weg hinauf ins Hotel geschafft. Er habe den Schneefall zunächst unterschätzt, erklärte er, denn wann hatte es auf Port Magdalen zuletzt so viel davon gegeben, doch schnell gemerkt, dass dies kein gewöhnlicher Wintereinbruch war. Bis er die Fishstreet hinauf- und den Waldweg wieder heruntergeschlittert war, war seine italienische Designerrobe völlig durchnässt, das schüttere Haar vom Winde verweht und die ohnehin pergamentartig schimmernde Haut seiner Wangen zu Eis gefroren.

Theo bestellte seinem Freund einen heißen Kakao in der Küche (und sich gleich mit), den die beiden mit einem kleinen Schuss Rum versetzten (miniklein, wirklich). Dann suchten sie sich ein warmes, stilles Eckchen neben einem der Kamine und begannen damit, die Bücher zu sortieren, die Theo aus dem Schäferwagen hergeschleppt hatte. Diesmal hatten sie wirklich ausreichend Zeit, ihrem Rätsel ein Stück näherzukommen. Sie waren praktisch eingeschneit. Der komplette Tag lag noch vor ihnen. Bruno griff nach einem Bildband, *Cornwalls verborgene Höhlen*, während Theo sich einem in Leder gebundenen Notizbuch widmete, das vermutlich seinen Großeltern gehört hatte. Es war nicht leicht zu entziffern, aber nach ein paar Seiten erkannte er Kochrezepte darin. Also schob er das Buch zur Seite und griff stattdessen nach einem weiteren Fotoband, diesmal zum Thema *Die Bucht von Penzance*.

»Wieso haben wir uns die Mühe gemacht, das alles vom Dachboden zu schleppen?«, murrte Bruno, während er mit krauser Nase an seinen Fingern schnüffelte.

»Was, riechen die Bücher etwa?«, fragte Theo. Er hob seinen Zeigefinger und schnüffelte daran. »Staub. Jahrgang ... 1932. Exzellent gereift.«

Bruno schüttelte den Kopf. Er legte den Höhlenband beiseite und griff sich das nächste Buch.

»Auf dem Dachboden wären wir längst erfroren«, sagte Theo. »Und hier sind wir auch viel näher an der Küche«, fuhr er fort, bevor er mit Bruno und seiner Tasse anstieß und einen kräftigen Schluck des guten alten Kakaos zu sich nahm.

Etwa drei heiße Schokoladen später hatte sich nicht nur Ian Grumbole zu ihnen gesellt, sondern auch Minnie und Noah Perry höchstpersönlich. Auf Brunos Frage, wo denn die schöne Hauptdarstellerin abgeblieben sei, hieß es, sie habe sich auf ihr Zimmer zurückgezogen, weil der gravierende Wetterumschwung ihr Kopfschmerzen bereitete.

Bruno wirkte von dieser Information ehrlich getroffen, wenngleich ihm die Anwesenheit von Minerva Barnes auf für Theo unverständliche Weise tröstlich erschien. Die Aufnahmeleiterin hatte sich zumindest insoweit mit der Situation abgefunden, als sie ebenfalls an einem Kakao nippte (mit kleinen Marshmallows und Zimtstange, ohne Rum), während sie mit einer Hand durch einen weiteren Bildband blätterte, in dem ein Marazion vor Urzeiten abgebildet zu sein schien. Eine Aufnahme von Port Magdalens Herzfelsen betrachtete sie besonders eingehend, bevor sie den Regisseur darauf aufmerksam machte. »Womöglich sollte man auch mal daran denken, hier eine reale Geschichte zu filmen«, schlug sie vor. »Ich meine, diese Insel! Dieser Felsen! Da muss man sich ja verlieben. Meinst du nicht auch, Noah?«

Es gehörte nicht sonderlich viel Feingefühl dazu, diese Bemerkung als spitz zu erachten (selbst Bruno hatte bei dem Kommentar aufgehorcht), doch Noah Perry ließ sich nicht beirren, ganz im Gegenteil: Er beachtete Minnie nicht weiter, zog stattdessen sein Handy aus der Hosentasche und begann, darauf herumzutippen.

Während Theo davon zu erzählen begann, wie unglaublich romantisch diese Insel sei, wie viele Liebende sich hier schon gefunden hatten und welch aufregende Geschichte ihr zugrunde lag (ja, er berichtete auch von den Piraten, davon, dass sie womöglich hier, direkt unter ihnen, in geheimen Gängen ihr Unwesen getrieben hatten), bekam Noah von alldem nichts mit, denn er war mit seinen Gedanken längst woanders.

> Die weiße Pracht da draußen hat mir unerwartet einen freien Tag beschert. Was machst du gerade?

Ich warte schon den ganzen Morgen darauf,
dass es aufhört zu schneien, aber nun muss ich los,
nach meinen Gewächshäusern sehen. Ich bin nicht
sicher, wie viel Schnee die aushalten. Und so etwas
hatten wir hier noch nicht.

Ja, das habe ich gehört.

Für einen kurzen Augenblick sah Noah auf und in die Runde, bevor er sich wieder seiner Unterhaltung mit Sara widmete. Sowohl Minnie als auch Ian hingen an Theo Wildes Lippen, was besonders für den Regisseur untypisch war. Noah hörte etwas von einer Schatzkiste und geheimen Ausgrabungen und beschloss, dass es den Anwesenden überhaupt nicht auffallen würde, wenn er nicht anwesend war, so gebannt waren die.

Ich helfe dir bei ... was auch immer du bei deinen
Gewächshäusern zu tun hast.

Er beobachtete, wie die drei Punkte, die verrieten, dass Sara ihm antwortete, aufblinkten, dann wieder verschwanden. Dann erschienen sie erneut.

Ich bin mir nicht sicher, ob es eine gute Idee ist, wenn
man uns zusammen sieht.

Wer soll uns zusammen sehen? Da draußen tobt ein
Schneesturm.

Ein Grund mehr für dich, im Haus zu bleiben.

Wann wirst du hier sein?

Er starrte auf sein Handy, doch Sara antwortete nicht. Nicht fünf Minuten später, nicht zehn. Eine Viertelstunde nach ihrer letzten Nachricht stand er auf und entschuldigte sich. »Offensichtlich vertrage ich das Wetter auch nicht so gut«, murmelte er, doch Minnie warf ihm einen Blick zu, den er lieber nicht aufgeschnappt hätte. Also drehte er sich schnell um und lief auf sein Zimmer, um seine Jacke zu holen.

Er hörte Gelächter, als er die Tür passierte, auf der *Büro* stand.

Den Aufschrei aber, den Theo etwa zehn Minuten später von sich gab, den hörte er nicht mehr.

53.

»Ein Nachttopf?« Theo starrte seine Enkelin an, als sei sie eine Mischung aus Fata Morgana und jemand, den er lieber nicht treffen wollte. Dann fiel sein Blick auf die Porzellanscherbe in seiner Hand. »Wie kommst du darauf, dass das ein Nachttopf sein könnte?«

Nettie zuckte mit den Schultern. Sie hatte sich ebenfalls zu der kleinen Runde um den Tisch voller Bücher gesellt, hauptsächlich deshalb, weil Damien gern mit dem Regisseur sprechen wollte. Ob der das genauso sah? Nun, jedenfalls hatte er noch nicht die Flucht ergriffen, was für den mürrischen Zeitgenossen schon als äußerst positiv zu bewerten war.

»Wir haben einige davon in einer Kiste auf dem Dachboden, weißt du nicht mehr? Dad wollte sie nach dem Umbau in den Zimmern ausstellen, als Dekoration, aber Mum und ich hatten Angst, dass sie tatsächlich jemand benutzen würde.«

Immer noch starrte Theo seine Enkelin an. Ja, es dämmerte etwas in seinem maroden Gedächtnis. Etwas, das er genauso gern vergessen würde wie die Fata Morgana da vor ihm.

»Ein Nacht...«, begann Bruno glucksend, schwieg aber, als Theo ihm einen mahnenden Blick zuwarf.

»Wieso haben wir Nachttöpfe auf dem Dachboden?«, knurrte er geradezu.

Einmal mehr zuckte Nettie mit den Schultern. »Sie stammen wohl noch aus der Zeit, als das Klo draußen war.« Und an Damien gewandt: »Ein Plumpsklo, brrr.«

Ein Plumpsklo, dachte Theo mit versteinerter Miene. Eine mannshohe Holzschachtel also, mit einem Herzchen als Guckloch? Passend zu dem Herzen, das seinen schmiedeeisernen Schlüssel zierte?

Es war so still in der Runde, dass man den Wind um den Kamin pfeifen hören konnte. Etwa fünf Sekunden lang. Dann brach ein schallendes, polterndes Lachen aus Bruno heraus. »Und das Loch, in das du gefallen bist«, japste er, und Theo rief: »Sprich das ja nicht aus!«

54.

Für Sara gestaltete sich der Fußweg von Marazion nach Port Magdalen und in ihre Gärten als Gang durch eine eisige Hölle. Schon in den Straßen innerhalb des Ortes blies der Wind so stark, dass sie sich kaum auf den Beinen halten konnte, auf dem Damm zur Insel dann riss er sie einige Male beinahe von ihren Füßen. Ganz abgesehen davon, dass die Böen klirrend kalt waren und die Schneeflocken dicht und massiv – ach, sie hatte kaum die Hälfte des Wegs hinter sich gebracht, da tat sie sich selbst so leid, dass sie beinahe angefangen hätte zu weinen.

Beinahe.

Denn neben allem anderen hatte Sara überhaupt keine Lust, ihr Augen-Make-up zu verschmieren, wenn doch die Aussicht lockte, Noah zu treffen.

Ja, sie hatte ihm gesagt, es sei eine dumme Idee. Zwar glaubte sie nicht daran, dass sich bei diesem entsetzlichen Wetter irgendwer (außer ihnen beiden) heraustraute, doch dieser Tage schienen die Wälder und Gärten und Klippen um das *Wild at Heart* herum Augen und Ohren zu haben, weshalb es riskant war, sich außerhalb privater Wände zu treffen. Zumal es schwierig sein würde, einfach so zu tun, als sei nie etwas zwischen ihnen gewesen. Zwar war es wirklich bei diesem einen Kuss geblieben (damals in dem Auto vor ihrer Haustür), doch der war verheerend gewesen: Im Grunde hatte es sich so angefühlt, als habe sie in ihrem Leben überhaupt zum allerersten Mal geküsst. Als sei jede Intimität, die sie je mit einem anderen Mann getauscht hatte, nur oberflächlich gewesen – die äußere Schicht einer oberflächlichen Oberfläche. Dieser Kuss ... Sie wollte sich nicht ausmalen, wie es sein musste, mit diesem Mann zu schlafen, denn allein in der Vorstellung würde es für Sara kein Zurück mehr geben. Sie würde immer nur noch ihn wollen, bis zum Ende ihres Lebens.

Erschöpft und atemlos an ihrem Ziel angekommen, erkannte Sara ihn sofort. Noah trug einen schwarzen schweren Mantel, der weiß schimmerte wegen der zahllosen Schneeflocken, die sich daran klammerten, und er hatte sich in den Schatten einer Hecke geduckt, um Kälte und Wind zu entkommen. Sie blickten einander an, und Sara musste lachen. Sogar an seinen Wimpern hingen Schneekristalle. Sie sahen beide aus wie Eismenschen. Was Noah ebenfalls zum Lachen brachte. Die zwei strahlten sich an, doch als er auf Sara zutrat, um sie in den Arm zu nehmen, wich diese einen Schritt zurück und schüttelte den Kopf.

Nicht hier, schien ihr Blick zu sagen.

Dann machte sie auf dem Absatz kehrt und lief den schmalen Pfad entlang zu ihren Gewächshäusern.

Bis sie die Glasdächer von der dicken Schneeschicht befreit hatten, zitterte Sara beinahe, so kalt war ihr inzwischen. »Gott, ich hätte die Blumen abdecken sollen«, sagte sie, und ihre Stimme stolperte leicht. »Dabei habe ich den Schnee sogar riechen können und mich doch nicht auf mein Bauchgefühl verlassen.«

»Mit einem solchen Sturm konnte niemand rechnen«, erwiderte Noah. Auch er sah aus, als wäre er kurz vorm Erfrieren. Die Ohren so rot wie die Wangen, blies er in seine Handflächen, um wenigstens die Finger aufzuwärmen.

»Es hat keinen Zweck«, sagte Sara, »wir müssen reingehen.«

Sie war dabei, sich umzudrehen, um den Weg ins *Wild at Heart* einzuschlagen, als Noah sie am Handgelenk festhielt. »Warte. Nicht ins Hotel.«

»Noah ...«

»Ich muss mit dir reden. Und dort sind einfach zu viele Leute, die das nicht unbedingt hören sollten.«

Für eine Sekunde zögerte Sara, dann ließ sie sich von Noah in Richtung der Klippen führen.

»Bist du sicher, dass wir da reindürfen?« Zweifelnd betrachtete Sara die Eingangstür der Lodge, die selbst unter Noahs energischem Rütteln keinen Deut nachgab. Die kleine, heruntergekommene Hütte im Wald über den Klippen gehörte dem Hotel, das wusste sie, und sie wusste auch, dass sie eigentlich nicht in Betrieb war, jetzt aber irgendwie ins Set der Filmproduktion eingegliedert geworden war.

»Immerhin drehen wir hier drinnen ja auch«, bestätigte Noah ihre Überlegungen, während er sich lang machte und mit den Fingern über den Türrahmen tastete. »Ah.« Triumphierend hielt er den Schlüssel hoch. »Da ist er ja!«

Sara war schon ewig nicht mehr im Inneren der Lodge gewesen, doch als sie jetzt über die Schwelle trat, war sie doch überrascht über den primitiven Zustand, in dem sie sich befand. Sie hatte gedacht, hier unten sei zumindest eine Küche eingebaut, doch nun waren da lediglich raue, unbearbeitete Holzwände, ein Lager aus Fell und Decken in der einen Ecke, und anstelle des Schwedenofens, den Sara in Erinnerung hatte, dominierte nun eine Art Feuerstelle den Raum – ein zylinderförmiger, schwarzer Ofen, dessen spitz zulaufendes Rohr in der Decke verschwand.

»Wow«, fasste sie schließlich ihre Gedanken zusammen. »Hier sieht es ein bisschen anders aus, als ich es in Erinnerung hatte.«

»Ja.« Noah hatte die Tür hinter ihnen geschlossen, und sofort wurden sie in Dunkelheit gehüllt. »Die Produktion musste für den Dreh einiges umbauen.«

»Mmmh. Und es gibt auch kein elektrisches Licht mehr?«

»Doch, natürlich. Warte.« Er lief an ihr vorbei (sie hörte es mehr, als dass sie es sah) und die Treppe hinauf, die in den ersten Stock führte. Etwa auf halber Höhe blieb er stehen und schaltete einen Scheinwerfer ein, der gegen die Decke gerichtet war und diffuses, warmes Licht verteilte.

»Wir mussten die Lampen abmontieren, wegen der Authentizität«, erklärte er.

»Ich verstehe.« Sara verschränkte die Arme vor der Brust, faltete sie jedoch sogleich wieder auseinander, als ihr einfiel, wie abweisend diese Geste wirkte. Was Noah auch umgehend aufzufallen schien.

»Wir können ins Hotel, wenn du möchtest. Eventuell, wenn wir am Restaurant vorbeigehen und uns zum Hintereingang reinschleichen ...«

Sogleich schüttelte Sara den Kopf. »Nein, kein Reinschleichen, bitte.«

»Okay.«

Sara ging auf den Ofen zu. »Funktioniert der hier, oder ist er nur Attrappe?«

»Nein, der funktioniert tadellos.«

Während Noah den Ofen einheizt, überlegte Sara, ob Gretchen wohl wusste, was hier in ihrer Lodge passierte und ob irgendwer die fehlende Küche wieder einbauen würde, wenn die Filmleute abgezogen waren. Sie beschloss, ihre Freundin sicherheitshalber darüber zu informieren, was sie hier gesehen hatte – selbst wenn es bedeutete, dass sie dann zugeben musste, mit Noah hier gewesen zu sein. Sie griff nach einem der Felle, die auf das Bettenlager geworfen worden waren, breitete es vor dem Feuer aus und machte es sich im Schneidersitz bequem. Sich mit Noah auf besagtem Deckenhaufen niederzulassen, war viel zu gefährlich. Auch ein Fell vor dem Feuer war ... risikoreich, um es milde auszudrücken, doch sie hatte nicht vor, ihre Sitzposition zu verlassen, und ihre Jacke behielt sie sicherheitshalber auch erst mal an. Es war beschämend, welches Klischee sie abgab. Die Flammen, die mittlerweile züngelten, der breitschultrige Mann davor mit den zerzausten Locken und den warmen braunen Augen. Und sie dagegen, eine zweiundvierzig Jahre alte Frau, die aufpassen musste, sich nicht wie ein Teenager auf diesem Vorleger zu wälzen.

»Okay«, sagte Noah, als er vom Ofen wegtrat. »Gleich müsste es wärmer werden.« Er schlüpfte aus seinem Mantel und hängte ihn über das Treppengeländer. »Willst du deine Jacke nicht ausziehen? Sie ist doch sicher ganz nass.«

»Nein!« Sara räusperte sich. Sie hatte beinahe ängstlich geklungen. »Nein, die werde ich erst mal anlassen, danke.« Je mehr Schichten, desto besser, fügte sie in Gedanken hinzu.

Noah ließ sich ebenfalls auf dem Fell nieder, wie Sara im Schneidersitz, ihr gegenüber. »Also«, begann er. »Ich wollte mit dir sprechen. Über etwas, das ich eigentlich niemandem erzählen dürfte, aber ...« Er zuckte mit den Schultern. Dann nahm er Saras Hand.

»Noah.« Sie versuchte, ihre Finger aus seinem Griff zu befreien, doch er hielt ziemlich entschlossen daran fest.

»Sssh.« Er hob besagte Hand an seine Lippen, küsste sie und fuhr fort: »Ich hatte in meinem Leben eine echte Beziehung. Julie und ich sind zusammen zur Schule gegangen, und wir wurden ein Paar, als ich achtzehn war. Und alles lief wirklich toll zwischen uns, wir haben uns immer gut verstanden, haben kaum gestritten, wir ...« Er schüttelte den Kopf. »Wir waren so ein harmonisches Paar, das alle anderen immer beneideten, du weißt schon – einfach nur, weil wir uns nicht gegenseitig an die Gurgel gingen wie so viele andere.« Er lachte, und Sara versuchte zumindest ein Lächeln. Sie hatte keine Ahnung, weshalb Noah ihr von seiner ersten großen und womöglich einzigen Liebe erzählte, doch sie versuchte noch einmal vorsichtig, ihre Hand aus seiner zu lösen, und diesmal ließ er sie los.

»Wir lebten in London. Ich spielte Theater. Julie ... Sie arbeitete in einem kleinen Verlag in der Buchhaltung. Wir hatten es irgendwie schön. Nicht aufregend, aber schön. Und dann kam das Angebot, bei *Out of Answers* mitzumachen. Und wir waren uns beide einig, dass das eine einmalige Chance war, die man auf keinen Fall ziehen lassen durfte, auch wenn es bedeutete, dass wir uns erst mal nicht sehen würden.«

Sara seufzte. »Ich nehme mal an, diese Geschichte hat kein Happy End?«

»Nein. Leider. Wir haben es versucht, sogar noch lange nachdem eigentlich klar war, dass es so zwischen uns nicht mehr funktionieren würde. Julie hasste die große Entfernung zwischen uns. Also zog sie hinterher, doch dann hasste sie die USA, Kalifornien im Besonderen. Nach und nach war sie wieder mehr hier in England als dort, und die Presse zog darüber her, wann immer sie es mitbekamen. Ich bin niemand, der gern im Rampenlicht steht, aber für mich ist es die logische Konsequenz, wenn man an einem solchen Erfolgsprojekt wie *Out of Answers* beteiligt sein will. Ich weiß, du hast die Serie nicht gesehen.« Er grinste. »Aber sie ist wirklich gut. Richtig gut.«

»Ich werde das nachholen«, versprach Sara. »Spätestens wenn wir uns nicht mehr sehen, hole ich alle Folgen nach.«

Das Grinsen verschwand von Noahs Gesicht, und Sara klappte den Mund zu.

»Siehst du, darüber wollte ich eigentlich mit dir sprechen«, sagte er. »Ich bin nur etwas abgeschweift.« Er räusperte sich. »Lange Rede kurzer Sinn«, fuhr er fort, »die Beziehung zwischen Julie und mir war vorbei, noch bevor sie in diesem Frühjahr offiziell aus unserer Wohnung in L. A. ausgezogen ist. Deshalb dachte ich mir nicht viel dabei, als die Produzenten von *Unknown* mich fragten, ob ich bereit wäre, zu PR-Zwecken eine Beziehung mit der Hauptdarstellerin einzugehen. Zumal, als ich erfuhr, dass es Heather war – wir kennen uns schon ziemlich lange vom Theater in London.«

»Eine Scheinbeziehung?«, wiederholte Sara. »Zu PR-Zwecken?« Es war nicht so, dass sie dieses Geständnis gänzlich überraschte (nach allem, was zwischen ihnen beiden geschehen war), doch um sicherzugehen, wiederholte sie den Tatbestand noch mal. »Ihr seid nicht zusammen?«

»Nein.« Noah schüttelte den Kopf. »Aber wenn wir nicht weiterhin so tun, als ob, haben wir eine saftige Klage am Hals.«

»Verstehe.«

»Ich hab mir ehrlich nichts dabei gedacht«, fuhr Noah fort. »Ganz im Gegenteil: Julie hat dem Druck dieser Branche und allem, was an ihr dranhängt, nicht standhalten können. Insbesondere das, was aus PR-Zwecken getan wird. Interviews auf dem roten Teppich, posieren für die Fotografen – sie hasste das. Und ich dachte, eine Fake-Beziehung mit jemandem, der darin genauso involviert ist wie ich, wäre allemal besser, als noch länger Spekulationsgegenstand der Klatschpresse zu sein. Du weißt schon: *Dated er? Hat er eine Neue? Ist sie die Richtige für Hollywoods Herzensbrecher?*«

Sara schnaubte, und Noah lachte sie an. »Hey, was kann ich dafür, dass sie mir diesen Titel verleihen?«

»Gar nichts, nehme ich an. Wer kann schon etwas dafür, so begehrenswert zu sein?«

»Eben.« In gespieltem Ernst nickte er. »Das kann man mir wirklich nicht vorwerfen. Wobei ...«

»Wobei?«

»Es würde mir schon reichen, wenn ein gewisser Jemand mich begehrenswert finden würde.«

Das Lächeln auf Saras Gesicht gefror, und mit einem Mal waren beide wieder ernst. Noah sah sie an, und für einen Moment blieb Sara die Luft weg, so intensiv war sein Blick.

»Ich hatte gehofft«, sagte er, »du würdest dich eventuell darüber freuen, dass ich nicht mit Heather zusammen bin. Dass ich Single bin, sozusagen.«

Sara, nach wie vor gefangen in diesem Blick, schwieg. Sie wusste ehrlich nicht, was sie dazu sagen sollte, weil ihr noch nicht ganz klar war, was Noah damit bezweckte. Wollte er mit ihr schlafen? Ja, das wäre eine hübsche Idee, aber sicherlich – mit etwas Abstand betrachtet – verheerend, zumindest für ihr Gefühlsleben. Denn wenn er in einiger Zeit nach Hause flog, zurück nach Hollywood, würde sie hierbleiben und sich fragen, ob sie jemals wieder einen Mann treffen würde, mit dem die Chemie so offensichtlich stimmte wie mit diesem hier.

»Ich, ähm ...« Noah fuhr sich mit einer Hand durch die

Haare. Hätte Sara es nicht besser gewusst, sie hätte ihn für nervös gehalten, aber das war doch eigentlich unmöglich, oder nicht?

»Wenn du weiterhin schweigst«, sagte Noah, »werde ich mir allmählich unsicher, ob ich da etwas missinterpretiert habe.«

»Missinterpretiert?« Also war er tatsächlich nervös?

»Nun, dieser Kuss«, sagte Noah. »Irgendwie bin ich davon ausgegangen, du hättest es auch gefühlt.«

Auch gefühlt? Sara blinzelte. Und ob sie es *auch gefühlt* hatte. Aber das half ihnen nicht weiter, richtig?

»Ich bin zweiundvierzig«, rief sie.

Noah zog verblüfft die Augenbrauen zusammen, dann grinste er, und er wirkte erleichtert. »Ich glaube, das sagtest du schon einmal, oder nicht? Und ist zweiundvierzig nicht die Antwort auf alle Fragen?«

Sara verdrehte die Augen, doch auch sie musste lächeln. Sie kannte das Zitat aus *Per Anhalter durch die Galaxis*. Es war sozusagen das einzig Gute daran, zweiundvierzig zu sein.

Erneut griff Noah nach ihrer Hand. »Okay«, sagte er. »Klartext jetzt. Ich hab mich auf diesen Deal eingelassen, weil ich keine Ahnung hatte, dass ich ausgerechnet hier und das erste Mal seit Jahren jemanden treffen würde, für den ich mich ernsthaft interessiere.«

»Noah ...«

»Und ich hatte das Gefühl, dass es dir genauso geht. Wenn ich mich getäuscht habe, sag es mir am besten jetzt.«

»Ich ...«

»Nur sag bitte nicht, dass du zweiundvierzig bist. Ich habe es vernommen und dir bereits erklärt, was ich davon halte.«

Sara legte ungläubig den Kopf schief. »Du hältst mich für die Antwort auf all deine Fragen?«

»Ich halte dich für die Antwort, ganz genau.«

Sara lachte. Noah lachte auch, sie hielten sich nach wie vor an den Händen, und sie ließen auch nicht los.

»Ich verstehe nicht, dass ein Mann wie du Single ist«, sagte Sara schließlich.

»Und ich verstehe nicht, dass eine Frau wie du allein ist.«

»Tja.« Saras Lachen wurde bitter. Sie hatte keine Lust, jetzt an ihren untreuen Ex zu denken, und ganz sicher wollte sie nicht mit Noah über ihn sprechen. »Ich bin kein Hollywoodstar, so viel steht fest.«

Noah runzelte die Stirn. »Du hast mich gefragt, ob ich mal daran gedacht hätte, nach England zurückzugehen. Die Wahrheit ist – ich habe immerzu daran gedacht, obwohl mir klar war, dass es nicht die vernünftigste Lösung wäre, für meine Karriere und für … sonst nichts, eigentlich. Meine Karriere also. Eine Beziehung hat das Leben in L. A. schon ruiniert. Und weil ich nicht möchte, dass das noch mal passiert, denke ich in letzter Zeit wieder häufiger darüber nach.« Er zuckte mit den Schultern. »Es gibt auch in England tolle Jobs für Exhollywoodstars, siehe diese Serie hier. Ich könnte wieder mehr Theaterspielen, ich mag das Theater. Und ich mag meine Mutter. Und sie wird auch nicht jünger.« Er machte eine kurze Pause. »Und ich bin ein bisschen verliebt. In dich.«

Sara hatte schon den Mund geöffnet, um etwas zu erwidern, doch nach den letzten beiden Sätzen konnte sie sich beim besten Willen nicht daran erinnern, was. Also saß sie einfach da, die Lippen einen Spaltbreit geöffnet, und starrte den Mann an, der ihr im Schneidersitz gegenübersaß, dabei ganz göttlich aussah und absolut unglaubliche Dinge von sich gab.

»Wie bitte?«, fragte sie schließlich heiser.

»Solltest du auch nur das kleinste bisschen an mir

interessiert sein«, sagte Noah langsam, »würde ich uns beiden gern eine realistische Chance einräumen, ohne die Distanz von zigtausend Kilometern dazwischen.«

»Aber du bist mit Heather zusammen«, platzte es aus Sara heraus, und Noah fing an zu lachen. Woraufhin sie mit einstimmte, dann seine Hand fester drückte und schließlich nickte. »Okay«, sagte sie. »Ich bin zweiundvierzig, ich sollte keine Zeit mehr versäumen, richtig?«

»Sehr richtig«, erklärte Noah grinsend, bevor er sich vorbeugte und so lange an Sara herumzog, bis sie auf seinem Schoß saß. »Mmmh, besser«, murmelte er und küsste sie auf die Wange. Dann beugte er sich ein Stück zurück, um den Reißverschluss ihrer Jacke zu öffnen, die sie nach wie vor um sich geschlungen hatte. »Ist das so eine Art Keuschheitsgürtel?«, fragte er.

»Ein Schutzanzug, ja.«

»Mmmh.«

Sie half ihm dabei, sich aus ihrer Jacke zu befreien, und verschränkte im Anschluss daran die Hände in seinem Nacken.

»Sind alle Zweiundvierzigjährigen so vorsichtig wie du?«

»Wollen wir mein Alter jetzt in jedem zweiten Satz thematisieren?«

»Lass mich überlegen.« Noah tat so, als würde er genau dies tun, dann sagte er: »Ja, wieso nicht? Also: Was, wenn ich all die Jahre auf eine ältere Frau gewartet habe?«

»Hast du nicht.«

»Was, wenn doch? Ich meine, warten musste ich doch, ich musste schließlich erst annähernd so alt werden wie du.«

»Oh, das ... Das hast du jetzt nicht gesagt!« Entsetzt rückte Sara ein Stück von ihm ab, während Noah sie erst mit großen, ernsten Augen ansah und dann in schallendes Gelächter ausbrach.

»Du …«, begann Sara, doch auch sie lachte jetzt, zumindest so lange, bis Noah sich nach hinten sinken ließ, Sara in seinem Arm, sie dann auf das Fell neben sich rollte und sich über sie beugte.

Auf einmal war er vollkommen ernst. »Du bist wunderschön«, sagte er. »Und schlagfertig. Und selbstbewusst. Und echt. Und ich hätte nicht gedacht, dass ich mich in meinem Leben noch mal so schnell so sehr verlieben würde.«

»Es ist ziemlich schwierig, sich in dich *nicht* zu verlieben«, gab Sara zurück. Sie hob die Hand und strich Noah eine seiner dunklen Locken aus der Stirn, während er sich vorbeugte, um sie zu küssen.

Sara seufzte. Gott, sie hatte sich gewünscht, er möge sie noch einmal so küssen, mit diesen herrlichen Lippen und dieser Entschlossenheit und dieser Leidenschaft. Sara gab sich ganz diesem Kuss hin. Vergrub ihre Hände in Noahs Haaren, öffnete die Lippen für ihn, presste ihren Körper gegen seinen, so fest sie nur konnte. Sie ließ es zu, dass sich seine Hände unter ihren Pullover schoben, spürte seine Finger auf der nackten Haut ihrer Taille und seine Fingerspitzen an der Unterseite ihres BHs. Sie japste nach Luft, als er sie noch enger an sich zog und einen nicht wirklich jugendfreien, genussvollen Laut von sich gab. Und als wäre der Sauerstoff, der so plötzlich in ihre Lunge fuhr, wie ein Weckruf gewesen, drückte sie mit beiden Händen gegen seinen Brustkorb und ihn ein Stück von sich weg.

»Wir sollten das nicht hier tun«, sagte sie, und ihr Atem ging schwer. »Ich weiß nicht, dieses Set – ich fühle mich, als wären Kameras auf mich gerichtet.«

Womit sie leider nicht ganz unrecht hatte.

55.

Nun ließe sich vermuten, alles wäre wundervoll harmonisch im *Wild-at-Heart*-Hotel, Port Magdalen, Cornwall. Jeder bekam sein Happy End – Noah, Sara, Damien, Nettie, Oscar. Okay, Oscar womöglich nicht (und der arme Theo auch nicht). Aber doch die meisten anderen. Alles schön. Sogar das Wetter hatte sich beruhigt. Nach ziemlich genau vierundzwanzig Stunden hatte sich der Wind gelegt, der Schneefall nachgelassen, der Sturm war überstanden.

Doch dann kam die Flut. In Form von unschönen Enthüllungen, Anschuldigungen und schwerwiegenden, weitreichenden, entsetzlichen Entscheidungen.

Wie gesagt: Der Sturm hatte sich gelegt, allerdings waren die Temperaturen nach wie vor ungewohnt niedrig, weshalb der Meter Schnee, der in den vergangenen Tagen gefallen war, zunächst einmal liegen blieb, was so manch ungewöhnliche Folge mit sich brachte. Zum Beispiel mussten sich die Bewohner der Fishstreet (und auch Theo) erstmals seit langer, langer Zeit Schneeschaufeln zulegen. Sie schippten die weißen Massen hierhin und dorthin, andere machten eine Schneeballschlacht. Nettie und Damien bauten einen Schneemann, bevor Nick sie am Montag zum Bahnhof fuhr, um Damien nach Brighton zu verabschieden. Für die allermeisten war der plötzliche und unerwartete Wintereinbruch eine erstaunliche, aber nicht unwillkommene Abwechslung, lediglich für Minnie Barnes und ihr Filmteam nicht. Sie konnten nur wenig mit den Schneehäufchen anfangen, die sich jetzt vor der Lodge und auf den Ästen der umliegenden Bäume türmten, und mit dem Frost, der bei Ebbe den Strand mit feinem Zuckerguss überzog.

Allerdings: Die Dreharbeiten mussten weitergehen, schließlich hatte man schon genug Zeit verloren. Wenn die komplette Crew nicht bis Weihnachten hiersitzen und der Produktion täglich eine Unmenge von Mehrkosten bescheren wollte, war es allmählich an der Zeit, sich ins Zeug zu legen. Was hauptsächlich Noah und Heather betraf, die am meisten unter den mittlerweile etwas schwierigen Umständen zu leiden hatten, denn sie bekamen sie am eigenen Leib zu spüren, im wahrsten Sinne des Wortes.

Gerade drehte das Team unten am Meer. Es war schon beinahe dunkel (es lässt sich eben schlecht beeinflussen, wann genau die Ebbe den Strand freigibt und wann die Flut ihn verschlingt), und große, runde Lichtballons schwebten über der Szene. Sie schimmerten fahl und unwirklich auf die Protagonisten hernieder, auf Noah und Heather, um genau zu sein, mit denen im Augenblick womöglich niemand tauschen mochte.

Heather trug eine Art Nachthemd. Einen hautfarbenen Neoprenanzug darunter, doch das machte sie nicht wirklich glücklich, denn das kalte Wasser war fatal. Während sie sich halb tot (das spielte sie selbstverständlich nur) und halb angezogen halb in der Gischt und halb am Strand rekelte, kniete Noah im nasskalten Sand über ihr – im Schatten des mächtigen dunkelgrauen Herzfelsen. Die beiden übten sich darin, eine dramatische Rettungsszene zu versinnbildlichen, mussten die Aufnahme aber immer wieder unterbrechen, weil Heather vor Kälte zu sehr zitterte (offenbar wurde das von halb ertrunkenen Frauen nicht erwartet).

Lange Rede kurzer Sinn: Es war eine anstrengende, nicht eben fröhlich stimmende Ausgangssituation, in der sich Noah gerade befand. Und dann kam es noch viel, viel schlimmer.

Die Nachricht erreichte das Set in Form von Pippa, Minervas Assistentin, die aufgebracht den Pfad hinunter zum Strand stolperte, so rasant, dass sie das letzte Stück beinahe noch geflogen wäre. Außer Atem kam sie schließlich bei ihrer Chefin zum Stehen, einen Tablet-Computer in Händen, den sie sogleich an eine ungeduldige Minnie übergab. Was Minerva da zu sehen bekam, trieb ihr die Röte ins Gesicht, und das aus den unterschiedlichsten Gründen. Zum einen ärgerte sie der Inhalt des Artikels, der sich auf dem Bildschirm in ihrer Hand abzeichnete, so sehr, dass ihre Hände zu zittern begannen wie die von Heather. Zum anderen war das, was sie da sah, kurz vor nicht mehr jugendfrei.

Es stellte sich heraus, dass Sara brillanten Instinkt bewiesen hatte, Noah darum zu bitten, sich nicht auf dem Tierfell in der Lodge zu vergessen, sozusagen. Denn die Story, die die *Sun* auf dem Titel ihrer morgigen Ausgabe verbreitete, zierte ein Foto, das weitaus pikanter hätte ausfallen können. Durch Saras dankenswerte Eingebung ließ sich nun lediglich ein sich küssendes Paar erkennen, das zwar eine gehörige Portion Leidenschaft an den Tag legte und womöglich kurz davor war, sich ihr hinzugeben, es aber glücklicherweise nicht tat. Das Bild selbst war durch ein Fenster aufgenommen worden, und durch den Winkel waren sowohl Noah als auch Sara deutlich zu erkennen. Und die Überschrift sprach Bände.

Verbotene Triebe
Noah Perrys heiße Spiele vor dem Feuer

Als Minerva Barnes am Rande der Dreharbeiten das iPad sinken ließ, vibrierte sie vor Wut. So sehr, dass sie ihrer Assistentin ihre Aufgaben für den Rest der Aufnahmen übertrug und sich mit dem Artikel des Teufels unterm Arm auf den Weg in ihr Hotelzimmer machte, ohne auch nur einen Blick auf ihren in Misskredit geratenen Hauptdarsteller zu werfen. Sie musste retten, was zu retten war.

Wie sich herausstellen würde, kam Minnie zu spät. Nichts und niemand (nicht die Produktion beispielsweise, die sich ohnehin schon mit Nachdruck an die Schadensbegrenzung gemacht hatte, und auch sonst niemand) konnte jetzt noch verhindern, dass der Artikel erscheinen würde, denn er war bereits gedruckt. Die Zeitungen waren über das ganze Land verteilt. Der Artikel würde Nachahmer finden, so viel stand fest. Heather und Noah würden endgültig in der Luft zerrissen, entweder für ihre Untreue oder für die Tatsache, dass sie sich auf einen PR-Deal eingelassen hatten, eins von beiden. Minnie, die sich nach aufreibenden Telefonaten sowohl mit der *Sun* als auch mit dem Produzenten in ihren bequemen Sessel im *Wild at Heart* zurücklehnte, atmete einmal tief durch. Wenn sie es ganz nüchtern betrachteten, dachte sie, würde ihnen diese Geschichte so oder so die gewünschte Publicity bringen, egal, in welche Richtung diese raffgierigen Presseleute sie auch drehten und wendeten. Das war doch immerhin tröstlich, oder nicht?

Minnie lief zu ihrer Hausbar, schenkte sich ein Glas Whisky ein und stellte sich damit ans Fenster. Sie grübelte und plante. Sie dachte an Heather und Noah und auch an Sara, doch sie empfand keine Empathie dabei. Und, ach, das sagte so viel über die kleine, drahtige Person aus, die Minnie nun mal war, dass sie nach wie vor nur die Serie im Sinn hatte, nicht ihre Hauptdarsteller, die die Leidtragenden dieser ganzen Misere waren, egal, wie diese enden würde.

Nicht gut. So viel ließ sich jetzt schon erahnen.

Gar nicht gut.

Minerva wartete, bis das Team zu einer Drehpause ins Hotel zurückkehrte, und ließ dann die Bombe platzen, und zwar vor versammelter Mannschaft. Den Großteil ihrer Vorwürfe richtete sie gegen Noah, der sich unprofessionell und absolut geschäftsschädigend verhalten habe, aber auch Heather bekam noch einmal eine gehörige Portion Verachtung serviert. Dann ermahnte sie das Team, sich an die Verschwiegenheitsklausel in ihren Verträgen zu erinnern, die nicht nur den Inhalt der Produktion beträfen, sondern alles, was dieses Set anging. Sie machte einfach jeden rund. Sie hatte sich derart in Rage geredet, dass Ian Grumbole nach ein paar Minuten missmutig verkündete, es ergebe unter diesen Umständen und mit einem derart aufgebrachten Team keinen Sinn mehr weiterzuarbeiten, weshalb er den Dreh für den Tag beendete. Nachdem er sich knurrig verabschiedet hatte, Minerva Noah mit einem Telefonat mit der Produktionsfirma beauftragt sowie die aufgelöste Heather dazu aufgefordert hatte, sich zusammenzureißen, machte sich die Aufnahmeleiterin auf den Weg vom Restaurant ins Foyer des *Wild at Heart*, um auf die nächste Person loszugehen.

Sie traf Gretchen im Büro an.

Setzte sich wortreich in Szene und verschwand so plötzlich, wie sie gekommen war.

Und Gretchen verlor keine Zeit, nach dem Hörer zu greifen und Sara anzurufen.

56.

Sara war gerade nach Hause gekommen, als ihr Handy klingelte. Sie war heute nicht auf Port Magdalen gewesen, stattdessen in einem Garten in der Nähe von Newlyn, und sie hatte Noah noch nicht gesehen, was schade war, aber zu erwarten: Sara wusste, dass die Produktion ihrem Drehplan hinterherhinkte, dass für heute ein Abendshooting angesagt war, und Noah noch nicht wusste, wann es beendet sein würde.

Oh, und überhaupt. Noah. Wann immer Sara an ihn dachte, musste sie lächeln, sie konnte gar nicht anders. Und sie hatte in den letzten vierundzwanzig Stunden viel über ihn nachgedacht, sehr viel. Darüber, dass sie sich von Anfang an zu ihm hingezogen gefühlt hatte, zum Beispiel. Und dass ihr zu Beginn ihrer Bekanntschaft noch nicht klar gewesen war, weshalb, dass sie es jetzt aber wusste. Noah war gütig, befand sie. Sie hatte länger darüber nachgegrübelt, was wohl das richtige Wort war, ihn zu beschreiben, und gütig traf es für sie am ehesten. Er war gut. Egal, ob er von seiner Mutter sprach oder seine Exfreundin, von Heather Mompeller oder von dieser furchtbaren Aufnahmeleiterin, die ihm offenbar die letzten Wochen die Hölle heiß gemacht hatte, jedes Mal, wenn er in ihren Augen seine Rolle als Heathers Liebhaber nicht überzeugend genug spielte. Er hatte für jeden und alles Verständnis. Und er hatte kein Problem damit, dass sie älter war als er, das spürte sie. Er sagte es nicht nur so. Und wenn sie nicht genau gewusst hätte, wie alt (oder jung) er war, sie hätte ihn für älter gehalten. Weil er reifer war als die meisten Männer, die sie bisher kennengelernt hatte. Eine alte Seele, sozusagen.

Ach, herrje.

Sara strahlte schon wieder, während sie in ihrer Handtasche nach dem Telefon suchte, das unerschütterlich läutete. Womöglich war es ja Noah, dachte sie. Doch dann blitzte Gretchens Foto auf dem Display auf, Sara nahm das Gespräch an, und sehr bald schon verschwand das schöne Lächeln von ihrem Gesicht.

»Es tut mir so leid, Sara.«

»Ja.« Saras Stimme klang bitter. »Und mir erst.« Sie hatte Gretchen kaum ausreden lassen, bevor sie ihren Rechner hochgefahren hatte, um online den Artikel zu lesen. Und sie hatte Gretchen zwar versprochen, sie würde sie anschließend zurückrufen, doch dann war sie zu aufgebracht gewesen, um es tatsächlich zu tun. Das Schlimmste an diesem sogenannten Bericht? Nicht das kompromittierende Foto dieses Papparazzos, nicht die reißerische, unverschämte, verleumderische Schlagzeile. Es war der kleine, ergänzende Kasten auf den Innenseiten des Blattes, der Sara die Luft zum Atmen raubte.

Dunkle Schönheit
Wer ist Noahs heimliche Geliebte?
Laut Informationen unserer Zeitung ist dies nicht das erste Mal, dass Noah Perry in eindeutiger Pose mit dieser schönen Fremden gefilmt wurde. Bereits vor einer Woche wurden der *Sun* Fotos angeboten,

die das offenbar mächtig verliebte Paar in ähnlicher Umarmung zeigten, damals in einem Wagen, der in der Einfahrt eines Cottages in Marazion gehalten hatte.

Dort wohnt Sara G., Tochter karibischer Einwanderer und Landschaftsgärtnerin, die vor einigen Jahren von London nach Cornwall gezogen war. Sara ist eine wahre Schönheit, eine rassige, selbstbewusste, extrovertierte Frau, die ihre Nachbarn als »reizend, wenngleich etwas laut« beschreiben. Sara G. ist seit etlichen Jahren Single und zweiundvierzig Jahre alt. Wie genau sie und Noah sich kennenlernten, konnte uns niemand mit Sicherheit beantworten, fest steht aber, dass sie im Zuge ihrer Arbeit oft auf der kleinen Gezeiteninsel Port Magdalen zu tun hat, auf der Perry gerade mit seiner Freundin Heather Mompeller die Serie *Unknown* dreht.

Heather, die bereits ihren eigenen Fremdgehskandal durchzustehen hatte, nachdem Fotos von ihr und Ivan Trust an die Öffentlichkeit gerieten. Heather, sechsundzwanzig Jahre alt, zart und schüchtern und so ganz anders als Sara G.

Will sich Noah an seiner Freundin rächen? Für ihren Betrug mit Ivan Trust im letzten Sommer?

Will er Heather abstrafen, indem er sich mit dieser reifen, älteren Frau zeigt?

Beinahe hätte Sara geweint, beinahe. Doch dann blinzelte sie die Tränen weg, die sich hinter ihren Lidern zu sammeln begannen, um die letzten, fatalen Sätze noch einmal zu lesen: *Heather, sechsundzwanzig Jahre alt, zart und schüchtern und so ganz anders als Sara G.*

Will sich Noah an seiner Freundin rächen? Für ihren Betrug mit Ivan Trust im letzten Sommer?

Will er Heather abstrafen, indem er sich mit dieser reifen, älteren Frau zeigt?

War es eitel und dumm, dass Sara diese Worte am meisten mitnahmen? Dass sie weder das Foto schockierte, obwohl es sie praktisch in Ekstase abbildete und Noah wie einen grabschenden Lüstling, noch der Bericht dazu, der bis ins kleinste Detail beschrieb, was an diesem Tag in dieser Lodge vor sich gegangen war? War es verrückt und eitel und unmöglich, dass sie genau dieser Satz, der ihre größte Angst beschrieb, mit einem Mal traf wie eine kalte Dusche und sie im Anschluss erstarren ließ, zur Statue vereiste?

»Es tut mir so leid, Sara.«

»Ja.«

»Hat sich Noah schon bei dir gemeldet?«

»Nein.«

»Ich bin mir sicher, Minnie Barnes hält ihm die Pistole an die Brust, dass er nun gut Wetter macht bei den Produktionsleuten.«

»Vermutlich.«

»Sie hat derart getobt, das ganze Hotel hat gewackelt. Sie sagte, wenn herauskäme, dass Noah vertragsbrüchig geworden ist, könne er sich nirgendwo mehr in der Branche sehen lassen. Ihm drohe eine Klage, wie sie die Welt noch nie gesehen hat. Das waren ihre Worte.«

»Okay.«

»Sara.« Gretchen seufzte. »Sprich mit mir, bitte.«

»Was soll ich denn sagen? Das, was du mir erzählst, ist nicht besonders hilfreich.«

»Ich wollte doch nur ...« Noch einmal hörte Sara ihre

Freundin seufzen. »Es tut mir leid. Ich denke, ich wollte einfach, dass du weißt, was auf euch zukommt.«

Nun war es an Sara, tief Luft zu holen. Mit dem Telefon in der Hand stellte sie sich ans Fenster und sah hinaus auf den winzigen Streifen Meer, der durch die Häuserzeile hindurchschimmerte. »Ich weiß nicht«, sagte sie schließlich. »Sehr gut möglich, dass es vorbei ist, bevor es überhaupt angefangen hat.«

57.

*W*as dann kam, übertraf die schlimmsten Erwartungen.

Nachdem es keinen Zweifel daran zu geben schien, wer die »dunkle Schönheit« (*Daily Mail*) war, die »Englands Schnäppchen Nummer eins« (*Mirror*) »den Kopf verdreht« hatte (*Daily Star*), belagerten Fotografen das kleine Cottage, in dem Sara lebte, was Noah hautnah zu spüren bekam, als er am Abend des nächsten Tages bei ihr vorfuhr. Über Stunden hinweg hatte er versucht, sie anzurufen – vergeblich. Sie war nicht an ihr Handy gegangen, hatte keine seiner Nachrichten beantwortet; vermutlich hatte sie es ausgeschaltet.

In Gedanken fluchte Noah, als er bei Sara ankam und die kleine Traube Presseleute erblickte, die vor dem Haus wartete. Natürlich waren sie hier, dachte er bitter. Der Artikel in der *Sun* hatte ja quasi eine Wegbeschreibung zu ihrem Haus geliefert. Obwohl die ganze Geschichte hier, im verschlafenen Cornwall, nur einen Bruchteil der Aufmerksamkeit erlangte, die sie in Los Angeles aufscheuchen würde, erinnerte ihn das doch sehr an sein Leben in den USA. Beziehungsweise den Teil davon, den er sich nicht so gern ins Gedächtnis rief. Und wie er es dort gelernt hatte, straffte er die Schultern, setzte einen nichtssagenden Gesichtsausdruck auf und ging schweigend an den wartenden Journalisten vorbei, um ins Haus zu kommen.

Zumindest betätigte Sara den Türöffner, als er bei ihr

läutete, doch sie empfing ihn nicht gerade mit einem Lächeln. Stattdessen sagte sie: »Du hättest nicht kommen sollen. Jetzt wissen sie mit absoluter Sicherheit, dass sie hier an der richtigen Adresse sind«, und innerlich zog er eine Grimasse, weil sie so recht hatte und weil er zu ahnen begann, wie dieses Gespräch verlaufen würde.

Nicht gut.

Gar nicht gut.

»Du bist nicht an dein Telefon gegangen«, sagte Noah, sich sehr wohl bewusst, wie lahm diese Eröffnung klang, doch er wollte erst einmal Zeit gewinnen. Und feststellen, in welcher Stimmung sich Sara befand und wie schlecht seine Chancen tatsächlich standen.

»Ich musste mir erst einmal selbst darüber klar werden, wie ich diese Situation einschätze. Ohne, dass du mir sagst, wie ich sie einzuschätzen habe.«

Jetzt zog Noah wirklich eine Grimasse. Nicht gut, dachte er. Gar nicht gut.

Sie standen im Wohnzimmer, so weit voneinander entfernt, wie es der kleine Raum zuließ, doch nun machte er einige Schritte auf Sara zu. »Dieser Artikel«, begann er, »war furchtbar, und ich werde dir nicht ausreden, das so zu empfinden. Auf der anderen Seite ist es vielleicht gar nicht schlecht, dass es so gekommen ist. Die Welle, die das Ganze geschlagen hat, wird früher oder später abebben – eher früher, nehme ich an, und dann wird es uns möglich sein, offiziell zusammen zu sein. Die ganze Heimlichtuerei hat ein Ende. Alle werden sich beruhigen, es dauert nicht lange, dann ...«

»Was ist mit den Produzenten? Werden die sich beruhigen, weil du ihrer Serie derart schlechte Presse beschert hast?«

»Wie geht dieser Spruch? Schlechte Presse ist besser als gar keine Presse? So ist es, und das werden Minnie und ihre Leute auch sehr bald einsehen, glaub mir. Diese Geschichte hier bringt der Serie mehr Aufmerksamkeit, als es ihre ganze Romantikstrategie je vermocht hätte.«

»Diese Geschichte«, wiederholte Sara, und noch einmal verzog Noah das Gesicht.

»Ich weiß, du bist aufgebracht«, begann er erneut, »aber ...«

»Das bin ich gar nicht«, unterbrach ihn Sara. »Nicht mehr.«

Noah sah sie an, genauer jetzt. Und irgendetwas in der Nähe seines Herzens zog sich vor Kälte zusammen. »Stimmt«, sagte er. »Du siehst nicht aufgebracht aus.«

Nicht gut.

Gar nicht gut.

Noch bevor sie es aussprach, dämmerte es ihm, dass er Sara verloren hatte, ehe sie überhaupt etwas begonnen hatten. Und noch bevor sie es aussprach, beschloss er, nicht blind und engstirnig darauf zu reagieren, was auch immer sie sich im Laufe der vergangenen vierundzwanzig Stunden überlegt haben mochte. Selbst dann, wenn es ihm nicht gefiel.

»Ich habe gedacht, dass es sehr, sehr früh ist, dass so etwas passiert«, sagte Sara. »Ich meine, wir haben uns gerade ein Mal getroffen und schwupps, steht die ganze Sache in der Zeitung. Sogar bebildert. Und ich hab mich gefragt, wenn das der Anfang ist, wie wird es dann weitergehen? Und wie wird es enden?«

»Wie gesagt, nichts ist älter als die Zeitung von gestern. Eine Weile wird es noch ein bisschen turbulent sein, aber nach ein paar Wochen ...«

»Ein paar Wochen?«

»Bis der Dreh abgeschlossen und Ruhe eingekehrt ist.«

»Und was, wenn die Serie ausgestrahlt wird?«

»Es wird nicht ewig Gesprächsthema sein. Und die Leute vergessen schnell, das weiß ich aus Erfahrung. Glaub mir. Bitte.«

»Ich weiß nicht.« Sara zuckte die Achseln. Nach wie vor standen sie sich im Wohnzimmer gegenüber, hatten sich nicht von der Stelle gerührt. Sara und der einzige Mann seit Jahren, der sie dazu gebracht hatte, sich wieder zu verlieben. Sie seufzte. Sie hätte sich gewünscht, dass es anders gelaufen wäre, dass sie sich vielleicht unter anderen Umständen kennengelernt hätten, aber so ... Diese *ganze Geschichte* stand unter keinem guten Stern, das ließ sich wirklich nicht verleugnen. »Vielleicht«, begann sie, »wenn wir es irgendwie hinbiegen, kommst du aus der Sache noch raus, ohne verklagt zu werden.«

»Diese Klageandrohung könnte mir nicht egaler sein«, erwiderte Noah. »Auch das musst du mir glauben. Sie werden es nicht tun, und selbst wenn – ich habe gute Anwälte. Sara ...«

»Du könntest aus der Sache heil herauskommen«, fuhr Sara unbeirrt fort, »und mich hätte die Presse bald vergessen.«

Noah, der schon den Mund öffnen wollte, um Sara zu beschwichtigen, schloss ihn wieder. Natürlich ging es hier nicht nur um ihn, um seinen Ruf, um seine Befindlichkeiten. Mehr noch ging es um Sara, die es nicht gewohnt war, in der Öffentlichkeit zu stehen, die nicht ohnehin dauernd Halbwahrheiten über sich lesen musste, die ... Und dann dämmerte es ihm. Dieser Artikel über sie, in dem sie mit Heather verglichen wurde. In dem stand, dass sie zu alt war, in dem durch die Blume gefragt wurde, was er überhaupt an ihr fand.

»Sara«, versuchte er es erneut. »Hör nicht darauf, was sich diese Schmierfinken aus den Fingern saugen. Wie gesagt, morgen ist das schon wieder vergessen. Morgen ...« Er klappte den Mund zu. Saras Blick ... Sie musterte ihn so milde, derart entspannt, dass ihm klar wurde – ganz gleichgültig, was er jetzt noch hinzufügte, sie hatte ihren Entschluss bereits gefasst.

»Waren es Dinge dieser Art, die deine Beziehung mit Julie mehr und mehr zermürbt haben?«, fragte sie.

Noah schwieg.

»Ich kann das verstehen«, fuhr sie fort. »Ich meine, das hier ist der Anfang – und ich glaube, ich möchte nicht wissen, was darauf folgen wird. Und ... ich mag dich, Noah. Sehr. Ich hätte mir gewünscht, dass es eine Chance für uns gäbe, uns besser kennen-, uns womöglich lieben zu lernen, aber ganz abgesehen davon, dass du in L. A. lebst ...«

»Ich sagte dir doch«, warf Noah ein, »es ist nicht ausgeschlossen, dass ich nach England zurückkehre.«

»Gut«, sagte Sara. »Nehmen wir an, du bleibst hier. Es gibt doch kaum einen Unterschied zwischen der amerikanischen und der britischen Presse, außer vielleicht die Anzahl der Medien. Heißt es nicht sogar immer, die englischen Zeitungen seien die schlimmsten?«

»Sara ...«

»Sag ihnen, es war alles nur Show. Dass du enttäuscht warst wegen Heathers Liebelei mit Ivan Trust und dass wir nur befreundet sind. Dass dir bewusst gewesen sei, dass wir durchs Fenster fotografiert wurden und dass du die Gelegenheit genutzt hast, um dich an Heather zu rächen. Dass du mich gebeten hast mitzumachen.«

»Sara ...«

Sara sah Noah an, einmal noch, über alle Maßen eindringlich. »Ich hätte es mir doch auch anderes gewünscht. Doch wer oder was sagt dir, dass ich stärker bin als deine Julie?«

Dieser eine Satz war es, der Noah schließlich zum Schweigen brachte. Wenn Sara das Gefühl hatte, dem Wind, der ihm manchmal entgegenschlug, nicht standhalten zu können, war er der Letzte, der sie überreden würde, es doch mindestens zu versuchen.

Das hatte er schon einmal getan, bei Julie. Er würde das nie wieder tun.

Weihnachten

*Liebe und Leid,
aber wenigstens einer
ist glücklich*

58.

Seit Menschengedenken war es im *Wild-at-Heart*-Hotel um die Weihnachtszeit nicht so ruhig gewesen wie an diesem Samstag, dem 22. Dezember. Das fiel Theo auf, der den gesamten Morgen über unruhig von einem Raum in den nächsten gelaufen war, um nach dem Rechten zu sehen (was völlig unnötig war, denn wer sollte in den vergangenen Tagen schon etwas durcheinandergebracht haben, das Haus war ja so gut wie leer), und auch Gretchen, die der äußerlichen Entspannung mit innerer Unruhe begegnete. Die vergangenen Wochen waren einfach zu aufregend gewesen. Nicht nur wegen der lauten Minnie Barnes und ihrer Filmcrew, auch wegen Sara, Noah und all dem Drama, das sich um beide entfaltet hatte.

Von ihrem Platz hinter dem Rezeptionstresen aus warf Gretchen ihrer Freundin einen Blick zu. Sara war gerade dabei, die zwei Christbäume im Foyer zu schmücken, so wie sie es in jedem Jahr tat. Und normalerweise konnte man sich auf ihren tadellosen Geschmack verlassen, diesmal allerdings ... Diesmal kam es Gretchen vor, als werfe die Gärtnerin die Weihnachtsornamente eher wahllos auf die Äste der Tannenbäume, statt sie sorgfältig zu dekorieren, und dazu machte sie ein Gesicht, als stünde jeden Augenblick ihre Hinrichtung bevor. Bei dem Anblick wurde Gretchens Herz ganz schwer. Sie hatte so viel Glück mit Nicholas, der ihr nicht nur durch die schwierigsten Stunden im Hotel half, sondern darüber hinaus auch ihr bester Freund geworden war (von der Tatsache, dass er zudem ihr Liebhaber war, einmal ganz abgesehen). Sie hatte Glück gehabt. Und sie war dankbar, dass sie den Schritt gewagt hatte, sich auf dieses Glück einzulassen. Es hatte sie einiges an Stärke und Mut gekostet, doch sie hatte ihn niemals bereuen müssen.

Ganz im Gegensatz zu Sara. Ihre Freundin hatte sich auf Noah eingelassen, hatte in der kurzen Zeit, die sie ihn kannte, Gefühle für ihn entwickelt – so viele davon, dass die Leere, die nach seinem Weggang zurückblieb, sie kopfüber zu verschlingen drohte. Was Gretchen schon seit einigen Tagen beobachten konnte. Seit die Filmcrew mitsamt ihrer Kabel und Lichtballons und Wagen und dem gesamten restlichen Chaos abgereist und von dannen gezogen war. Seither war es besonders ruhig in und um das kleine Hotel geworden. So ruhig, dass Gretchen die Stille als eine nie da gewesene empfand.

Sie atmete einmal tief ein und lief dann hinüber zu dem Baum, den Sara gerade mit finsterer Miene musterte. Sie hatte geschwiegen bisher. Doch wenn sie ihre Freundin nicht allmählich aus dem tiefen Loch zog, in dem sie sich ohne Zweifel befand, wer sollte es dann tun?

»Hey«, rief sie so fröhlich, dass es gerade noch nicht aufgesetzt klang. »Das sieht gut aus. Das sieht aus ...« Von der Nähe betrachtet wirkte der Baum noch viel trauriger als von der Ferne. »Ähm, du denkst, schwarze Kugeln sind das richtige für ... nun ja, eine festliche Stimmung?«

»Sie sind elegant«, gab Sara tonlos zurück.

»Mmmh«, summte Gretchen. Sie machte sich daran, einige der grün und rot karierten Stoffschleifen, die ihre Freundin um die Äste gebunden hatte, gerade zu rücken sowie einige der Kugeln auseinander- beziehungsweise näher zusammenzuhängen.

»Gefällt dir der Baum nicht?«, fragte Sara schließlich.

»Doch, er ist ... interessant, finde ich.«

Sara ließ die Hand sinken, mit der sie gerade eine recht mürrisch aussehende Krähe an den Ästen befestigen wollte, und warf den zerrupften Ziervogel zurück in den Korb mit dem restlichen Schmuck. »Er gefällt dir nicht«, stellte sie fest. »Sag's doch einfach. Ich mache das hier schließlich nicht zum Spaß. Es sind eure Weihnachtsbäume, und ihr bezahlt mich dafür, dass ich mich darum kümmere. Und wer zahlt, sagt an. Also, wenn dir der Baumschmuck nicht passt ...«

»Sara.« Gretchen ließ ebenfalls von dem Baum ab und wandte sich stattdessen ganz ihrer Freundin zu. »Was redest du denn da? Erstens lohnt das Taschengeld, das du für deine Hilfe im *Wild at Heart* berechnest, kaum der Erwähnung. Zweitens vertraue ich deinem Geschmack sehr wohl.« Trotz ihrer Worte zögerte Gretchen einen Moment, bevor sie fortfuhr. »Im Augenblick ist er womöglich nur etwas eingefärbt. Mmmh, schwarz, wie es aussieht.« Sie seufzte. »Ach, Sara. Geht es dir auch wirklich gut?«

»Diese Nachfrage kommt eigentlich erst, nachdem du mich überhaupt gefragt hast, wie es mir geht. Hast du aber nicht.«

»Weil ich die Antwort von deinem Gesicht ablesen kann.«

»Na, denn«, sagte Sara.

Gretchen seufzte. »Hast du etwas von ihm gehört?«

»Nicht mehr, seit – warte. Elf Tagen und achtzehneinhalb Stunden etwa.«

Daraufhin schwieg Gretchen. So wie sie die Lage, aus der Nähe betrachtet, einschätzte, war es allein an Sara, das Thema zu vertiefen oder es zu lassen oder einfach nur weiterhin den Baum mit fragwürdigem Schmuck zu quälen.

»Es war die richtige Entscheidung«, sagte Sara denn auch tatsächlich.

Es war das erste Mal seit Noahs Abreise, dass sie Gretchen gegenüber etwas in dieser Art äußerte. Bisher hatte sie lediglich ein todunglückliches Gesicht gemacht, und Gretchen war zu ängstlich gewesen, um sie zu fragen, wie es in ihr drinnen aussah. Jetzt sagte sie: »Bestimmt war es das. Meiner Erfahrung nach sind die Entscheidungen, die wir instinktiv und aus dem Bauch heraus treffen, oftmals die richtigen für uns. Das liegt in der Natur der Sache. Schließt sich eine Tür, öffnete sich eine andere. Du weißt schon.« Sie holte tief Luft. Sie würde ihrer Freundin nicht mitteilen, was sie wirklich empfand: dass sie sich gewünscht hätte, Sara hätte nicht gleich aufgegeben, dass sie gehofft hatte, Noah Perry würde sich ein bisschen mehr ins Zeug legen, um für sie beide einzustehen. Das hatte er ihres Wissens nach nicht getan. Er hatte Sara nicht einmal mehr erwähnt. Der Presse gegenüber wurde lediglich herausgegeben, dass er und Heather Mompeller nun kein Paar mehr seien. Zu den Gründen äußerte sich niemand.

»Ja«, erwiderte Sara, während sie erneut nach dem furchtbaren Vogel griff, um ihn an einem der oberen Zweige zu befestigen. »Frei nach dem Motto: Andere Mütter haben auch schöne Söhne.«

»Das habe ich nicht gesagt, und so habe ich es auch nicht gemeint.«

»Es stimmt aber doch, oder?«

Erneut schwieg Gretchen. Sie wusste nur zu gut, dass alles, was sie in solchen Augenblicken sagte, Schmerz zufügen konnte, ob beabsichtigt oder nicht. Also griff sie einfach nach der Schachtel mit den bunten Kugeln und fuhr damit fort, den Baum zu schmücken.

Sara seufzte. »Es tut mir leid. Ich bin zurzeit ... ich weiß nicht.«

»Es muss dir nicht leidtun. Du hast nichts Schlimmes oder Falsches gesagt.«

»Okay.« Sie nickte. Dann ließ sie den Baum Baum sein, setzte sich auf die Trittleiter, die sie bereitgestellt hatte und verschränkte die Arme vor der Brust.

»Es hätte ohnehin nicht funktioniert. Ich meine, wenn die ganze Sache jetzt nicht in der Presse gelandet wäre, dann später, und wer weiß, dann hätte es vermutlich noch viel mehr wehgetan. So ... So wird es einige Wochen dauern, aber ich werde darüber hinwegkommen. Ich meine, wir hatten nicht einmal Sex.«

»Hattet ihr nicht?« Gretchen lächelte Sara an.

»Nein«, erwiderte diese gedehnt, »selbst wenn es auf den Fotos schwer danach aussah. Gott, diese Bilder.« Sie schüttelte den Kopf. »Nur gut, dass meine Eltern den ganzen Monat über in der Karibik sind, sie wären ausgeflippt, wenn sie das gesehen hätten.«

»Das haben sie also nicht? Auch nicht online?«

»Sie haben sich zumindest nicht bei mir gemeldet.«

»Puh«, machte Gretchen.

»Oh ja, du sagst es«, gab Sara zurück.

»Nun – von der Produktion hat sich am Ende niemand mehr über den Artikel beschwert, oder? Soweit ich weiß, ist schon lange keine Ausstrahlung mehr so heiß erwartet worden, wie die dieser Serie.«

»Was für eine Ironie das ist, oder? Das hätten sie wirklich nicht besser planen können.« Saras Tonfall klang so bitter, dass Gretchen sich zu ihr umdrehte, die Kiste mit dem Schmuck abstellte, sich neben ihre Freundin auf eine Sessellehne setzte und deren Hand nahm.

»Nicht«, sagte Sara. »So weit bin ich noch nicht.«

Gretchen ließ die Hand wieder los. »Okay. Komm zu mir, wenn du Trost brauchst, gut? Ich bin für dich da, das weißt du.«

»Ich weiß.«

»Und ich bin mir sicher, wenn du es dir anders überlegen wolltest ...«

»Nein.« Womit Sara aufstand und sich erneut ihrer Arbeit zuwandte. »Niemand wird es sich anders überlegen. Es ist entschieden. Und es ist das Allerbeste so.«

»Okay«, wiederholte Gretchen. Sie war sich ziemlich sicher, dass nicht nur sie sich freuen würde, wenn Sara sich doch noch umentscheiden würde, sondern auch Noah. Er hatte mehr als niedergeschlagen gewirkt, nachdem Sara ihn fortgeschickt hatte, und Gretchen war zuversichtlich, dass er zu einer Rückkehr nicht erst überredet werden musste. Sie fand ihn nett. Ehrlich nett. Sara hätte jemanden wie ihn verdient, das stand für sie fest. Vielleicht wenn Gras über der Sache gewachsen war, dachte sie. Wenn die Liebe zwischen ihnen beiden nur groß genug war ... Und dann schüttelte sie über sich selbst den Kopf. Nicht jede Geschichte endete wie im Märchen, sagte sie sich. Nicht einmal im *Wild-at-Heart*-Hotel.

»Ich habe gehört, die Filmproduktion wird dir die Lodge renovieren«, sagte Sara jetzt.

»Ja.« Gretchen nickte. Als Antwort auf die Frage und als Zustimmung zu dem Themawechsel. »Das wäre nicht nötig gewesen, aber sie haben darauf bestanden.«

»Ich finde das völlig in Ordnung, sie haben deine ganze Küche rausgerissen.«

Von der Seite sah Gretchen Sara an. Sie hatte schon völlig vergessen, dass ihre Freundin über den Zustand der Hütte

Bescheid wusste, da die kompromittierenden Fotos von ihr und Noah ja durch eines der Fenster dort aufgenommen worden waren. »Die Küche selbst war auch nicht mehr im besten Zustand«, sagte sie nur und beschloss dann, tatsächlich das Thema zu wechseln und eine völlig andere Richtung einzuschlagen.

»Übermorgen ist Heiligabend. Hast du dir schon überlegt, wo du Weihnachten verbringen möchtest? Deine Eltern bleiben in der Karibik, richtig?«

»Richtig. Und ja, habe ich. Ich kenne da so ein Hotel, dessen wahnwitzige Besitzerin ihrem kompletten Personal freigegeben hat. Ich wette, sie kann jede Hilfe brauchen, damit ihr der Truthahn nicht anbrennt.«

»Oh ja, das kann sie.« Gretchen lachte. In ihren gemeinsamen Jahren hatten sie und Christopher ihre gewohnten Weihnachtstraditionen vermischt, um eine gewisse Diplomatie bemüht. So hatte Gretchen die norwegische Tradition durchgesetzt, den Baum nicht schon am ersten Dezember, sondern erst kurz vor den Feiertagen zu schmücken; außerdem durfte bereits an Heiligabend ein Teil der Geschenke geöffnet werden. Die Strümpfe am Kamin und der große Truthahn am ersten Weihnachtsfeiertag waren dagegen typisch britische Traditionen, auf denen Christopher bestanden hatte. Schon seinetwegen würde sie sie weiterführen, auch wenn sie tatsächlich ein eher unglückliches Händchen bei der Zubereitung solch großer Vögel besaß.

»Ich freue mich«, sagte sie und drückte Sara.

»Ja.« Sara nickte. »Es ist schön, nicht allein zu sein.«

Bevor sie das Mitleid in Gretchens Augen wahrnehmen konnte, hatte sich Sara wieder dem Baum zugewandt.

59.

Nettie war so hibbelig, sie machte sogar ihren Großvater nervös. Der war, während Sara oben im Hotel die Bäume schmückte und Gretchen vermutlich letzte Vorbereitungen für die Ankunft der Gäste traf, mit seiner Enkelin zum Hafen gefahren, um Damien Angove und seine Väter Clive und Logan abzuholen.

»Da!«, rief Nettie. »Siehst du? Sie winken. Das sind sie in Jets Boot!«

»Sieht ganz danach aus, Liebes«, stimmte Theo zu. Innerlich machte er drei Kreuze, dass es endlich so weit war und Nettie damit aufhörte, nägelkauend auf dem Pier auf- und abzulaufen. Sie machte ihn wahrhaftig nervös. Mehr noch als die Tatsache, dass das *Wild at Heart* gerade einem Sanatorium glich, so still war es dort, und dass er sich nutzlos fühlte ohne seine Werkstatt (und seit dem Plumpsklo-Dilemma, das besser nicht mehr erwähnt werden sollte). Er musste mit Herb sprechen, und zwar bald. Er wollte seine Werkbank zurück, noch ehe der letzte Schnee geschmolzen war.

Was er gerade nur so dahingedacht hatte, denn entgegen Herbs ursprünglicher Prophezeiung war nichts von den riesigen Schneemassen liegen geblieben, die Cornwall vor zwei Wochen erstaunlicherweise ereilt hatten, überhaupt nichts. Pünktlich zum Fest erfreute sich die englische Südküste wieder einmal ihres obligatorischen blauen Himmels und milden zehn Grad. Eine weiße Weihnacht, also – die wäre laut Theo auch ein bisschen zu viel des Guten gewesen.

»Das werden die schönsten Weihnachten aller Zeiten«, rief Nettie gerade, und Theo ließ seine grüblerischen Gedanken ziehen und legte einen Arm um sie.

»Hi.«

»Hi.«

Nettie zog eine Grimasse, und Damien lachte. Dann kam er einen Schritt auf sie zu, beugte sich zu ihr herunter und drückte ihr einen schnellen Kuss auf die Lippen, bevor er sie in seine Arme schloss. Sie hatten Theo mit Clive, Logan und dem Gepäck vorausgeschickt und waren im Hafen zurückgeblieben, um allein zu sein.

»Ist komisch irgendwie, oder?«, fragte Damien. »Auf der anderen Seite war es in jedem Sommer, in dem wir uns wiedergesehen haben, auch irgendwie komisch am Anfang. Ich hatte jedes Mal das Gefühl, wir müssten ganz von vorn anfangen mit unserer Freundschaft.«

»Stimmt.« Nettie nickte zustimmend. »So ging es mir auch jedes Mal.«

Sie standen sich gegenüber, hielten sich an den Händen und sahen einander an.

»Seid ihr jetzt zusammen?«, rief Jet, der immer noch in seinem Boot saß und den die beiden vollkommen vergessen hatten. »Ist ja 'n Ding.«

Nettie rollte mit den Augen. »Was war noch gleich so schön an dieser winzigen Insel, auf der jeder jeden kennt und alles über den anderen weiß?«, fragte sie.

»Du«, erwiderte Damien. »Und von mir aus können das auch alle wissen.« Dann nahm er sie bei der Hand und zog sie hinter sich her in Richtung Fishstreet.

»Bis wir da oben sind, weiß es tatsächlich jeder«, murmelte Nettie, während sie Port Magdalens einzige Einkaufsstraße hinaufstiegen, Graham vor seinem Pub und Kelly vor ihrer Galerie zuwinkten sowie Toni, dem Postboten und Mrs. Bailey, der Besitzerin des kleinen Souvenirshops.

»Schämst du dich für mich?«

Nettie gab einen abfälligen Ton von sich. Einige Schritte liefen sie schweigend weiter, dann löste Nettie ihre Hand aus der von Damien und schob stattdessen ihren Arm um seine Taille.

Sofort erklangen Pfiffe hinter ihnen.

»*Mann*«, knurrte Nettie, und Damien brach in Gelächter aus.

»Eventuell lachst du nicht mehr«, sagte Nettie, »wenn du erfährst, dass nicht nur jeder hier auf Port Magdalen, sondern auch meine Mutter ihren Senf zu uns beiden dazugegeben hat.«

»Deine Mutter?« Mit zusammengezogenen Brauen sah Damien auf seine Freundin herunter. »Was hat sie gesagt?«

»Sie hat ...« Nettie räusperte sich. »Kennst du die Geschichte von den Blumen und den Bienen?«

Diesmal prustete Damien los, so heftig, dass er sich von Nettie löste. »Sie hat *was*?«

Seufzend setzte Nettie ihren Weg fort, von der Fishstreet auf den schmalen Waldweg, der sie zum Hotel bringen würde. »Sie wollte mich nicht direkt aufklären, aber ...« Sie schüttelte den Kopf. »Doch, das wollte sie vermutlich schon. Ich glaube, sie war ein bisschen hilflos, weil ihr eingefallen ist, dass du und ich schon weiter sein könnten als andere Paare, weil wir uns so lange kennen. Erst war sie ganz cool und entspannt ... und dann auf einmal doch nicht mehr.« Aus den Augenwinkeln warf sie Damien einen

Blick zu. »Sie will, dass du bei deinen Vätern in der Suite schläfst.«

»Okay.« Damien zuckte mit den Schultern, als könnte ihm die Anweisung egaler nicht sein.

Nettie verdrehte die Augen. »Mit anderen Worten, sie möchte nicht, dass wir in einem Zimmer schlafen.«

»Das habe ich daraus gefolgert, Watson, ja.«

»Mmmh.« Sie griff nach Damiens Hand und drückte sie, während sie weiterliefen, das Hotel bereits sichtbar zwischen den Bäumen.

Nettie verschwieg Damien, dass sie ihrer Mutter vorgeworfen hatte, spießig zu sein. Fürs Erste. Und dass sie ihr auf die Ermahnung, Damien solle bei seinen Vätern schlafen und nicht in Netties Zimmer, geantwortet hatte: »Du warst auch mal sechzehn, oder? Wo ein echter Wille ist, da ist auch ein Weg.«

Gretchens Gesicht würde Nettie nie vergessen. Allein das war es wert, ihr diesen Satz eiskalt zu servieren, auch wenn sie noch überhaupt nicht daran dachte, seine Aussage auch in die Tat umzusetzen. Oder, vielleicht … Sie warf einen Seitenblick auf Damien.

Ach, das ging nun wirklich niemanden etwas an außer sie beide.

60.

Die größte Herausforderung, wenn man ein Hotel führte, zwar wenige, aber dennoch Gäste eingeladen und dem Personal trotzdem freigegeben hatte? Man musste sich um so gut wie alles selbst kümmern. Zumal, wenn die Tochter reichlich abgelenkt durch die erste Liebe auf einer Wolke durch die Flure schwebte und der Schwiegervater in seiner knurrigen Stimmung öfter als gedacht zum Hafen marschierte, um mit seinem neuen alten besten Freund Bruno ein paar Weihnachtslikörchen zu schlamüsern. Hätte Sara nicht ihre Hilfe angeboten, Gretchen wäre schon längst durchgedreht.

»Wann kommt Nicholas noch mal zurück?«, fragte Sara gerade, als sie mit Gretchen in der Hotelküche mit den Vorbereitungen zum Weihnachtsessen zugange war. Der Truthahn musste vierundzwanzig Stunden lang in einer Marinade aus Zitrone und Curry baden, bevor er in den Ofen kam, und die diversen Soßen und Dips und konnten auch bereits heute zubereitet werden, um den morgigen Feiertag etwas zu entzerren. Heute, an Heiligabend, würde es nur Würstchen im Schlafrock geben – ein schnelles, unkompliziertes Essen, bei dem sicherlich nichts schiefgehen konnte.

»Nick und Lori sind bei ihrer Mutter«, erwiderte Gretchen, während sie mit verschwörerischer Miene Marinade in einen Truthahnschenkel rieb. »Offensichtlich ist sie daran gewöhnt, dass er Weihnachten bei ihr verbringt, wie er es seit seiner Scheidung jedes Jahr getan hat.« Sie zuckte mit den Schultern. »Er will versuchen, morgen Abend hier zu sein, konnte es aber nicht versprechen.«

»Wo lebt seine Mutter?«

»London.«

»Und? Weshalb bist du nicht mitgefahren?«

Gretchen warf Sara einen Blick zu, und die begann zu lachen. »Feigling«, sagte sie.

Selber, dachte Gretchen, doch sie sprach den Gedanken nicht aus. Als hätte sie damit dennoch Noah auf den Plan gerufen oder zumindest etwas, dass eng mit ihm zusammenhing, klingelte in diesem Augenblick das Telefon, und obwohl Gretchen tatsächlich eine Vorahnung hatte, hob sie als Entschuldigung ihre Marinaden-Truthahn-Finger und bat Sara ranzugehen.

»*Wild at Heart*. Was kann die Liebe für Sie tun?«, meldete sie sich, und Gretchen schüttelte belustigt den Kopf. Bis sie die Veränderung in Saras Tonfall wahrnahm und alarmiert zum Waschbecken eilte, um die Hände von der klebrigen Ölspur zu befreien.

»W-Wer ... *Wer ist dran?*«

Gretchen riss ihrer Freundin den Hörer aus der Hand. »Ja?«, fragte sie. »Gretchen Wilde hier.«

»Oh, Mrs. Wilde, hier ist Heather. Mompeller. Heather Mompeller? Sie wissen schon, ich war bis vor ein paar Tagen ...«

»Natürlich.« Gretchen nickte zustimmend. »Was kann ich für Sie tun? Haben Sie etwas im Hotel vergessen?« Sie sprach schnell und sah währenddessen Sara an, die unter ihrer schokoladenfarbenen Haut blass geworden war.

»Aaah, nicht wirklich«, erwiderte Heather. »Ich habe eher ein etwas außergewöhnlicheres Anliegen. Ich meine, ich weiß, es ist der vierundzwanzigste Dezember, sehr kurzfristig also, aber ... Hätten Sie über die Feiertage eventuell noch ein Zimmer frei?«

»Über Weihnachten? Ein Zimmer?« Gretchen hätte nicht überraschter klingen können, und sie beobachtete besorgt, wie Sara hektisch Luft einsog.

»Ein Doppelzimmer, wenn das geht. Nach all dem Trubel der vergangenen Wochen ...« Gretchen hörte Heather seufzen. »Ivan und ich würden einfach gern ein paar Tage ungestört ausspannen, und in Ihrem Haus haben wir uns so wohl gefühlt. Und ...« Sie zögerte für einen kurzen Moment. »Wir fühlen uns *noch nicht* so ganz wohl, uns *offiziell* ... Sie wissen schon. Uns so früh schon so eindeutig als Paar zu zeigen. Nach allem, was war.«

Oje. Nun seufzte auch Gretchen. Sie spürte, wie Mitleid in ihr aufstieg – ein Gefühl, das Heather Mompeller wie keine Zweite in Gretchen zu wecken in der Lage war. Sie ließ ihren Blick erneut zu Sara schweifen. »Wir haben in diesen Tagen offiziell geschlossen«, erklärte sie. »Das Personal hat frei. Es tut mir sehr leid, aber ...«

»Oh. Oh ja. Das ist ...« Heather schniefte. Tatsächlich *schniefte* sie, und Gretchen zog eine Grimasse.

»Gut«, fuhr die Schauspielerin fort. »Wir werden uns eben etwas einfallen lassen müssen. Ich telefoniere noch ein bisschen herum, bestimmt gibt es irgendwo noch ein Hotel, in dem wir ungestört sein können. Unbeobachtet. Auch wenn ich ... auch wenn ich gerade nicht so recht weiß, wo.« Sie schnäuzte sich.

»Was ist denn mit Ihrer Familie? Wollen Sie Weihnachten nicht ohnehin lieber im Kreis derer feiern, die Sie lieben?«

»Ja, das hatte ich doch vor!« Heather gab einen bitteren

Ton von sich. »Ivan und ich ... Was ich getan habe, ist bei unseren Familien nicht sonderlich gut angekommen, sagen wir es so. Jeder ist irgendwie sauer, weil ich niemanden einweihen durfte und auf direkte Fragen gelogen habe. Glauben Sie mir einfach, wenn ich Ihnen sage, dass wir momentan lieber allein und ungestört bleiben wollen.«

Sie klang jämmerlich. Das bemerkte sogar Sara, die inzwischen so nah an Gretchen herangerückt war, dass sie mithören konnte. Sie stupste ihre Freundin in die Seite. »Lass sie kommen«, raunte sie Gretchen zu. »Sie hat mir nichts getan, und es geht ihr offensichtlich total schlecht.«

»Einen Augenblick«, sagte Gretchen. »Es ist kein Personal da«, raunte sie. »Wer soll denn die Zimmer machen? Frühstück und so weiter?«

»Wir können selbst unser Bett machen«, rief ihr Heather ins Ohr. »Und wir haben auch keine weiteren Ansprüche. Wir essen einfach, was da ist. Und natürlich ist mir klar, dass ich ungeheuer viel von Ihnen verlange, das müssen Sie bitte alles auf die Zimmerrechnung schreiben.«

Noch einmal stupste Sara Gretchen in die Seite. Als diese nicht gleich reagierte, nahm sie ihr den Hörer aus der Hand.

»Heather? Hier ist Sara Gibbs. Wann wollen Sie kommen? Dann schicken wir einen Wagen zum Hafen, der Sie abholt.«

Für einen Augenblick blieb es ganz still in der Leitung. Sara konnte förmlich spüren, wie Heather am anderen Ende nach Worten suchte, und sie konnte nur hoffen, dass sie nicht den Namen Noah beinhalteten, egal, was jetzt kam.

Schließlich hörte sie ein gebrochenes »Sechzehn Uhr?«

Sie gab den Hörer an Gretchen weiter. In diesen zwei Worten schwang so viel von dem mit, das Sara nicht hören wollte, dass sie aus der Küche verschwand und zur Toilette lief, um sich zu sammeln.

Auf dem Weg dorthin stieß sie beinahe mit Dottie zusammen. »Himmel, was ist denn hier los?«, rief die Köchin, als Sara, kurz davor, sich in Tränen aufzulösen, an ihr vorbei in Richtung Foyer rannte. »Und wonach riecht es hier? Etwa nach Knoblauch?«

»Ah«, machte Gretchen. »Dottie? Was machen Sie denn hier? Ich dachte, Sie sind längst bei Ihrer Schwester in Sheffield?«

Dorothy Penhallow, in ungewohnt festlicher Aufmachung (einem grauen Flanellkleid nämlich, mit rosafarbenem Kragen), griff bereits nach ihrer Küchenschürze, die an einem Haken an der Tür hing. Sie murmelte etwas, das Gretchen nicht wirklich verstand, aus dem sie aber die Worte »dass ich nicht lache, schöne Verwandtschaft, musste sie die auch einladen« heraushörte.

»Sie fahren also nicht zu ihr?«

»Nein. Haben Sie etwa Curry in die Marinade gegeben?«

»Nun ja, es stand im Rezept. Sara hat es aus dem Internet ...« Unter Dotties entsetztem Blick wagte es Gretchen nicht weiterzusprechen. Sie räusperte sich. »Also, wenn ich ...«

»Nun gehen Sie schon«, befahl die Köchin. »Für wie viele soll ich heute Abendessen machen?«

»Das würden Sie tun?«

»Spreche ich Spanisch?«

»Ach, Dottie!« Gretchen hatte kaum bemerkt, wie sehr sie die Sache mit dem Kochen tatsächlich gestresst hatte, bis die Köchin sich bereiterklärt hatte, sie ihr abzunehmen. Sie lief um die Kochinsel herum und umarmte die rundliche Frau. »Danke! Ich bin gleich zurück und nenne Ihnen dann die genaue Zahl. Kommen Sie denn wirklich allein zurecht? Soll ich Nettie schicken, um zu helfen?«

»Ach, Gottchen, bloß nicht! Dieses Kind.« Sie war schon dabei, den Fertigteig, den Gretchen für die Würstchen im Schlafrock angedacht hatte, in den Mülleimer zu verfrachten, als sie sagte: »Wenn es tatsächlich noch jemanden geben sollte, der nicht im Weg herumsteht, dann am ehesten Oscar. Soweit ich weiß, ist er unten im Mitarbeitercottage.«

»Oscar?«, fragte Gretchen verwundert. »Ich dachte, der ist längst in Irland?«

Dottie zuckte mit den Schultern. Als Gretchen sicher war, dass sie keine weitere Erklärung zu erwarten hatte, bedankte sie sich ein letztes Mal mit allem Überschwang und machte sich dann tunlichst aus dem Staub.

61.

»Nee«, nuschelte Jet, »soweit ich weiß, sind die alle noch im Hotel. Ich hab nur der kleinen Hazel mit ihren Koffern geholfen, der Rest müsste noch da sein.« Der Bootsmann kratzte sich am Hinterkopf, während er Florence nachdenklich betrachtete. »Ich meine, ich kann natürlich nichts für die Zeit sagen, in der Ebbe ist, ne? Vielleicht haben Mrs. Penhallow oder Oscar ihr Gepäck auch über den Damm geschleppt? Warum willste das eigentlich wissen?« Er überlegte, ob das schüchterne, dick bebrillte Mädchen sich überhaupt je mit irgendeiner Frage an ihn gewandt hatte. Er konnte sich nicht daran erinnern.

Florence ebenfalls nicht. Da kauerte sie auf dem immer ein wenig feuchten Sitz von Jets kleinem Motorboot, das sie von Marazion nach Port Magdalen brachte, aufrecht und steif, mit im Schoß gefalteten Händen. Bereits am Vormittag hatte sie ihren Eltern ein Telefonat vorgegaukelt, in dem Mrs. Wilde sie angeblich darum bat, nun doch über die Feiertage kurzfristig im Hotel einzuspringen. Niemand stellte diese erfundene Version infrage. Dafür waren ihre Brüder und Schwestern, ihre Eltern und Großeltern und, soweit sie das beurteilen konnte, auch ein paar der Nachbarn viel zu sehr damit beschäftigt, lautstark über Gott und die Welt zu streiten.

»Wir streiten nicht, wir debattieren nur.« Florence konnte nicht zählen, wie oft sie diesen Satz bereits gehört hatte, doch inzwischen wurde ihr nicht einmal mehr der gewährt. Als könnten die Mitglieder ihrer Familie von Haus aus nur in einer gewissen Lautstärke miteinander kommunizieren und als stellte Florence mit ihrer ruhigen, schüchternen Art eine Art Exotin dar. Sie hatte sich ausgeschlossen gefühlt, lange bevor die anderen es tatsächlich taten. Womöglich war sie oder auch nur ihr Gehör einfach empfindsamer als der Rest der Familie. Jedenfalls machte sich niemand großartig Gedanken darum, dass sie Weihnachten nun doch nicht zu Hause verbringen würde, im Gegenteil. Sie hatte kaum die Tür hinter sich ins Schloss fallen lassen, da ging drinnen das Geschrei von Neuem los, so, als wäre sie gar nicht da gewesen.

Und nun war sie also hier. Und irgendwie hatte sie so ein Gefühl, so ein seltsames, vorausahnendes Gefühl, das sie dazu gebracht hatte, Jet, den Bootsmann, mit dem sie noch nie mehr als drei Worte gewechselt hatte, danach zu fragen, was sie in diesem Augenblick am brennendsten interessierte: ob sie vielleicht nicht die Einzige aus dem Hotel war, die beschlossen hatte, Weihnachten nicht mit der Familie zu feiern. Ob vielleicht noch jemand anders hiergeblieben war, beispielsweise jemand wie ...

»Wenn ich's recht bedenke«, sagte Jet jetzt, »ist es gut möglich, dass dieser junge Typ – wie heißt der? Ashley? Der ist vor ein paar Tagen abgereist.« Wieder kratzte sich der Bootsmann, diesmal an dem kleinen Bauch, der sich unter seinem roten Bob-der-Baumeister-T-Shirt abzeichnete. Dann drehte er sein Gesicht in den Wind und brachte seinen Fahrgast schweigend nach Port Magdalen.

Während Florence sich überlegt hatte, dass es gut möglich war, Oscar in dem Personalcottage am einen Ende des Hafens anzutreffen, hatte sie nicht darüber nachgedacht, was sie ihm eigentlich sagen wollte. Oder warum sie überhaupt das Gefühl hatte, ihn unbedingt sprechen zu müssen. Sie hatte einfach die Tür ihres Zuhauses zugeschlagen und war nach Port Magdalen aufgebrochen, getrieben von einer Unruhe, von der sie beim besten Willen nicht wusste, wo sie herrührte. Es fühlte sich an wie eine Ahnung. Ähnlich der, die einen morgens befiel, wenn man aus dem Fenster sah und sichergehen konnte, dass es regnen würde, doch überhaupt nicht einzuschätzen wusste, wann es so weit war. Irgendetwas würde geschehen, Florence spürte es. Und es war kein schönes Gefühl. Was ihr eine gehörige Portion Angst einjagte, als sie nun die Eingangstür des kleinen Häuschens öffnete, das sie sich mit ihren Kolleginnen und Kollegen teilte.

Mrs. Penhallow bewohnte zwei Zimmer im Erdgeschoss, mit direktem Zugang zum Garten. Hazel hatte eine Kammer neben der Küche bezogen, während sich die Zimmer von Florence, Ashley und Oscar im ersten Stock befanden. Sie alle teilten sich zwei Badezimmer, was nicht selten zu stressigen Momenten führte, besonders morgens. Erst seit Ashley im Sommer eingezogen war und mit seiner besonnenen, analytischen Art einen Belegungsplan für sie alle erstellt hatte, hatte sich die Lage im Cottage entspannt.

Und überhaupt. Ashley. Er war wirklich eine Bereicherung des Teams, dachte Florence, während sie die Tür leise hinter sich schloss und die steile Stiege in den ersten Stock in Angriff nahm. Er verstand sich gut mit allen, sogar mit Mrs. Penhallow, was an ein Wunder grenzte, und er hatte sich sofort mit Oscar angefreundet. Und zu ihr ... Zu ihr war er schon sehr oft sehr nett gewesen, doch sie konnte sich nicht helfen: Mit Oscar fühlte sie sich ... besser. Anders. Sicherer.

»Haben Sie etwas vergessen, Mrs. P.?«, rief besagter Oscar jetzt aus seinem Zimmer. »Ich hoffe es, denn wenn Sie sich nur meinetwegen auf den Weg in den vermaledeiten ersten Stock gemacht haben, wird die Enttäuschung so bitter sein wie Aperol. Mandeln, für Sie. Ich weiß ja, Sie trinken nicht. Wie dem auch sei.« Die Stimme war jetzt schon ganz nah. »Ich werde nicht hierbleiben und im *Wild at Heart* ...«

Und dann stand er auf einmal vor ihr.

»Was machst du denn hier?« Überraschung zeichnete sich auf seinem Gesicht ab. Überraschung, und noch etwas anderes, das Florence sich nicht zu deuten traute. »Ich dachte, du wärst Mrs. Penhallow. Sie hat beschlossen, im Hotel mitzuhelfen, nachdem anscheinend doch ein paar Gäste angereist sind.«

»Wirklich?« Florence machte ein ebenso erstauntes Gesicht. »Kommt Mrs. Wilde denn klar?«

»Sie hat dich also nicht angerufen?«

»Nein.«

»Aber ... Was machst du dann hier?«

Nun, das war nicht so einfach zu beantworten, fand Florence, weshalb sie erst mal den Griff ihrer Tasche fester umschloss, eine Schulter anhob und sich an Oscar vorbeischob, bevor er bemerkte, dass sie rot geworden war. »Ich bin ...«, begann sie, doch dann hielt sie abrupt inne, als sie an der geöffneten Tür zu Oscars Zimmer vorbeikam.

Es war ein gemütliches Zimmer. Statt eines Betts hatte Oscar die Matratze direkt auf den Boden gelegt, daneben stapelten sich Bücher und Zeitschriften. In einer Ecke lehnten zwei Gitarren und eine Ukulele, auf denen der Koch dann und wann herumzupfte – meistens so lange, bis sich Mrs. Penhallow darüber beschwerte. Es gab einen kleinen Sekretär, auf dem sich ebenfalls Papiere stapelten, und eine Stehlampe, deren Schirm aus einem großen, bunten Fisch bestand. Chronisch unordentlich, aber urgemütlich, so kannte Florence das Zimmer ihres Freundes. Nur dass es jetzt, als sie stocksteif im Türrahmen Halt gemacht und bereits eine Weile gestarrt hatte, komplett anders aussah.

»Was ...« Florence schluckte. Sie ließ den Blick zum Kleiderschrank wandern, dessen Türen offen standen, weshalb gut zu erkennen war, dass Oscar alles, einfach alles herausgeräumt hatte, von jedem einzelnen Bügel und aus jedem einzelnen Fach. Als würde er nicht nur ein paar Tage verreisen, sondern gleich auswandern wollen. Worauf auch die Kisten hindeuteten, die sich in der Ecke stapelten, in der zuvor die Gitarren gelehnt hatten. Die Instrumente waren weg. Genauso wie Oscars Bücher, sein Bettzeug, alles, was sich zuvor auf dem Schreibtisch getürmt hatte.

»Was machst du denn?«, flüsterte Florence.

»Ich ... äh.« Oscar räusperte sich. Dann fuhr er sich mit einer Hand durch die schwarzen Haare und begann erneut. »Ich kann nicht alles mit in den Flieger nehmen, darum packe ich das ganze Zeug jetzt zusammen und lasse es dann abholen.«

»Aber ...« Wie in Trance löste Florence ihren Blick von dem, was einmal Oscars wohnliches Zimmer gewesen war, und sah ihn an. »Wohin schickst du die Sachen denn?« In ihren eigenen Ohren klang ihre Stimme schrill und ungläubig und verzweifelt. In Oscars Ohren klang sie sanft wie üblich, und sein Herz zog sich zusammen.

»Ich hätte es dir noch gesagt«, erklärte er. »Ich wollte anrufen heute Abend. Spätestens morgen. Gleich, nachdem ich mit Mrs. Wilde gesprochen habe. Das steht auch noch aus.« Er schluckte. Legte eine Pause ein in der Hoffnung,

Florence möge ihn auch so verstehen, doch sie runzelte schweigend die Stirn.

Oscar seufzte. »Ich fliege nach Irland. Morgen Nachmittag. Und nicht nur über Weihnachten. Ich habe mit meinem Onkel gesprochen, und für ihn ist es in Ordnung, wenn ich im Pub mitarbeite, erst mal hinter dem Tresen, und wenn in der Küche was frei wird ...« Er zuckte die Achseln.

»Ich wusste nicht, dass du zurückwillst«. Florences Stimme war kaum mehr zu hören.

Das wusste ich auch nicht, dachte er. Laut sagte er: »Irland, Land der grünen Wiesen und des Klees. Der Schafe und ... keine Ahnung. Das wird super.«

Florence sah nicht so aus, als wollte sie ihm glauben. Und weil Oscar ohnehin keine Lust hatte, seiner Freundin weiter etwas vorzumachen, fragte er seinerseits: »Also was tust du hier?« Er nickte in Richtung der Reisetasche, die sie nach wie vor in der Hand hielt. »Wolltest du Weihnachten nicht mit deiner Familie verbringen?«

Wie schon zuvor dauerte es einige Sekunden, bis seine Freundin antwortete – als seien alle Worte, die sie hatte, plötzlich davongeflogen, und sie musste sie erst einfangen, um etwas erwidern zu können. »Es war schrecklich zu Hause«, sagte sie schließlich, »wie immer. Ich hätte eigentlich gar nicht hinfahren sollen.«

»Nein?«

Sie hob eine Schulter. »Darum bin ich zurückgekommen. Vielleicht kann Mrs. Wilde meine Hilfe ja doch brauchen.«

»Ja, das ist ziemlich gut möglich«, sagte Oscar und schüttelte sich mehr und mehr aus seinen trüben Abschiedsgedanken. »Unser Küchendrache ist wie gesagt auch schon oben. Sie wollte mich überreden mitzukommen, aber ...« Er deutete auf die Kisten. »Ach, was sage ich, überreden ...

Du kennst sie. Es klang wie ein Befehl, in Stahlwolle gepackt. Oscar!«, imitierte er Dotties Stimme, »bevor du hier Patina ansetzt ...«

»Was wolltest du mich fragen«, unterbrach Florence ihn, »als wir uns letztens oben am Hotel getroffen haben? Vorm Eingang, wo die Mistelzweige hängen?«

Oscars Augen weiteten sich. Er hätte nicht gedacht, dass Florence sich daran erinnerte, dass er sie überhaupt etwas hatte fragen wollen ... Und wenn ihr das bewusst gewesen war, dann womöglich auch, was diese Frage beinhaltet hätte. Den Kuss nämlich. Den ersten und einzigen Kuss, den sie geteilt hatten, als sie noch Teenager waren.

Das konnte er ihr unmöglich sagen.

»Ob ich mich an etwas erinnere? Etwas von früher?« Sie blickte Oscar auffordernd an, und der, ganz gegen seine Art, sah auf einmal äußerst verlegen drein.

»Keine Ahnung«, murmelte er. »Sicher war das nichts Wichtiges.« Er zuckte mit den Schultern.

Florence wartete einige Sekunden, ob Oscar noch etwas sagen wollte, dann nickte sie. Er bemerkte es nicht, weil er auf den Boden starrte, doch in ihren Augen hatten sich Tränen gesammelt, weshalb sie sich rasch wegdrehte.

»Ich gehe mich umziehen«, sagte sie. »Wenn du Hilfe brauchst ...« Sie führte den Satz nicht zu Ende. Stattdessen wandte sie sich um, ohne Oscar noch einmal anzusehen, trat auf den Gang hinaus und schloss die Tür hinter sich.

Dort blieb sie stehen. Holte einmal tief Luft und lehnte mit diesem Atemzug den Kopf gegen das Holz. Sie war keine sonderlich mutige Person. Sie hatte noch nie in ihrem Leben jemandem gesagt, dass sie ihn mochte, geschweige denn liebte, nicht einmal einem ihrer Geschwister, nicht einmal einem Haustier. Sie hatte noch nie einen Jungen geküsst – keinen, bis auf Oscar, in der siebten Klasse, als er sie nach einer Party nach Hause gebracht hatte.

Oscar hatte auf die Mistelzweige gestarrt und sie gefragt, ob sie sich erinnerte. An damals. Und unmittelbar war ihr das Bild in den Kopf geschossen, das sie seinerzeit abgegeben haben mussten, er und sie, im Dunkeln dieser Einfahrt nacheinander tastend, seine Hand schließlich in ihrem Nacken und sein Mund an ihrem Ohr, von wo aus er langsam und ganz sanft zu ihren Lippen gewandert war. Es war ihr erster und einziger Kuss gewesen, und trotzdem hielt Florence ihn für den schönsten, den die Welt je gesehen hatte, den schönsten von allen.

Und sie wollte nicht, dass Oscar zurück nach Irland ging. Er war nicht nur der Junge von damals, er war ihr bester Freund, seit sie denken konnte, und der Einzige, der sie so nahm, wie sie war. Leise. Schüchtern. Und feige. Doch wenn sie jetzt, in diesem einen Augenblick, nicht mutig war, dann wäre sie für immer und ewig verloren, das spürte sie.

Noch einmal atmete Florence tief ein, dann griff sie nach dem Knauf, und ... Sie wollte die Tür gerade öffnen, als sie von der anderen Seite aufgerissen wurde.

Zwei Augenpaare starrten einander an.

Beide braun, eines nur etwas dunkler als das andere.

Aus irgendeinem Grund standen beide Münder einen Spaltbreit offen, und sowohl Florence als auch Oscar atmeten schwer.

Sie starrten einander an.

Und dann begannen beide gleichzeitig zu reden.

»Geh nicht nach Irland.«

»Ich will überhaupt nicht zurück nach Irland.«

»Du bist mein bester Freund.«

»Ich dachte nur, bevor ich zusehe, wie du irgendwann einen anderen ...«

»Und ich erinnere mich. An den Kuss. Ich erinnere ...«

»Was hast du gesagt?«

Auf einmal war es so still, dass sie die Möwen vor dem Fenster kreischen hörten und den alten Fortunato, der irgendwem irgendetwas hinterherrief.

»Was hast du gesagt?«, wiederholte Oscar, und er rückte ein Stück näher an Florence heran, als stünden sie nicht sowieso schon ganz dicht voreinander.

»Ich erinnere mich«, flüsterte Florence. »An den Kuss.«

Florence erinnerte sich auch daran, dass sie jetzt mutig sein musste oder es sich sparen konnte für den Rest ihres Lebens. Also streckte sie ihre Hand nach Oscars aus und drückte seine Finger. »Und ich möchte nicht, dass du nach Irland gehst, weil du mein Freund bist. Und der Einzige, der ... der ...«

Und weil Oscar klar war, wie viel Überwindung diese wenigen Sätze seine Florence gekostet haben mussten, legte er den Zeigefinger seiner freien Hand auf ihre Lippen.

Sie seufzte erleichtert.

»Keine Ahnung, wo diese Mistelzweige sind, wenn man sie am meisten braucht«, murmelte er.

Florence biss sich auf die Lippen. Dann machte auch sie einen Schritt auf Oscar zu und hob ihr Kinn an.

Mehr Zugeständnis konnte kein Mann der Welt erwarten, dachte er. Er beugte sich zu Florence herunter, doch noch bevor seine Lippen die ihren berührten, fragte sie: »Du wirst nicht nach Irland gehen?«

»Irland? Soll das ein Land sein? Leben da Irre?«

Florence lächelte, aber nur fast. Sie hob die Hand und legte sie auf seine Brust. »Du bleibst hier?«

Mit beiden Armen umschloss Oscar ihre Taille und zog sie noch näher zu sich, so nah, dass sich fast ihre Nasenspitzen berührten. »An was erinnerst du dich *genau*?«, flüsterte er, und Florence, die unter Oscars Atem auf ihren Lippen erzitterte, sagte kein Wort mehr, sondern zeigte es ihm.

Januar

Das Beste kommt zum Schluss

62.

»Gott, was ist das hier für ein schrecklich kitschiger Laden?«, fragte Sara, doch es klang gar nicht wie eine Frage. Eher wie eine missmutige Unüberwindbarkeit. Gemeinsam mit Gretchen lehnte sie an dem Zaun, der das Freigehege um den Stall begrenzte, und beobachtete Nettie und Damien, die dabei waren, den Esel zu striegeln. »Die Blicke, die die beiden sich zuwerfen, werden noch die Mähne des armen Tieres in Brand setzen«, fuhr sie fort. »Schön, so eine junge Liebe, was? Sollen wir ihnen sagen, dass das nicht ewig so geht?«

»Was hast du vor?«, fragte Gretchen. »Die Wahl zu Miss Zynismus gewinnen?« Sie schlug einen leichten ironischen Tonfall an, doch insgeheim wusste sie, dass es natürlich nicht sonderlich gut um Saras Laune bestellt war – es war Zeit vergangenen, aber doch längst nicht genug. Es musste sie schmerzen, Nettie und Damien so zu sehen, selbst wenn das hier nur eine Teenagerromanze war. Nur. Im Geiste schüttelte Gretchen den Kopf. Nein, das war nicht nur eine Teenagerromanze, und das war auch Sara bewusst.

Immerhin hatten sie Weihnachten überstanden. Das friedvoll gewesen war und so ruhig, wie es Gretchen im *Wild-at-Heart*-Hotel noch nicht erlebt hatte. Sie hatten im Restaurant mehrere kleine Tische zu einer großen Tafel zusammengeschoben und am ersten Weihnachtstag alle gemeinsam daran Platz genommen: Gretchen, Theo, Nettie und Damien, dessen Väter, Heather Mompeller und Ivan Trust, Oscar, Florence, Bruno, Sara und selbst Dottie. Letztere kredenzte ihren exquisiten Truthahn mit Maronen-Hackfleisch-Füllung, dazu zuckrige Karotten und einen cremigen Kürbisauflauf. Wann auch immer sie den Weihnachtspudding angesetzt hatte (normalerweise passierte das einige Wochen vorher), wusste niemand, doch sie servierte ein köstliches Exemplar davon zum Dessert. Dieser Abend war friedvoll zu nennen gewesen, nichts konnte daran etwas ändern. Nicht die Abwesenheit von Nick, die Gretchen besonders schmerzte, nicht die Schweigsamkeit von Heather und Ivan, die auf eine Weise selig, aber auch maßlos erschöpft wirkten. Dotties strafenden Blicken gelang es nicht, den bis über beide Ohren verliebten Oscar zu beeindrucken. Und selbst Sara, die neben Bruno gesessen hatte, schaffte es, trotz ihrer Niedergeschlagenheit über die Annäherungsversuche des umtriebigen Italieners zu lachen (im Gegensatz zu Dottie).

Es war ein wirklich bezauberndes Fest. Für Gretchen wurde es noch ein bisschen zauberhafter, als sich Nicholas nachts in ihr Zimmer schlich. Er war noch am Abend von seiner Mutter in London aufgebrochen, um so schnell wie möglich bei ihr zu sein. Und dann hatte er ihr eröffnet, dass wohl doch nichts aus der geplanten Party zu ihrem vierzigsten Geburtstag werden würde, und Gretchen hatte schon lachend den Arm gehoben, um ihm damit einen Schubs zu versetzen, als er nach ihrem Handgelenk griff und einen Kuss darauf drückte.

Er hatte ihr eine Reise geschenkt. Nur er und sie für ein paar Tage gemeinsam in Gretchens Heimat Norwegen. Das ganze Gerede um eine große Feier war lediglich ein Ablenkungsmanöver gewesen. Beziehungsweise: Nicholas hatte sich mit Nettie besprochen, und beide waren zu der Übereinkunft gekommen, dass eine Reise in Gretchens Heimat sie vermutlich mehr freuen würde als eine Überraschungsparty, mit der sie gar nicht überrascht werden wollte. Darüber hinaus hatte sie gesagt, dass es sicherlich das Schönste für Gretchen wäre, ein paar Tage rauszukommen und Zeit nur mit ihm zu verbringen, und Gretchen wurde ganz warm ums Herz beim Gedanken daran, wie liebevoll die beiden auf ihre Wünsche und Bedürfnisse eingegangen waren.

»Und? Schon alles gepackt?«, fragte Sara, als hätte sie die Gedanken ihrer Freundin gelesen.

»Klar.« Gretchen warf einen Blick auf ihre Armbanduhr. »Nick wird jeden Augenblick hier sein. Der Flug geht um 13 Uhr.«

»Ich beneide dich«, sagte Sara, und Gretchen schwieg. Sie wusste, dass sie nicht nur die Reise nach Oslo meinte, aber irgendwie drehte sie sich in ihrem Kummer auch im Kreis. Weshalb Gretchens Gewissen sich auch kaum regte angesichts der Dinge, die sie ihrer Freundin seit einigen Tagen verschwieg.

Ihr Handy klingelte. Gretchen fischte es aus ihrer Jackentasche und nahm das Gespräch an.

»Nick.« Sie hielt sich das Smartphone ans Ohr, während sie ihrer Tochter zusah, die gerade versuchte, Damien mit dem Wasserschlauch zu erwischen, der eigentlich dazu gedacht war, Paolos Trog aufzufüllen. Neben ihr verdrehte Sara die Augen.

»Was sagst du? Lori braucht den Wagen? Aber ... Wie sollen wir dann zum Flughafen kommen? Oh, ich weiß. Ich frage Theo, okay?« Sie tauschte einen Blick mit Sara, die sie jetzt neugierig betrachtete. »Er wird uns sicher fahren. Warte unten am Hafen auf uns. Fünfzehn Minuten?« Sie lauschte, nickte, dann lächelte sie. »Dito.«

»Lori braucht den Wagen«, erklärte sie Sara, während sie das Handy wegsteckte und sich vom Zaun löste. »Ich werde Theo suchen und ihn bitten ...«

»Ich kann euch doch nach Newquay fahren«, unterbrach Sara sie.

»Bist du sicher? Ich meine, das ist eine lange Fahrt und ...«

»... und ich habe viel zu viel Freizeit in diesem Weihnachtsurlaub, mit der ich viel zu wenig anzufangen weiß.«

»Na, wenn das so ist!« Gretchen nickte. »Ich hole meinen Koffer.«

Damit drehte sie sich um und lief zum Haus, ohne dass Sara das Grinsen bemerkte, dass sich auf Gretchens Gesicht ausbreitete.

63.

»Habt Spaß.«

»Garantiert.«

»Du bist sicher, dass es dir nichts ausmacht, solange im Hotel zu bleiben? Bestimmt werden Nettie und Theo auch allein klarkommen, aber mir ist einfach wohler ...«

»Ich weiß«, sagte Sara und stupste Gretchen mit der Hüfte in die Seite. »Deshalb bleibe ich im *Wild at Heart* und zeige den beiden mal, wie man ein Hotel führt.«

»Danke.« Gretchen umarmte ihre Freundin.

»Wir schulden dir was«, sagte Nicholas.

»Es sind doch nur drei Tage«, warf Sara ein.

»Stimmt.« Gretchen räusperte sich. »Also ...« Ihr Blick fiel auf etwas, das sich hinter Sara befand.

»Also? Wieso grinst du auf einmal so?«

Erneutes Räuspern. Dann nahm Nicholas Gretchen am Arm und zog sie so schnell weg, dass sie kaum noch ihren Koffer zu fassen bekam. »Auf Wiedersehen, Sara! Danke für alles! Pass auf dich auf! Tu nichts, was ich nicht auch tun ...«

»Es reicht, Gretchen«, zischte Nick.

Sara starrte den beiden nach. »Viel Spaß, ihr Verrückten«, rief sie noch, bevor sie sich umdrehte und frontal in jemanden hineinstolperte.

»Müssen Sie so dicht hinter mir ...«, begann sie, und dann klappte sie den Mund zu und riss stattdessen die Augen auf.

»Was ...« Sie wankte einige Schritte zurück.

»Hi, Sara.«

»Noah!« Sara starrte zunächst ihn an, dann drehte sie sich zu ihren Freunden um und sah, dass die beiden stehen geblieben waren. Gretchen zuckte mit den Schultern, bevor sie winkte (was reichlich schuldbewusst wirkte), Sara eine Kusshand zuwarf und in Richtung der Check-in-Schalter verschwand.

»Wir haben es so verabredet, dass ich hier ankomme, wenn die beiden losfliegen«, erklärte Noah.

»Wer hat es so verabredet?«, fragte Sara dumpf, doch dann wischte sie die Frage quasi weg und sagte stattdessen: »Ich dachte, du seist längst in den USA.«

»War ich auch, kurz vor Weihnachten. Dann bin ich zurückgekommen, um mit meiner Mutter zu feiern, und jetzt bin ich noch zwei Tage hier. In Cornwall.«

»In Cornwall«, wiederholte Sara. »Noah ...«

»Heather hat mich angerufen. Sie sagte, du seist die unglücklichste Frau, der sie je in ihrem Leben begegnet ist, und das schließe sie selbst mit ein.«

Woraufhin Sara ein ungläubiges Lachen ausstieß. Sie hatte Heather Mompeller über die Feiertage besser kennen- und mögen gelernt und auch das Drama, das in ihr steckte. Und das ihr düsterer Lover, Ivan Trust, hervorragend zu dämpfen verstand. Heather war niemand, der mit humorvollen Schlussfolgerungen um sich warf, aber in diesem Fall hatte sie sich selbst übertroffen.

»Das hat sie also gesagt, ja?« Die zynische Sara war zurück, doch Noah zuckte nicht einmal mit der Wimper bei ihrem trockenen Tonfall. Und weil er sie so ansah, als würde er glatt durch sie hindurch in ihr Inneres sehen, schmolz das Eis dahin, das Sara wohlweislich in der Mitte ihrer Brust hart und kühl und undurchdringbar konserviert hatte. Und als sie jetzt fragte: »Was soll das, Noah? Wieso siehst du mich so an? Warum bist du überhaupt hier?«, da klang sie kaum mehr verbittert, sondern ein klein wenig verzweifelt; und gegen die Tränen, die hinter ihren Lidern brannten, konnte sie auch nichts unternehmen.

Sie hatte ganz vergessen, wie unglaublich gern sie Noah mochte. Wie er sie anzog, wie ein positiv geladenes Teilchen sein negatives Gegenüber. Wie sehr sie in ihn verliebt war.

»Stimmt es denn?«, fragte er leise.

»Stimmt was?«, hauchte Sara.

»Was Heather gesagt hat. Dass du unglücklich bist?«

Für eine Sekunde noch hielt sie Noahs Blick stand, dann sah sie auf den Boden. Und wieder ihn an. Und dann schüttelte sie den Kopf. »Natürlich stimmt es«, antwortete sie. »Was denkst du denn? Dass mich all das glücklich gemacht hat? Aber das ändert doch nichts daran, dass wir so entschieden haben.« Sie verstand nicht, weshalb er hier war, wirklich nicht. Hatte er seine Meinung geändert? Was war anders als noch vor ein paar Wochen?

»Ja, also das …«, begann Noah, und dann räusperte er sich. Er griff in die Innentasche seiner Lederjacke, zog etwas heraus und hielt es Sara hin. »Ich wollte dir das geben.«

»Was ist das?« Sie beäugte das Stück Papier in Noahs Hand, machte aber keine Anstalten, es anzunehmen.

»Ein Ticket.« Er hielt es ein Stück höher. »In die Staaten.«

Sara runzelte die Stirn.

»Ich hatte gehofft«, sagte Noah, »du würdest eventuell nachkommen wollen. Nicht für immer, natürlich«, fügte er schnell hinzu. »Es sind nur einige Wochen, bis die Staffel abgedreht ist, dann kehre ich ohnehin nach England zurück. Wenn du also nicht fliegen willst, kein Problem. Dann sehen wir uns nach dem Dreh, wenn ich wieder ...«

»Noah.« Sara hielt eine Hand hoch, um Noahs Redefluss zu stoppen, und sah ihn mit einem ungläubigen Lächeln an. »Was ... Wir ...« Sie seufzte, fuhr dann aber fort: »Wir hatten uns dagegen entschieden, erinnerst du dich?« Zu ihrem sehr großen eigenen Ärger spürte sie deutlicher denn je die Tränen hinter ihren Lidern brennen. Mit dieser seltsamen Verleumdungstaktik machte er alles nur schlimmer. »Wir hatten gesagt ... Wir hatten gesagt ...«

»Siehst du«, begann Noah sanft, »du erinnerst dich nicht mehr daran, was wir gesagt hatten, und so ging es mir die letzten Wochen auch. Wieso noch mal haben wir gleich beim ersten Widerstand das Handtuch geworfen?« Er machte einen Schritt auf Sara zu, hob die Hand und strich damit über ihre Wange. Wie in Trance nahm sie die Berührung wahr und dann die Menschen um sie herum, und irgendetwas zerrte da in ihrem Unterbewusstsein, so, als sei etwas komplett falsch an dieser Situation. Wo waren die Fotografen, Blitzlichter, Handykameras? Aus den Augenwinkeln warf sie einen Blick nach links, dann nach rechts. Es schien nicht so, als würde sich irgendjemand auf diesem kleinen Flughafen im kornischen Nirgendwo für sie interessieren. Entweder das, oder sie wurden heimlich gefilmt, von jemandem hinter einer Säule oder unter einer der Sitzreihen oder ...

»Ich weiß, ich habe gesagt, mein Mitwirken an der Serie und die daraus resultierende Popularität seien schuld am Ende meiner Beziehung mit Julie gewesen«, fuhr Noah fort, »und bestimmt hat das alles dazu beigetragen, aber womöglich nur zum Teil. Sie hatte Heimweh. Aber vor allem war sie an einem Punkt im Leben angekommen, an dem sie nicht an Karriere denken wollte, sondern an die Gründung einer Familie, und so weit war ich noch nicht. Für mich war das mit der Schauspielerei gerade erst richtig ins Rollen gekommen. Ich wollte nicht sesshaft werden.«

»Wieso erzählst du mir das?«, frage Sara verwirrt.

»Weil ich …« Der Griff um Saras Gesicht verstärkte sich, und sie schloss für einen Moment die Augen, um die Berührung zu genießen, aller Vorsicht zum Trotz. Einen kleinen Moment nur.

»Weil ich beschlossen habe, dass es vielleicht möglich wäre, in Ruhe und Frieden zu leben, wenn der Hype um die Serie erst mal vorbei ist. Wenn ich die Verträge, die ich bereits abgeschlossen habe, erfüllt habe. Wenn ich den USA den Rücken kehre und zurück nach England gehe. Und hier einen Gang runterschalte.« Er zuckte mit den Schultern und ließ die Hände langsam wieder sinken. »Ich mag das Theater. Heather und ich haben überlegt, gemeinsam etwas zu machen.«

»Heather und du«, wiederholte Sara. Sie hatte noch nicht recht begriffen, was ihr Noah darüber hinaus mitteilen wollte. Das schien auch er erkannt zu haben.

Für einige Sekunden blickte er sich um, dann sagte er: »Dieser Flughafen ist wirklich mit das Mickrigste, was ich in dieser Richtung gesehen habe.«

Sara blinzelte. »Mmmh, ja«, bestätigte sie, »er ist nicht sehr groß, aber …«

»… aber er wird sich für immer in dein Gedächtnis brennen, wenn ich dir ausgerechnet hier erkläre, dass ich mich in dich verliebt habe und dass ich nicht bereit bin, eine weitere Beziehung an den Job zu verlieren, und dass ich dich gerne an die erste Stelle setzen würde, wenn du das auch willst.«

»Verstehe.« Sara blinzelte noch ein bisschen mehr. »Bitte, was?«

Noch einmal sah Noah sich um. Dann nahm er Sara bei der Hand, in die andere seinen Koffer und zog sie hinter sich her zum Ausgang.

»Wo steht dein Auto?«

Sara wies ihm die Richtung, und sie liefen zum Parkplatz. Erst als sie den Hoteljeep erreicht hatten, blieb Noah stehen. »Gut«, sagte er. »Das ist besser. So bekommt wenigstens nicht der halbe Flughafen mit, wenn ich mitten in der Schalterhalle zusammenbreche, weil du mir einen Korb gibst.«

»Ich …«, begann Sara. Und dann machte auf einmal irgendetwas klick. »Du sollst nicht meinetwegen deine Karriere aufgeben.«

»Das tue ich gar nicht. Ich verlagere sie nur ein bisschen. Vom grellen Scheinwerferlicht in …«

»Ja, okay,« unterbrach Sara ihn.

»Okay?«

Sie nickte. »Das war nur so eine … rhetorische Bemerkung. Damit es hinterher nicht heißt, ich hätte egoistisch und eigennützig gehandelt.«

Ganz langsam breitete sich ein Lächeln auf Noahs Gesicht aus.

Sara knuffte ihn in die Schulter. »Tu nicht so. Du warst von Beginn an siegessicher.«

»Heather hat …«

»Oh, diese Heather.«

»Sie hat gesagt …« Noah stockte.

»Was? Was hat Heather gesagt?«

Er schüttelte den Kopf. Und er lächelte nicht mehr, stattdessen war ein erwartungsvoller Ausdruck in seine Augen getreten.

Sara räusperte sich. »Ich fürchte«, begann sie, »du wirst diesen mickrigen Flughafen nie vergessen. Der, an dem ich dir sage, dass ...« Und nun war es Sara, die ihre Hand hob, um damit zunächst Noahs Wange zu streicheln und sie dann in seinem Nacken zu vergraben. »An dem ich dir sage, dass ... Ach, verdammt.« Sie schüttelte den Kopf. Dann schniefte sie. »Ich bin normalerweise nicht der Typ, der an mickrigen Flughäfen rumheult.«

Noah lächelte. Dann zog er sie zu sich heran und umarmte sie fest.

»Hat Heather dir gesagt, dass ich dich liebe?«, murmelte Sara in seine Brust.

»So in etwa.« Er hob ihr Kinn an und küsste ihre Stirn, dann die feuchten Wagen, dann ihren Mund.

»Wie kann man *so in etwa* sagen, dass man jemanden liebt?«, fragte Sara, sobald sich ihre Lippen voneinander gelöst hatten.

»Mr. Perry?« Bevor Noah antworten konnte, hatte sie die Stimme einer älteren Dame unterbrochen. Sie stand etwa zwei Meter von ihnen entfernt, ein kleines Mädchen an der Hand, das verschüchtert zu ihnen hochsah.

»Es tut mir unglaublich leid, Sie zu stören«, sagte die Frau, die vermutlich die Großmutter der Kleinen war. »Bloß, wir müssen gleich zum Check-in, und Celia hier ... Sie ist ein großer Fan Ihrer Serie, wissen Sie? Die ... die ... ich hab den Namen vergessen.«

Noah schüttelte bedauernd den Kopf. »Es tut mir leid, aber wir wollten gerade ...«

»… gerade fahren, aber das hat auch noch ein Minütchen Zeit«, sprach Sara den Satz zu Ende. »Du möchtest ein Autogramm?« Sie beugte sich zu dem Mädchen herunter, das ihr daraufhin sein Smartphone entgegenstreckte. »Ein Selfie?«, flüsterte sie.

»Es tut mir ehrlich leid«, begann die Großmutter von Neuem, »wenn wir Sie stören …«

Doch Sara hatte schon nach dem Telefon gegriffen und bedeutete dem Mädchen, sich zu Noah zu stellen, damit sie das Foto machen konnte.

Sie winkten den beiden hinterher und sahen dann schnell in die andere Richtung, als sie den neugierigen Blicken weiterer Passanten begegneten.

»Das hat ja super funktioniert«, murmelte Noah und blickte Sara schuldbewusst an. »Gerade, als ich dir beweisen wollte, dass ich mich auch völlig unerkannt in der Öffentlichkeit bewegen kann.«

»Ich bin froh, dass das kleine Mädchen ihr Selfie hat«, erwiderte Sara. »Das hat mich daran erinnert, dass dieser ganze Ruhm, der dich umgibt, auch eine positive Seite hat. Und dass er dich immer umgeben wird, wo du auch hingehst.« Sie sah Noah ernst an, und sofort stieg ein panisches Gefühl in ihm auf. Womöglich war es doch ein Fehler, Sara hier zu treffen, auf dem Flughafen, umringt von Leuten. Er hatte die Tatsache, dass sich der Trubel gelegt hatte und er sich nun wieder halbwegs bewegen konnte wie ein Normalsterblicher für seine Zwecke nutzen wollen, doch vielleicht hatte er damit genau das Gegenteil bewirkt.

»Sara …«, begann er, doch sie legte ihm einen Finger auf die Lippen.

»Sssh.« Sie stellte sich auf die Zehenspitzen und drückte einen Kuss auf seinen Mund. »Es hat mich auch daran erinnert, dass ich stark genug bin, damit umzugehen.«

»Ehrlich?« Erneut schlang Noah die Arme um Sara. Er musterte sie, so gründlich, dass sie zu lachen begann.

»Ich bin eine Kämpferin, schon vergessen? Meine Vorfahren haben es in den Südstaaten mit Sklaverei und ganz anderen Widersachern zu tun gehabt. Mit so ein paar Groupies werde ich fertig.«

»Sagtest du nicht, deine Vorfahren stammen aus der Karibik?«, fragte er stirnrunzelnd.

»Wortklauberei.«

Noah lachte. Dann warf er einen Blick über Saras Schulter und bewegte sich mit ihr in Richtung Fahrertür. »Bringst du mich in mein Hotel?«

»Willst du den drei Grazien entfliehen, die da mit Trippelschritten auf uns zueilen, um dich abzufangen?«

»Seit wann hast du Augen am Hinterkopf?«

»Seit ich die Freundin eines Superstars bin.«

Für zwei Sekunden blickte Noah sie durchdringend an, dann küsste er sie leicht auf die Wange. »Wir fahren jetzt besser wirklich in mein Hotel«, murmelte er. »Bevor auf diesem unvergesslichen Flughafen noch etwas Unvorstellbares passiert.«

»In welchem Hotel wohnst du denn?« Sara schnallte sich an, legte den Rückwärtsgang ein und manövrierte den Jeep aus der Parklücke, wobei sie drei enttäuschten Frauengesichtern einen mitleidigen Blick zuwarf.

»Was denkst du denn, in welchem?«, fragte Noah zurück. Er grinste.

Und Sara fiel wieder ein, dass Gretchen ja dieses Treffen

erst in die Wege geleitet hatte. Natürlich. Natürlich wohnte Noah im *Wild-at-Heart*-Hotel.

Dieses Hotel. Sie könnte schwören, es stimmte etwas nicht mit diesem seltsamen, verrückten Hotel.

»*Wild at Heart*«, sagte sie grinsend.

»Mmmh?«

»Ich glaube, wir mussten uns ineinander verlieben. Wir hatten von Anfang an gar keine andere Chance.«

»Das kann ich bestätigen«, sagte Noah und legte Sara eine Hand aufs Knie.

Sie brauchten eine gute Stunde von Newquay zurück nach Port Magdalen, Cornwall. Sie nahmen die kurvenreiche Straße auf den Gipfel der kleinen Insel und fuhren das letzte Stück durch den Wald. Als das verwinkelte Gebäude mit seinem grauen Schieferdach und dem halbrunden Schild über dem Eingang in Sicht kam, drückte Sara Noahs Hand.

Willkommen im Wild-at-Heart-Hotel, dachte sie. *Was kann die Liebe für Sie tun?*

Epilog

𝒜tme ein, atme aus. Sauge den Sauerstoff in dich hinein, bis er dich erfüllt, vom Ansatz deines Haars bin in die Spitzen deiner Zehen. Lass die Kraft der Ruhe den Geist durchströmen und die Energie des Tages deinen Körper durchfluten. Mit dem ersten Tropfen goldenen Sonnenlichts, der in dein Innerstes fließt, sollen deine Sinne geweckt und deine Kräfte mobilisiert werden.«

»Scheiße, ist das kalt«, sagte Nettie bibbernd.

»Und dunkel«, fügte Gretchen hinzu. »Kann mir noch mal jemand erklären, warum wir um diese unchristliche Zeit bereits herumturnen müssen?«

»Die Pause hat euch nicht gutgetan«, schalt Theo streng, bevor er Luft holte und die Pose des Baums einnahm. »Höchste Zeit, dass ihr euch wieder an den Hotelalltag gewöhnt. Das ist der letzte Morgen, an dem wir nicht voll belegt sind, vergesst das nicht. Was ist das für ein Geräusch?«

»Das sind meine Z-Zähne«, stotterte Nettie. »Ich g-geh r-rein.«

Theo seufzte. »Verweichlicht«, sagte er. »Vom Winter oder der Liebe, wer weiß das schon.« Er ließ das angewinkelte Bein sinken und legte seiner Enkelin stattdessen einen Arm um die Schulter. Mit der anderen Hand rieb er ihren Rücken rauf und runter, um sie zu wärmen. Dann sah er zu Gretchen und winkte sie ebenfalls zu sich. »Na, kommt«, sagte er. »Machen wir uns einen schönen, heißen Tee.«

Es war Mitte Januar. In der vergangenen Woche waren die Temperaturen erneut gefallen, und als wären die milden Feiertage nur ein niedlicher Scherz des Wintergotts gewesen, froren sie nun wieder. Was im Grunde niemanden sonderlich störte, außer es sollte schon vor Morgengrauen auf den Klippen herumgeturnt werden. Weshalb selbst Theo erleichtert ausatmete, als sich in der Dunkelheit die ersten Lichter des *Wild-at-Heart*-Hotels ausmachen ließen.

Gretchen gab einen zufriedenen Laut von sich. Sie stimmte Theo zu, dass sie sich schnellstmöglich wieder an den geregelten Hotelalltag gewöhnen sollten, doch in diesen dunklen Monaten fiel es ihr noch viel schwerer als ohnehin schon, morgens aus dem Bett zu kommen.

Und doch: Sie erwarteten Gäste. Und automatisch lächelte Gretchen. Vor ein paar Monaten hätte sie sich noch nicht vorstellen können, ihren Alltag im Hotel einmal zu vermissen, doch der ganze Zirkus um die Filmerei hatte sie eines Besseren belehrt. Sie liebte ihren Job. Und sie freute sich darauf, dass jetzt alles wieder in seinen geregelten Bahnen verlief.

Nun, nicht *alles*. Sie hatten nach wie vor eine Baustelle vor sich, richtig? Und als sie und Theo damit begannen, ihren Belegungsplan wieder mit Einträgen zu füllen, machten sie jeden einzelnen potenziellen Gast darauf aufmerksam, dass sie noch nicht genau abschätzen konnten, wann es vor ihrem Hotel zu Bauarbeiten kommen würde. Einige sagten aufgrund solch einer Unwägbarkeit ab. Andere erklärten, sie würden das Risiko einer kurzfristigen Benachrichtigung in Kauf nehmen, worüber Gretchen besonders glücklich war. Denn nach wie vor hatten sie keine feste Terminvereinbarung mit Herb getroffen. Die genaue Planung stand ihnen erst noch bevor. Gretchen seufzte. In den vergangenen zwei Monaten war so viel geschehen, und doch waren sie irgendwie am gleichen Punkt wie damals.

Sie hatten den Eingang fast erreicht. Einige Meter von ihnen entfernt leuchtete Hank in der Morgendämmerung. Der alte umgebaute Schäferwagen leuchtete ganz allein auf der weitläufigen Fläche, die einmal von ihrer Scheune dominiert worden war. Nach seinem Ausgrabungsdesaster hatte Theo das Vorzelt wieder abgebaut, die Weihnachtslichter jedoch behalten – sie umrahmten das klapprige Gestell des alten Hank, das Fenster und die Tür, auf deren Vortreppe rechts und links zwei ebenfalls beleuchtete Tannenbäumchen standen.

»Er sieht so hübsch aus«, sagte Nettie, die immer noch vor Kälte zitterte. »Brrrr. Ich werde ihn vermissen, wenn er nicht mehr dasteht.«

»Himmel, rein mit dir, bevor du uns hier draußen noch erfrierst.« Gretchen schlang beide Arme um ihre Tochter und schob sie in Richtung Hoteleingang.

Theo warf einen Blick auf seinen Wohnwagen. Er *war* hübsch, da hatte Nettie wahrlich recht. Der alte Hank sah aus wie ein herausgeputzter, nur wenig betagter, von Wärme erfüllter Lichtquell in sternloser Nacht. Es war ein Wunder, dass nicht jeder einen haben wollte, dachte er, dass nicht einfach alle Gäste lieber in einem alten Schäferwagen …

»Gretchen?« Theo sah sich nach seiner Schwiegertochter um, die mit Nettie bereits im Foyer verschwunden war. Er lief ihr nach.

»Gretchen, was hältst du eigentlich davon, mal in einem anderen Bereich der Hotellerie Fuß zu fassen? In, wie heißt das, wenn die Leute eigentlich zelten wollen, aber dann doch zu verfroren sind, um auf ihre Heizung zu verzichten?«

»*Glamping*, Grandpa«, rief Nettie über ihre Schulter.

»Was heckst du jetzt wieder aus, Theo?«, warf Gretchen hinterher, doch ihr Schwiegervater hatte bereits nachdenklich den Kopf schief gelegt und den Zeigefinger an die Lippen gehoben.

»Glamping«, wiederholte er, und er betonte das Wort genau so, wie es klingen sollte – strahlend und glorreich beinahe. »Was für eine fantastische Idee. Wir restaurieren ein paar Wagen, das kann ich sehr leicht selber machen – oh, Herb müsste mir nur eine kleine Werkstatt hinstellen, das ist alles, was es braucht. Und dann bauen wir, sagen wir drei, vier von diesen alten Schäferwagen auf und – oh, oh! Wir könnten …«

»Theo, lass uns doch erst mal frühstücken. Hast du das Gästebuch dabei? Wir müssen die Anreisen durchgehen.«

»… und wie wäre es, wenn wir das Ganze noch unter ein gewisses Motto stellen? Piraten! Piraten-Glamping in Port Magdalen, Cornwall, über den Klippen des Herzfelsens, den seinerzeit ein Riese …«

»Theo, das Buch!«

»Eine fantastische Idee ist das, es wird das *Wild at Heart* über die Landesgrenzen hinaus …«

»Das Buch, Theo!«

Doch Gretchen lachte. Und Nettie, den Kopf an die Schulter ihrer Mutter gelehnt, kicherte ebenfalls. Und Theo, er fantasierte weiter davon, wie er aus der verlassenen Freifläche vor dem *Wild at Heart* einen der abenteuerlichsten Glampingplätze Südenglands zimmern würde.

Ein neues Jahr war angebrochen. Eine neue Saison gestartet. Ein frischer Tag hatte sich aus einer vergangenen Nacht geschält.

Und eine neue Geschichte um das *Wild-at-Heart*-Hotel, Port Magdalen, Cornwall, hatte gerade erst begonnen.

Danksagung

Kürzlich habe ich mir den Film *Deine Juliet* angesehen. Sie wissen schon, die Verfilmung von Mary Ann Shaffers Roman *Club der Guernseyer Freunde von Dichtung und Kartoffelschalenauflauf* aus dem Jahr 2008? Ich habe das Buch zu Hause, aber noch nicht gelesen, und ich dachte, Lily James in der Hauptrolle – das kann unmöglich ein Fehler sein. War es auch nicht. Lily James spielt genauso entzückend wie in *Downton Abbey*, und die Geschichte um den schrägen Buchclub auf den britischen Kanalinseln hat mich gerührt, mitfiebern und mitleiden lassen. Und überhaupt – die Kanalinseln. Ein Grund mehr, diesen Film anzusehen, dachte ich, denn immerhin war ich noch nie dort. Und dann erlebte ich eine ziemliche Überraschung.

Schon als Juliet, die Hauptfigur der Geschichte, in dem kleinen Boot Kurs auf den Hafen der (vorgeblichen) Insel Guernsey nimmt, schwante mir etwas. Als die Kamera dann über den Pier zu den Häusern und der steil aufsteigenden Straße schwenkte, war ich mir so gut wie sicher, suchte aber dennoch im Internet nach Bestätigung. Und tatsächlich: Gedreht wurde für diesen Film gar nicht auf den Kanalinseln, sondern ... Na? In Clovelly, dem entzückenden Dorf im Norden Devons, das auch als Vorbild für mein Port Magdalen in den *Wild-at-Heart*-Büchern fungiert (und jetzt wissen Sie auch, weshalb ich Ihnen diese Geschichte erzählt habe).

Ich war schon ein bisschen stolz. Und hab mich gefreut.

Und darin bestätigt gefühlt, dass dieses kleine Dorf wirklich ein ganz besonderes ist.

Mein kleines Dorf, mitsamt Hotel natürlich, hat mir auch in diesem Winterbuch enorme Freude bereitet. Dass *Wild at Heart – Winterglück im Hotel der Herzen* am Ende so wunderhübsch in den Regalen steht, ist vor allem meinem zauberhaften Blanvalet-Verlag zu verdanken (ist das Cover nicht traumhaft?). Ich danke meiner Lektorin Julia für ihre immerwährende Unterstützung, selbst aus dem Mutterschutz heraus. Meinen Kolleginnen Manuela Inusa, Katharina Herzog, Lilli Beck, Astrid Rupert – ohne euch und unseren gegenseitigen Austausch wäre das mit dem Schreiben nur halb so schön. Ich danke Satu Siegemund, die mich in Sachen Filmproduktion beraten hat, und meiner wunderbaren Autoren-Kollegin Roberta Gregorio für die schönen italienischen Schimpfwörter sowie allen anderen, die an diesem Buch beteiligt waren. Vor allem danke ich meinem fabelhaften Mann Bernhard Blöchl, der mich – wie so oft – mit seiner Zeit, seinen Ideen, seinen Gedanken und Motivationsreden unterstützt und so diesen Roman maßgeblich mitgestaltet hat. Best husband ever!

Der letzte Dank gilt wie immer meinen LeserInnen, die aus der Unmenge an Büchern ganz gezielt nach meinen greifen und mich damit ungeheuer glücklich machen! Thank you very, very much, dears!